SOUS LES FLOTS

PAR

A. ACLOQUE

A. MAME & FILS

Éditeurs - Tours

SOUS LES FLOTS

SÉRIE GRAND IN-8°

L'homme fit un signal.

SOUS

LES FLOTS

PAR

A. ACLOQUE

TOURS

MAISON ALFRED MAME ET FILS

INTRODUCTION

Par une belle après-midi d'un de ces derniers étés, je me promenais sur la plage, le long de la bordure d'écume irisée que le flot laisse sur le sable au moment où il se retire.

L'air était calme, le soleil faisait briller des myriades d'étincelles subites sur la crête des vagues, et la mer laissait entendre une douce chanson monotone, propice à la rêverie.

Tout à coup une lame déposa à mes pieds un singulier et assez volumineux paquet de feuilles de cette algue plane et lisse que l'on nomme *laminaire ;* les fragments en étaient assemblés par des cordons empruntés à une autre algue en forme de filaments cylindriques, et dont vous pourrez quelquefois voir des tronçons rejetés par les vagues sur le rivage.

Tiré de ma distraction, je ramassai curieusement l'énigmatique paquet, et, à mon profond étonnement, je vis que d'innombrables traits, semblables à de fines égratignures, étaient tracés en lignes régulières sur les morceaux de laminaires.

« Cela, me dis-je, c'est de l'écriture, ou je ne m'y connais pas. Mais quelle écriture ? »

Très intrigué, je portai ma trouvaille à deux de mes amis, érudits membres de nombreuses académies, et pour qui n'ont pas de secrets les plus mystérieux hiéroglyphes.

Armés de leurs lunettes, dont les verres cerclés d'or donnent
à leur visage un caractère si respectable, mes deux amis vou-

lurent bien mettre obligeamment en commun, pour venir en
aide à ma curiosité, leur science profonde.

Et, ayant découvert que le grimoire était en langue *cra-
besque,* ils poussèrent la complaisance jusqu'à m'enseigner la

grammaire et le vocabulaire de cette langue, dont je n'avais eu jusque-là, je l'avoue, aucune révélation.

C'est par ce moyen que j'ai pu établir la traduction qu'on va lire. Je me suis efforcé, pour éviter le reproche trop souvent fait aux traducteurs, de respecter scrupuleusement le sens original ; cependant, je me suis permis d'ajouter quelques portraits des acteurs du drame, que l'auteur marin n'avait pas su ou n'avait pas voulu dessiner.

LE TRADUCTEUR.

SOUS LES FLOTS

———×———

I

Qui recueillera ces lignes, tracées sur des feuilles d'algues
avec l'arête cornée d'un de ces polypiers en forme de plume,
que les hommes nomment *pennatule?*

Ces feuillets gélatineux auxquels je confie mes souvenirs, et
que je rattache amoureusement les uns aux autres pour leur
donner, contre les dangers de destruction, la force qui naît de
l'union, sont-ils destinés à devenir la pâture de quelque animal vorace?

La violence terrible des tempêtes aura-t-elle raison des frêles
liens qui les unissent, et en déchirera-t-elle les lambeaux à
tous les angles des rochers?

Ou bien, sous le clair rayonnement du soleil, une vague propice et clémente les portera-t-elle avec bienveillance jusqu'à la
terre, patrie des hommes?

Et là encore, que de dangers ! Échapperont-ils à l'enfant sans prudence pour qui tout est jouet, ou à l'ignorant paysan capable de les entasser sur sa charrette, pêle-mêle avec d'obscurs varechs, pour les réduire en fumier, et engraisser ses champs du fruit de mon long labeur ?

Tomberont-ils heureusement entre les mains d'un lettré, qui, pour deviner le sens des lignes que j'y grave, mettra en œuvre toutes les ressources de sa science et de son intelligence ?

O lignes aimées, c'est là le destin que je vous souhaite ! J'ai connu quelquefois l'homme, et je sais quel génie veille sous son front.

Portez à sa curiosité l'histoire de tant de merveilles qui s'accomplissent sous les flots marins ; offrez-lui, recueilli dans le champ même où il se déroule, le tableau des guerres, des luttes, des métamorphoses, des alliances aussi, offensives et défensives, qui se réalisent dans l'Océan, avec des buts peut-être très semblables à ceux qui sur la terre ferme, dans le domaine de l'air, régissent les actes des êtres vivants, mais avec des moyens si différents !

Il connaîtra ainsi que dans cet élément où son regard ne peut pénétrer, et dont les hôtes jamais ne parviennent jusqu'à lui que souffrants et meurtris, règne une vie infiniment intense, infiniment variée.

Sa science s'en augmentera de quelques données philosophiques, et s'il n'est pas un aveugle, s'il ne met pas volontairement sur ses yeux un épais bandeau, son cœur se dilatera d'admiration pour le Dieu qui l'a créé, lui, l'être aux destinées immortelles, et nous autres, pauvres bêtes dont l'existence se borne à un court passage, entre deux néants, sur cette terre.

Qui je suis ?

Un très vieux crabe, de cette espèce que les naturalistes, — car j'ai vu de près des naturalistes, je vous l'expliquerai en son heure, — nomment dans leur langage scientifique *Carcinus mænas.*

Animal bien vulgaire, n'est-ce pas? dont chaque lame qui déferle harmonieusement sur la plage, par les tièdes journées d'été, apporte des douzaines dans ses replis.

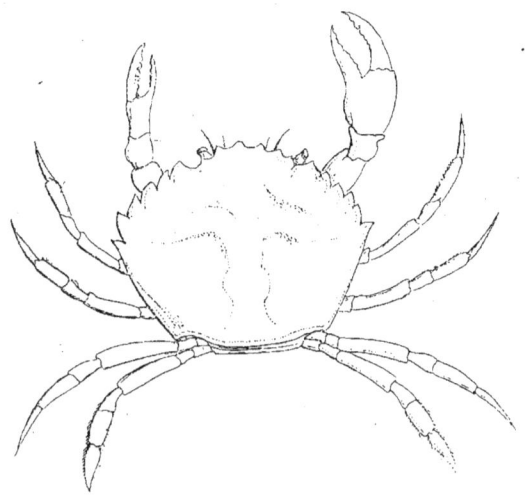

Le crabe vulgaire (*Carcinus mænas* des savants).

J'ai vu, au cours de mon existence longue et mouvementée, mille événements divers.

J'ai eu presque chaque jour des luttes à soutenir soit pour me procurer ma nourriture, soit aussi pour échapper aux ennemis qui fondaient sur moi l'espoir de leur dîner.

Car, dans la mer comme sur la terre, ce sont les exigences de l'estomac qui règlent les trois quarts des actions des animaux ; et ces exigences sont impérieuses, d'une inexorable périodicité.

Pressé par la faim, j'ai souvent déchiré de mignonnes créatures qui ne demandaient qu'à vivre, et à la beauté ou à la jeunesse desquelles j'eusse sans doute fait grâce en d'autres moments.

Beauté et jeunesse, hélas! pauvres arguments pour toucher un crabe affamé!

O homme, si tu me lis, ne me blâme pas sans avoir jeté un regard sur toi-même, et ne t'abandonne pas entièrement au dégoût que t'inspireront mes appétits carnassiers. Ton cœur se nourrit d'affection, ton âme goûte la vertu, et ton esprit aime l'art : mais n'est-ce pas de la chair qu'il faut à ton estomac, et l'oiseau gracieux dont les aériennes évolutions réjouissent ton œil, ne l'immoles-tu pas aux besoins de ta faim?

Tandis que je guettais une proie, d'autres chasseurs me poursuivaient à leur tour : j'en tracerai un peu plus tard les portraits.

Dirai-je que, quand j'étais jeune et délicat, de gros individus de mon espèce n'ont pas quelquefois brandi au-dessus de ma tête épouvantée la menace de leurs énormes pinces et de leurs terribles mandibules?

Je ne sais pas si le proverbe que j'ai parfois surpris sur des lèvres humaines, tombant même de la bouche de femmes élégantes qui se promenaient à pas lents le long de la mer calme, je ne sais pas, dis-je, si ce proverbe : « Les loups ne se mangent pas entre eux, » est exact pour les loups ou pour les hommes.

Ce que je sais, — et j'éprouverais quelque honte à l'avouer si la bête était responsable de ses instincts, — c'est qu'il n'a pas cours parmi les crabes.

Quoi qu'il en soit, j'ai eu l'habileté, — la chance, si vous le préférez, — d'échapper aux mille dangers semés sur ma route depuis ma naissance, et me voici maintenant chargé de jours, ayant fourni une honorable carrière.

Je suis assurément le doyen d'âge des crabes du canton : ayant beaucoup vécu, j'ai acquis beaucoup d'expérience.

Me voilà désormais indulgent aux jeunes, et en dehors des

moments où la faim pourrait leur rendre mon voisinage dangereux, je puis leur distribuer, s'ils daignent me consulter, de sages et pratiques avis.

Les aventures, dont j'ai abusé, — que ceux qui n'ont pas été jeunes me jettent la première pierre! — ne me tentent plus, et je n'ai d'autre désir que de couler en paix les jours qui me seront encore accordés. A mon âge, force est bien de quitter le long espoir et les vastes pensées...

Je ne vais plus au loin chercher le gibier rare que souhaitent la gourmandise et l'amour de la nouveauté; je me contente très philosophiquement des débris que la mer, bonne pourvoyeuse, charrie à ma portée, et des proies inexpérimentées et sans défiance qui viennent témérairement se jouer trop près de mes pinces.

Il ne manque pas d'écervelés parmi les jeunes poissons ou les mollusques en bas âge, et sans chasser je ne jeûne jamais.

Suis-je un sage? Oui, si c'est l'être que de fuir les dangers inutiles et de se plaire en son logis.

Ce logis, je l'aime, quoique je ne l'aie point construit : la Providence a refusé aux crabes tout talent d'architecte, et ils ne savent point assembler les pierres. Ma retraite est une petite grotte naturelle que j'ai trouvée aménagée à l'abri d'un rocher qui la surplombe.

Un couloir y conduit, où je me glisse obliquement quand l'envie me prend d'aller voir à ma porte passer les poissons.

Ce couloir tortueux a juste la largeur qu'il faut pour que je puisse m'y déplacer : je n'ai donc pas à craindre l'invasion d'un ennemi d'une taille supérieure à la mienne.

Que si quelque pieuvre de médiocre volume s'y engage, je la mets facilement en fuite ; et si c'est un poisson ou un coquillage, l'infortuné a toutes chances de venir garnir mon garde-manger.

Combien d'heures délicieuses j'ai passées dans cet asile, seul avec mes souvenirs!

Par un trou percé dans la roche, et qui me sert de fenêtre, je vois au-dessus de moi le flot qui se déplace, tantôt vert, tantôt bleu, parfois si translucide qu'on distingue au travers, dans l'azur du ciel, le vol des grands oiseaux de mer, parfois, après les tempêtes, limoneux et jaune de sable, toujours peuplé de créatures légères et gracieuses, dont le moindre mouvement fait jaillir un éclaboussement d'étincelles.

C'est là que j'ai accumulé des morceaux de laminaires, patiemment découpées sous les flots sur les rochers où elles croissent, et c'est là qu'avec la pointe d'un polypier je grave ces *Mémoires*, à ton intention, ô homme! et dans l'espoir, — peut-être chimérique, — que tu les liras et qu'ils t'instruiront.

Je n'ai jamais connu mes parents, et tous les crabes sont dans mon cas; peut-être ai-je quelquefois rencontré mon père et ma mère, mais je suis alors passé auprès d'eux comme un étranger.

Horreur! si même les circonstances m'ont placé sur leur route, j'ai dû promptement les fuir; car, tombé sous leurs mandibules, je leur eusse servi de pâture.

J'ai appris que sur la terre beaucoup d'animaux témoignent à leurs petits une admirable sollicitude, veillent longtemps sur leur progéniture, écartent d'elle tout danger, l'initient à la vie et se sacrifient parfois pour elle.

Rien de semblable dans notre race, quoique l'instinct maternel n'y fasse pas tout à fait défaut. Nous naissons sous la forme de petits œufs, et ces œufs, nos mères les portent sous leur abdomen reployé pendant tout le temps qui s'écoule entre la ponte et l'éclosion.

Mais, cette échéance arrivée, les jeunes larves, sorties des œufs dans un état de grande faiblesse, sont abandonnées, et la nature a dispensé la mère de les protéger davantage.

Ce que fut pour moi la sortie de l'œuf, ce que furent mes

premiers mouvements au milieu des embûches de l'Océan, je ne puis, vous le comprendrez, vous en tracer un récit exact et particulier.

A un âge si tendre la mémoire fait défaut, et nul souvenir précis ne m'est resté de cette période déjà lointaine de mon existence.

Mais puisque j'ai vécu, c'est que mon développement s'est opéré comme celui des autres crabes ayant échappé aux périls de l'enfance.

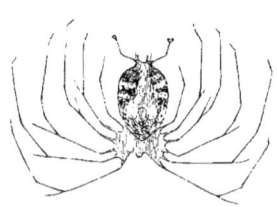

Phyllosome (larve de langouste).

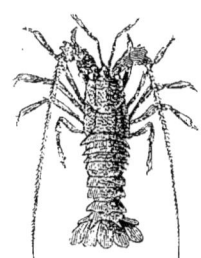

Langouste.

Sachant comment on croît dans notre espèce, je puis donc vous présenter un tableau suffisamment vraisemblable de mes premiers jours.

C'est une loi assez commune parmi les animaux marins de se reproduire par des œufs, et de sortir de l'œuf sous une forme très différente de celle de leurs parents, auxquels ils ne parviennent souvent à ressembler qu'après une série de métamorphoses. J'ai entendu dire que sur la terre se manifestent des phénomènes analogues ; que, par exemple, ces papillons si légers, si brillamment colorés, ces libellules au vol puissant, dont j'ai suivi parfois au-dessus des vagues les capricieuses évolutions, ne conquièrent le domaine des airs qu'après avoir longtemps rampé sous forme de chenilles repoussantes ou de larves disgracieuses.

Mais ce qui, sur la terre, n'est en quelque sorte qu'une

2

exception, devient une règle dans la mer. A cette règle peu
d'animaux échappent.

Il en est, comme les poissons, où la larve ne diffère pas considérablement de ses parents; mais chez la plupart, la dissem-
blance est si notable qu'il faut avoir vu la série des transformations pour croire que l'on a bien toujours le même être sous
les yeux.

Vous connaissez l'*étoile de mer*, avec ses cinq bras tuberculeux si régulièrement rayonnants; vous connaissez l'*oursin*,
qui, sous ses piquants divergents en tous sens, cache une carapace d'une admirable symétrie; vous connaissez la *méduse*,
légère fille de la mer, dont l'ombrelle gélatineuse se balance
mollement dans les flots; l'*huître*, inexorablement attachée par
sa coquille à un rocher, où elle attend que la mer lui apporte
à manger; le *taret*, qui s'enfonce dans le bois et crible de ses
galeries les coques, les pieux des digues; l'*éponge*, si précieuse
pour l'homme; le *homard*, la *langouste*, dont la saveur plaît si
légitimement à votre palais.

Eh bien! s'il vous était donné de voir dans leur élément les
jeunes enfants de ces animaux, et qu'aucun naturaliste ne fût
là pour vous avertir, assurément vous ne les reconnaîtriez pas.
Ils ne ressemblent en rien à ce qu'ils seront plus tard, et ils
diffèrent autant de cet état futur que la chenille diffère du
papillon qui doit en sortir.

Si vous ne saviez que le papillon est à la fois le père et le
fils de la chenille, aucun signe ne vous ferait deviner la parenté
de ces deux êtres. De même, l'expérience seule a pu révéler
que de cet organisme bizarre que l'on nomme *phyllosome* naît
la délicieuse langouste.

Quant à la raison de ces inévitables métamorphoses, il faut
la voir sans doute dans l'obligation où sont les petits des animaux marins de flotter quelque temps dans l'eau, soit à la
surface, soit à une certaine profondeur, avant de tomber sur le
sol de la mer où ils doivent ramper tout le reste de leur exis-

tence, ou de se fixer sur un rocher ou tout autre corps, auquel ils seront indissolublement rivés jusqu'à leur mort.

Que deviendraient, par exemple, les petits de l'huître, si, au sortir de l'œuf, ils n'avaient la faculté de nager quelques instants et de choisir ainsi la place où doit se dérouler leur immobile existence?

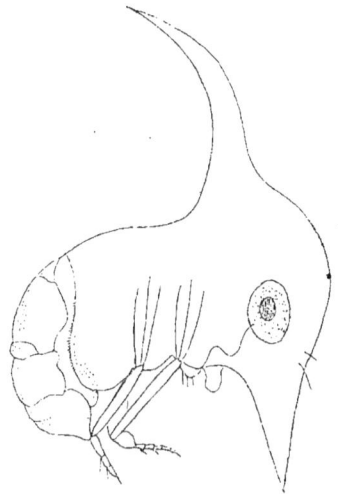

Larve du crabe, très grossie.

Dieu a fait à ces mollusques une loi de l'immobilité, mais sa sagesse et sa bonté ont voulu qu'il n'y eût pas là pour l'humble animal une source de souffrance : et c'est à cause de cela que la larve de l'huître est mobile et nageante pendant tout le temps où elle a besoin de se déplacer.

Suivant l'obligation imposée par le Créateur à la plupart des êtres marins, j'ai donc dû subir, avant de revêtir ma livrée définitive, une transformation complète et profonde, si radicale qu'elle frappe toujours d'admiration et d'étonnement l'homme qui en est le témoin.

Le petit crabe ne sort nullement de l'œuf avec une carapace,

des pinces et des pattes semblables à celles de ses parents :
de ceux-ci il diffère absolument.

J'ai entendu parfois des hommes dire que nous sommes des
bêtes bien hideuses ; à ce compte, combien doivent-ils trouver
affreux le jeune crabe qui vient de s'échapper de sa coque !

Figurez-vous une larve recourbée, munie d'une tête énorme,
disproportionnée à son corps ; cette tête se prolonge en avant
en un bec aigu, et en arrière elle détache une autre pointe
longue et arquée ; sur les côtés encore il y a des pointes.

Si vous vous en rapportez à cette esquisse, dont je vous
expose très sincèrement les traits, vous ne pourrez manquer
de trouver qu'à son arrivée en ce monde le jeune crabe est un
objet peu agréable et d'aspect fort rébarbatif.

Mais veuillez être indulgents : sous ses dehors menaçants,
c'est un être très faible, et les pointes dont il se hérisse ne
sont pour sa sûreté qu'une pauvre garantie.

Ainsi fait, il flotte à la surface de la mer, au milieu de
myriades d'animalcules infimes, larves de poissons, de mollusques, de crustacés, et de plantes exiguës, organismes bien
délicats, mal outillés pour se défendre contre leurs gros ennemis, et qui cependant, tout faibles, tout débiles, n'ont d'autre
préoccupation que de s'entre-dévorer.

Cette cohorte innombrable de petits se décompose en deux
groupes : les mangeurs et les mangés.

Tel poisson d'une extrême jeunesse, à peine muni encore,
au sortir de l'œuf, d'une bouche et d'un estomac, à peine
capable de se déplacer par quelques mouvements d'ondula-
tion, absorbe avec voracité des algues minuscules, qui flottent
là en vastes colonies, et dont chaque individu est si ténu
qu'aucun œil ne peut l'apercevoir.

Et ce poisson végétarien, qui vient seulement d'éclore de sa
coque, tombe bientôt sous les mandibules de crustacés lar-
vaires, qui ont sur lui l'avantage momentané d'une peau plus
ferme et de mâchoires plus solides.

Remarquez que, devenu grand, ce poisson mangerait à son tour, sans peine et avec délices, les crustacés. Ainsi se rétablit la balance.

De temps à autre, une gueule affamée vient, grande ouverte, faire une trouée à travers les prairies flottantes d'animalcules; dans l'effroyable cavité s'engouffre un tourbillon d'eau, et des centaines de jeunes existences périssent ainsi simultanément d'une même catastrophe.

Soyez certains d'ailleurs que le possesseur de cette gueule dévastatrice aura son tour dans cette incessante lutte pour la vie, et que, destructeur aujourd'hui d'inoffensives bestioles, il périra lui-même sous la dent d'un monstre plus gros ou plus rusé.

De mangeur à mangé, on tracerait ainsi un cercle bien étendu; mais ce n'est pas le lieu.

Je reviens aux dangers innombrables qui guettent dans leur premier âge la plupart des animaux marins.

Ces dangers sont tels que depuis longtemps toute race serait anéantie au sein de l'Océan, et que, seuls, quelques brigands, condamnés à s'entretuer pour ne pas périr de famine, auraient pu y persister, si le Créateur n'y avait remédié, comme toujours, avec une sollicitude admirable.

A ces êtres faibles qu'attendent tant de chances de mort a été donnée une arme formidable malgré son caractère pacifique, celle du nombre.

Sauf ceux que protège dans l'œuf une coque épaisse, solide, pouvant braver impunément les dangers, et qui, dès leur naissance, sont assez puissamment outillés pour être impunément les bourreaux des autres, comme sont, par exemple, les enfants des requins, — et ceux-là ne produisent au plus à la fois qu'une quinzaine de petits, — les animaux de la mer pondent des quantités énormes d'œufs.

Plus le jeune est petit, chétif, malhabile, dépourvu de moyens de défense, plus le nombre d'œufs que la mère peut déposer est élevé.

C'est ainsi que ce nombre atteint plusieurs millions pour certains poissons, comme la morue, particulièrement délicats à leur naissance et pourchassés avec avidité par une foule d'ennemis.

Quoique n'allant pas à ce chiffre, il est fort élevé encore dans la race des crabes, qui ne sont pas, au moment de l'éclosion, très aptes à se défendre ni à attaquer, et auxquels les épines et les mâchoires ne poussent que quelques jours après leur sortie de l'œuf.

Lorsqu'elles ont subi plusieurs mues, c'est-à-dire plusieurs changements de peau, qui permettent à leur petit corps de s'agrandir et de se modifier, les larves des crabes prennent leur forme définitive, cessent de savoir nager, et tombent au fond de la mer.

C'est là, sur le sable et parmi les rochers, que les crabes nouvellement métamorphosés doivent désormais vivre, chercher leur nourriture, défendre leur existence contre leurs ennemis.

Mais combien peu, des deux cent mille œufs pondus par une seule mère, parviennent à cet état !

Quoique je n'aie pu garder un souvenir exact de la manière dont ces transformations s'opérèrent pour moi, il est évident que j'eus le privilège d'accomplir mes métamorphoses loin des périls qui détruisent dans son germe, et lorsqu'à peine ils viennent d'éclore, l'existence de tant de mes frères : bouches affamées qui eussent souhaité m'engloutir, heurt des flots gonflés par la tempête, choc des navires des hommes sillonnant la plaine liquide dans un remous violent d'écume.

La vie est un bien ; humble et infime crustacé perdu dans l'immensité marine, je remercie Dieu des jours qu'il m'a accordés.

II

Dès que, tombé sur le sol de la mer, je fus un peu habitué
à mon nouveau genre de vie, dès que j'eus promené avec précaution, de rocaille en rocaille, ma carapace neuve sur mes pattes
encore un peu hésitantes, je voulus prendre une connaissance
topographique des lieux où la Providence m'avait conduit.

Étaient-ils riches en gibier ?

Étaient-ils affectionnés comme repaire par les ennemis de
ma race ?

Pouvait-on facilement, en cas d'alarme, y trouver des abris
sûrs ?

Autant de questions qui m'intéressaient vivement. En dehors
de ce programme tout pratique, je n'étais pas fâché d'ailleurs
de satisfaire la curiosité imprécise et le vague besoin de savoir
qui sont le propre de la jeunesse.

C'est à cet âge que l'on doit faire son éducation. J'étais pour
cela livré à moi-même, et je devais suppléer, à l'expérience
absente, par la prudence.

O homme, combien j'eusse souhaité avoir comme toi, pour
me guider dans mes premiers pas, les conseils fermes d'un
père, la tendresse éclairée d'une mère !

Mais à quoi bon des regrets stériles ?

Dieu a décidé dans sa sagesse qu'il ne fallait pas qu'il en fût de même pour le petit de l'homme et pour le petit du crabe : c'est que cela est mieux ainsi.

Après avoir fait autour de moi, sans quitter mon liquide élément, de nombreuses reconnaissances, je me décidai à me rapprocher du rivage.

Une lame m'y porta : je débarquai sur le sable mouillé.

Les premiers objets qui attirèrent mes regards furent de grandes formes droites, s'agitant par groupes le long des flots.

On ne voyait pas le corps de ces formes : il disparaissait sous des draperies de diverses couleurs, qui ne laissaient sortir que des membres où je cherchais en vain à reconnaître des pinces semblables aux miennes, et une tête où je voyais bien deux yeux et une bouche, mais point d'antennes, point de mandibules.

Les draperies qui couvraient ces formes n'étaient pas pour toutes disposées de la même manière.

Il y en avait qui portaient sur la tête des ornements que je trouvai, au premier aspect, bizarres : à présent que je connais les hommes, je ne me choque plus de ces parures, sachant que ce sont des sacrifices faits à la mode.

Ces formes étaient donc des représentants de l'espèce humaine, venus sur la grève pour respirer la douce brise qui soufflait par cette belle journée de printemps.

Le même clair soleil qui, en échauffant l'eau, m'avait poussé à me hasarder sur la plage, les portait de leur côté à chercher la fraîcheur au bord des flots.

Ce qui m'étonnait le plus, c'était de les voir déambuler à l'aide seulement de deux jambes, tandis qu'aux crabes il ne faut pas moins de huit pattes pour se déplacer.

Un fait cependant était patent, c'est que sur leurs deux jambes ces promeneurs gardaient mieux leur équilibre que moi sur mes huit pattes.

J'ai vu d'ailleurs depuis que les petits des hommes sont aussi faibles, fragiles, trébuchants, et que proportionnellement ils conservent beaucoup plus longtemps cette infériorité que les petits des crabes.

J'oubliais de dire que ces formes humaines ainsi inopinément offertes à ma curiosité m'avaient causé, par leur grande taille, un vif effroi.

Que serais-je devenu, pauvre être, au pouvoir de ces géants?

Heureusement ils ne s'occupaient pas de moi, et j'eus, d'autre part, la sagesse de me tenir à distance.

De temps en temps seulement me parvenaient des éclats de leurs voix; je n'en démêlais pas le sens, mais ils me semblaient bien joyeux.

Qui ne l'eût été par ce temps si merveilleusement doux?

Quand je me fus prudemment assuré que les géants, — les hommes, — ne me voulaient pas de mal, et qu'ils avaient bien d'autres occupations que de songer à torturer un misérable crabe, je m'enhardis à faire quelques pas sur le rivage, prêt à m'enliser dans le sable mouvant à la moindre alerte.

Aucun danger ne se manifesta, et, hissé sur un monticule, je pus à mon aise inspecter le paysage.

Devant moi s'étalait en demi-cercle une étendue de sable jaune qui me parut immense, et que bordait une ceinture de cailloux roulés, les uns plats, les autres globuleux, étagés en pente douce.

De part et d'autre, s'élevant progressivement à partir de la petite baie où, sans autre guide que le hasard, j'avais pris pied, se dressaient de hautes murailles où l'on voyait, superposées, des couches d'argile rouge, des couches de roche noire, des couches de roche blanche.

Au pied de ces murailles, que les hommes nomment des *falaises,* s'amoncelaient d'énormes rochers, débris arrachés par la mer à ces gigantesques barrières qui gênent sa colère.

Devant moi, par delà les galets, à l'endroit où les flots

viennent mourir, même quand le vent les gonfle, un amphi-
théâtre de maisons à la fois légères, somptueuses et coquettes,
— nids frais où l'on aurait trop froid l'hiver, mais qui s'ouvrent
accueillantes dès que les ardeurs de l'été accablent les hommes
sur la terre.

Voilà, direz-vous, un crabe bien au courant des habitudes
humaines !

Mais rappelez-vous que je suis vieux, et que j'ai vu tant de
choses ; comme disait un écolier que j'entendis un jour réciter des fables tandis qu'il se baignait dans la vague forti-
fiante :

> Quiconque a beaucoup vu,
> Peut avoir beaucoup retenu.

« Je me plairais bien ici, prononçai-je involontairement en
admirant le gai panorama.

— Cela prouve ton bon goût, mon camarade, fit une voix
près de moi. L'endroit n'est pas seulement agréable, il est
giboyeux, et je n'en veux pour preuve que la présence de jolis
petits crabes comme toi, qu'on pourrait si délicieusement y
croquer.

« Attends seulement que j'aie dégusté cette crevette, qui est
venue comme une petite sotte se jeter sous mes pinces, et si
j'ai encore faim... »

Terrifié, et me reprochant amèrement d'avoir parlé si haut,
je me tournai vers mon interlocuteur, dont l'intonation, en
réalité, m'avait paru ironique.

C'était un crabe de mon espèce, gros assurément, et avec
lequel il eût été dangereux d'engager la lutte.

Il disait vrai : une crevette étourdie, encore vivante, se
débattait, à demi écrasée sous sa carapace, et l'infortunée allait
être dépecée bribe à bribe.

Elle me sauvait la vie : car son meurtrier n'eût pas songé à
quitter un si friand morceau pour attaquer une proie avec
laquelle un combat eût été au préalable nécessaire.

De toute la vélocité de mes pattes encore tremblantes, je me hâtai vers le flot qui se retirait, et dès que je sentis sur moi la fraîcheur de son écume, disant adieu au soleil, je criai à mon parent toujours attablé :

« Bon appétit ! »

La faim d'ailleurs commençait à me tenailler moi-même, et le moment était venu de chercher à dîner.

Je me dirigeai vers un banc de moules dont j'avais déjà fait l'exploration, et où je savais par expérience que pullulait un gibier menu, de facile capture pour mes petites pinces et de facile digestion pour mon jeune estomac.

Les coquilles d'un bleu sombre, que le soleil, à marée basse, éclaire de reflets bruns, se pressaient là en files innombrables.

Il y en avait de toutes les tailles, de toutes les formes, chacune ayant poussé comme elle avait pu dans l'étroite place que lui laissaient ses voisines, et ayant profité de son mieux de la nourriture que la mer lui distribuait.

Distribution inégale, qui faisait des privilégiées et des déshéritées ! Toutes s'attachaient soit à la pierre, soit à leurs compagnes, par un byssus formé de filaments soyeux, très solides malgré leur apparence frêle ; certaines avaient englobé dans ce byssus divers objets de petite taille, valves de mollusques vides de leur hôte, menues rocailles, fragments d'algues, et tout cela constituait comme une hétéroclite pendeloque.

Compter les moules qui tapissaient la surface rocheuse eût été une tâche impossible.

Il y en avait partout, sur la pierre comme dans ses crevasses, et leurs coquilles agglomérées formaient un revêtement âpre si sûr au pied, que les matelots aimaient à y débarquer, parce qu'ils y marchaient plus facilement que sur les grands blocs couverts d'une glissante chevelure de varechs.

De temps à autre des nuées de pêcheuses s'abattaient sur ce coin du rivage, et armées de couteaux enlevaient des myriades de ces moules, évidemment pour les offrir en nourriture aux habitants de la terre; mais, malgré cette exploitation, les bancs de mollusques ne paraissaient pas s'appauvrir.

C'est là que je fus pour la première fois témoin d'un fait qui, par la suite, se répéta bien souvent sous mes yeux, mais qui alors m'impressionna vivement.

Tout auprès d'une jeune moule, dont les valves à demi transparentes n'avaient pas encore cette teinte sombre des grands individus de son espèce, se tenait un mollusque ventru, à la coquille en spirale pointue, ornée de larges bandes rougeâtres. C'était une *pourpre*.

Les pourpres sont des mollusques d'assez petite taille, qui rejettent, lorsqu'on les irrite, une sorte de mucus qui a la propriété de devenir à la lumière d'une belle couleur violette.

Cette couleur peut assurément fournir une teinture précieuse, et je ne serais pas étonné si les hommes, habiles à profiter de toutes les ressources que les animaux peuvent offrir à leur appétit ou à leur agrément, n'avaient tiré parti pour orner leurs étoffes du mucus colorant des pourpres.

Malgré leurs faibles dimensions, ces mollusques constituent, à cause de leur voracité, de redoutables ennemis des moules, qui leur payent un formidable tribut.

Les pourpres s'attaquent même à des coquillages plus épais et plus durs, tels que les orbiculaires pétoncles.

Elles sont, pour se livrer à leurs instincts carnassiers, armées d'une terrible trompe, dont les crochets aigus sont portés par deux longs leviers cartilagineux, qui, alternativement, les élèvent et les abaissent.

Grâce à la répétition de ces mouvements, la trompe, fonctionnant comme une lime, perfore les coquilles les plus résistantes, et quand elle a percé son trou, ce n'est plus qu'un jeu pour elle de dévorer le tendre et succulent mollusque abrité sous la valve.

Dans l'espace d'une après-midi, une pourpre perce la coquille d'un pétoncle et dévore l'animal.

Les pourpres ne sont pas les seuls mollusques capables ainsi de perforer les coquilles ; elles ne représentent qu'un bataillon d'une nombreuse armée de brigands doués du même instinct, et munis des mêmes armes pour en satisfaire les exigences implacables.

Tous ont une coquille en hélice, dans laquelle ils se retirent

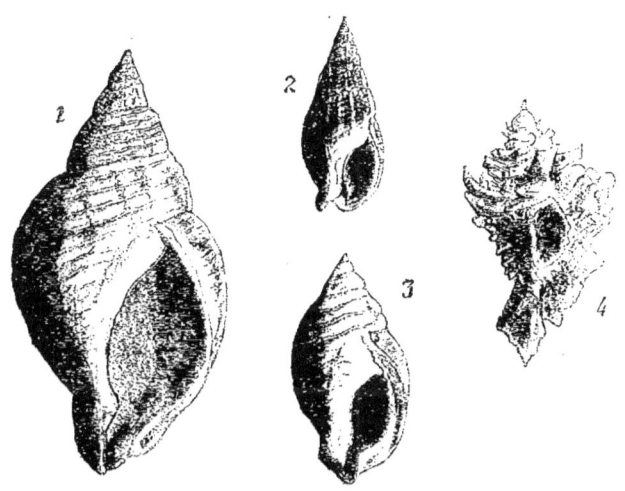

Mollusques carnivores.
1. Buccin. — 2. Nasse. — 3. Pourpre. — 4. Murex.

prudemment au premier danger, et dont ils peuvent herméti- quement clore l'orifice par un couvercle dur, un opercule, qu déjoue aisément les tentatives de leurs ennemis.

Tels sont les *murex*, que vous reconnaîtrez facilement, au plus sommaire examen, à leur coquille hérissée d'épines, de verrues, d'écailles, de pointes disposées suivant les dessins les plus variés, et parfois divisées en branches, — utile défense contre les poissons trop gourmands.

Ainsi armés, ils sont pour les pêcheurs les *hérissons de mer* ou les *rochers-hérissons;* mais j'ai bien souvent entendu les

matelots les nommer *bigorneaux* ou encore *perceurs,* cette
dernière dénomination faisant allusion à leur régime alimentaire et au moyen qu'ils emploient pour assouvir leur faim.

Les murex sont très répandus le long des côtes ; ce sont
d'insatiables carnivores, qui perforent la coquille des bivalves
et en sucent l'habitant à l'aide de leur trompe.

Gourmets féroces, ils aiment encore à choisir leur proie, et,
dans les cantons où ils peuvent satisfaire ce goût, ils témoignent
d'une prédilection marquée pour les jeunes huîtres ; aussi font-
ils souvent de grands ravages dans les parcs où l'homme
engraisse ce mollusque.

Car l'homme aussi aime l'huître, de la même manière intéressée que le murex, et c'est grand dommage pour celui-ci :
en effet, les pêcheurs le prennent partout où ils le trouvent et
le détruisent sans pitié.

Quant à savoir si l'huître gagne au change, c'est-à-dire à
être engloutie par l'homme au lieu d'être déchirée par un
murex, la question est difficile à décider : il faudrait pour cela
avoir l'avis de l'intéressée, et je vous confierai franchement
que, chaque fois qu'il a été donné à mes pinces d'approcher de
la chair d'une huître, je n'ai point songé à lui demander ses
impressions.

J'ai trouvé plus simple de la croquer : j'aime l'huître, moi
aussi.

Pour en revenir au murex, j'ajouterai que les mollusques
qu'il dévore trouvent un vengeur dans un de mes cousins, le
pagure bernard-l'hermite, qui loge volontiers son abdomen
mou dans la coquille d'un murex, — après en avoir, si besoin
est, sacrifié l'animal, pour éviter toute réclamation ultérieure.

J'aurai occasion par la suite de dire quelques mots des faits
et gestes du pagure ; les coquillages carnassiers m'occupent
seuls en ce moment.

Sur leur liste, après les murex et les pourpres, il faut ins-
crire les *nasses,* à la coquille haute, allongée, ornée de lignes

saillantes, les unes en long, les autres en large, qui, en se croisant, dessinent un élégant gaufrage.

La nasse est encore un acharné mangeur d'huîtres, mais elle va moins vite en besogne que le murex, et où celui-ci n'emploie que quelques heures, il faut à celle-là presque une journée.

D'ailleurs, moins énergique, elle ne s'attaque guère qu'aux individus malades ou blessés, et, pour s'épargner du travail, elle se résout volontiers à la tâche encore moins pénible de dépecer les proies animales que le flot pousse à la côte.

Qu'un poisson à demi décomposé vienne à échouer dans leurs parages, les nasses aussitôt s'acheminent en cortège vers l'alléchante aubaine.

Avez-vous quelquefois ramassé sur le rivage cette grosse coquille aux tours étagés en hélice allongée et un peu ventrue, dont les enfants aiment à s'appliquer l'ouverture sur l'oreille en disant qu'ils y entendent le bruit de la mer ?

C'est la maison du buccin, autre carnivore perceur. Il vit au voisinage des côtes sablonneuses, où il s'enfonce souvent dans le sol à l'aide de son pied.

Ses œufs sont un objet fort curieux : pondus à la fois au nombre de six cents à huit cents, ils sont réunis dans des capsules que le mollusque suspend à divers corps sous-marins : pierres, morceaux de bois, coquilles d'huîtres, et qui sont agglomérées en masses arrondies que les pêcheurs, qui s'en servent pour se nettoyer les mains, nomment *savon de mer* ou encore *éponge de matelot*.

L'homme poursuit avec acharnement le buccin, en raison des dégâts qu'il cause dans les bancs de moules et d'huîtres, et aussi parce que c'est un excellent appât pour prendre les poissons, surtout les morues, qui s'en montrent très friandes et en avalent des quantités, sans aucun tri, contenant et contenu.

Si vous ramassez les valves de mollusques qui viennent

échouer à la plage, vous en trouverez un grand nombre, et de toutes les espèces : mactres, donaces, peignes, pétoncles, moules, huîtres, tellines, bucardes, qui présentent en un point quelconque un trou rond.

C'est la marque du meurtrier passage d'un buccin, ou d'une nasse, ou d'une pourpre, ou de quelque autre bandit de même configuration, la preuve que le malheureux possesseur de la valve trouée a été dévoré vivant, le témoignage du sombre drame accompli sous les flots.

Sur le banc de moules où me conduisait la faim, ces larrons visqueux rampaient en grand nombre.

A l'aide de sa trompe, la pourpre près de laquelle je venais de m'arrêter s'occupait activement à percer un trou rond dans la coque de la moule ; le mollusque univalve s'apprêtait ainsi à dévorer son frère bivalve, en l'atteignant par ruse dans sa maison fermée par ailleurs, et solidement, à toute tentative d'intrusion.

Vous imaginez-vous l'angoisse de la pauvre moule qui devine, à l'ébranlement lent et continu de sa coquille, l'attaque de l'ennemi sans doute connu par son instinct, et ses souffrances quand la trompe insatiable, ayant achevé l'œuvre de perforation et pénétrant par surprise jusqu'au corps mou et fragile, frissonnant de terreur dans son manteau, commence à en puiser les sucs ?

Mais je serais mal venu à m'appesantir sur ce tableau, moi que les nécessités de la vie contraignent aussi à être souvent un meurtrier : que la moule périsse sous la trompe d'une pourpre ou sous les pinces d'un crabe, la douleur de son supplice est la même.

D'ailleurs j'avais faim, et en pareille circonstance surtout, les individus de ma race, qui ne sont jamais tendres, ignorent la pitié.

Cependant, vous l'avouerai-je ? une sorte de colère s'empara de moi à la pensée que ce mollusque sans courage et sans apti-

tudes belliqueuses, qui ne sait que ramper insidieusement
et se dérober devant l'adversaire, allait sans peine profiter
d'un festin auquel nous autres crabes, les guerriers de la
mer, nous ne pouvons toucher qu'au prix d'une longue
lutte, et, comme j'étais jeune encore et facilement irritable,
le désir me vint de chercher à la pourpre une querelle... de
crabe.

Justement elle venait triomphalement de réussir à percer
son trou, et elle commençait avec volupté à dévorer sa victime.

Je m'approchai donc vivement, d'une démarche oblique suivant notre coutume, et je criai sur un ton frémissant :

« N'as-tu pas honte, bourreau, de tourmenter ainsi cette
pauvre bête ? »

La pourpre se tourna légèrement vers moi, sans retirer sa
trompe du trou percé dans la valve, et me dit d'un ton pla-
cide, qui n'était que l'effet de son tempérament de mollusque,
et qui cependant eut le don de m'exaspérer :

« C'est bien à toi à me donner des leçons de douceur, alors
que tu sacrifies chaque jour plusieurs existences. Je ne con-
teste pas que les animaux que tu dévores ne périssent plus
vite sous ta dent, mais ton estomac est insatiable, et tu multi-
plies les actes de brigandage.

« Je tue plus lentement mes victimes, mais il m'en faut
moins. S'il est ici un bourreau, c'est toi, et non pas moi !

— Insolente ! » m'écriai-je.

Et je me jetai sur le mollusque, mandibules ouvertes, pinces
dressées, mes yeux brillants de fureur.

Mais la pourpre n'attendit pas mon choc.

Cet animal, comme tous ses parents, n'a qu'un seul moyen
de défense : il n'en est que plus sûr.

Devinant mes intentions hostiles, elle retira brusquement,
avec une vivacité dont je ne l'aurais pas crue capable, tout son
corps dans sa coquille, qui roula sur le rocher.

3

Je me précipitai, et enfonçai une pince dans l'ouverture : vains efforts. Je me heurtai contre le couvercle calcaire, dont je ne pus vaincre la résistance.

Après plusieurs tentatives aussi infructueuses, je quittai la partie, et, mon appétit s'étant accru dans la lutte, je cherchai, pour y planter mes mandibules, quelque morceau plus accessible.

III

Ainsi que je l'ai dit, l'Océan est un vaste champ de bataille
où les êtres, poussés par la faim, se livrent d'incessants combats : nul d'entre eux qui n'ait à lutter d'abord pour manger,
nul qui n'ait à se défendre sans relâche pour conserver son
existence.

En haut, nageant à la surface, grouillent des légions d'animalcules : larves diverses, menus crustacés, poissons en bas
âge, qui se dévorent les uns les autres, et dont les débris, tombant lentement dans les flots, sont engloutis par des carnassiers voraces, toujours à l'affût.

Ces voraces sont à leur tour destinés à servir de pâture à
des brigands plus robustes, et ce qui reste de leurs corps dépe-
cés tombe ensuite vers le fond, toujours plus bas.

Et ainsi, à mesure qu'on approche du sol sur lequel s'étale
l'énorme nappe marine. Sur ce sol lui-même des myriades
d'affamés attendent les déchets de la vie, qu'ils sont chargés de
faire disparaître: poissons plats couchés dans la vase, anguilles
de mer visqueuses, mollusques rampants, et surtout crustacés
de toute forme, de toute taille, réalisant l'horrible à tous les
degrés.

Si les débris des êtres qui ont cessé de vivre pouvaient s'accumuler au fond, la mer ne serait plus depuis longtemps qu'un réceptacle de substances en décomposition, dont les émanations délétères rendraient toute existence impossible non seulement dans les flots, mais même sur la terre.

Mais Dieu, suivant la coutume de son infinie providence, a placé le remède à côté du mal, et créé des cohortes de nettoyeurs, toujours prêts à jouer des mandibules pour faire disparaître rapidement les épaves en putréfaction.

Au fond de la mer, ce rôle utile est rempli presque exclusivement par les crustacés, c'est-à-dire par mes cousins les homards, les crevettes, les langoustes, les tourteaux, et par mes frères les crabes.

Sur la plage, mes pareils partagent la tâche avec les goélands, les mouettes et les autres vautours de la mer, grands amateurs de chairs mortes, qu'ils mettent en pièces à l'aide de leur bec recourbé, crochu.

A l'infini fécond de la nature marine, Dieu oppose, par les oiseaux voraces et les crustacés insatiables, un infini d'absorption ; toutes les plages connaissent ces auxiliaires, auxquels est confiée l'essentielle fonction d'agents de la salubrité.

La taille des travailleurs est proportionnée à l'importance de la besogne : les menus cadavres, les tendres et gélatineuses méduses, sont abandonnés aux infimes talitres, aux exiguës et prolifiques puces de mer; mais qu'un gros animal échoue, et aussitôt crustacés et oiseaux, ceux-ci dessus, ceux-là dessous et dedans, rivalisent de zèle pour en absorber jusqu'au dernier fragment.

Qui dit crustacé dit encroûté, c'est-à-dire cuirassé ; et nulle dénomination ne pourrait être mieux appropriée pour des êtres dont le corps s'enveloppe d'une invulnérable cuirasse, dure, résistante, faite de pièces qui peuvent jouer les unes sur les autres, et si merveilleusement adaptées qu'elles ne laissent entre elles aucune prise, tout en permettant aux mouvements la plus grande liberté.

Supposez ces armures grossies à la taille de l'homme : qui ne s'enfuirait plein de terreur à la vue de pareils monstres ?

Regardez-nous de près, mes parents et moi, et voyez avec quelle légèreté nous portons ce formidable attirail défensif et offensif ; voyez si nous sommes embarrassés par ces pinces solides, par ces lances aiguës, par ces mâchoires tranchantes dont la nature nous a si libéralement gratifiés.

Est-ce la confiance justifiée que nous donnent nos cuirasses ? Est-ce simplement une disposition de notre instinct réglée par la tâche spéciale que nous avons à remplir ? Je ne sais : mais à la puissance de nos armes nous joignons un courage énergique qui va parfois jusqu'à la témérité, et ne nous fait reculer que devant un ennemi notablement supérieur en force.

Et l'ardeur belliqueuse n'exclut pas de nous à ce point la prudence, que nous ne sachions au besoin avoir recours à la ruse.

L'adversaire qui a peur n'est-il pas à demi vaincu ? C'est pourquoi nous allons au combat les tenailles hautes, en faisant claquer nos pinces dans un bruit menaçant.

Si, au contraire, la victoire ne nous paraît pas assurée, sagement nous battons en retraite. Pourquoi voudriez-vous, par exemple, que nous fassions parade vis-à-vis de l'homme d'un inutile courage ?

Contre sa force nous ne pouvons rien, et l'expérience nous a appris qu'il ne craint nullement nos pinces : aussi à sa vue, et si seulement il nous observe, nous hâtons-nous de fuir, en courant de travers, suivant cette habitude qui vous porte tant à rire.

L'homme blessé et tombé sur le rivage ne nous inspire d'ailleurs aucune crainte, et si nous sommes en nombre, nous n'hésitons pas en ce cas à l'attaquer.

Quant à l'homme mort, il ne vaut pas plus pour nous qu'un poisson ou un mollusque; et, pour ma part, lorsque la vague a mis à ma portée des cadavres de naufragés, dépouilles hideuses, ma gourmandise m'a incité parfois à y mordre.

Cela ne diminue en rien ma crainte à l'endroit de l'homme vivant, ni le respect que j'ai pour son intelligence.

Il semble que nous ne puissions être robustes qu'à la condition d'être laids : les diverses pièces de notre armure, si indispensable à notre genre de vie, n'ont aucune grâce et font de nous, — je suis bien obligé de le confesser, — les êtres sans doute les plus horribles de la création.

C'est dans notre famille que la difformité repoussante atteint son plus haut degré; mais comment exiger l'élégance et la grâce de créatures vouées pour ainsi dire au carnage incessant, de guerriers qui ne connaissent pas le repos et sont astreints à chaque moment de leur existence à de rudes combats ?

Pas une de nos pattes, pas une des multiples pièces de notre bouche qui n'ait une stricte utilité, et il faut que nous en possédions un grand nombre, puisque nous sommes exposés à en perdre à la bataille.

J'avoue cependant que cet ensemble de dards, d'épines, de tenailles, ne saurait offrir à l'œil humain un spectacle attrayant : oubliez notre laideur en connaissant mieux notre utilité.

Les crabes mangent de tout : nous avons bon appétit, et nous nous laissons facilement tenter par les dépouilles animales qui touchent nos mandibules; l'espèce nous en importe assez peu.

Avez-vous observé parfois mes pareils s'empressant en troupe, pour en faire curée, autour du cadavre d'un poisson rejeté sur la grève ?

Les avez-vous vus se hâter, se culbuter, monter les uns sur

les autres et, renversés par la lame, revenir au festin avec le même empressement ?

Les voilà tous attablés, dînant en commun : quelle joie !

Ils se mettent en rang, tournés vers la proie, presque dressés sur leurs huit pattes ; leurs pinces saisissent à terre de menus débris de victuailles et les portent à la bouche, avec promptitude et régularité.

Chaque main a son tour : quand la droite arrive aux mandibules, la gauche ramasse ; et quand celle-ci donne l'aliment, celle-là recueille.

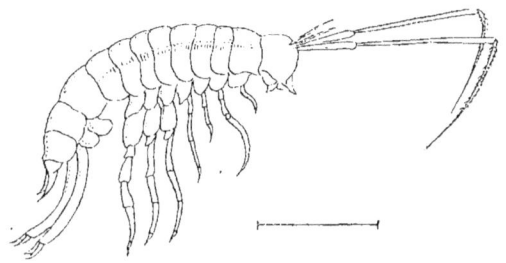

Talitre, vulgairement puce de mer.
Le trait indique la vraie grandeur.

Et ainsi il n'y a pas de temps perdu ; pour le plus grand profit de leur appétit, les crabes ont le bonheur d'être ambidextres.

Mais le flot n'apporte pas toujours la nourriture prête, la proie morte ou sans défense ; le crabe alors doit se mettre en quête, livrer bataille parfois à un adversaire robuste et qui n'entend pas être mangé, essayer de gagner de vitesse un gibier agile et qui se dérobe.

La faim est une excellente institutrice : elle nous enseigne une habileté admirable, des ruses ingénieuses.

S'agit-il de dévorer une moule grasse et succulente, qui fait effort de tous ses muscles pour contracter sa charnière et rapprocher solidement les valves de sa coquille ?

Il faut d'abord s'opposer à cette tentative, car, la coquille fermée, le mollusque est invincible : contre les parois de la maison calcaire nous userions sans effet nos mains.

Mais une pince prestement introduite entre les valves suffit à les maintenir écartées.

Quant à l'autre pince, elle manœuvre comme une tenaille pour dépecer le mollusque et pour lui faire exécuter, fragment à fragment, le voyage de sa coquille à notre bouche; l'opération se poursuit tant qu'il reste entre les valves la moindre miette de muscle ou de chair.

S'agit-il maintenant de capturer un de ces talitres, que les matelots nomment puces de mer, et qui, au moindre danger, s'échappent en faisant des bonds désordonnés ?

Vous avez vu certainement sur quelque plage ces menus crustacés sauteurs, dont les plus gros atteignent au plus le volume d'une petite crevette, et qui, suppléant à la taille absente par le nombre, sont de très efficaces et très prompts nettoyeurs.

Sous les épaves de toute nature que la mer rejette, algues en décomposition, cadavres d'animaux, déchets même de l'industrie humaine tombés des navires et poussés au rivage, les talitres accourent par légions et se mettent à l'œuvre, travaillant ferme des mandibules.

Qu'un promeneur alors pose le pied sur le sable, près du chantier de nettoyage, et aussitôt la troupe grouillante se disperse de tous côtés, semblable à une fumée qui serait dissipée par un tourbillon.

Pour parvenir à prendre cet insaisissable gibier, nos armes robustes nous seraient d'une faible utilité, et la ruse atteint mieux le but.

Sur le sable de la grève, parmi des débris d'herbes marines, à quelques pas du liseré écumeux où le flot vient mourir, un talitre prend son repas.

La petite bête est aux aguets, car elle devine l'ennemi et elle se tient prête à bondir à la première alerte.

L'ennemi, en effet, n'est pas loin : insidieusement sorti de la vague, un crabe s'avance. Un mollusque échoué tente d'abord sa gourmandise, et il y donne quelques coups de pince.

Mais le talitre est morceau plus friand, et voilà mon parent qui dirige de ce côté les zigzags de sa marche tortueuse.

Toutes les aspérités du sol sont par lui mises à profit pour se dissimuler : un galet, un menu paquet d'algues, l'abritent tour à tour. C'est une guerre d'embuscades.

Voilà que le talitre a levé la tête et inspecte l'horizon : une crainte s'est emparée de lui.

Mais il ne voit rien ; le crabe a disparu. Où est le crabe ?

Un instant se passe, la confiance revient au talitre. Deux yeux noirs, brillants, émergent du sable, suivis bientôt par une carapace ; des pinces et des pattes apparaissent.

Le rusé guerrier a su s'enliser à temps, et le voilà qui gagne encore du terrain.

Enfin il est à portée : d'un bond il se précipite sur le talitre, et un seul coup de mandibules suffit à en faire deux tronçons.

S'il tombe, non plus sur un individu isolé, mais au milieu d'une troupe de puces de mer, sa tactique est un peu différente. Il se précipite brusquement dans la bande, de manière à y jeter le désordre, avec l'espoir que, dans leur panique, les petites bêtes se bousculeront mutuellement, et que l'une d'elles au moins lui tombera sous la pince.

Cet espoir est-il déçu, il en est quitte pour se cacher dans le sable, en attendant plus propice occasion et meilleure issue à son stratagème.

Nous connaissons bien notre gibier : les talitres, soyez-en assurés, ne tarderont pas à revenir à l'endroit où ils vaquaient à leurs occupations, ayant déjà oublié la présence de l'ennemi.

Dès qu'il a constaté qu'on danse au-dessus de sa tête, celui-ci se rapproche de la surface avec une sournoise lenteur ; les talitres continuent leurs gambades, et au milieu de leurs sauts retombent qui sur le dos, qui sur le flanc.

Un effort leur est alors nécessaire pour se remettre sur leurs pattes : c'est le moment que choisit le crabe pour surgir soudainement, et pour s'emparer des imprudents qui se trouvent en critique posture.

Si je puis vous tracer ces tableaux avec tant de certitude, si je puis même vous parler de l'espèce humaine en toute liberté de langage, c'est parce que de nombreux jours se sont accumulés sur ma carapace, et que chacun de ces jours m'a apporté quelque leçon nouvelle.

Mais je n'oublie pas que je ne vous ai encore montré en moi, dans les premiers feuillets de ces *mémoires,* qu'un pauvre jeune crabe sans expérience, et je vous dois quelques détails de plus sur mon enfance.

Je reprends donc le fil de mon récit.

Des hommes que j'avais vus déambuler sur la plage ne m'était resté qu'un excellent souvenir.

Aucun d'eux n'avait songé à me vouloir du mal, et tous m'avaient séduit par l'importance et la majesté de leur taille, l'intelligence peinte sur leur visage, l'harmonie de leur voix, la grâce et l'aisance de leur démarche.

Comment aurais-je supposé que sous des dehors aussi captivants pût se cacher parfois une grande sécheresse de cœur, une profonde insensibilité aux maux d'autrui?

Quelques événements que je vais vous raconter sont venus m'enseigner que certains hommes ne sont pas toujours aussi bons qu'ils le devraient d'après la suprématie accordée à leur espèce, par le Créateur, sur la nature presque entière.

A mesure que la belle saison s'avançait, je remarquai que les maisons encerclant la plage se peuplaient les unes après les autres.

Les grands panneaux de bois qui en protégeaient jusque-là

les portes et les fenêtres avaient été enlevés ; ces portes et ces
fenêtres, maintenant ouvertes, laissaient passer à flots, pour
les heureux habitants de ces agréables abris, la lumière et
l'air.

Souvent je les voyais venir à leurs balcons ; ils contemplaient

La plupart s'amusaient à construire, à l'aide de sable et de galets,
de fragiles édifices que renversait chaque marée.

longuement et avec admiration les tableaux changeants de la
mer aux multiples aspects, et il était facile de deviner leur
bonheur.

Souvent aussi ils descendaient sur le sable, où ils dressaient
des tentes pour se défendre contre les rayons déjà brûlants du
soleil.

Les plus âgés aimaient à se coucher sur le sol ou à se promener par groupes, à pas très lents, en devisant.

Tandis que le temps s'écoulait ainsi pour eux en délassantes

occupations, leurs enfants, pleins d'activité comme on l'est à
cet âge, se livraient à mille jeux divers.

La plupart s'amusaient à construire, à l'aide de sable et de
galets, de fragiles édifices que renversait chaque marée ;
d'autres pêchaient dans les flaques des crevettes et de petits
poissons.

Suivre des yeux leurs jeux était pour moi une irrésistible
distraction ; en dehors des moments où je devais chercher ma
nourriture sous les flots, je ne quittais pour ainsi dire plus le
voisinage de la plage.

Une après-midi que je m'étais ainsi avancé à la marge du
sable mouillé, et que je contemplais avec un plaisir béat les
amusements des jeunes baigneurs, je fus témoin d'un spectacle
bien singulier, qui ne manqua pas de m'indigner.

Au milieu d'une assistance nombreuse, parmi laquelle des
dames respectables et des messieurs d'âge mûr, une quinzaine
de gros individus de mon espèce étaient sur le sol, rangés en
ligne et maintenus dans leurs tentatives de fuite par quelques
jeunes gens qui paraissaient fort se divertir à ce genre d'occupation.

Des plaisanteries, qui excitaient encore ma colère, éclataient
à chaque instant dans les groupes, et de bruyants éclats de rire
accueillaient les quolibets que se permettaient les assistants
sur notre carapace bizarre, notre allure oblique et notre tenue
sérieusement burlesque.

« Les insensés ! pensais-je en mon courroux, ne savent-ils
pas que cette carapace, ces pattes multiples, ces pinces dont
ils se moquent avec tant d'entrain sont précisément les outils
et l'uniforme dont nous avons besoin pour accomplir notre
mission ?

« Le Créateur en a réglé jusqu'au plus infime détail, de
telle manière que tout dans notre corps fût admirablement
adapté à cette mission, et qu'il n'y eût en nous ni défaut ni
excès. Que si nous ne paraissons pas beaux aux yeux de

l'homme, c'est parce qu'il nous juge d'après des points de comparaison qui nous font tort.

« Nous manquons peut-être de la beauté relative, mais nous avons cette beauté absolue que possède toute créature sortie des mains de Dieu avec la structure qui lui convient le mieux pour jouer le rôle qui lui est assigné dans l'harmonie de l'univers. »

C'était là, penserez-vous, une bien inutile dépense de philosophie à propos d'un jeu innocent, dont les jeunes baigneurs qui s'y livraient n'avaient assurément pas calculé l'importance morale : mais les victimes de ce jeu étaient des frères tombés au pouvoir de l'homme, et cela m'humiliait.

Supposez un enfant devenu le jouet de crabes moqueurs et malveillants : que penseriez-vous ?

Donc, mes frères captifs étaient là, solidement maintenus en ligne. Un des jeunes hommes, qui semblait le chef et le guide de la joyeuse troupe, donna tout à coup un signal ; immédiatement, les crabes furent lâchés et dirigés vers un poteau planté comme but dans le sable.

J'assistais à une course de crabes.

Derrière les enfants qui s'amusaient, et mêlés aux parents qui riaient, il y avait des gens à la figure anxieuse, suivant avec une attention fébrile les prouesses des concurrents ; ceux-là avaient évidemment à la lutte un intérêt qui n'offrait rien de commun avec le plaisir, intérêt dont je ne devinais pas bien la nature : sans doute le triomphe de l'un ou de l'autre des crabes devait-il être pour ces gens l'occasion d'un bénéfice ou d'une perte.

Cependant les crabes, dirigés par leurs possesseurs, se hâtaient de leur mieux, pinces levées, vers le poteau ; parfois, l'un d'entre eux rencontrait chemin faisant une pierre, et, échappant à la surveillance, réussissait à se tapir sous cet abri.

Celui-là avait perdu et cessait de faire partie des concurrents; son maître ne manquait pas de lui témoigner par quelque torture sa mauvaise humeur.

Je ressentais une vive humiliation et ma colère était telle que, perdant toute prudence, je m'avançai presque jusqu'aux rangs des spectateurs.

Mes yeux brillaient d'indignation, je levais haut mes pinces et je les faisais claquer comme si j'eusse voulu, chétif, tenir tête à moi seul à cette foule de géants, dont le moindre m'eût écrasé sans effort d'un coup de talon.

Mon attitude belliqueuse et provocatrice avait évidemment un caractère bien ridicule, car un des assistants qui, à mon insu, m'observait, se dirigea vers moi suivi de plusieurs de ses amis, et, en agitant sa canne au-dessus de ma tête, se mit à déclamer des strophes ironiques, empruntées sans doute à quelque poète qui ne nous connaît pas, et dans lesquelles nos instincts belliqueux étaient comparés à la « rage cocasse » du « monsieur qui va tout manger ».

Savez-vous, d'après ce poète qui a jugé bon d'exercer son esprit à nos dépens, pourquoi nous nous mettons en garde, prêts à défendre chèrement notre vie? — Tout simplement parce qu'on nous regarde !

A mesure que le mauvais plaisant débitait, avec des intonations qui faisaient rire aux larmes ses voisins, ses ironiques couplets que, je vous l'assure, je ne trouvais nullement spirituels, la colère faisait place en moi à une véritable fureur.

Je me sentais prêt à faire explosion, et je souffrais encore davantage en voyant que ma rage, loin d'être prise au sérieux, aggravait le ridicule de mon impuissance.

Quand la joie fut un peu calmée, l'homme aux couplets, sans cesser de me menacer avec sa canne, dit d'un ton solennel, en affectant de s'adresser à moi :

« Crabe, qu'as-tu à dire pour ta défense? »

Un des rieurs prit la parole :

« Que veux-tu que réponde la pauvre bête ? Te comprend-elle seulement ?... Mais ton poète moqueur n'est pas seul à avoir de l'esprit ; un autre s'est fait l'avocat, le très bon avocat du crabe. »

Et, à son tour, il se mit à réciter des vers qui faisaient allusion à la nécessité où nous sommes de nous défendre à chaque instant contre « mille genres de trépas », depuis la chasse

Elle me lâcha en poussant un cri de douleur.

féroce « des gens des trains de plaisir » jusqu'à la gracieuse barbarie du poète rêveur, qui nous met « sa canne dans l'œil ».

Ah ! celui-là, pour le remercier je l'eusse embrassé ; et, cependant, je ne suis pas bien sûr qu'il fût plus sérieux que l'autre.

Quand le colloque littéraire fut fini, le premier qui avait parlé, et qui n'était évidemment pas un méchant homme, se baissa tout à coup vers moi, me prit délicatement sur les côtés de ma carapace et, toujours plaisantant, me dit, tandis qu'il me tenait :

« Tu n'as pas l'âge, petit, de faire le matamore ; tu ne peux

guère faire peur qu'aux moules. Retourne chez tes parents,
qui doivent être inquiets de ton absence. »

Et, sans effort, il me lança au loin, vers le flot qui montait ;
la vague me reçut sans me faire aucun mal ; assez penaud,
livré aux sentiments variés de la colère, de l'indignation et de
la honte, je me retirai sous une pierre, et pendant quelques
jours je n'osai plus me montrer sur la plage.

L'aventure cependant ne m'avait pas guéri de ma curiosité ;
dans mon exil, je souffrais de ne plus pouvoir admirer la grâce
et la gentillesse des petits baigneurs, de n'être plus le témoin
de leurs jeux.

Je les aimais vraiment, ces enfants, et n'étais pas éloigné de
croire qu'ils me le rendaient.

« Qu'ils sont beaux, pensais-je, les petits des hommes ! Combien j'aurais de plaisir à sentir leur douce main caresser ma
carapace ! »

N'y tenant plus, je repris mes promenades sur la grève enso-
leillée.

Sotte témérité de la jeunesse ! Une après-midi que je rôdais
ainsi, plein d'admiration, auprès d'un fort que construisaient
de mignonnes baigneuses aux pieds nus, l'une d'elles, qui avait
de grands yeux rêveurs, s'écria :

« Oh ! la sale bête ! Attrapons-le ; nous le ferons cuire et
nous le mangerons ! »

J'étais stupéfait et cruellement désabusé.

De si vilaines injures sortant d'une bouche si gracieuse ! Moi
qui ne venais là qu'avec des sentiments de paix !

Cette fois il ne s'agissait plus d'essayer d'une fanfaronne
résistance, mais de tâcher au plus tôt de sauver ma vie.

Je n'eus pas le temps de faire sur ma déconvenue les
réflexions philosophiques qui s'imposaient : car, à l'injonc-
tion de la jolie enfant, toute la troupe s'était mise à ma poursuite.

Il fallut déguerpir et trouver en hâte une mare dans

laquelle j'essayai de me dissimuler sous les algues. L'espiègle m'y poursuivit, et réussit à me prendre; mais je la pinçai énergiquement. Elle me lâcha en poussant un cri de douleur : cette fois je parvins à m'enfoncer dans le sable humide.

« O race perfide, murmurai-je encore tout tremblant dès que je fus à l'abri, désormais je me méfierai de tes représentants ! Sous la grâce tu caches la haine, et ton apparence est trompeuse. »

Je tins parole, et m'éloignant désormais de la plage, j'allai chaque jour contempler le soleil à quelque distance de l'endroit dangereux, parmi les rocailles tombées des falaises et où la mer, en se retirant, laissait de petites flaques miroitantes.

Je croyais fuir l'homme ; je l'y retrouvai dans une circonstance qui n'était pas de nature encore à lui attirer mon estime. Après l'avoir aimé, j'allais le haïr : c'est le propre de la jeunesse de passer aisément d'un extrême à l'autre. La sagesse est dans un juste milieu : il y a parmi les hommes des bons et des méchants, qu'on ne peut distinguer les uns des autres qu'à l'essai.

Le rieur qui avait égayé ses amis à mes dépens ne s'était en somme pas montré cruel à mon égard, et m'avait même rendu service en me rejetant à la mer et en me conseillant, sous une forme plaisante, de fuir un inutile danger.

Celui-là avait fait preuve d'une bonté dont je lui sais encore gré aujourd'hui.

IV

Donc, un soir, — l'été était venu, — je méditais et rêvais,
l'estomac plein, sous une touffe d'algues, au bord d'une petite
mare, qu'entouraient de tous côtés de gros blocs de rochers
glissants, quand il me sembla entendre tout près de moi des
gémissements et des appels plaintifs.

Je me hissai sur mes huit pattes, et j'inspectai les environs. La voix se fit plus distincte, et je compris qu'elle disait :

« J'ai faim, j'ai faim ! Par pitié, donnez-moi de quoi ne pas
mourir. »

Pareille demande me sembla étrange au bord de cette mare
où se jouaient tant de bestioles de capture facile. Je m'approchai du point d'où partaient les plaintes, et je distinguai,
immobile sur une pierre, un gros crabe de cette espèce différente de la nôtre, et que les hommes nomment *tourteau*.

Le malheureux reposait sur le ventre, et me parut absolument privé de pattes et de pinces.

Vous l'avouerai-je ? Bien qu'il fût en si mauvaise posture et
à peu près incapable de nuire, réduit à la nécessité de quêter
sa pâture, mon premier mouvement fut de le fuir.

Le tourteau est en effet un dangereux voisin, non seulement pour les autres crabes, mais même pour les individus de son espèce.

Je le savais par expérience, ayant été précisément la veille témoin d'un fait que, malgré mon naturel peu sensible, je n'avais pu contempler sans horreur.

M'étant aventuré assez loin sous la mer, tant pour satisfaire ma curiosité que pour chercher des proies nouvelles, j'étais arrivé à un endroit où de nombreux tourteaux s'agitaient parmi les rochers, se livrant entre eux des combats meurtriers ou attaquant, — courageusement, je dois le dire, — des proies volumineuses et robustes.

Ces crabes n'ont pas comme nous l'habitude de se rapprocher de la grève, et se tiennent plus volontiers dans les profondeurs assez grandes qui jamais ne découvrent, même aux plus basses mers.

Un de ceux que je voyais était occupé à quelque festin, portant alternativement et avec rapidité ses deux pinces à sa bouche, quand un autre, de taille plus forte, vint l'accoster. Le nouveau venu prit son camarade entre ses pattes, à peu près comme un enfant saisit un biscuit, et se mit à briser la carapace, de manière à se frayer un chemin jusqu'à la chair.

Le spectacle me paraissait horrible; cependant, fasciné et en proie à une curiosité inconsciente, je restai pour en voir la fin.

Ce que je raconte est l'exacte vérité, et pourtant l'on me croira peut-être difficilement.

Dans la carapace entr'ouverte, l'agresseur enfonça avec aisance et volupté ses doigts crochus, tout à la joie de son dégoûtant repas, et sans paraître prêter attention aux yeux affamés et jaloux d'un troisième larron, qui s'avançait sournoisement, tout prêt à lui faire porter la peine de son assassinat par un sort analogue.

Celui-là était tout aussi cruel, et encore plus robuste. Il saisit le meurtrier entre ses pinces, exactement comme celui-ci avait pris sa victime, et toujours de la même manière il ouvrit sa carapace, y plongea ses pattes, et commença à fouiller dans ses entrailles avec sauvagerie.

Pensez-vous que le tourteau ainsi attaqué ait eu un seul instant la velléité de s'enfuir, de tenter au moins la résistance?

En aucune manière : il continua tranquillement et toujours avec un égal plaisir à dévorer son jeune frère terrassé, et ne quitta son festin que lorsqu'il eut été lui-même dépecé par son bourreau.

Cette fois la crainte l'emporta sur la curiosité, et tout tremblant de frayeur je m'enfuis loin de ce repaire de brigands, pour les mandibules desquels je n'eusse été qu'une bouchée.

Voilà les tourteaux, et voilà leurs mœurs !

Ainsi vous sera expliquée la défiance que je ressentis à l'endroit d'un représentant de cette race cruelle, bien qu'il fût privé de ses membres et qu'il m'implorât.

Cependant la curiosité est un sentiment bien fort dans la jeunesse ; et toutes réflexions faites, je me dis qu'un être ainsi désarmé, même s'il nourrissait des intentions hostiles, ne pouvait être bien redoutable, surtout si j'avais la précaution de me tenir à une distance raisonnable. En cas d'alerte, une prompte retraite me mettrait à l'abri, et, Dieu merci ! j'étais agile.

Je me rapprochai donc de l'infirme, toujours immobile sur son rocher, et quand je fus assez près pour pouvoir entamer la conversation, je lui dis :

« Que veux-tu de moi, tourteau ? Et d'abord raconte-moi par quelle suite d'événements tu es venu échouer en pareil état sur cette pierre.

— C'est une cruelle histoire, me répondit-il, et je t'en ferai connaître les détails ; mais en ce moment les forces me manquent.

« Il faudrait d'abord que j'aie quelque chose à me mettre sous la dent, car voilà longtemps que je jeûne et mes blessures m'ont affaibli.

« Je t'en prie, apporte-moi un petit morceau, et approche en toute confiance : tu vois bien que je suis incapable de te faire du mal. »

L'espoir d'un récit curieux me fit dominer cet instinct égoïste qui est chez nous, — pourquoi me peindrais-je autre que je ne suis ? — très développé.

Je me glissai dans la mare, et j'eus bientôt fait de trouver des victuailles, que j'emportai de mon mieux dans mes pinces,

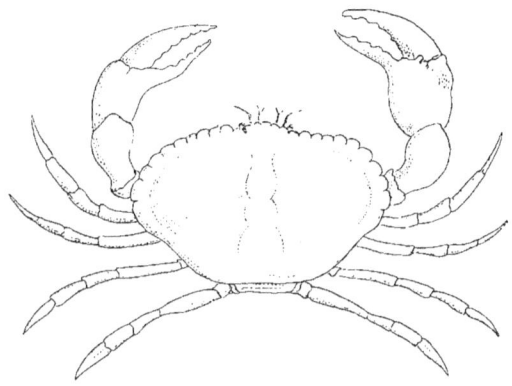

Le crabe tourteau.

et que je plaçai avec précaution sous les mandibules du tour-teau.

Cela fait, je retirai mes doigts, non sans une précipitation qui décelait un reste de méfiance ; le tourteau sans doute vit bien ce mouvement, mais il se garda d'y faire allusion, et après m'avoir vivement remercié, il se mit à manger avec avidité. N'ayant plus ses pinces et ne pouvant se soulever, il saisissait fort maladroitement les morceaux ; aussi son repas fut-il très long. J'étais anxieux de connaître l'histoire qu'il m'avait pro-mise ; j'attendis pourtant patiemment que, ses forces réparées, il pût entreprendre son récit.

J'eus même encore la vertu de mettre un frein à ma curiosité, et de lui offrir pour son dessert un talitre qui eut à ce moment l'imprudence de sortir du sable entre mes pattes.

Quand il eut expédié son talitre, le tourteau commença ainsi :

« Tu dois être bien étonné de me trouver sur la grève, si loin du domaine sous-marin où mes pareils vivent d'ordinaire.

« Je m'y livrais à mes occupations coutumières, qui sont, comme tu le sais, la chasse et la guerre, quand un terrible engin, un filet inexorable, traînant sur le fond de la mer, vint brutalement m'arracher à ce canton rocailleux où s'était déroulée jusque-là mon existence.

« J'essayai de m'enfuir, de rompre les lacets qui me retenaient captif : vains efforts ; plus je me débattais, plus les mailles se refermaient étroitement sur moi.

« Tout à coup je sentis que d'en haut on tirait sur le filet; les rochers connus, les algues familières disparurent rapidement à mes yeux épouvantés, et bientôt je fut hissé, pêle-mêle avec une foule d'autres animaux, sur les planches d'un bateau.

« Je n'entendais autour de moi que les râles étouffés des poissons qui mouraient, victimes de l'asphyxie, et la voix rauque des hommes auteurs de ce carnage, dont les bottes glissaient parmi l'amas visqueux de tant de pauvres bêtes ramenées du fond.

« Que va-t-on faire de moi? pensai-je. Et je crus bien que mes derniers instants étaient arrivés.

« J'avais été jeté sur le dos, et je suffoquais sous le poids des morues agonisantes.

« Parmi ces morues, une main fouilla, me saisit brutalement avant que je n'eusse pu dresser mes pinces, — pauvre défense, d'ailleurs, en un tel danger, — et je fus lancé dans un panier, à demi-rempli déjà d'autres victimes semblables à moi; quelques crabes de ton espèce y figuraient aussi.

« Quand les hommes du bateau eurent ainsi sommairement trié leurs captures, un commandement se fit entendre, et aussitôt une trépidation agita le bâtiment.

« J'eus un instant l'espoir que celui-ci allait s'ouvrir et nous rendre à notre élément; mais docilement il obéit à la machine effrayante dont j'entendais les pulsations, et peu d'instants après les édifices étagés d'une grande ville s'offrirent à ma vue.

« Une sorte de mur, — les hommes disaient le *quai*, — se dressait à pic le long du rivage. Le bateau y accosta, y fut solidement amarré par des chaînes, et le débarquement commença.

« Le panier où je me débattais, luttant de mon mieux contre l'asphyxie, fut placé avec plusieurs autres sur une sorte de cadre en bois roulant sur de grands cercles, et, tourteaux infortunés, nous fûmes emportés loin de la mer natale dans un vaste bâtiment, dont les voûtes retentissaient de vociférations et d'un effroyable vacarme.

« Je compris que j'étais devenu un objet de commerce. Une grosse vendeuse de poisson, aux mains gluantes et couvertes d'écailles argentées, acheta le panier, et se hâta d'aller exhiber son acquisition dans les rues de la ville.

« Après avoir subi la honte des marchandages, des dépréciations intéressées, après avoir été tâté, soupesé, flairé, j'échus, avec une demi-douzaine de mes compagnons, à un homme vêtu, non grossièrement comme les matelots qui m'avaient capturé, mais élégamment; il portait un fin costume soyeux, et un ruban d'une brillante couleur décorait une des fentes de ce costume. Il remit à la marchande une rondelle blanche, et m'emporta, ainsi que mes camarades, dans un grand sac de papier.

« Je ne me faisais pas illusion sur ses intentions : quoiqu'il eût une voix très douce, il découvrait en parlant deux rangées de dents qui me parurent fort redoutables :

« Ces dents-là, me dis-je, entreront dans ta chair ; tourteau, mon pauvre ami, voilà ton dernier voyage ! »

« Réprimant par des chiquenaudes les velléités d'évasion de ses prisonniers, le monsieur décoré gagna sa maison. Il embrassa son jeune garçon, et dit à sa femme :

« — Vois, ma bonne, ce que je t'ai rapporté pour le déjeuner. »

« Et la dame, qui avait un visage bienveillant, répondit avec un sourire :

« — Mon ami, l'excellente pensée qui t'est venue là ! »

« Mélancoliquement, je pestai contre l'excellente pensée, qui allait me coûter la vie ; mais toute lutte était impossible, et je dus me résigner à mon sort.

« Saisi avec précaution, sur les côtés de ma carapace, par une femme qui avait les bras nus et la figure rouge, et dont j'essayai en vain de prendre les doigts entre mes pinces, je fus emmené avec mes frères dans une pièce étroite, assez sombre, où régnait une chaleur qui me parut d'abord difficile à supporter. Cette chaleur venait d'une sorte de grande boîte en métal dans laquelle brûlait, en produisant un ronflement, une substance noire qui dégageait des flammes rouges.

« La femme aux bras nus me déposa provisoirement, avec mes frères et compagnons d'infortune, dans un récipient en bois dont les parois étaient à ce point lisses que nos pattes essayaient en vain d'y trouver un appui.

« Puis elle prit une longue tige couverte d'un dépôt noir, l'introduisit dans sa boîte à feu, l'agita violemment, et les flammes devinrent plus brillantes, tandis que le ronflement atteignait une effrayante sonorité.

« Sur la boîte, qui devait être terriblement brûlante, était un grand vase dans lequel un liquide, évidemment de l'eau, commençait à chantonner ; bientôt, là-dedans aussi, le bruit s'accrut, et une sorte de vapeur, qui remplissait la pièce de son brouillard, s'échappa avec des sifflements en soulevant le couvercle.

« Alors la femme, — oh ! que son visage me parut horrible, penché ainsi au-dessus de malheureuses victimes ! — plongea sa main dans le récipient où nous nous débattions.

« Un à un, mes infortunés frères furent jetés, tout vivants, dans l'épouvantable chaudière, et l'odeur de leur chair qui cuisait, mêlée dans l'eau bouillante à des herbes aromatiques, se répandit dans la pièce.

« Par hasard, — je ne sais si je dois me féliciter ou m'attrister de ce privilège, — j'étais resté le dernier. Déjà la terrible femme m'avait saisi, et je me préparais avec épouvante à faire la fatale traversée du seau à la marmite, quand le monsieur fit irruption dans la pièce, et s'écria :

« — Ah ! Gertrude, j'avais oublié de vous le dire, il faut m'en réserver un. Et soignez-le, pour qu'il soit bien vivant ; donnez-lui de l'air. »

« Puis, se tournant vers l'enfant, qui l'avait suivi, il dit :

« — Nous irons cette après-midi nous promener au bord de la mer ; je prendrai ce tourteau dans ma poche, et vous assisterez, ta mère et toi, à une curieuse expérience... En attendant, à table ! »

« Mes malheureux frères furent retirés de leur marmite ; leur carapace brillait maintenant de belles teintes rouges. Dressés sur un plat par la cuisinière, ils furent portés dans une autre pièce, où le monsieur et sa famille les attendaient pour les dévorer.

« Je restai dans mon récipient, et en songeant à mes frères dont les membres à cette heure étaient déchirés, je me dis involontairement que moi aussi j'aurais aimé avoir un morceau à me mettre sous les mandibules. Mais il était bien question de manger !

« Quelques heures plus tard, le programme tracé par le

monsieur s'accomplissait de point en point ; la si curieuse
expérience, annoncée au bambin et à sa mère, eut lieu, et c'est
moi qui en fis les frais.

« L'état où tu me vois en est la conséquence ; si cela t'intéresse, crabe, j'entrerai dans les détails... »

V

« Cela m'intéresse, » répondis-je.

Et, en réalité, ma curiosité était excitée au plus haut point.

Le tourteau s'arrêta quelques instants pour se reposer, puis il reprit :

« Je réintégrai mon sac de papier et, ainsi enveloppé, je pris place dans la large poche du monsieur. J'étais devenu très faible, l'asphyxie commençait à faire son œuvre, et je ne pensais plus à opposer la moindre résistance. A part moi je me disais :

« — Pourquoi ne tente-t-il pas chez lui l'expérience qu'il médite, et qu'a-t-il besoin pour cela d'être au bord de la mer ? »

« J'eus bientôt la réponse à cette question, car, à travers la poche où j'étais captif, j'entendis le jeune garçon qui posait exactement l'interrogation que je venais de formuler en moi-même, et le père commença ses explications.

« Je sentais à l'inégalité de sa marche que nous devions être près du rivage, et tandis qu'il sautait de galet en galet, par petits bonds qui me transmettaient leurs chocs successifs, il disait à sa femme et à son fils :

« — Les crabes et autres crustacés analogues sont doués
d'une propriété extrêmement curieuse, celle de perdre d'eux-
mêmes, d'amputer spontanément, par une brusque contraction, leurs pattes soumises à une excitation assez forte. Je me
propose de vous montrer comment se produit ce phénomène,
et c'est pourquoi j'ai sauvé de la marmite ce tourteau, qui est
d'assez belle taille et me paraît énergique. Toutefois j'ai craint
qu'il ne fût trop affaibli par son voyage de l'Océan à notre cui-
sine, car la chute des pattes est difficile à obtenir sur les individus qui ne sont pas vigoureux et en bonne santé. J'ai donc
voulu, avant de tenter l'expérience, lui permettre de reprendre
quelque force en le plongeant dans l'eau de la mer, afin qu'il
pût y respirer et revenir à la vie. Voilà, sous ce rocher, une
mare qui fera notre affaire ; elle présente les conditions
requises pour que notre prisonnier y soit placé quelques instants sans qu'il puisse cependant nous échapper. »

« Nous étions arrivés en cet endroit où tu me vois maintenant immobile et amputé. Une main prit dans la poche le sac
de papier, d'où je fus extrait, et l'expérience commença.

« Comme il venait de l'annoncer, le monsieur me plongea
d'abord dans cette mare d'eau salée, et réellement cela me fit
grand bien. Ce n'est pas impunément, vois-tu, que nous nous
éloignons de notre élément.

« Au bout de quelques instants, j'avais repris assez de vigueur
pour que le désir de la liberté, le besoin de revoir les algues
natales, s'emparassent de moi avec une irrésistible intensité.

« De toute la rapidité de mes pattes, je fis le tour de la
mare et la sillonnai en tous sens, cherchant une issue entre
les pierres, et au fond une fissure pleine de sable où j'aurais
pu m'enliser.

« Vains efforts : la pierre s'étendait partout, compacte, sans
la moindre fente. Le monsieur était penché au-dessus de la
mare, et semblait contempler mon désespoir avec ironie. Et
quand il vit que mes forces étaient revenues, il m'accula dans

un coin à l'aide d'un bâton, orné de métal brillant, qu'il portait à la main, et m'eut bientôt de nouveau fait prisonnier.

« La terrible leçon continua immédiatement; je devinais bien par avance quelles angoisses m'attendaient, car je connaissais le phénomène dont on venait de parler, et je savais qu'il n'était pas sans douleur.

« C'est, en effet, une propriété dont sont doués les tourteaux, que ton espèce possède aussi, ainsi qu'une foule de crustacés qui nous ressemblent : tu es trop jeune sans doute pour en avoir fait l'expérience; mais, patience! cela viendra, et tu l'apprendras, comme tant d'autres choses, à tes dépens.

« Tout en me prenant avec défiance, car cette fois mes pinces lui faisaient peur, et je t'assure que, puisque ma vie était en jeu, je me trouvais disposé à m'en servir, l'expérimentateur continua son discours :

« — Ce phénomène de l'amputation spontanée, que je vais vous faire constater, les savants le nomment *autotomie*... Retenez bien ce mot... Le fait n'est pas spécial aux crabes ; vous avez pu remarquer, par exemple, combien il est difficile de saisir par les pattes une araignée, ou un papillon par les ailes, sans que ces animaux ne brisent d'eux-mêmes leurs membres pour tâcher de s'échapper. De même le lézard laisse aux mains de l'agresseur un tronçon de sa queue, et se sauve en frétillant... Mais pour le moment il s'agit seulement du tourteau. J'ai dit qu'une excitation un peu forte sur une patte suffit à faire détacher cette patte près de la poitrine. Voyez !... »

« Traîtreusement, il saisit entre les pinces d'une petite tenaille un article d'une des pattes qui nous servent à marcher, et serra avec brusquerie et force.

« Je ressentis une douleur atroce, et tous mes muscles se contractèrent; cependant la patte ne tomba point encore. Mon bourreau serra plus fort; je compris que les mors de la tenaille brisaient mon épiderme, pourtant solide, et le bout de ma patte pendit bientôt inerte ; en même temps à la blessure apparut une grosse goutte de sang.

« La douleur fut un instant insupportable, puis, subitement, j'éprouvai un grand soulagement : ma patte venait de se détacher d'elle-même, presque à mon insu, au niveau de ma poitrine.

« Le monsieur triomphait, il dit :

« — Chez les crustacés, l'autotomie se fait toujours invariablement en un même point de la patte. Je vais détacher un autre membre ; il n'en restera exactement qu'un moignon semblable à celui-ci. Regardez bien. »

« J'étais épouvanté, car je m'étais naïvement imaginé que l'expérience en resterait là. Il me fallut de nouveau subir la terrible morsure de la tenaille, l'hémorragie, la souffrance, la chute de la patte.

« Deux membres me manquaient déjà ; l'expérimentateur trouva une raison pour m'en supprimer un troisième.

« — On a cru quelquefois, continua-t-il, que l'autotomie avait été donnée aux crabes pour leur permettre de s'enfuir, en abandonnant à l'agresseur une patte captive. Il n'en est rien : vous venez de voir qu'il faut pour provoquer le phénomène une excitation plus violente que n'est la simple pression d'une main retenant la patte : une blessure, un pincement énergique sont nécessaires. Voici une autre expérience qui vous paraîtra encore plus probante. »

« La femme et le jeune garçon regardaient attentivement, et mes yeux épouvantés lisaient sur leur visage cette curiosité ardente qui ne laisse aucune place à la pitié.

« Nul espoir qu'aucun secours me vînt de ce côté.

« Le monsieur prit une ficelle, et attacha un des membres qui me restaient ; puis il me posa sur le sol, tenant toujours l'autre bout de la ficelle.

« Je tentai de m'évader, et, m'arc-boutant sur un galet, je tirai de toutes mes forces sur la ficelle.

« Oh! combien j'eusse souhaité en ce moment pouvoir rompre ma patte prisonnière! Inutile désir.

« La même expression d'ironie triomphante reparut sur la figure du monsieur.

« — Voyez, dit-il, l'impuissance de cet animal. Il n'aurait qu'à exiger de ses nerfs un petit effort pour perdre son membre captif et recouvrer sa liberté : cet effort, il en est incapable. Et, en revanche, il va abandonner une patte dont la perte lui sera parfaitement inutile. »

« Avec sa funeste tenaille il saisit une autre patte que celle qui était attachée, la pinça fortement, et en obtint aisément la chute.

« Je pensais bien toucher à la fin de l'épreuve, mais mon bourreau était tenace et nullement disposé à lâcher sa proie. La leçon reprit de plus belle :

« — Si les tourteaux, les crabes et les autres crustacés qui leur ressemblent ont été doués de cette curieuse faculté de détacher eux-mêmes leurs pattes blessées, c'est, d'après les opinions les plus vraisemblables, pour échapper à l'importunité des souffrances ou au danger des hémorragies. Lorsque je pince fortement une patte avec mes tenailles, il est évident que ce tourteau doit ressentir une violente commotion douloureuse : il s'y soustrait en détachant son membre. Et si je continue la pression, si je coupe la patte, vous voyez apparaître à la blessure une épaisse goutte de sang. Que le même fait se reproduise pour plusieurs pattes, et le tourteau courra le risque de périr par hémorragie. La nature est venue à son secours en lui permettant de détacher ses membres meurtris en un point, toujours le même, où une membrane providentiellement placée là dans ce but empêche l'hémorragie. Vous pouvez voir qu'à l'endroit où les pattes se sont rompues on ne distingue aucune goutte de sang. »

« Ces enseignements étaient assurément bien intéressants,

mais combien j'eusse souhaité qu'ils ne fussent pas donnés à
mes dépens !

« Enfin, je conçus quelque espoir de me voir désormais
quitte de la terrible épreuve, car je ne pouvais imaginer que
mon bourreau trouverait encore d'autres raisons de la continuer.

« Hélas ! la voix trop connue reprit sur le même ton pla-
cide, où ne se devinait qu'une froide insensibilité :

« — Si le crabe n'est pas le maître de perdre ses pattes
quand il lui plaît, et s'il ne peut avoir recours à ce moyen de
fuite dans les cas où il lui serait utile de l'employer, il n'est
pas davantage capable d'entraver l'apparition du phénomène
quand l'excitation est suffisamment violente. Ce phénomène
n'est en aucune manière sous la dépendance de la volonté de
l'animal : c'est ce que nous autres savants nous appelons un
réflexe, c'est-à-dire l'enchaînement impérieux, inexorable, d'une
cause et d'un effet, celui-ci toujours fatalement produit dès
que celle-là entre en jeu. Dût-il perdre successivement ses dix
pattes, et être réduit alors à un tronc incapable de se déplacer,
de chercher sa nourriture, voué par suite à une mort inévi-
table, ce tourteau réagira toujours de la même manière à l'excitation de ses membres. »

« Une épouvante atroce s'était emparée de moi ; elle n'était,
comme tu le vois, que trop justifiée. Peu de paroles seront
maintenant nécessaires pour que tu te rendes compte de
l'étendue de mon malheur.

« Est-ce que cet homme terrible, pensai-je, aura la barbarie de faire comme il dit, et de me réduire au pitoyable état
de tourteau-tronc ? »

« Un instant j'espérai, parce que de sa voix douce la femme
venait de dire :

« — Pauvre bête ! »

« Mais le jeune garçon, qui avait suivi l'expérience avec tant
de curiosité, s'écria :

« — Toutes ses pattes, papa? tu affirmes qu'il peut perdre toutes ses pattes ? »

« Et le père répondit :

« — Vois plutôt. »

« Ce fut bref, et la fatale opération demanda pour être exécutée moins de temps qu'il ne m'en faut pour te la raconter. Les tenailles saisirent une à une les quatre pattes qui me restaient, exercèrent leur pression, et successivement mes pattes tombèrent. Les pinces exigèrent un effort plus grand, mais furent également sacrifiées.

« Ma carapace inerte resta aux mains de mon bourreau ; il dit :

« — Voilà un tourteau en fâcheuse posture, et qui sera bientôt mort de faim ; ne croyez-vous pas que l'humanité m'obligerait à le débarrasser promptement de sa vie misérable en le brisant sur un rocher ? »

« Mais l'enfant intervint, avec une belle inconscience :

« — Oh ! non, ne lui fais pas de mal. Il n'y a qu'à le laisser au bord de cette petite mare ; peut-être se tirera-t-il d'affaire et s'accommodera-t-il de sa nouvelle existence. »

« Le père se mit à rire, et me déposa sur cette pierre où tu me vois, et où je serais déjà mort sans ton généreux secours.

« Hélas ! quelle ironie que de faire cadeau de la vie à un malheureux dans ma situation !

« Et cependant tout espoir de salut n'est pas absolument perdu pour moi, car je dois te confier une particularité que tu ignores peut-être, c'est qu'à mon prochain changement de peau, mes pattes tombées réapparaîtront, avec assez de développement pour me permettre de me déplacer et de chercher ma pâture.

« Toi qui m'as nourri une fois avec tant d'obligeance, entreprendras-tu la tâche de m'alimenter jusque-là ? »

VI

LA FAIBLESSE DES FORTS. — UNE CRISE DANGEREUSE. — LA MORT DU TOUR-
TEAU. — LES HOTES D'UN BANC DE ROCAILLES. — LA MOULE. — LE PINNO-
TÈRE. — LA BALANE. — UN HIDEUX PARASITE.

Sous leur cuirasse invulnérable, avec leurs tenailles et leurs
lances, leurs mâchoires et leurs grappins, les crustacés
comptent parmi les animaux marins les mieux outillés; aussi,
bien que beaucoup d'entre eux n'atteignent pas une grande
taille, sont-ils de redoutables destructeurs.

Les crabes surtout, du moins ceux qui habitent, comme moi,
les bords de la mer, semblent pouvoir exercer impunément les
talents meurtriers de leur instinct.

Munis d'une armure invincible, doués de puissants muscles,
féroces par tempérament, belliqueux, courageux, toujours affamés et, de plus, engendrant une nombreuse postérité, il semble
que nous soyons des écumeurs capables d'éteindre toute existence sur les rivages, où nous ne rencontrons guère que des
victimes, et peu d'adversaires assez robustes pour nous tenir
tête.

Redoutables aux mollusques, aux vers, à tous les animaux
mous et charnus qui peuplent le littoral, nous n'y trouvons
guère d'ennemis, et ceux qui pourraient nous dévorer, sachant
qu'il leur serait au préalable nécessaire d'entamer une lutte

avec nous, ne nous attaquent guère, et préfèrent au contraire s'allier à nous pour partager nos repas.

Les grands poissons qui ne feraient de nous qu'une bouchée habitent le large, et, fiers de notre force, nous paraissons jouir du rare privilège de pouvoir la déployer, comme une tyrannie, sans mesure et sans contrepoids.

Mais examinez les choses de plus près, et vous reconnaîtrez que la Providence, qui nous a constitués les gardiens de la propreté et de la salubrité des plages, et qui nous a donné les moyens de remplir ce rôle, n'a pas voulu que notre puissance et notre pullulation devinssent pour les autres êtres un fléau.

Chargés de mettre obstacle à la trop grande fécondité de ces êtres, nous n'avons nullement le pouvoir de les anéantir complètement.

D'abord, nous connaissons un grand ennemi, contre lequel sont parfaitement inutiles notre cuirasse et nos armes: l'homme, qui trouve notre chair savoureuse, nous fait une guerre dans laquelle notre courage et nos ruses sont insuffisants à nous sauver de sa victoire.

Sous sa dent ceux de ma race expient souvent les tortures qu'ils ont imposées à leurs victimes, et ainsi en même temps notre fonction dévastatrice se trouve ramenée à une juste mesure. Elle est encore bien restreinte du fait de crises terribles que nous avons à traverser de temps à autre, et au cours desquelles beaucoup d'entre nous trouvent la mort.

Ces crises sont les *mues*.

Les animaux qui n'ont point d'os, ou dont les os sont placés à l'intérieur du corps, comme les mollusques, les oiseaux, les poissons, peuvent croître progressivement, jusqu'à ce qu'ils aient atteint toute leur taille, à mesure qu'ils absorbent de la nourriture : leur peau se développe en même temps, et devient un sac de plus en plus grand, dans lequel leurs organes accrus se trouvent toujours logés à l'aise.

Mais il n'en saurait être de même pour nous, dont la chair

est abritée dans une carapace dure et incapable de s'étendre ; et nous ne pouvons augmenter de volume qu'en changeant de peau, un épiderme nouveau et de plus grande capacité se formant sous l'ancien, devenu trop étroit et dont nous devons nous dépouiller.

Voilà ce qu'est la mue; chez nous autres crabes elle a lieu une fois par an, et dure plusieurs jours. C'est un moment bien pénible et plein de dangers.

Vous comprenez en effet que la nouvelle carapace, cachée sous l'ancienne, ne peut être extensible qu'à la condition d'être molle, mince, privée de ces éléments calcaires qui font la dureté de notre armure : c'est une simple pellicule, sous laquelle notre chair est presque à nu.

Déjà l'abandon de l'enveloppe devenue inutile est une cruelle épreuve, nécessitant de longs et douloureux efforts, qui parfois nous coûtent la vie.

Et si de cette épreuve nous sortons vainqueurs, d'autres dangers plus terribles nous attendent : guerriers jusque-là redoutables, c'est à nous maintenant de trembler et de fuir.

La mue nous met à la merci de nos adversaires, même les plus faibles ; ceux que nous opprimons si aisément trouvent alors une vengeance facile, et nous sommes livrés sans défense à leurs représailles, comme aussi à la violence des forces inanimées.

Si fiers hier encore, nous n'avons plus maintenant d'autre ressource que de nous enfouir humblement dans le sable, à l'abri de quelque rocaille, en attendant que notre péau, ayant secrété du calcaire, se soit solidifiée et nous permette d'affronter de nouveau les combats.

Malheureusement les rôdeurs de l'Océan trouvent aisément notre cachette, et une fois découverts, nous sommes perdus.

Notre race voit ainsi périr chaque année des milliers de ses enfants, dévorés honteusement par des animaux sans énergie, dont, en d'autres circonstances, nous ferions sans difficulté notre pâture; ou encore broyés entre les galets, écrasés, déchirés aux aspérités des rochers par le choc des vagues.

Voilà l'échéance sur laquelle comptait mon tourteau, réduit à l'état de tronc inerte, pour récupérer ses pattes perdues, et retrouver en même temps la possibilité de chercher sa nourriture.

Espoir bien fragile !

Car, en admettant qu'il parvînt, grâce à ma complaisance, à vivre jusque-là, comment pourrait-il, blessé et affaibli, traverser la terrible crise ? Mais nul animal ne veut mourir, et la plus petite lueur d'espérance qui nous est accordée vaut pour nous presque la possession d'un bien réel.

Je vous avouerai franchement que la perspective d'alimenter pendant de longs mois un tourteau infirme ne me souriait en aucune manière; cependant, d'autre part, j'étais tiraillé par un vif désir de savoir s'il disait vrai, et si à la prochaine mue ses pattes repousseraient, remédiant à son affreuse mutilation.

Le combat entre ma répugnance et ma curiosité dura quelques instants ; finalement ce dernier sentiment l'emporta, et je promis au tourteau de lui donner à manger aussi longtemps que les circonstances le permettraient et que je ne serais pas moi-même la victime de quelque accident.

Il parut plein de joie, et me remercia vivement.

Pour le moment, comme il ne pouvait ainsi rester sur son rocher, exposé aux yeux perçants des oiseaux de mer, qui n'eussent pas manqué de lui susciter une mauvaise querelle où l'infortuné n'eût pas eu le dessus, je me plaçai tout auprès de lui, et d'une vigoureuse bousculade je le fis tomber dans la petite mare. Puis je le poussai de mon mieux sous une pierre.

Il n'y devait pas rester longtemps, et ma curiosité, qui m'avait porté à entreprendre ce sauvetage, ne fut pas satisfaite.

Depuis environ une semaine je lui fournissais bien régulièrement des provisions, et j'avais la satisfaction de voir qu'il se
maintenait en santé, quand un jour, en arrivant avec un gros
talitre entre mes pinces, j'eus la surprise de constater que la
mare n'était plus qu'une mince flaque d'eau, et que la rocaille
sous laquelle j'avais abrité le tourteau se trouvait maintenant
découverte. Je me hâtai, pressentant une catastrophe : le tourteau, en effet, n'était plus là, mais tout autour j'aperçus des
morceaux de carapace déchiquetée.

Un ennemi était venu, et s'était emparé de mon protégé
sans défense : peut-être quelque goéland au bec crochu, peut-
être aussi un de ces gros rats qui pullulaient au bord de la
mer, dans ce canton rocailleux où la Providence m'avait fait
naître, et qui prenaient leur part des épaves comestibles rejetées par le flot.

Malgré ma déception, je ne regrettai pas trop vivement le
tourteau : la lutte pour l'existence est rude au sein des eaux,
et chacun doit surtout y songer à soi.

Sa mort me délivrait d'une tâche dure, longue et pénible, à
laquelle la présomption de la jeunesse qui, dans son inexpé-
rience, n'entrevoit pas les obstacles, m'avait peut-être seule
décidé.

Et qui me dit que, ses pattes repoussées, il ne m'eût pas
témoigné sa reconnaissance en faisant de moi la première victime de sa vigueur revenue ? Sa race est encore plus cruelle
que la nôtre, et il est parfois peu sage et peu prudent d'obliger
un méchant.

Tout en faisant ces réflexions, je dévorai mon talitre, dont
le tourteau défunt n'avait plus besoin, et, mis en appétit, je
retournai, pour y chercher mon dessert, sur ce vaste banc de
moules où je vous ai déjà conduits une fois, et où je vous ai
montré à l'œuvre les buccins, les pourpres, les nasses et autres
mollusques perceurs.

J'affectionnais ce lieu parce qu'en dehors des festins délicats que j'étais toujours sûr d'y trouver, il offrait à ma jeune curiosité avide de s'instruire des mœurs si variées et des formes si diverses des êtres marins, une vaste carrière.

Voulez-vous m'y accompagner encore ? Peut-être la simple description des faits curieux que j'observai, de plus en plus émerveillé, sur cet amas de rocailles, suffira-t-elle à me fournir des tableaux dignes de votre intérêt.

Voici d'abord la moule elle-même, le mollusque banal dont les coquilles couvrent à l'infini ces rochers; immobile, fixée, elle mène en apparence une vie obscure, semblable à une végétation; que d'industrie cependant son instinct la porte parfois à déployer !

Si vous en avez récolté dans vos villégiatures au bord de la mer, vous avez pu remarquer qu'elle est attachée par un paquet de filaments qui sort de son corps et passe entre les valves : c'est ce que les pêcheurs nomment la *barbe,* tandis que les gens plus instruits, — ne vous ai-je pas dit que j'ai puisé quelque science au contact des naturalistes? — l'appellent le *byssus.*

Ces filaments sont le produit d'une sécrétion qui, d'abord visqueuse et molle, se durcit dès que la moule l'a expulsée ; c'est le pied, c'est-à-dire cette masse charnue saillante au milieu du corps du mollusque, qui est chargé de confectionner le byssus.

Quand elle veut filer, la moule étire dans la gouttière de son pied un peu de matière glutineuse, et obtient ainsi un filament qu'elle attache ; le même manège recommence jusqu'à ce qu'elle juge que son byssus est suffisamment solide.

L'opération constitue d'ailleurs pour la moule une besogne lente et difficile : n'oubliez pas que les mollusques sont pour la plupart gens de prudence, faisant tout avec circonspection.

Il faut à une moule une longue journée pour fixer une quinzaine de filaments.

Son byssus ne lui sert pas seulement de lien pour s'attacher, mais aussi de câble pour se déplacer : quoique cela
puisse vous paraître invraisemblable, la moule marche, en
effet. Oh! sans hâte, et il faut une longue patience pour constater ses mouvements; mais, désireux de m'instruire, je me
suis quelquefois imposé d'assister à ce spectacle.

Lorsqu'une moule ne se plaît plus à la place qu'elle occupait, soit qu'un vague besoin de changement et de nouveauté
lui inspire ce caprice, soit que la famine la chasse et lui fasse
espérer qu'ailleurs elle trouvera meilleure table, si d'autres
coquilles ne l'enserrent pas au point de s'opposer au voyage,
elle commence par sécréter, avec une sage lenteur, des filaments qu'elle attache dans la direction où elle veut opérer son
exode.

Elle glisse alors son pied entre les filaments du byssus qui
la retient, et, avec une énergie dont on ne la croirait pas
capable, elle prodigue dans tous les sens de brusques secousses
qui dissocient et brisent l'amarre.

Le nouveau byssus sert d'échelle de corde; la moule s'y
suspend, se hisse sur ce câble, en attache un autre un peu
plus loin, et rompt celui-là par la même manœuvre.

Vous pouvez penser qu'une telle manière de marcher n'est
pas précisément rapide, mais cela vaut mieux encore qu'une
immobilité absolue. La moule, à défaut d'agilité, a la patience
et la persévérance : ce sont des qualités sérieuses.

Parfois cependant le déplacement est impossible : ou bien
les coquilles s'entassent pêle-mêle, se pressent, fixent leur byssus les unes aux autres; ou bien une algue insidieuse, une
laminaire, est venue planter son crampon autour des valves de
l'infortunée moule, qu'elle entoure bientôt d'un inextensible
réseau de cordons solides.

Ainsi réduit à la captivité, c'est à peine si le malheureux

mollusque peut, quand vient la marée pourvoyeuse, entr'ouvrir sa coquille, pour accueillir la purée d'êtres microscopiques
qu'apporte en pâture la vague accourue du large.

Et quand une tempête arrache l'algue de son rocher, la
poussant à la côte au milieu de la colère des flots et des vents,
la coquille qui lui est indissolublement liée l'accompagne sur
la grève, vouée à la mort sous le sable qui l'enlisera.

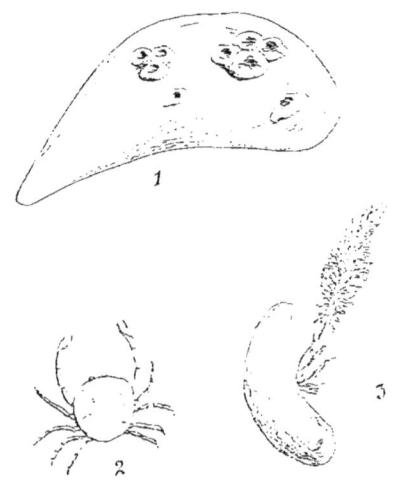

Hôtes du banc de moules.
1. Balanes sur une coquille de moule. — 2. Pinnotère. — 3. Sacculine.

Comme tant d'animaux marins, la moule ne commence pas
son existence sous la forme de ses parents : c'est d'abord une
petite larve nageuse et agile, munie de cils dont les rangées
battent rapidement le liquide et lui permettent quelques pérégrinations à la recherche du coin où elle se fixera, librement
pour la première fois, et où elle passera son existence, jusqu'au
jour où quelqu'un de mes parents la surprendra et déjeunera
de sa chair succulente, — à moins qu'elle n'ait la fortune,
guère plus enviable, de servir à la nourriture de l'homme.

Car vous pouvez penser que les lents déplacements qui lui sont permis ne l'entraînent jamais bien loin de son canton, et sa vie entière se déroule sur la même rocaille.

La fécondité de la moule est énorme ; cela est nécessaire à cause de la multiplicité des dangers qui en attendent les jeunes larves tandis qu'elles nagent dans l'élément marin, à cause aussi des nombreuses bouches qui la guettent lorsqu'elle a développé entre ses valves sa chair grasse.

Les larves naissent au printemps ; quand vient l'été, elles se sont transformées déjà en moules grosses comme le bout de mes pinces ; après un an, ces moules ont assez prospéré pour être de taille à fournir à l'homme un article de commerce.

Je ne veux pas quitter la moule sans vous signaler la curieuse hospitalité qu'elle donne à un crabe d'une espèce différente de la mienne, que sa petite taille et sa carapace presque ronde font aisément reconnaître.

Ce crabe, c'est le pinnotère.

J'ai entendu parfois des enfants nommer ce crustacé menu la *sentinelle des moules*.

Pourquoi *sentinelle* ? S'imagine-t-on, dans l'espèce humaine, que le pinnotère a la mission de prêter ses yeux à la moule aveugle, pour l'avertir des dangers, pour lui faire connaître les aubaines, et la pincer au bon moment afin qu'elle ferme ses valves, échappant ainsi à l'ennemi ou retenant captive la proie délicieuse ?

Assurément il pourrait avoir intérêt à en agir ainsi, puisqu'il profiterait sans aucun risque des reliefs de la table du mollusque, et que, celui-ci servant de piège, l'autre n'aurait pas à s'exposer aux hasards d'une bataille, ou aux dangers d'une chasse à travers les flots.

La moule paraît vivre en bonne intelligence avec son hôte, qui se loge tantôt sous une valve, tantôt même dans le manteau, et dont elle héberge parfois un couple.

Mais accepte-t-elle de bon gré ce voisinage, ou bien le supporte-t-elle tout simplement avec cette résignation qui doit être si facile à sa nature indolente? C'est ce que je n'ai pu démêler exactement.

Ce que je sais, c'est que, lorsque le banc de moules est recouvert par la marée et que les mollusques, au retour de l'eau bienfaisante qui leur apporte à la fois le gaz nécessaire à leurs branchies respiratoires et du gibier pour leur tube digestif, ouvrent béatement leurs valves, le pinnotère s'aventure volontiers hors de son asile.

Sans doute chasse-t-il alors pour son propre compte? Et probablement ne demande-t-il rien autre chose à la moule que l'abri inviolable de sa maison calcaire.

De cette maison, il ne tarabuste d'ailleurs en aucune manière le légitime habitant et propriétaire, et la moule, en retour de l'hospitalité donnée, si elle ne reçoit aucun secours, n'a du moins rien à souffrir de son voisin.

Et c'est déjà un salaire : car en sa qualité de crustacé, le pinnotère a des pinces et des griffes, et pourrait égratigner le mollusque. Aux gens capables de nous nuire, il faut parfois savoir gré du mal qu'ils ne nous font pas.

Un jour des baigneurs, pieds nus pour traverser plus aisément les flaques, se promenaient sur mon banc de moules, dont ils détachaient à chaque instant quelque grosse coquille, qui, entr'ouverte par un inexorable couteau, leur livrait sans résistance son mollusque palpitant.

Survint un matelot qui s'écria :

« Surtout prenez bien garde de ne pas avaler celles qui renferment une sentinelle, car celles-là empoisonnent. »

Poliment les baigneurs remercièrent du charitable avis, mieux intentionné que conforme à l'exactitude; mais quand le matelot se fut éloigné, l'un d'eux, qui me parut bien savant, dit à ses compagnons :

« Ce qui empoisonne, c'est l'ignorance. Pauvre et inoffensif

pinnotère, comme on te calomnie! Je ne dis pas qu'il soit
agréable de rencontrer sous la dent ce pinnotère, quoique
exigu, mais on pourrait bien impunément le manger.

« Quand les moules causent des accidents aux personnes qui
les consomment, accidents toujours graves et trop souvent
mortels, ce n'est pas parce qu'elles renferment un pinnotère,
mais parce que, sous des influences que la science n'a pas
encore déterminées, elles fabriquent dans leur corps un poison
très subtil et très dangereux, que les chimistes nomment *mytilo-
toxine*. »

J'étais bien aise d'entendre ainsi disculper, par une personne
qui me paraissait compétente, un de mes cousins ; il est vrai
que c'était au détriment de la moule, qui restait seule chargée
de l'accusation d'empoisonneuse. Mais la moule n'est pas ma
parente, et me touche infiniment moins que le plus minuscule
crustacé.

Si les mollusques m'intéressent parfois par leurs mœurs, je
ne les aime guère, — sauf pour les manger.

Les moules donnent encore asile, mais hors de leurs valves
et tout à fait à leur insu, à des êtres singuliers, qui ne peuvent
vivre que fixés à quelque corps sous-marin : les *balanes*.

Ces balanes recouvrent en troupes innombrables non seulement les coquilles des mollusques sédentaires, tels que les
moules et les huîtres, mais aussi les galets et les rocailles, sur
lesquels elles s'entassent et qui prennent, sous leur amoncellement d'un gris terne, un aspect lépreux.

Elles choisissent même quelquefois pour s'y fixer la carapace des crabes, et quoiqu'il soit peu agréable de véhiculer ces
étrangères partout où nous allons, dès qu'elles se sont implantées sur notre dos, il ne nous est guère possible de nous en
débarrasser.

Elles ont une coquille comme les mollusques ; cette coquille
est un petit cône, évasé à sa base et ouvert à son sommet.

Que de fois j'ai entendu des baigneurs inexpérimentés dire en parlant de ces menus animaux, et trompés par une vague ressemblance extérieure que le moindre examen suffirait à démontrer fausse :

« Ce sont de jeunes huîtres. »

Cela me faisait bien rire. Ce n'est pas sous cette forme que commencent les huîtres, et si celles-ci naissaient ainsi par myriades sur tous les rivages, quelle joyeuse aubaine pour notre race !

Puisque je me suis décidé à être sincère, quoi qu'il en puisse coûter à mon orgueil, je vous révélerai que les balanes, si différentes de nous en apparence, sont en réalité de notre famille. Elles naissent sous une forme analogue à celle que nous-mêmes possédons dans notre jeune âge, et qui se voit aussi chez tant de nos cousins.

Par suite, nous n'avons pas le droit de répudier une parenté sans doute peu honorable, mais qui repose sur des titres indiscutables. Nous ne pouvons cependant nous défendre d'un certain mépris pour ces membres de notre famille qui passent dans l'immobilité leur vie presque entière, et qui n'ont rien gardé de notre agilité, de notre énergie, de nos aptitudes guerrières.

La balane est logée à l'intérieur de son cône calcaire. Si vous en écartez les valves, vous apercevez, bien abrité dans cette retraite, un petit animal de forme bizarre, dont le corps est muni de plusieurs paires de longues pattes très fines, formées d'articles attachés bout à bout, garnies de cils, et pouvant s'enrouler sur elles-mêmes.

A marée basse, quand les flots retirés ont laissé à sec tous les hôtes du banc de moules, les balanes ferment soigneusement leurs maisons, et s'y tiennent immobiles.

Mais au retour de la vague, qui apporte des victuailles à ces paresseuses, que de fois je les ai vues .écarter leurs valves, projeter au dehors leurs pattes ciliées, les agiter comme des lanières dans les flots, puis les retirer dans leur coquille et les faire sortir de nouveau, ce manège se répétant indéfiniment.

Les mouvements rapides des pattes provoquent, au-dessus de l'ouverture de la coquille, un tourbillon d'eau qui, évidemment, entraîne jusqu'à la bouche de l'animal, avidement ouverte au fond de son repaire, les très petites proies dont il s'alimente.

Plus immobiles encore que les moules indolentes, les balanes sont dans l'impossibilité absolue de se déplacer : elles suivent le sort du support qu'elles ont choisi, accompagnent dans la marmite de l'homme la valve d'huître ou de moule sur laquelle elles se sont implantées, ou la carapace du crabe qui les héberge.

Détachées de leur rocaille par quelque accident, elles sont fatalement vouées à une prompte mort.

Mais avant de se fixer, elles ont connu, sous la forme de larves nageuses, la même liberté dont jouissent aussi les enfants de l'huître, de la moule et de tant d'animaux marins sédentaires.

Au sortir de l'œuf, la jeune balane est une larve ovale, ayant un œil, un seul, au milieu du front, et munie pour ses déplacements de trois paires de membres, dont les postérieurs, divisés en deux branches, portent de nombreux poils raides, qui frappent l'eau comme une rame.

Cette larve, comme la nôtre, subit plusieurs mues, qui lui permettent de prendre de l'accroissement; ensuite, elle entre dans la voie des métamorphoses, et deux gros yeux, un de chaque côté, viennent s'adjoindre à l'œil primitif, en même temps que le corps s'enferme dans une carapace à deux valves, tout à fait analogue à celle des mollusques.

Voilà, n'est-ce pas, des transformations bien radicales. Mais ce n'est pas tout : sous la peau de la larve ainsi modifiée se développent des pièces calcaires, première ébauche de la future coquille, puis elle-même, à l'aide de ses antennes, qui dans ce but possèdent des ventouses, se fixe sur un corps étranger.

Si elle n'était assurée que par ces ventouses, l'adhérence cependant ne serait pas suffisante, et un choc pourrait détacher la balane. Patience! les liens vont se resserrer.

Au point d'attache, la larve nouvellement fixée, et qui maintenant va de plus en plus prendre la physionomie de ses parents, sécréte une sorte de ciment qui se durcit rapidement; bon ou mauvais, la balane gardera désormais le domicile qu'elle a librement choisi.

Ce domicile, elle le partage ordinairement avec un grand nombre de ses pareilles. Le banc de moules dont nous venons de commencer en commun l'exploration en était littéralement couvert, et je les ai retrouvées aussi abondantes sur tous les points du littoral que j'ai visités.

Je quitte maintenant la balane, animal végétatif et aux instincts obscurs, pour des êtres d'une industrie plus élevée; je voudrais cependant vous présenter encore une de leurs cousines, qui est par conséquent aussi de ma famille : ce qui ne me cause aucune fierté, car s'il est peu honorable de passer sa vie entière rivé à un rocher ou à une coquille de moule, il l'est encore moins de subsister aux dépens d'autrui.

Cette parente dont je rougis, c'est la *sacculine*. Elle naît comme les balanes, avec des pattes agiles et la faculté de nager, indépendante, dans l'eau. Mais elle perd bientôt l'amour et la jouissance de la liberté, et savez-vous où se fixe cet être désormais voué au plus indigne parasitisme ?

Sur l'abdomen des crabes, ses parents ! Elle s'insinue parmi nos viscères, et de sa peau naissent de hideuses racines, qui rampent de toutes parts à travers notre chair et puisent dans notre corps la nourriture de l'abject intrus.

VII

EXPLORATION DU BANC DE MOULES. — LA PATELLE ET SA CITADELLE. — LES VIGNEAUX. — DES FLEURS CARNIVORES : LES ANÉMONES DE MER. — BIENFAISANTES MUTILATIONS. — FLÈCHES EMPOISONNÉES. — FATALE MÉSAVENTURE D'UN CRABE TÉMÉRAIRE. — UN PAQUET D'ÉPINES. — LA CHANSON DE L'OURSIN. — COMMENT VIT UNE ÉTOILE DE MER.

Je vous ai annoncé une série de portraits des animaux qui fréquentaient en même temps que moi le banc de moules, soit qu'ils trouvassent parmi ces rocailles un abri et des cachettes, soit qu'ils y fussent attirés par les avantages d'une chasse facile.

C'est une galerie bien curieuse de types variés, chacun d'eux remarquable par quelque instinct spécial, tous revêtus d'une forme, d'une couleur, d'une armure merveilleusement appropriées à leur genre de vie, aux besoins que fait naître pour eux la nécessité de l'attaque ou de la défense.

Ce sont là les deux principaux mobiles de l'existence sous les flots ; comment ils règlent les mœurs, les guerres, les industries des êtres marins, mon banc de moules me l'enseignait chaque jour, souvent aux dépens d'autrui, parfois à mes propres risques.

J'essayerai de retracer pour vous quelques-unes de ces leçons permanentes, dont les enseignements formaient peu à peu mon expérience et ma philosophie.

Voici des coquilles en cône obtus, dont la base largement étalée s'applique intimement sur le rocher, et dont la surface s'orne de côtes saillantes, qui partent du bord et viennent, en diminuant de largeur, mourir à la pointe.

Ce sont des tentes calcaires, où s'abritent les paresseuses *patelles,* bien dignes, par leur naturel apathique, de cette famille des mollusques dont elles font partie.

C'est à peine si, quand vient la marée, la patelle sans courage ose soulever un peu sa coquille et projeter au dehors,

1. Patelle. — 2. Littorines ou vigneaux.

avec prudence et méfiance, deux tentacules semblables à de petites cornes, qui rentrent vite au moindre danger.

Ces bêtes ont presque l'immobilité des huîtres, leurs sédentaires cousines ; mais cette fixité ne leur est nullement imposée par des liens invincibles, par la soudure de leur coquille avec la paroi de la rocaille ou du débris sous-marin.

Non : elles ne sont pas attachées, elles ont la faculté de promener où bon leur semble leur pavillon de pierre. Mais l'obstacle qui entrave leurs déplacements, pour n'être pas d'ordre matériel, n'en a pas moins de force.

Elles poussent à l'extrême l'horreur des voyages, et faire un pas hors de l'étroit domaine où elles se cantonnent répugne à leur instinct casanier. Ce sont des mollusques fainéants.

Se décident-elles à s'éloigner quelque peu du terrain qu'elles ont choisi, et où elles semblent se complaire avec la ténacité du propriétaire, vite le regret les prend, et aussi rapidement que le permet leur visqueuse reptation, elles reviennent au logis.

Elles ont, sans nécessité et par obéissance seulement aux propensions de leur instinct, rétréci à sa plus restreinte limite l'idée de patrie. Leur patrie, qu'elles aiment d'une affection exemplaire, c'est le petit trou dans l'argile crayeuse qu'elles ont mesuré juste à leur taille, et qu'elles couvrent de leur tente.

J'en ai vu qui, pendant de longs mois, se tenaient cramponnées exactement au même point. L'hiver succédait à l'été, l'été à l'hiver ; le flot doucement venait caresser la plage, ou la tempête furieuse faisait entendre ses clameurs, et jetait au rivage des paquets de varechs parmi des montagnes d'écume : la patelle, contractant ses muscles et faisant le vide sous sa coquille, restait indissolublement rivée à sa rocaille.

Quelle satisfaction trouve-t-elle à cette existence nonchalante, où tout paraît se borner à l'exclusif contentement de l'appétit, sans la moindre curiosité de ce qui se passe au dehors, la vue seulement occupée, par intervalles, des objets trop connus et jamais changeants du voisinage immédiat ?

La moule qui file son byssus, la crevette qui saute dans l'eau, le crabe qui passe rapidement, la touffe d'algues, parfois l'étoile de mer dépaysée en ce coin trop rapproché du rivage, voilà les seuls tableaux qu'il lui soit donné de contempler entre les limites de son horizon.

Moi qui puis atteindre tout le domaine de l'Océan jusqu'à la marge des abîmes sans fond où ne pénètre plus la lumière, qui puis aller sur la grève contempler les hommes, et de la pointe d'une rocaille suivre dans l'azur du ciel les routes sinueuses des oiseaux, moi qui, ayant la faculté et le goût des excursions sous-marines, me suis instruit de toutes les merveilles cachées dans les flots, combien j'ai plaint parfois la patelle sédentaire, qui naît, vit et meurt sur le même galet !

Ignorante cependant de ces spectacles, elle n'en connaît pas davantage les dangers; peu d'ennemis viennent la trouver chez elle, et contre ceux-là, qu'elle n'a pas cherchés, elle possède une défense sûre et invariable.

Sa coquille, longtemps stationnaire, a pu épouser peu à peu sur ses bords la configuration du rocher qui la porte; suivant qu'ils reposent sur une saillie ou sur une dépression, les divers points de la marge offrent une échancrure ou un prolongement.

Qu'un adversaire se présente et touche la coquille avec des intentions hostiles : aussitôt la patelle avertie fait le vide sous son toit; la maison, dont le bord suit étroitement les sinuosités du fragment de roche, adhère ainsi qu'une ventouse, et comme le cône ne présente à l'agresseur aucune prise, la bête se rit des efforts tentés pour la détacher.

Séduit par le goût agréable de ce mollusque, goût qu'il ne m'a été donné que bien rarement d'apprécier, j'ai souvent souhaité d'en approcher mes mandibules. Mais mes pinces et mon énergie ne peuvent rien contre l'invincible résistance de sa coquille, et mes peines pour m'en emparer n'aboutissaient d'ordinaire qu'à un accès de rage contre mon impuissance.

Aussi quelle joie quand je rencontrais quelque individu qui, arraché par une lame au moment où, perdant son habituelle prudence, il sortait ses tentacules, avait roulé, pointe en bas, dans le trou où j'étais en quête !

Et la chair tendre qui se rétractait bien inutilement au fond du cône pointu, comme si la coquille renversée avait pu encore remplir son office, était vite dépecée, et faisait un rapide voyage, par morceaux savoureux, du sol à ma bouche. La victime, de son vivant, n'avait peut-être jamais accompli en si peu de temps une si longue excursion.

Mais c'était là, je l'avoue, aubaine exceptionnelle. Les patelles ne sont pas pour les crabes une nourriture habituelle, et nous avons mieux à faire que de nous escrimer en vain contre des maisons fermées. A nous les frétillantes crevettes, les talitres bondissants, les mollusques sans coquilles qui rampent sous les pierres, les jeunes poissons étourdis, les larves de toute forme et de tout volume qui grouillent dans les flots marins, offrant une proie facile et inexpérimentée.

Les patelles à qui sait les prendre! A l'homme, par exemple, qui montre autant de goût que nous pour leur chair, et puise dans son industrie les moyens de ne pas borner ce goût à une vaine convoitise.

Quand l'homme veut capturer ce mollusque, il choisit le moment où la patelle sans défiance soulève légèrement sa coquille, et vite, entre le bord et le rocher, il glisse la lame métallique d'un couteau. La patelle vaincue est à sa merci, et bientôt il n'en restera plus que le cône inutile, qui, rejeté comme un débris, expiera par cette fin sans gloire sa défaite.

Le crabe n'a pas de couteau pour détacher les patelles ; il n'a pas non plus de barque pour s'élancer sur la crête des vagues écumeuses, ni de tube explosif d'où jaillit une foudre qui arrête l'essor des oiseaux et les précipite sur le sol, ni de crochets aigus qui retiennent captive la bouche déchirée des poissons, ni de filets où s'engouffrent pour leur perte les hôtes de l'Océan.

Il n'a que sa carapace qui le protège et ses pinces qui lui permettent de livrer bataille. Pauvres armes devant les ressources sans nombre du génie de l'homme qui, par son intelligence, règne sur la nature entière.

Les patelles mangent des algues : de là peut-être leur caractère paresseux et lent.

Sur les mêmes rocailles où elles fixent leur toit conique, voici d'autres mollusques à la coquille enroulée, ressemblant un peu à la pourpre, dont je vous ai décrit les mœurs, mais n'ayant pas les mêmes instincts carnassiers et ne cherchant pas à percer les valves de leurs cousins : ce sont les *littorines*.

Les pêcheurs du canton où je suis né les nomment des *vigneaux,* et les recherchent beaucoup ; ils les recueillent par grandes quantités sous les varechs.

Dans quel but ? A cette question la réponse est aisée : la chair du vigneau est exquise, et l'homme n'a garde de dédaigner les ressources que la mer lui offre pour sa table.

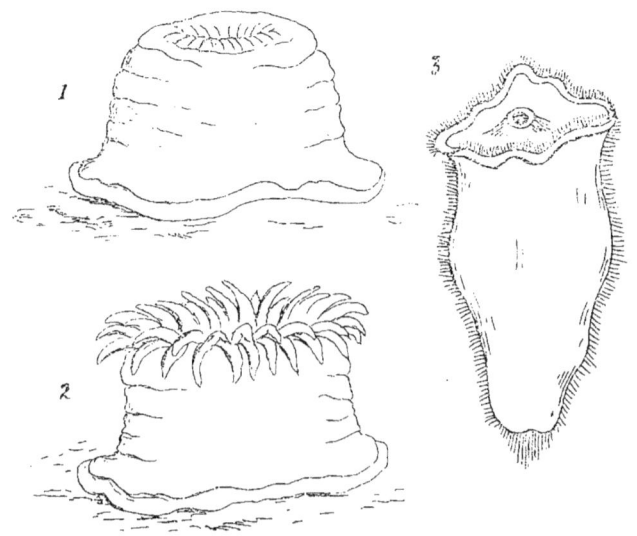

Actinie ou anémone de mer.
1. Fermée. — 2. Épanouie. — 3. Larve nageante (très grossie).

Ces mollusques étaient très abondants sur mon banc de moules ; ils se hasardent volontiers jusque sur les rocailles rapprochées du rivage et qui découvrent toujours à marée basse.

Leurs mœurs offrent assez peu d'intérêt, mais ils ont cependant une particularité curieuse : c'est la structure de leur langue, très long filament blanc et transparent, à la fois flexible et ferme, hérissé de petites dents épineuses semblables à de fines et dures parcelles de cristal.

Les vigneaux possèdent ainsi une lime d'une merveilleuse précision. Et à mesure que les dents de la lime s'usent, la langue croît par la base, de telle manière que sa partie qui fonctionne est toujours munie de dents neuves et solides.

Il y avait encore bien, sur mon banc de moules, d'autres mollusques, mais de mœurs obscures ; je laisse cette famille d'êtres lents et apathiques.

Et je vous présente les actinies, moins bien douées encore peut-être sous le rapport des aptitudes locomotrices, mais dotées, pour prendre avantageusement part à cette lutte permanente qu'imposent le besoin de manger et le désir de n'être pas mangé, d'instincts plus singuliers, d'armes plus efficaces, de propriétés plus admirables.

J'ai quelquefois entendu des enfants qui appelaient ces êtres curieux des anémones de mer.

Si je suis bien informé, les anémones sont des fleurs terrestres, en forme de jolie collerette ; mes voisines, les actinies, doivent être bien fières d'être ainsi assimilées à des fleurs.

D'ailleurs, elles supportent dignement la comparaison. J'ai vu des bouquets jetés sur la plage par des baigneurs : les actinies ont la grâce, la forme, les riches couleurs des fleurs qui composaient ces bouquets. Les actinies sont les fleurs de la mer.

Figurez-vous une sorte de sac cylindrique, un peu rétréci au sommet, étalé à l'autre extrémité en une base large qui se fixe au rocher ; la partie libre est percée d'un orifice, d'une bouche, autour de laquelle diverge en tous sens une couronne de bras grêles et cylindriques, qui sont les tentacules.

Voilà l'anémone de mer ; le sac est le tube de la fleur, les tentacules en sont les pétales.

Sur cette fleur vivante se jouent les reflets des plus brillantes couleurs ; les tentacules sont parfois revêtus de nuances changeantes. La collerette est souvent formée de plusieurs cercles de ces tentacules, disposés ainsi en anneaux multiples avec une parfaite et régulière alternance.

Chaque tentacule est percé à son extrémité d'un petit trou, par lequel l'actinie sait à volonté faire jaillir un mince filet d'eau. Les tentacules peuvent librement s'étaler au dehors; mais le moindre choc, le moindre mouvement qui se produit dans leur voisinage incite l'actinie à les retirer vers sa bouche : on les voit aussitôt se contracter et finalement disparaître dans l'orifice, qui lui-même se resserre.

Et l'on ne distingue plus que le sac informe et sans grâce.

Il y avait beaucoup d'anémones de mer sur mon banc de moules, de différentes espèces et aussi de différentes tailles : les plus petites pouvaient courir le risque de tomber parfois sous mes pinces; quant aux grosses, l'infortune d'un parent, dont je vous décrirai la terrible mésaventure, m'avait appris que la plus stricte défiance s'impose à leur égard.

Pour absorber sa nourriture, rejeter les résidus de sa digestion, mettre en liberté sa progéniture, l'anémone de mer n'a qu'un orifice : la bouche, par laquelle son estomac communique avec l'extérieur, est seule préposée à ces fonctions diverses.

L'estomac lui-même n'est plus, chez ces animaux, uniquement chargé de digérer les aliments; il doit aussi accomplir l'acte respiratoire, et pour cela il a la propriété d'extraire de l'eau de mer le gaz vital qui s'y trouve dissous.

L'anémone de mer produit des œufs, mais ces œufs restent renfermés pendant quelque temps dans le corps de leur mère, et ne sont expulsés que lorsqu'ils se sont transformés en petites larves munies de cils pour nager dans l'eau.

Tandis que l'actinie est cylindrique et offre des bras rayonnants, sa larve est comprimée; de plus, elle jouit d'une mobilité qui fait défaut à ses parents.

C'est par la bouche que les petites larves se répandent dans

les flots, et rien n'est curieux comme d'assister à la dispersion
de leur essaim tourbillonnant.

Je voyais un jour une grosse actinie qui avait avalé une
proie volumineuse, et qui paraissait un peu gênée par cette
surcharge anormale imposée à son estomac. L'actinie est notre
ennemie, et je me réjouissais de voir celle-là en mauvaise posture ; mais elle ne tarda pas à s'affranchir de son malaise en
expulsant par sa bouche le superflu de son indigeste capture.

Et parmi ces débris qu'elle vomissait ainsi, il y avait, en
grand nombre, de jolies petites larves, qui se mirent à agiter
leurs cils avec une joyeuse rapidité.

La mère se délivrait dans un même effort de la gêne d'une
digestion laborieuse et de sa progéniture.

Quand elles ont nagé quelque temps, on voit les larves
perdre peu à peu leurs mouvements, se fixer sur une rocaille,
et accomplir leur métamorphose en actinies.

En dehors de leurs œufs et de leurs larves, le Créateur a
donné aux anémones de mer un moyen bien curieux de se
reproduire, moyen qui, si je suis bon juge, constitue le trait le
plus remarquable de leur histoire. Bien souvent j'ai pris plaisir et intérêt à en suivre l'exécution et les progrès, qui sont
un peu lents.

Près du pied de l'anémone se forment de petits bourgeons,
qui bientôt se détachent, se fixent à leur tour, et deviennent
de nouveaux individus n'ayant point passé par l'état de larves.

N'y a-t-il pas des plantes que l'on peut multiplier de cette
manière ? Ainsi se complète l'analogie entre les anémones de
mer et les fleurs terrestres.

D'ailleurs, cette faculté que possède l'actinie de bourgeonner
lui est précieuse par la ressource qu'elle lui offre pour trouver
le salut au milieu de dangers qui, sans ce moyen de résistance,
pourraient l'anéantir.

Un jour j'avais réussi à m'emparer d'une petite actinie, dont
les tentacules n'étaient pas encore assez forts pour m'effrayer.

Ce n'est pas que je prise cet aliment, qui est coriace et peu savoureux ; mais j'éprouvais quelque satisfaction à venger, en déchirant ma victime, les tortures que ses pareilles font trop souvent souffrir à ceux de ma race.

Donc, la jeune anémone était captive sous mes pinces ; je la dépeçai avec rage, et après en avoir goûté deux ou trois morceaux, je laissai le reste rouler au gré des flots.

Actinie de Sainte-Hélène.

Mais quelques fragments de la proie arrachée trop vivement étaient restés attachés à la rocaille. Quelle ne fut pas ma stupéfaction, en passant de nouveau par là une semaine plus tard, de voir que chacun de ces menus fragments avait reproduit une couronne de tentacules !

Je leur fis grâce, dans ma curiosité de savoir jusqu'où irait l'aventure : les rangées de tentacules se multiplièrent, de nouveaux estomacs, de nouvelles bouches se formèrent, et chaque fragment de la mère déchirée entre mes tenailles devint une actinie complète, qui n'avait plus qu'à croître en taille.

Ainsi il est difficile de faire mourir une actinie : si on la coupe en morceaux, chacun devient un nouvel individu, et les mutilations les plus cruelles n'ont pour elle que le résultat extrêmement avantageux de la multiplier et de la rajeunir. Elles renaissent de leurs tronçons, reprennent racine partout où le flot les pousse, réparent les organes qu'un accident leur enlève.

D'ordinaire elles se fixent, par leur pied formant ventouse, sur un rocher, abritées dans quelque cavité. Il en est qui recherchent pour s'y loger les coquilles abandonnées, et dans cette retraite elles cachent entièrement leur corps, ne laissant apparaître hors de l'ouverture que la collerette des tentacules.

Elles ne sont pas incapables d'exécuter, avec une sage lenteur, des déplacements qui ressemblent à la reptation des mollusques ; elles voyagent grâce à une série de contractions et de relâchements alternatifs, portant en avant un des bords de leur pied et retirant d'autant le bord opposé.

Cependant elles sont en réalité d'humeur casanière, et elles se montrent sous ce rapport les dignes compagnes des patelles et des moules, dont elles partagent le domaine. La plupart passent leur vie adhérentes au même point du même rocher.

Elles y mènent une existence végétative, si obscure qu'aucun instinct, aucun sens ne les avertit de la présence de la proie qui passe au voisinage, et qu'elles ne peuvent se procurer d'autre nourriture que celle qui vient par hasard heurter leurs tentacules.

Elles n'ont point de nerfs, et n'éprouvent par suite guère de sensations ; cependant leurs bras sont très irritables et se contractent rapidement si un corps les touche, ou même si simplement l'eau est agitée autour d'eux d'une manière brusque.

Elles sont sensibles au froid, et à l'approche de la mauvaise saison ceux de leurs individus qui s'étaient logés trop près du rivage se retirent vers la haute mer.

Dans l'extrémité de leurs tentacules sont logés de petits

poils très fins, irritants, semblables à des flèches barbelées d'une extrême ténuité. Ces flèches, l'actinie les lance avec adresse contre tout adversaire, proie à saisir ou ennemi à mettre en fuite.

Vous est-il arrivé quelquefois, après avoir touché une anémone de mer, de retirer votre main rouge et en proie à une douloureuse sensation de cuisson? C'est l'effet des petites flèches.

Les minuscules dards servent, non seulement à la défense, mais encore à l'attaque. Qu'un ver aventureux, une crevette téméraire, un mollusque sans expérience, un jeune poisson trop confiant vienne imprudemment toucher la redoutable collerette. Aussitôt les tentacules, jusque-là épanouis, se retirent, projettent leurs traits invisibles et empoisonnés, et la victime, privée de connaissance, engourdie, paralysée, est peu à peu poussée vers l'insatiable bouche, qui s'ouvre, se dilate, puis se referme.

L'actinie est gloutonne, vorace, féroce. Elle s'attaque à tout animal qui la heurte, même si cet animal est plus volumineux qu'elle, même s'il est protégé par une coque dure qui contraste avec sa propre mollesse.

Qu'a-t-elle à s'inquiéter de la nature de son gibier? Il suffit que son estomac puisse l'engloutir; quand est accomplie l'œuvre de la digestion, quand elle a absorbé tous les sucs nutritifs, elle retourne simplement sa poche stomacale, et toutes les parties inutiles, carapace ou coquille, sont rejetées sans effort.

Le vomissement, si pénible à tant d'animaux, est pour elle une fonction normale, s'accomplissant avec une telle facilité qu'elle semble procurer à la bête une réelle satisfaction.

Un jour la curiosité m'avait attiré près d'une grosse actinie, autour de laquelle se déroulait une scène curieuse et presque plaisante. Cette actinie était en train d'engloutir un petit maquereau qui, s'étant, par je ne sais quelle méprise, jeté entre ses tentacules, avait été frappé par les flèches brûlantes. La proie, à demi avalée, tentait la gourmandise de quelques crevettes de bonne taille, qui pêchaient au voisinage, et qui n'eussent pas été fâchées de participer au festin.

L'une d'elles, la plus hardie et la plus forte, se précipita tout à coup vers la bouche de l'actinie, et à coups de mandibules, tandis que l'anémone s'efforçait en vain de l'atteindre de ses bras, détacha un bon morceau du poisson. Enhardies par l'exemple, d'autres suivirent, et bientôt l'actinie dut se résigner à partager son gibier, qu'elle ne parvenait pas à avaler, avec ces ravisseuses.

Je riais du tour excellent que mes cousines jouaient à l'actinie; mais la scène rapidement tourna au tragique, et me causa un sentiment d'horreur encore présent à mon souvenir.

Un crabe de mon espèce, et à peu près de ma taille, se trouvait là, lui aussi, examinant la scène avec curiosité; la malencontreuse idée lui vint d'imiter les crevettes.

L'insensé! n'avait-il pas réfléchi à ce fait que celles-ci savent habilement nager et sauter, et qu'elles puisent dans cette agilité les moyens de se rire des tentacules de l'anémone, — qui d'ailleurs les surprend parfois, et en ce cas ne leur fait pas grâce, — tandis que notre race, attachée au sol et habile seulement à la course, ne peut aisément lutter avec un ennemi si insidieux.

Il vint donc frapper des pinces l'actinie, juste au moment où le maquereau dépecé était enfin englouti dans l'orifice dilaté de la vaste bouche, et où les tentacules commençaient à s'épanouir, attendant une nouvelle proie.

Cette proie venait s'offrir d'elle-même : à peine le malheureux crabe avait-il touché les terribles tentacules que ceux-ci se refermaient brusquement, enserrant dans d'énergiques étreintes le crustacé qui se débattait en vain. Les pattes et les pinces, solidement liées, étaient réduites à l'immobilité.

Mon malheureux frère tourna vers moi ses yeux pleins

d'épouvante, comme pour me demander du secours. Mais que
pouvais-je en sa faveur ? Partager son sort ne me souriait en
aucune manière, et telle eût été sans doute l'issue d'une lutte
avec l'actinie. Chacun pour soi ! c'est, — je crois l'avoir déjà
écrit, — une loi fatale sous les flots !

Je restai donc simple spectateur de l'affreuse scène ; je vis le
crabe, pantelant, les pattes frémissantes, disparaître dans la
bouche béante, s'abîmer dans l'estomac à peine assez grand
pour le recevoir, et que gonflait déjà le maquereau englouti.

Quelques instants s'écoulèrent ; l'actinie digérait en paix,

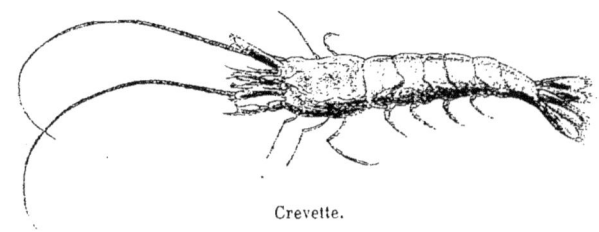

Crevette.

sans avoir cependant perdu son appétit, car je voyais ses tentacules s'agiter dans l'eau et tâtonner à la recherche du gibier
que le hasard aurait encore pu mettre à sa portée.

Puis la bouche se rouvrit, et par l'orifice, dans un vomissement, sortit la carapace vidée de mon infortuné frère. Si agile
encore tout à l'heure, ce n'était plus qu'une enveloppe inerte
et sans vie, ayant livré à l'actinie toute sa chair et tous ses
sucs.

Comprenez-vous maintenant la crainte salutaire que j'éprouve
à l'égard de ces fleurs terribles qui se nourrissent de crabes ?
Cependant, quand elles sont de petit volume, j'y porte volontiers la dent, vengeant ainsi mon espèce.

Que vous dirai-je encore des anémones de mer ? Une autre
fois j'en vis une qui avait avalé une coquille Saint-Jacques,
c'est-à-dire un de ces grands *peignes* dont la chair est si délicieuse.

Absorber une proie aussi volumineuse était déjà un acte bien extraordinaire pour une actinie ; mais par malheur la coquille s'était logée en travers, de telle manière qu'elle ne pouvait plus être expulsée, et par surcroît elle obstruait l'estomac, incapable désormais d'accepter des aliments.

La bête était donc en fâcheuse posture, et en passe de mourir de faim. Elle y mit rapidement bon ordre, se souvenant à temps de sa précieuse faculté de bourgeonnement.

Au niveau de la gênante coquille le sac se rétrécit, s'étrangla, et finalement se partagea en deux tronçons, qui devinrent deux anémones nouvelles ayant chacune leur estomac et leur collerette de tentacules.

Privés d'organes des sens et de système nerveux, formés seulement d'une chair mollasse et vulnérable, lents dans leurs déplacements et en tous cas incapables de fuir l'ennemi ou de poursuivre la proie, ces êtres semblent bien démunis dans la lutte pour la vie, si dure au sein de l'Océan.

Mais la Providence ne les a pas oubliés : leur apparente faiblesse est corrigée par une extraordinaire résistance vitale, qui fait tourner à leur avantage des accidents où tant d'animaux plus robustes et mieux outillés trouveraient la mort.

Que deviendrais-je, par exemple, si quelque blessure partageait ma carapace en deux morceaux ? Mon armure inutile ne me sauverait pas d'une fin cruelle.

Pareille mésaventure n'est pour l'actinie qu'un événement sans importance : son existence jusque-là unique se poursuit en partie double, et voilà tout !

Mais peut-être trouverez-vous que je m'attarde trop aux mœurs des actinies. Voici un autre familier de mon banc de moules, l'oursin, et voici d'autres tableaux.

L'oursin est bien différent de l'anémone de mer, mais quelles merveilles étonnantes encore dans son existence !

Avez-vous remarqué parfois, parmi les débris hétéroclites

rejetés à la plage, parmi les coquillages roulés, vides maintenant de l'animal qui les habitait sous les flots, parmi les fragments d'algues et les carapaces inertes, de fragiles et minces
coques, semblables à de petites sphères creuses, et ornées

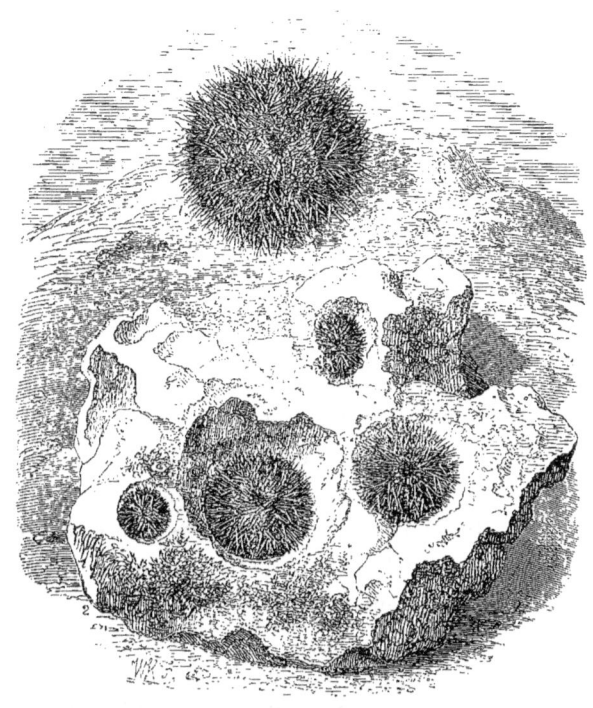

Oursins.

extérieurement de sculptures en relief d'une admirable régularité ?

Ce sont là les dépouilles d'oursins qui ont péri, et dont la
chair et toutes les parties molles se sont détachées.

Mais elles ne donnent qu'une idée fausse et bien imparfaite
de l'animal, tel qu'on peut l'observer vivant dans son milieu
marin, tel que j'ai pu le voir tout à l'extrémité de mon banc

de moules, à l'endroit où la mer ne laisse pour ainsi dire jamais le rocher à sec.

L'oursin est dans la mer une petite masse en globe ou en disque, hérissée de piquants.

Son corps est enveloppé, protégé par une carapace que forme la réunion de nombreuses plaques calcaires, polygonales, contiguës.

Depuis le sommet de l'animal, qui occupe le centre de cette géométrique structure, jusqu'au point diamétralement opposé, où est placée la bouche, ces plaques dessinent des séries verticales d'inégale grandeur et de rôle différent. Les plus larges portent des piquants, mobiles et commandés par des muscles ; les autres sont percées de trous bien régulièrement disposés en lignes, et qui servent au passage de petits tentacules. Les piquants sont un efficace moyen de protection accordé à ces animaux qui, sans cette ressource, seraient, à cause de l'extrême lenteur de leurs mouvements et de l'absence d'armes agressives, à la merci de leurs ennemis.

Mais les oursins dardent de tous côtés d'innombrables aiguillons, et peu d'adversaires osent affronter cette forêt de glaives. Qui s'y frotte s'y pique ! Je le dis sans honte : quelque désir que j'aie d'y goûter, je laisse en paix l'oursin. Et je n'ai à cela nul mérite.

Quant aux tentacules, ce sont de petits corps charnus qui ont la propriété de se gonfler et auxquels est adaptée une ventouse ; ils servent à la marche. Le mot de marche appliqué aux oursins n'est, bien entendu, qu'une expression figurée ; en réalité ils se déplacent par une sorte de reptation, qui leur imprime un mouvement aisé.

Les piquants aident aussi à ces déplacements, mais faiblement. Muni de tentacules sur toutes les parties de son corps, l'oursin peut voyager aussi bien sur le dos que sur le ventre. Parfois l'allure est celle d'une boule épineuse qui roulerait sur elle-même.

Que de fois j'ai assisté à ce curieux spectacle d'un oursin
marchant sur le sable uni !

Supposons l'animal au repos, tous ses piquants immobiles,
tous ses tentacules retirés dans la coque. Quelques-uns de
ceux-ci commencent à sortir, s'allongent, prudemment tâtent
le terrain tout autour ; d'autres se montrent à leur tour. L'our-

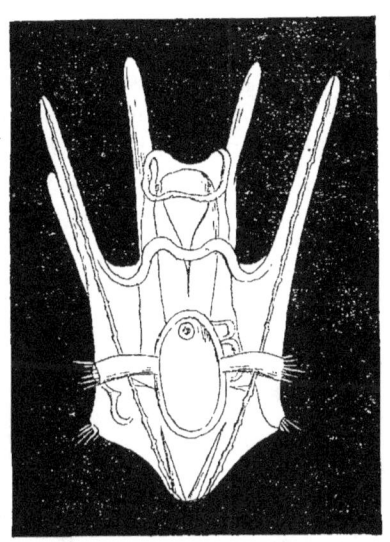

Larve d'oursin, très grossie.

sin, qui sait parfaitement où il veut aller, les fixe solidement ;
puis il contracte ceux qui sont en avant ; ceux de derrière
s'étirent, lâchent prise, et la carapace fait un pas. Le manège
recommence, et l'animal gagne du terrain.

Quelle que soit sa position, sur le dos, sur le ventre, sur le
côté, il est toujours fixé par quelques suçoirs et porté par
quelques aiguillons. Au milieu du ventre est la bouche : appareil formidable, qui sans arrêt se ferme et s'ouvre, laissant
apercevoir cinq dents soutenues par une charpente compliquée, et elles-mêmes très tranchantes à leur pointe. Ces dents

7

sont toujours prêtes à fonctionner, car elles repoussent par la
base à mesure que s'use leur extrémité.

A l'aide de sa bouche et de ses dents, l'oursin met en pièces
et dévore les petits animaux dont il se nourrit : mollusques,
polypes, larves de toutes sortes, et aussi menus représentants
de ma famille. A cette nourriture animale il ajoute à l'occasion, sans doute comme assaisonnement, des fragments d'algues.

Bien protégé par ses piquants, l'oursin sait encore complé-
ter cette défense naturelle par l'abri d'un trou creusé dans le
roc le plus dur. Le grès, le granit lui paraissent d'excellents
matériaux pour établir sa retraite, où peu d'ennemis sont
capables de l'atteindre. Les dents de la bouche attaquent la
pierre, la divisent, parcelle à parcelle, et les épines rejettent
au dehors les détritus. Puis, quand le trou est suffisamment
profond, l'oursin s'y retranche, ne laissant plus apparaître,
hors de la cavité dont la largeur est strictement proportionnée
à celle de son corps, que de rébarbatifs et menaçants faisceaux
d'aiguilles.

Dans la famille des oursins encore, les petits n'ont pas en
naissant la forme de leurs parents. Ce sont des larves douées
d'une certaine agilité, et qui, lorsque le moment est venu,
développent sur leur corps un bourgeon d'où se forment les
plaques, les tentacules, les piquants de la carapace de l'oursin.

Un jour que j'errais, repu et désœuvré, au voisinage d'une
colonie d'oursins bien abrités dans leurs trous, il me sembla
que de la pierre sortaient des voix grêles qui murmuraient
des paroles sur un mode cadencé. Je m'approchai, très intrigué, et j'entendis que le plus gros des oursins, auquel son
volume valait sans doute ce privilège, chantait une chanson,
dont tous ses frères reprenaient en chœur le refrain.

Ce chant, dont je démêlai le sens, mais que nulle oreille
humaine ne saurait percevoir, était plein d'une étrange et
bizarre poésie. Le gros oursin disait :

« O mes amis, je n'ai point d'ambition.

« Je ne demande ni les armes effrayantes des crabes, ni les nageoires alertes des poissons, ni les ailes puissantes des oiseaux de mer, ni l'ombrelle flottante de la méduse.

« Je me contente de l'habit d'aiguillons dont m'a doté le Créateur. Qui me touche se pique ! »

C'était là le refrain ; tous les oursins reprirent, en grossissant leurs voix grêles :

« Qui me touche se pique ! »

Puis le solo recommença :

« Je ne souhaite même pas l'industrie des mollusques, l'art de tisser, comme la moule, ou celui de fabriquer la perle et la nacre, comme l'huître.

« Loin de moi les dons dangereux qui perdent l'animal en le désignant à son ennemi, les couleurs éclatantes, les longs rubans flottants où se joue la lumière.

« Je suis l'être ramassé sur lui-même, et ma sphère hirsute revêt la forme qui donne le moins de prise. Qui me touche se pique ! »

Ici, le refrain. Puis, de nouveau, la chanson :

« Je n'ai pas l'humeur voyageuse. De la mer haute à la mer basse, quelquefois rouler, c'est assez !

« Fixé dans le trou de mon roc, j'y résoudrai le problème que l'homme recherche en vain, celui de la sûreté.

« Je ne crains rien de l'adversaire, et je n'admets chez moi que ces deux amis, le flot et le rayon de soleil pénétrant à travers l'eau comme un dard bienfaisant.

« Sans doute m'en coûtera-t-il un constant effort ; mais du moins mes épines, inspirant une salutaire terreur, me mettront à l'abri.

« Qui me touche se pique ! »

J'admirai fort cette philosophie de l'oursin, qui se révélait ainsi à mon esprit étonné comme un brillant poète sous-marin. Cependant, je ne pus me défendre d'un sentiment de mélancolie en songeant au peu d'exactitude des prétentions chantées en un si beau langage.

Hélas ! illusoire est cette sûreté que s'attribue l'oursin. Sans doute est-il bien à l'abri de mes mandibules, mais il y a dans la mer d'autres ravisseurs que les crabes, et les gros poissons n'ont pas assez peur de ses aiguilles pour hésiter à l'avaler tout entier, quand le hasard le met sur le chemin de leur gueule vorace.

L'homme aussi se rit de sa carapace hérissée, s'il lui prend fantaisie de goûter à la chair de l'oursin.

Tout animal, si bien armé soit-il, est à l'avance un vaincu dès que l'homme songe à lui déclarer la guerre. L'homme souvent n'apporte dans la lutte que les ressources de son intelligence, mais cette intelligence en fait le roi de la création, et devant sa royauté tout ce qui respire et vit sur la terre doit s'incliner.

Sur mon banc de moules le flot poussait encore souvent des individus d'une race apparentée aux oursins, l'*étoile de mer* ou astérie, qui, comme ses cousins, a le corps rayonnant autour d'un centre, mais divisé en cinq bras.

Je ne m'attarderai pas à la description de cet animal ; pour peu que vous ayez foulé le sol d'une plage, vous l'avez aperçu certainement, mort ou mourant, parmi les épaves rejetées par le flot.

Le corps des astéries est protégé par une enveloppe dure et pierreuse, formée de pièces irrégulières et en si grande quantité que jamais, malgré le soin patient que j'ai apporté à cette étude, je n'ai pu en évaluer le nombre exact : il y en a certainement plus de dix mille. Sur ces pièces dures sont fixés des piquants, des granules, des tubercules, qui rappellent ceux de l'oursin, mais qui ont bien moins de développement et ne jouent plus qu'un rôle protecteur très effacé.

L'astérie ne saurait chanter comme son cousin : « Qui me

touche se pique ! » Mais elle a pour sa défense d'autres ressources, non moins efficaces. Nul être, sauf l'homme, qui
puisse sans mesure faire peser sur les autres la force de ses
armes, mais nul être aussi qui soit complètement démuni
devant l'adversaire.

Quand vous avez vu une étoile de mer échouée sur la plage,
peut-être avez-vous pensé que cet animal est inerte et privé
des moyens de se déplacer. C'est une erreur : l'astérie progresse et voyage par un mécanisme analogue à celui que je
vous ai montré en jeu chez l'oursin. Si vous n'en avez pas le

Étoile de mer ou astérie.

dégoût, prenez-en un individu, et examinez attentivement la
face inférieure de ses bras. Vous y verrez des sillons remplis
de petits prolongements cylindriques et charnus, capables de
s'étendre et de se rétracter, creux à l'intérieur et terminés par
des ventouses.

Grâce à ces organes, l'astérie s'attache aux corps sur lesquels elle repose, et exécute ses déplacements : déplacements
d'une extrême lenteur, bien entendu, et si réguliers que les
manœuvres successives qui les réalisent sont presque imper-
ceptibles à l'œil.

Si un obstacle se présente, si par exemple une pierre se
rencontre, l'étoile de mer élève un de ses bras et en fixe les
ventouses pour prendre un point d'appui. Un second bras
opère ensuite les mêmes mouvements, puis un troisième, puis

les deux autres, et voilà l'astérie hissée sur la pierre, avec la
même facilité que si elle rampait sur un sol de sable fin
et uni.

Elle peut ainsi grimper le long des rochers perpendiculaires.
Tous ces mouvements s'exécutent à l'aide des menus tentacules, très nombreux, qui couvrent comme une légion de petits
vers la face inférieure des bras.

Une astérie est-elle rejetée sur le dos par quelque choc, par
une vague trop violente : cette position embarrassante ne la
gêne pas longtemps. Elle demeure d'abord immobile, les pieds
contractés, comme réfléchissant à la décision à prendre pour
résoudre le problème. Puis elle commence à faire sortir ses
petits pieds, elle les porte en avant, en arrière, de côté et
d'autre, sans doute pour reconnaître le terrain; enfin elle se
résout à les fixer. Quand elle a pu en attacher un nombre suffisant, la bête se retourne.

Vous pouvez facilement vous procurer le plaisir de voir une
astérie marcher sur le sable de la plage.

Pendant la belle saison, comme ces animaux étoilés se rapprochent plus volontiers du rivage, — ainsi d'ailleurs que la
plupart des hôtes de l'océan, — le flot en rejette beaucoup à la
grève. Parmi ceux qui vont ainsi échouer, la plupart sont
morts, mais il en est qui se trouvent simplement engourdis.

Prenez quelqu'un de ceux-là, — vous reconnaîtrez sa vitalité aux tressaillements de ses bras, — et placez-le dans quelque
flaque. Bientôt vous le verrez sortir de son immobilité, étirer
ses tentacules, et il vous offrira le tableau de ses déplacements
exactement avec les détails que je vous en ai tracés.

L'étoile de mer est, je vous l'ai dit, la proche parente de
l'oursin : comme lui elle a la bouche au centre de la face inférieure du corps. Cette bouche est une ouverture arrondie,
percée dans une membrane formant un cercle limité par les
pièces de la carapace. Elle n'a point de dents robustes comme
celles de l'oursin, mais seulement des papilles dures.

Quoique moins bien armée que son cousin, l'astérie fait preuve d'un plus grand appétit et d'une plus ample voracité. Les mollusques surtout représentent la base de ses festins; elle ne manifeste d'ailleurs pour aucune de leurs espèces une préférence particulière, et les englobe tous dans la même prédilection, qu'elle leur témoigne en les dévorant.

Ceux qui n'ont pas de coquilles lui plaisent autant, quand elle peut les atteindre, que ceux qui se dérobent dans une spirale calcaire; et ces derniers ne tentent pas plus sa gourmandise que leurs cousins abrités dans une boîte à deux valves. Les petites moules font ses délices; elle peut en avaler plusieurs, à la suite l'une de l'autre, dans un même repas.

Et, ce que vous ne croirez peut-être que difficilement, l'astérie est aussi une mangeuse d'huîtres; elle cause même parfois des ravages dans les parcs où l'homme engraisse pour lui ces mollusques.

Par quel expédient l'étoile de mer, à la bouche petite et presque molle, peut-elle parvenir à s'emparer d'une huître, bien défendue dans sa retraite de pierre?

Choisit-elle astucieusement, comme vous le penseriez peut-être, le moment où le mollusque ouvre ses valves pour y engager un bras, et, ayant ainsi un pied dans le domicile d'autrui, pousse-t-elle bientôt l'indiscrétion jusqu'à. introduire les quatre autres dans la maison si imprudemment hospitalière?

Point! L'astérie n'est pas si rusée, et le fait de capturer une huître par ce moyen n'appartient qu'à l'affreux poulpe, dont nous ferons ensemble la connaissance, et aux crustacés, mes parents.

Pour l'étoile de mer, voici quelle est sa tactique : elle saisit l'huître tout entière entre ses rayons, et la maintient sous sa bouche, à l'aide des petites ventouses de ses tentacules; puis, elle retourne son estomac, et en enveloppe de toutes parts le mollusque, en même temps qu'elle sécrète un liquide vénéneux. Sous l'action de ce liquide, la victime est forcée d'ouvrir sa coquille et se trouve dès lors à la merci de l'agresseur.

Ainsi cet être fragile, privé de pinces et d'armes, accomplit un travail dont l'homme, malgré tout son génie, ne saurait s'acquitter sans adjoindre quelque outil à l'habileté de ses doigts.

Supposez un homme jeté sans couteau sur un îlot désert, où il ne trouverait à se mettre sous la dent que des huîtres ; celles-ci fussent-elles innombrables, ne mourrait-il pas de faim à côté des coquilles inexorablement fermées ?

Cependant l'étoile de mer ne fait pas sa nourriture habituelle d'animaux vivants, qui opposent toujours quelque résistance et avec lesquels il faut lutter. Elle recherche avidement toutes les viandes mortes que le flot roule, et il n'en manque pas au voisinage du rivage; les substances animales en décomposition, quelle qu'en soit l'origine, tentent volontiers sa gourmandise.

Elle partage ce goût avec beaucoup d'animaux marins, et vous savez que moi-même je me plais à ce festin, ainsi que tous mes parents les crustacés. L'astérie est donc chargée comme nous de faire disparaître les déchets de la vie, dont la corruption ferait des bords de la mer un foyer d'infection.

Elle offre encore avec nous un autre trait commun, celui de pouvoir détacher spontanément, quoique beaucoup plus lentement, ses membres auxquels un accident impose une souffrance, et de reproduire ensuite les tronçons perdus ou blessés.

Je vis un jour une astérie dont un des bras se trouvait pris sous un gros fragment de roc, qui s'était brusquement écroulé; le membre meurtri ne parvenait pas à se dégager, malgré tous ses efforts, et je pensais bien que la bête allait demeurer là prisonnière et mourir de faim. Je me proposai même, —

pourquoi ne pas avouer ce dessein si naturel à mon caractère ? — de profiter de l'aubaine, et je songeai qu'avant peu
d'heures je dînerais d'une étoile de mer.

Je n'en dînai pourtant pas cette fois. L'astérie fit une belle
défense, et se tira fort bien d'affaire.

Je remarquai que le bras captif s'étranglait près du point
où le rocher en tombant l'avait écrasé. L'étranglement s'accen-

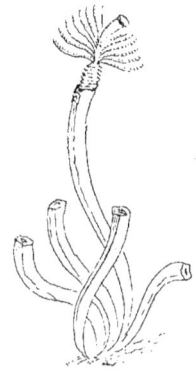

Serpule.

tua lentement, mais progressivement; quelques jours plus
tard, le bras était complètement détaché, et l'astérie recouvrait
allègrement sa liberté.

Elle en profita pour chercher aussitôt à manger; cependant
l'absence d'un bras lui donnait un aspect gauche et un peu
grotesque, auprès de la belle symétrie de ses sœurs intactes,
et je ne pus m'abstenir d'une plaisanterie :

« C'est grand dommage, ô étoile, que tu ne sois pas restée
sous ton rocher; tu as perdu là l'occasion de finir d'une mort
honorable, qui m'eût procuré, ainsi qu'à quelques voisins, un
copieux repas, et tu aurais évité la honte d'être privée à la fois
d'un membre et de la beauté ! »

La remarque était peu généreuse; l'astérie cependant n'en parut pas fâchée, et me répondit placidement :

« Crabe élégant et alerte, je ne suis pas plus laide en cet état que tu ne le seras toi-même quand un accident aura détaché de ta poitrine une pince ou une patte. Tu seras bien heureux alors d'avoir à ce prix évité la mort, et la perte de la beauté te paraîtra de peu d'importance auprès de ta vie conservée.

« Place donc mieux tes moqueries, et sois d'ailleurs sans inquiétude. De même que tes pattes tombées repoussent, mon bras absent renaîtra, et je redeviendrai une étoile à cinq rayons, dont la parfaite régularité ne craindra plus tes critiques.

« Cours à tes affaires, toi qui as reçu le don de la vélocité, et laisse-moi ramper aux miennes. Tant d'heures de jeûne m'ont ouvert l'appétit, et, pour te rendre ton compliment, que n'es-tu toi-même un cadavre, car je dînerais bien de ta chair ! »

Elle disait vrai : les bras coupés des astéries repoussent. Examinez attentivement ceux de ces animaux que vous verrez échoués sur la plage, et sans doute en découvrirez-vous chez lesquels l'étoile n'est plus régulièrement dessinée, parce que l'un de leurs membres, en voie de renaissance, n'a pas la même longueur que les autres.

Fait plus curieux : un bras détaché peut reproduire une astérie complète, en développant une bouche et de petits rayons. Comme l'anémone de mer, l'astérie est un animal qui renaît de ses morceaux, et lorsqu'on croit l'avoir divisée, on l'a simplement multipliée.

Voilà les plus notables habitants de mon banc de moules; une foule d'autres, de moindre intérêt, le visitaient aussi, ou y avaient fixé leur logement.

Je ne vous entretiendrai pas de cette plèbe; cependant je

veux vous signaler encore parmi eux les curieux vers sédentaires qui habitent dans des tubes qu'ils attachent aux corps
sous-marins, aux coquillages, ou qu'ils enfoncent dans le
sable : tels, les serpules, les térébelles, aux panaches d'une
grâce inimitable lorsqu'ils sont épanouis sous les flots.

VIII

Il faut maintenant que je vous entretienne d'un effroyable
brigand, le plus terrible des ennemis naturels que notre race
connaisse au sein des flots.

Contre celui-là toute lutte est impossible, et nous n'avons
d'autre ressource que la fuite, quand il nous en laisse le
temps, d'autre vengeance que de goûter à sa chair lorsque les
flots le roulent, meurtri et vaincu, parmi les rocailles tapis-
sées d'algues.

J'ai quelque honte à l'avouer : cet adversaire invincible est
un mollusque, c'est-à-dire un représentant de cette famille
d'êtres généralement mous et vulnérables qui constituent pour
nous la plus facile des proies.

Comme tous ses parents, il n'est formé que d'une masse
charnue et flasque, il n'a ni cuirasse, ni pinces, ni tenailles,
il n'a même pas de coquille, et cependant notre armure est
insuffisante à nous protéger contre ses attaques.

Quelle pénible humiliation pour des crustacés, habitués à
répandre la crainte autour d'eux!

Mais le poulpe, cet être hideux que les matelots nomment

la *pieuvre,* est un voisin avec lequel il faut éviter d'entrer en relations.

Lui-même d'ailleurs, comme je le dirai un peu plus tard, si redoutable qu'il soit à mes pareils, voit sa férocité entravée par des adversaires dont la force est supérieure à la sienne, ou qui en triomphent par la ruse.

Son portrait?

Je puis vous le tracer, très ressemblant d'après nature, car

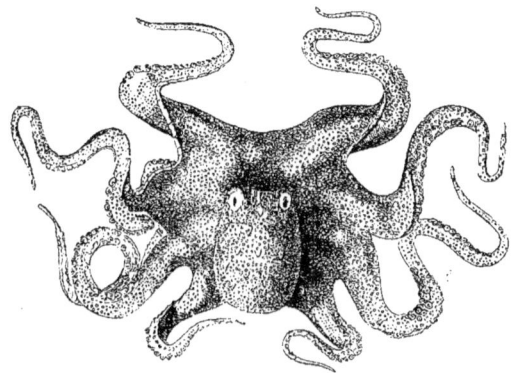

Poulpe commun ou pieuvre.

j'ai bien souvent étudié l'horrible bête, soit, lorsqu'elle était vivante, tapi sous quelque roc à l'abri de ses atteintes, soit parmi les débris rejetés sur la grève et où elle gisait à l'état d'épave inerte.

Figurez-vous une sorte de sac ovale, musculeux, charnu, visqueux, portant une tête volumineuse et assez rigide, soutenue par un cartilage. Cette tête darde de chaque côté un gros œil dont l'orbite est formée en partie par le cartilage de la tête, et qui est tout à fait semblable à l'œil des poissons.

Au-dessus de ces yeux s'étale une couronne de huit bras bien plus longs que le corps, cylindriques, reliés par une membrane, et s'effilant vers l'extrémité.

Au centre de cette couronne de bras est placée la bouche; protégée elle-même par un repli en forme de lèvre, elle abrite un bec corné, robuste, formé de deux mandibules crochues et tranchantes comme celles d'un oiseau de proie. Ces mandibules se meuvent verticalement, et se rapprochent par leur bord coupant; le poulpe s'en sert surtout pour déchirer sa proie, à l'aide du crochet qui les termine.

Pour triturer les chairs de sa victime, avant de les faire pénétrer dans son vorace estomac, il a une langue puissante, recouverte en dessus d'une couche cornée qui se hérisse au milieu d'une série de dents recourbées.

Dans le sac qui constitue le corps, l'eau nécessaire à la respiration entre par une fente, et en sort refoulée par une sorte de tube en entonnoir. Le poulpe peut projeter cette eau avec plus ou moins de force, et mesurer par suite la vitesse du déplacement qu'il sait s'imprimer lui-même à volonté par ce jet. Car l'eau qui jaillit de l'entonnoir exerce sur le liquide environnant une pression qui a pour effet de mouvoir en sens contraire le corps du poulpe.

Mais celui-ci n'a pas que ce moyen de progresser; ses bras l'aident puissamment à nager et à ramper.

Ces bras sont munis sur presque toute leur longueur de deux rangées de ventouses, sortes de petites coupes ayant en dedans un disque concave, percé au centre d'une fossette dont le fond renferme un tubercule mobile.

Quand le poulpe applique son bras sur un corps, il retire ce tubercule au fond de la ventouse, qui se fixe ainsi, par la pression extérieure s'exerçant sur la fossette vide, avec une force très grande. Sur chaque bras j'ai pu compter plus d'une centaine de ces ventouses.

J'ai quelquefois entendu des pêcheurs, montrant des poulpes à des étrangers qui regardaient avec terreur ces paquets de tentacules enlacés, dire que les ventouses sont des suçoirs, à l'aide desquels la bête puise le sang de ses victimes. Il n'en est rien. Les ventouses n'ont pas d'autre office que de permettre au poulpe de se cramponner aux rochers, et de retenir captives, avec une irrésistible énergie, les malheureuses proies qui ont excité son insatiable appétit.

Méfiez-vous d'ailleurs un peu des exagérations des pêcheurs, qui, soit ignorance, soit désir d'étonner par de stupéfiantes histoires leur crédule auditoire, mêlent volontiers la fiction à la réalité. S'ils vous racontent, par exemple, qu'il existe des pieuvres grosses comme des maisons, et capables d'enlacer de leurs bras de grandes barques et de les faire chavirer, permettez à un humble crabe de vous conseiller, à l'égard de ces fantastiques récits, une légitime défiance.

Des pieuvres de cette taille et pouvant accomplir un pareil méfait, je n'en ai jamais vu ! Et cependant mon humeur aventureuse et des circonstances particulières m'ont fait visiter une notable étendue du domaine marin.

Ce n'est pas que l'homme n'ait rien à redouter des ventouses et des bras du poulpe; mais il ne court guère le risque de servir de pâture à ce mollusque. Tout au plus, si l'un de ces visqueux animaux projette ses tentacules autour des jambes d'un nageur, celui-ci, ayant ses mouvements paralysés, se trouvera-t-il en danger de couler.

Mais pour entraver l'énergie d'un homme, il faut déjà une pieuvre de grandes dimensions, et j'ai la faiblesse de penser qu'en pareille circonstance le plus grand péril réside dans la frayeur du nageur, dont l'imagination attribue au poulpe un pouvoir qu'il n'a pas, surtout si elle est pleine des légendes forgées par des marins plus ou moins dupes de leurs illusions.

Combien de fois ai-je entendu raconter ces légendes sur les pieuvres géantes! Combien de fois aussi ai-je entendu des baigneurs, trop incompétents aux choses de la mer, dire à leurs enfants, en poussant du pied le disque informe d'une méduse lamentablement aplatie sur la grève et se putréfiant au soleil :

« Voyez, mes enfants, voici une pieuvre. N'est-ce pas que c'est véritablement une bête bien terrible et bien hideuse? »

Et ils se baissaient sur l'épave, fouillant du bout de la canne sa gélatine irisée, cherchant en vain le bec, les tentacules et les ventouses.

Pour moi, tapi à quelques pas dans une lame écumeuse, je riais silencieusement. Je ne suis pas chargé, n'est-il pas vrai, de redresser les erreurs de l'homme; et de quel front m'eussent-ils accueilli, ces baigneurs, si, témérairement sorti de mon élément protecteur, j'étais venu leur dire :

« Foi de crabe, quels ignorants vous faites! Cette épave où votre imagination mal renseignée vous montre une pieuvre n'est qu'une méduse, un rhizostome.

« Ne pensez pas d'ailleurs qu'il soit préférable pour vous, quand vous vous rafraîchissez dans la vague, de venir en contact avec une méduse plutôt qu'avec un poulpe.

« Les plus grands poulpes ne dépassent pas la moitié de votre taille, et encore ceux-là ne s'approchent guère du rivage où vous prenez vos ébats. Quant à la méduse, vivante dans la mer, elle est toujours à craindre, fût-elle de taille exiguë : car dans l'épaisseur de sa peau transparente elle loge d'innombrables et minuscules dards empoisonnés qui, à la moindre irritation, jaillissent, blessent et brûlent. Ces dards ne sauraient me nuire, parce que ma carapace m'en défend, mais votre épiderme est capable de ressentir douloureusement la cuisson qu'ils causent.

« Allez, et instruisez-vous! »

De quel front, je vous le répète, l'homme accueillerait-il semblable discours sortant de la bouche d'un crabe?

Si j'interprète bien quelques propos recueillis ici et là, il y a un certain Victor Hugo, auquel incombe une grande responsabilité dans l'extension de la légende des pieuvres géantes et dans la réputation terrifiante faite à cet animal, généralement incapable de nuire à votre espèce.

Qu'était ce Victor Hugo? je l'ignore : peut-être un philosophe, un historien ou un poète, mais à coup sûr un piètre savant, et un naturaliste mal informé.

Je reviens au poulpe, et je n'ai qu'à puiser dans mes souvenirs pour vous donner d'abondants détails sur cet horrible animal contre lequel nous sommes obligés de nous tenir constamment en garde.

Ses yeux saillants, à la pupille d'un vert doré et où luit un regard fixe et inquiétant, exercent une sorte de fascination sur les pauvres êtres destinés à devenir les victimes de cet impitoyable bourreau. Il peut en adoucir à volonté l'éclat, et pour cela il n'a qu'à en recouvrir le globe brillant en contractant la peau tout autour et en rapprochant les deux paupières translucides dont chaque œil est muni.

Rejeté au rivage à l'état d'épave, son corps et ses bras étalés sur le sable, le poulpe est un objet disgracieux et d'aspect informe : ainsi beaucoup de plantes et d'animaux marins formés d'une substance molle et flasque. Mais dans son élément il ne manque pas d'une certaine élégance. Ses attitudes sont variées.

Au repos, il se tient ordinairement de telle manière que ses bras touchent le fond par leurs ventouses tout en se recourbant en arrière, et son corps dessine un arc.

S'il se déplace en rampant, il semble marcher sur la pointe des bras. Mais c'est surtout lorsqu'il nage, ce qu'il fait avec beaucoup d'aisance, qu'il épanouit ses formes et qu'il acquiert toute la beauté à laquelle il peut prétendre. Ses mouvements dans l'eau, provoqués à la fois par les jets de liquide de son entonnoir et par les contractions de ses bras musculeux, le font progresser presque toujours le corps le premier, et par soubresauts. Mais il sait aussi nager la tête en avant; dans ce cas ses bras se réunissent de part et d'autre en deux faisceaux, et se rabattent le long du corps par l'effet de la résistance de l'eau.

8

Il se déplace ainsi avec rapidité. Lorsqu'il nage à reculons, il tient horizontalement six de ses bras, pour lui servir de plan de soutien dans l'eau; les deux autres bras font office de gouvernail, et on les voit s'incliner tantôt d'un côté tantôt de l'autre, suivant la direction qu'il veut s'imprimer.

Sa marche est beaucoup moins rapide et moins facile. Il rampe obliquement, sa bouche touchant le sol; il étend d'abord une partie de ses bras, qui se fixent à un point d'appui, se contractent, attirent le corps vers eux; les bras du côté opposé accomplissent des mouvements contraires qui ont le même résultat.

Dans leur jeunesse, les poulpes sont sociables et vivent volontiers en troupes; aussi la tempête qui surprend leurs bandes en détruit-elle parfois d'un seul coup de grandes quantités; les cadavres vont s'amonceler au même point du rivage, où le promeneur les foule aux pieds.

C'est surtout pendant la mauvaise saison, quand les colères du vent et de la mer sont le plus furieuses, que les sociétés de poulpes se trouvent ainsi décimées. Les flots et l'ouragan se font alors en quelques instants les vengeurs de tant de pauvres victimes sacrifiées pour leur appétit par ces formidables bandits.

A mesure qu'il avance en âge, le poulpe change de caractère et ne peut plus supporter la compagnie de ses pareils. Il se retire alors solitairement dans quelque lieu âpre et rocailleux, où sur les pointes de granit le flot se déchire en écumant. L'horreur de ces coins sinistres est en harmonie avec son aspect effrayant.

Il ne recherche pas les grandes profondeurs, mais affectionne, au contraire, le voisinage du littoral; une faible hauteur d'eau au-dessus de sa tête lui suffit, comme à nous.

C'est un chasseur, et il aime à voir clair pour ses expéditions.

Son abri est un trou, une crevasse parmi les rochers. C'est

de là qu'il guette ses proies, cramponné à la paroi de sa maison par quelques-uns de ses bras, tandis que les autres flottent dans l'eau et sont toujours prêts à s'appliquer sur tout corps vivant qui se montre dans le voisinage.

La mollesse de son corps est telle, il sait si bien s'étirer, s'aplatir, se contracter, qu'il peut pénétrer dans les fissures les plus étroites, explorer les moindres fentes entre les rochers entassés.

S'il ne trouve pas dans son canton un gîte à son gré, il a l'habileté et le talent de se confectionner une retraite. C'est un architecte peu épris d'art, mais pratique et robuste; sa force lui permet d'élever des remparts qui lui offrent toute sûreté. A l'aide de ses bras il traine des pierres, qu'il réunit de manière à former une sorte de puits, dans lequel il se blottit. Rien d'intéressant comme de suivre ses manœuvres lorsqu'il se livre à ce travail.

C'est un espionnage dangereux, mais dont l'attrait m'a bien souvent séduit, alors que les mois ne s'étaient point accumulés sur ma carapace, et que j'avais encore cette curiosité, cette soif de savoir, cette imprudente audace qui font tant entreprendre à la jeunesse, tandis que la vieillesse est glacée non seulement par la moindre énergie du corps, mais aussi par la trop grande expérience qu'elle a de toutes choses.

Hélas! combien est loin de moi déjà ce temps délicieux où j'avais tout à apprendre! Le désir de voir une pieuvre bâtir sa maison excitait alors mon courage jusqu'à la témérité, et me conduisait, effrayé mais brave quand même, sous une touffe d'algues, à deux pas du monstre, dont mes yeux épiaient tous les mouvements.

Transporter avec ses bras des pierres de la grosseur de ma carapace n'est qu'un jeu pour ce puissant ouvrier. Les blocs sont-ils plus volumineux et partant plus lourds, il a recours à la ruse; il glisse au-dessous, tout entier, son corps flasque, puis brusquement, faisant effort de ses bras, il se donne à lui-même une violente impulsion, qui le fait rouler pêle-mêle avec les fragments de rocailles, trop pesants pour être déplacés autrement.

La structure du poulpe, exclusivement combinée pour l'attaque, fait soupçonner que cet animal est un redoutable carnassier. Et en effet il compte parmi les destructeurs les plus rapaces, les plus insatiables, que la mer nourrisse dans ses flots.

Soit qu'il poursuive à la nage ses malheureuses victimes, soit qu'il les attende, insidieusement tapi dans son puits rocailleux, il prélève un large tribut sur les poissons, sur les mollusques, sur mes parents les crustacés.

Ma famille si nombreuse fournit d'amples provisions à son garde-manger, et mes pauvres frères les crabes, courageux, mais téméraires, tombent fréquemment sous son bec. De leurs carapaces vidées le traître ose se faire des trophées !

Pourriez-vous croire que le poulpe, friand de la chair des mollusques qui s'abritent si solidement dans leur coquille à deux valves, sait ouvrir cette maison pourtant bien défendue, et par l'interstice plonger son bec, qui se repaît avec délices de la substance délicate de l'habitant ?

Quant aux crustacés, rien ne lui coûte moins d'efforts que leur capture. Voit-il un infortuné crabe qui, pour sa perte, s'approche sans prudence de la perfide embuscade, il se précipite brusquement, et couvre la victime de ses bras étendus. Les bras se replient de plus en plus, se contractent, resserrent l'étreinte ; le crabe tente une résistance désespérée, cherche à fuir, s'efforce d'ouvrir ses pinces. Vains efforts : la lutte n'est pas de longue durée. Bientôt les membres du crustacé, raidis jusque-là dans une énergique convulsion, tombent inertes ; le poulpe, à ce moment, emporte sa proie.

Combien de fois, épouvanté et cependant cloué au sol par une invincible curiosité, j'ai assisté à ce drame ! Le poulpe

1. Calmar cherchant une proie. — 2. Poulpe dans son rocher. — 3. Seiche émettant son « noir ». — 4. Œufs de seiche. — 5. Sépiole nageant.

ne se hâte pas de dévorer sa victime; il s'en repaît à loisir,
s'en délecte, prend plaisir au festin par une horrible gourmandise, et on voit aux mouvements de la membrane de ses bras
qu'il retourne en tous sens la carapace. Et quand il l'a bien
vidée de ses sucs et de sa chair, après en avoir longtemps
savouré le goût, il l'abandonne.

J'ai quelquefois vu des poulpes, surpris subitement par le
danger, obligés de relâcher un crabe qu'ils venaient à peine
de saisir. Toujours le malheureux crustacé était mort, même
si l'étreinte n'avait duré que peu d'instants, et bien qu'il
ne portât extérieurement aucune trace de blessure : tant
la pression exercée par les bras du monstre est puissante et
redoutable.

Poussé par son instinct carnassier, le poulpe fait aux
pêcheurs, à son insu, une concurrence ardente, qui lui attire
leur haine.

Non seulement il détruit pour se nourrir une grande quantité d'animaux que l'homme convoite également pour sa table,
tels que certains délicieux poissons et les crustacés de prix, le
homard, la langouste; mais encore il éloigne ces animaux par
la terreur qu'il inspire. Peu à peu le désert se fait ainsi autour
de lui, et dans les cantons qu'il infeste le pêcheur ne trouve
plus à remplir ses filets.

A mon point de vue, il faut bien que je l'avoue, ce ne serait
là qu'un méfait de peu d'importance: ravisseur pour ravisseur,
je ne donne pas à l'homme, qui détruit mes pareils à l'occasion, une préférence de sympathie.

Mais le poulpe en veut à ma race avec acharnement, et
je ne suis pas fâché que ses larcins le fassent entrer en compétition avec l'homme : cela ne peut que lui causer du dommage.

Il y a telle région qu'il a presque complètement dépeuplée
de homards et de langoustes.

Les abords de son repaire sont toujours signalés par les

horribles reliefs de ses festins, qu'il accumule lui-même à l'entrée. Carapaces vides et membres déchiquetés de crustacés, coquillages de mollusques, entassés pêle-mêle, tout cela forme un signal qui inspire aux prudents une crainte salutaire, mais qui malheureusement n'évite pas une mort affreuse à tant d'êtres que leur insouciance jette sous les ventouses de l'inexorable bourreau.

Tout ce qui passe dans son voisinage tente son avidité, et c'est ainsi que si un baigneur présente à proximité de son repaire un pied ou une main, immédiatement le membre est saisi par les nombreuses ventouses. Et cependant l'attaque est bien inutile, car que peut la pieuvre contre l'homme ?

Les circonstances dans lesquelles j'ai connu pour la première fois ce bandit sont peut-être dignes d'être rapportées; en tout cas j'y jouai un rôle actif et assez périlleux pour que le souvenir en soit resté très net dans mon esprit.

Le canton où j'étais né et où s'était déroulée mon enfance m'avait paru jusque-là assez paisible et suffisamment sûr pour mon existence. Pas de gros brigands capables de m'inspirer trop de terreur; l'actinie, l'oursin, l'étoile de mer, le buccin, la pourpre, tels étaient à peu près les seuls carnassiers qui fréquentassent mon domaine, et ils étaient pour moi plutôt des collaborateurs que des adversaires. Nous avons, en effet, les mêmes goûts.

Mais un beau matin, en m'éveillant au soleil avec grand appétit, il me sembla que le calme habituel était rompu, et je voyais autour de moi des êtres effarés qui se hâtaient de quitter ces lieux où ils vivaient tranquilles. Je m'informai auprès des poissons, messagers rapides à qui leur vélocité permet de connaître promptement les nouvelles de l'océan; ils me répondirent, non sans une expression de narquoise commisération :

« La pieuvre! La pieuvre! »

Ne connaissant pas encore la bête, ce mot ne disait rien
à mon imagination. J'étais jeune, j'étais brave à cause surtout
de mon ignorance; je voulus savoir comment était fait cet animal qui causait tant de désarroi.

Je demandai poliment aux poissons le chemin de son domicile.

« Ah ! petit crabe, exclama l'un d'eux, tu veux donc à toi
tout seul attaquer la pieuvre ? Fuis bien plutôt, aussi loin que
tu pourras, ces lieux désormais dangereux. Tes pinces seraient
dix fois plus puissantes que tu n'en courrais pas moins à ta
perte.

« Si tu veux tout de même tenter le péril, va-t-en là-bas
à la pointe de ce roc; tu y trouveras un trou entouré par une
ceinture de coquillages et de débris de tes frères. Tantôt
il y aura là une carapace de plus pour signaler le danger aux
passants. »

Cette sinistre prophétie ne m'arrêta pas, et je me dirigeai
vers le repaire de la pieuvre, confiant, non dans ma force, mais
dans mon agilité.

Hélas! j'avais à peine atteint la ceinture des carapaces vides,
qu'une lanière visqueuse, sortant brusquement d'une fente
du rocher, s'abattit sur moi et, malgré tous mes efforts, me
retint prisonnier. Je me crus perdu, car déjà le monstre, encore
invisible, m'attirait vers son repaire, lorsque je me trouvai
subitement rendu à la liberté.

Encore épouvanté, mais repris déjà par ma curiosité, je
regardai, et je vis que mon ennemi, qui s'apprêtait à ne faire
de moi qu'une bouchée, au lieu d'avoir seulement à attaquer
un misérable crabe, devait se défendre contre un adversaire
imprévu et robuste.

Celui-là aussi était un inconnu pour moi, bien que son
armure puissante, ses pinces, son aspect me fissent supposer
qu'il appartenait à ma famille.

C'était un crustacé de forme allongée, semblable à une

énorme crevette, et ayant, comme cette légère fille de l'eau, une queue recourbée, dilatée en un large gouvernail. Sa carapace épaisse se nuançait de belles teintes bleues et était chargée de touffes d'algues, de petits coquillages, de balanes, particularité qui, — j'en ai été informé depuis, — attestait son grand âge.

Sous sa poitrine il portait quatre paires de pattes fines, qui lui servaient à se traîner sur le roc, et il brandissait en une attitude de colère et de menace deux pinces colossales, disproportionnées, qui m'eussent glacé d'effroi si leurs attaques m'avaient été destinées.

Il m'eût coupé en deux tronçons comme je coupe un petit talitre; mais pour le moment il ne songeait pas à moi, et peutêtre même ne m'avait-il pas vu.

J'eus tout le loisir de l'examiner, et je pus admirer encore les deux longues antennes qui décoraient sa tête comme un panache et complétaient le caractère martial de sa physionomie. Je vis aussi que sa carapace se prolongeait en avant, comme celle de la crevette, en une sorte de bec muni d'épines de chaque côté. Sa bouche était un formidable arsenal, mais ne différant de celui que j'ai reçu moi-même du Créateur que par ses proportions beaucoup plus terribles.

C'était un homard d'une taille exceptionnelle et si volumineux que jamais depuis il ne m'a été donné d'en revoir un autre qui l'approchât.

D'où venait-il, et comment apparaissait-il ainsi subitement sur ce rocher où jamais nul de ses frères ne s'était montré? Dans quel canton sous-marin, à quelle profondeur, loin des poulpes ravisseurs, loin des filets de l'homme, avait-il pu acquérir cette effrayante grosseur, et poursuivre cette longue carrière dont les algues de sa carapace attestaient la durée?

Tout cela est un mystère que je n'ai pu éclaircir. Je reviens à mon récit, dont les péripéties vont maintenant se précipiter.

En abordant le poulpe, le homard parla :

« Traître et lâche, dit-il, je te déclare la guerre. Il y a long-temps que j'ai le désir de goûter à ta chair, et je veux te faire payer en une seule fois tes crimes ! »

Singulier discours dans la bouche d'un homard, qui ne vit lui-même que de proies, et qui sème le carnage autour de lui. Mais sans doute avait-il eu auparavant, à ses risques et périls, de fréquents démêlés avec les pieuvres.

Le terrible mollusque, en voyant la force de son ennemi,

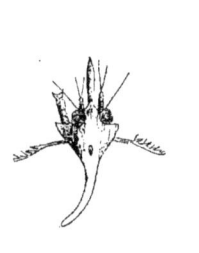
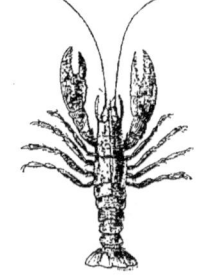

Larve de homard.   Homard.

eut recours à la ruse qu'il emploie toujours lorsqu'il est surpris dans son repaire par des adversaires trop puissants. Il se retira tout entier dans son trou, et vint présenter à l'orifice, pour en défendre l'accès, sa bouche où luisaient les deux mandibules de son bec. Mais ce fragile obstacle ne rebuta pas le homard, et il fallut engager une lutte corps à corps.

Le spectacle de ce combat sous-marin, silencieusement poursuivi sur le fond rocailleux tandis que la vague gémis-sait au-dessus de cette scène de meurtre, était terrifiant.

Le corps de la pieuvre avait changé d'aspect et était maintenant horrible, d'une horreur dont aucune description ne saurait donner l'idée. Des pustules, des verrues apparaissaient sur tout son épiderme et manifestaient sa colère.

Quand il vit que le homard s'obstinait dans ses intentions hostiles, le mollusque accepta bravement la lutte, et, quittant son attitude défensive, il devint agresseur à son tour.

Avec une rapidité qui trompa la vigilance du crustacé, il s'élança, et ses bras enlacèrent le homard, cherchant à appliquer leurs ventouses sur sa carapace. Mais celui-ci parvint à se dégager et leva ses pinces menaçantes.

Le poulpe, toujours hérissé et furieux, recula, mais presque aussitôt revint à la charge, et cette fois réussit à jeter ses bras sur le corps de son adversaire et à les y maintenir solidement fixés. Le homard disparaissait complètement sous la substance molle du poulpe; les deux combattants roulaient pêle-mêle sur le fond de la mer, faisant s'élever un nuage de menu gravier et de particules de sable.

Cependant le crustacé méditait une vengeance, et il réussit à saisir un des bras du poulpe.

Celui-ci, sous l'influence probablement de la douleur, dénoua ses tentacules et se mit à nager avec force, entraînant le homard. Ce dernier avait à ce moment le dessus; sa pince serrait avec tant d'énergie le bras qu'elle avait saisi qu'un instant je pus croire qu'elle le détacherait.

Pour se débarrasser de cette morsure gênante, le poulpe nageait violemment de-ci de-là, en faisant des contractions brusques de tout son corps, qui eurent enfin pour résultat de jeter le homard sur les rocailles, et, par le choc, de forcer la redoutable pince à s'ouvrir.

Le homard était fatigué, et il me sembla que son courage avait faibli; il se retira dans l'angle d'un rocher, les pinces hautes, dans une attitude de défense, tandis que le poulpe, ayant aussi sans doute besoin de repos, étirait et contractait alternativement tous ses bras, sans que celui qui avait été si fortement pincé parût endommagé.

Après une courte trêve, les hostilités recommencèrent, et le poulpe tenta une furieuse attaque, qui eut un plein succès; car, à l'aide seulement d'un de ces bras dont la solide tenaille du homard n'avait pu entamer la chair mollasse, il parvint à détacher une pince de son adversaire.

Mutilé et se sentant hors d'état de continuer le combat, le crustacé, tout à l'heure si vaillant, chercha à s'enfuir; mais il n'en eut pas le temps: en un instant il fut enlacé, couvert par les tentacules et les ventouses.

Le drame touchait à sa fin. D'un seul effort de ses mandibules tranchantes, le poulpe fit deux tronçons de sa victime, et il se mit aussitôt en devoir de dévorer les chairs encore presque vivantes du vaincu.

Je n'ai sans doute pas besoin d'ajouter que je me retirai au plus vite, peu soucieux de servir de dessert au monstre; et désormais instruit sur le caractère et sur la force de mon redoutable voisin, j'évitai dans la suite de m'attarder à proximité de son repaire.

Cependant cet être si bien outillé pour le meurtre n'est pas plus qu'un autre à l'abri des dangers; aussi la Providence, outre les armes robustes qui lui servent à capturer ses proies, lui a-t-elle donné de curieux moyens de défense contre ses ennemis.

Il possède, par exemple, le singulier privilège de changer de couleur suivant les passions qui l'agitent, suivant aussi la nuance du fond sur lequel il se déplace, de manière à s'harmoniser avec cette nuance.

Au repos, son corps est d'un gris clair, avec de fines marbrures; sa colère est-elle excitée, ou se trouve-t-il en péril, aussitôt sa couleur se modifie, et il revêt une teinte plus ou moins foncée qui lui permet de se confondre avec le sable ou les rocailles, si intimement qu'il faut alors un œil exercé pour le distinguer.

Le danger devient-il plus pressant, le poulpe a recours à une autre ressource plus efficace et non moins merveilleuse ; il projette dans l'eau une certaine quantité d'une substance noire qu'il a la propriété de distiller à l'intérieur de son corps.

Cette substance, en se mêlant au liquide, produit un nuage opaque et d'un noir intense, au milieu duquel le poulpe se dérobe et disparaît, échappant à l'adversaire décontenancé devant cette subite irruption d'encre épaissse.

Cet animal se reproduit par de gros œufs qu'il réunit en amas, que les pêcheurs désignent sous le nom de *raisin de mer*. Pourquoi *raisin*? Je ne le sais pas au juste ; je crois cependant que le raisin est un fruit de la terre.

Les pêcheurs se vengent de leur mieux du tort que leur cause le poulpe en le détruisant sans pitié, et aussi en tirant de sa chair le profit qu'elle peut leur donner sous forme d'appâts pour la pêche.

Il est si vorace qu'il se laisse prendre à tous les pièges, et il mord sans discernement aux hameçons qui lui sont offerts recouverts d'un peu de chair de poisson ou d'une carapace de crustacé.

Comme son repaire est facile à découvrir à cause des débris de ses festins qu'il accumule à l'entrée, les pêcheurs savent également l'y capturer à l'aide d'un harpon attaché à un long bâton. Des morceaux de poulpe fixés à des hameçons constituent l'appât de choix pour la prise des congres ou anguilles de mer.

Parfois les pêcheurs le prennent contre leur gré, et après avoir eu beaucoup de peine à retirer leurs filets, au lieu du poisson sur lequel ils fondaient de légitimes espérances de gain, ne ramènent qu'une troupe de poulpes qui, une fois dans la barque, jettent leur noir et tachent d'encre les vêtements des matelots, toujours fâchés de ce contre-temps. Combien de fois j'ai deviné cette aventure aux clameurs irritées qui partaient d'un bateau de pêche !

Voilà l'histoire de la pieuvre; je crois intéressant de la com-
pléter par quelques détails sur deux de ses parents, le *calmar*
et la *seiche,* qui d'ailleurs pourraient reprendre pour leur compte
plusieurs traits de ses mœurs, entre autres sa voracité et son
aptitude à jeter de l'encre.

Ceux-là ont, non plus seulement huit bras comme la

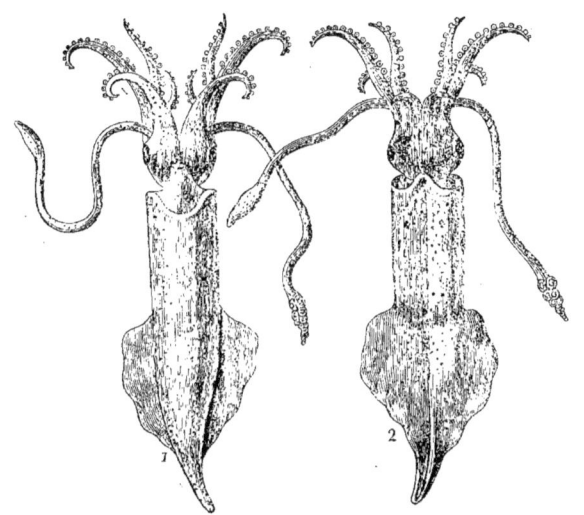

Le calmar.

1. Face ventrale. — 2. Face dorsale.

pieuvre, mais dix, dont deux beaucoup plus longs que les
autres.

Le calmar possède un corps cylindrique, allongé, terminé
en pointe et portant sur son tiers postérieur deux nageoires
triangulaires; sa tête est courte, avec deux gros yeux saillants; les tentacules qui l'entourent sont munis de ventouses.

Les pêcheurs lui donnent communément le nom d'*encor-
net;* c'est un chasseur de poissons et de mollusques. En retour,

il devient lui-même souvent la victime des gros poissons, et aussi des cétacés, dont je vous présenterai un peu plus tard quelques spécimens, et qui lui font une guerre acharnée.

L'homme s'en empare également, peut-être pour le manger, mais plutôt en vue de s'en servir comme d'appât pour la pêche.

Quant à la *seiche,* cousine du calmar, c'est un animal au corps charnu et comprimé, renfermé dans un sac que borde de chaque côté, sur toute sa longueur, une nageoire étroite. Sa tête, très grosse, courte, large, porte deux gros yeux qu'une paupière peut recouvrir.

Au-dessus de la tête sont dix tentacules, dont huit très courts et deux beaucoup plus longs. Tous sont armés de ventouses, et ils entourent une bouche munie d'un bec corné, à deux mandibules, comme celui de la pieuvre.

Ce qui est particulièrement curieux dans l'organisation de cet animal, c'est un grand os spongieux logé dans la peau du dos. Cet os, qui est formé de calcaire, survit à la mort de la seiche; détaché des chairs corrompues ou rongées par les nettoyeurs de la mer, lavé par les vagues, il vient échouer à la côte. Parfois, surtout après les tempêtes, on voit beaucoup d'os semblables, petits et grands, éparpillés sur le sable. L'homme les recueille avec soin, ce qui me fait penser qu'il doit en tirer parti ; mais à quels usages il les emploie, voilà ce que je n'ai pu apprendre.

Toujours comme la pieuvre, la seiche sait jeter dans l'eau, en cas de danger, un liquide noir, et disparaître ainsi à la vue de l'ennemi dans un nuage d'encre. C'est sa manière d'éviter les discussions dans lesquelles elle n'espère pas avoir le dernier mot.

A ce propos, je me rappelle un trait bien amusant, dont j'ai été le témoin, non pas dans mon canton natal, heureusement pauvre en seiches, mais dans une région plus peuplée où m'avait conduit le hasard des voyages.

Un promeneur assez élégant, qui avait sans doute la curiosité
des choses de l'histoire naturelle, cherchait des mollusques
parmi les rocailles. Bien qu'il fût vêtu d'un beau pantalon
blanc, il n'hésitait pas à s'avancer jusqu'à la limite de la basse
mer, qui était à ce moment très éloignée.

Il arriva ainsi devant une anfractuosité de rocher où une
seiche avait établi sa retraite.

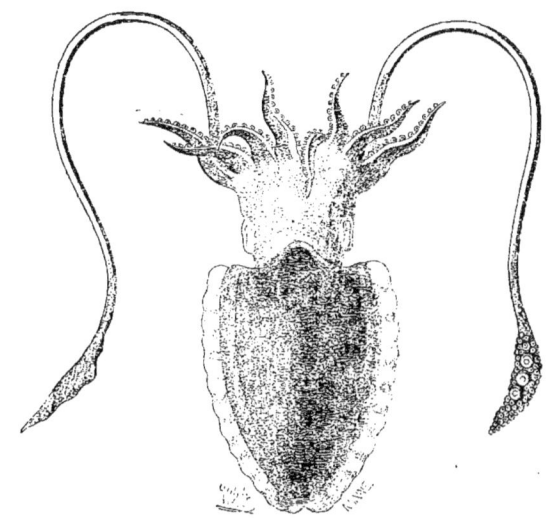

La Seiche.

Tous deux, l'homme et le mollusque, tombèrent, à l'égard
l'un de l'autre, dans une respective et assez longue contempla-
tion. Ce fut la seiche qui quitta la première cette attitude
passive. Elle s'agita soudain, sournoisement, et lança avec
adresse toute son encre sur le beau pantalon de l'indiscret,
qui poussa un cri de colère : l'habit était maculé de haut en
bas de dessins noirs, d'un effet aussi pittoresque que ridicule.
L'amateur d'histoire naturelle s'en retourna assez confus vers
ses amis, qui l'attendaient à la plage, et l'ayant suivi de mon

9

mieux, en proie toujours à cette curiosité qui est mon grand défaut, j'arrivai juste à temps pour goûter les ironiques plaisanteries qui accueillirent le récit de sa mésaventure,

Quand elle veut se déplacer rapidement, la seiche nage en arrière en refoulant l'eau à l'aide de son entonnoir. S'agit-il seulement de s'approcher avec précision d'une proie, les bras et les nageoires entrent uniquement en jeu.

Carnassière et très vorace, elle se nourrit aux dépens des mollusques, des poissons et des crustacés. C'est un véritable brigand, et elle semble même prendre plaisir à tuer. Il est dangereux de la fréquenter de trop près ; pour vous en convaincre, je choisirai entre mille autres exemples dont j'ai été le témoin, celui d'un gros poisson de l'espèce nommée *caranx*, que je vis périr tragiquement victime de son imprudence. Ce poisson s'était sans précaution approché du gîte d'une seiche de taille moyenne. A peine le mollusque l'eut-il aperçu qu'il déploya, avec une rapidité et une agilité extrêmes, ses deux longs bras qu'il tenait jusque-là contractés et retirés à l'intérieur de son corps, comme les mollusques à hélice rétractent leurs tentacules. Ces deux fouets s'appliquèrent sur le poisson et le portèrent à la bouche de la seiche, puis ils se rétractèrent de nouveau ; mais en même temps les autres bras avaient fait saillie, et fixaient leurs ventouses sur la tête et la partie antérieure du corps de l'infortuné caranx. Quatre adhéraient au dos, quatre au ventre. Ainsi enlacé, et malgré son énergie et sa force, le poisson ne pouvait faire un mouvement.

La seiche, assurée de sa proie, se remit en route, entraînant avec elle la victime en tous sens, malgré son poids considérable, nageant librement et n'éprouvant pas le besoin de se reposer sur les rocailles du fond.

Ce sinistre et terrifiant spectacle dura longtemps, une heure peut-être ; puis la seiche abandonna le caranx, et, repue, s'éloigna.

J'attendis qu'elle fût hors de vue, dans la crainte, que vous trouverez sans doute justifiée, d'attirer son attention; puis je m'approchai du poisson mort. La tête était ouverte; le cerveau et une grande partie des muscles du dos avaient été dévorés. Je plaignis comme il convenait le malheureux caranx; et comme j'avais faim, et que l'appétit chez nous ne perd jamais complètement ses droits, je prélevai quelques miettes sur le riche festin que la seiche n'avait pu achever.

Cependant ces brigands, par une juste disposition de la loi que je vous ai déjà plusieurs fois signalée, n'accomplissent pas impunément leurs méfaits, et leurs victimes trouvent des vengeurs.

Parmi ces vengeurs, il y a l'homme d'abord. L'homme, — c'est une simple remarque que je me permets, — s'inscrit toujours en bon rang sur la liste des agents de destruction.

Les pêcheurs prennent les seiches et s'en servent comme d'appât pour capturer les gros poissons de fond. Combien de fois ai-je vu traîner sur le sable, attachés à un solide bout de ficelle, des hameçons où s'embrochaient, à l'intention des raies, des roussettes, des congres et autres hôtes de la vase, des morceaux de seiche, — auxquels à l'occasion je donnais en passant un coup de dent.

Ensuite, il y a les cétacés, et particulièrement les marsouins. Ces grosses masses informes, qui sont à sang chaud malgré leur apparence de poissons, témoignent d'un goût particulier pour la seiche, et limitent même, quand ils le peuvent, leurs préférences à certaines parties de son corps. Les bras et la tête, par exemple, qui sont tendres et de facile digestion, leur plaisent fort; mais le sac, plus coriace, est morceau de rebut. Aussi, sur les plages dont le voisinage héberge des marsouins, voit-on fréquemment des seiches décapitées venir échouer en grand nombre.

Pour s'emparer de ces proies délicieuses, les cétacés se livrent d'abord à des bonds multipliés qui les effrayent; puis ils chassent et capturent le gibier fuyant et désemparé.

La seiche, brigand insatiable, a droit cependant à quelque sympathie à cause de la sollicitude maternelle qu'elle témoigne à sa future progéniture. Au moment de sa ponte, elle choisit une tige de fucus, un rameau de polypier, ou quelque autre corps sous-marin de forme cylindrique, et elle y attache ses œufs, dont le nombre ne dépasse guère une trentaine, en y enroulant la lanière gélatineuse, longue et noire, fixée à chacun d'eux.

IX

RAPIDE HISTOIRE DES COQUILLAGES BIVALVES. — A GENS PAISIBLES SOLIDE
MAISON. — LES GLISSADES DES PEIGNES ET LES SAUTS DES DONACES. — LE
SALUT PAR LA FUITE. — LA DÉSAGRÉGATION PROTECTRICE. — UNE BÊTE
QUI VOMIT SES ENTRAILLES. — AMPUTATION PAR ÉCONOMIE. — LE CRUS-
TACÉ VÊTU DE L'HABIT DU MOLLUSQUE. — AMITIÉ INTÉRESSÉE. — L'HOTE
QUI N'EST PAS INVITÉ.

Le liseré d'objets hétéroclites qui après chaque marée
marque sur la grève le point où la vague a monté est surtout
composé, comme vous avez pu le remarquer, de coquillages.
Ce sont les maisons vides et roulées par le flot de mollusques
qui habitent sous les eaux, à quelque distance du niveau de
la mer basse.

Ils sont nombreux en espèces, nombreux en individus, et
forment une population bien intéressante par ses mœurs.
J'ajouterai que je leur trouve un autre attrait, celui de leur
chair tendre et succulente, à laquelle je goûte volontiers lorsque cela m'est possible. Mais c'est là un point de vue tout
personnel, et que je vous signale seulement en passant.

Pour vous, je crois que vous trouverez plus de plaisir à
quelques détails sur la vie et les habitudes de cette plèbe;
sachant le nom et les instincts des animaux qui s'en protègent,
les coquillages vides que vous trouvez à la plage, dans vos
séjours au bord de l'Océan, ne pourront que vous intéresser
davantage.

Voici les bucardes, que j'ai entendu appeler coques sur
divers point du littoral, et que les pêcheurs du canton où je
suis né nommaient *hénons*.

Les valves de leur coquille sont renflées, très solides, en
triangle arrondi, avec de grosses côtes qui partent du sommet,
où elles sont très fines, et qui aboutissent au bord en augmen-
tant toujours de largeur. L'animal qui vit dans cette coquille,
et qui a une saveur délicieuse, possède un pied grand et
solide, généralement de couleur rouge, à l'aide duquel il
s'imprime un mouvement de bascule en prenant appui sur le
sable et en faisant des sauts bizarres, tantôt en avant, tantôt
en arrière.

Ces bucardes vivent par troupes dans les vases sablonneuses
voisines du rivage. A marée basse, ils s'enfoncent dans le sol
mouvant, et leur présence n'est décelée aux pêcheurs qui les
cherchent que par de petits monticules de sable, d'où s'échappent des bulles d'air.

Les coquilles des bucardes sont extrêmement abondantes
sur les plages; vous y trouverez également en grand nombre
celles des tapès ou *clovisses,* un peu moins bombées, plus
rectangulaires, et couvertes de lignes fines qui forment une
sorte de treillis. Leur chair est excellente aussi, du moins
à mon goût de crabe; et je ne suis pas éloigné de penser que
sur ce point l'homme partage mon opinion, si j'en juge
par l'empressement avec lequel j'ai vu çà et là récolter les
clovisses.

Le flot rejette assez souvent des coquilles d'huîtres; je sais
le cas que vous faites de ce mollusque, et je n'insisterai pas
sur son histoire, qui vous est peut-être mieux connue qu'à
moi-même.

Cependant, j'appellerai votre attention sur une petite coquille
qui ressemble assez, sauf la taille, à celle de l'huître par son
irrégularité; elle est revêtue à l'intérieur et à l'extérieur d'une
brillante couche de nacre.

C'est l'*anomie*; elle aime à se fixer sur les huîtres, et elle est parfois assez prolifique pour causer à l'homme un préjudice sensible, lorsqu'elle se développe en nombre dans les

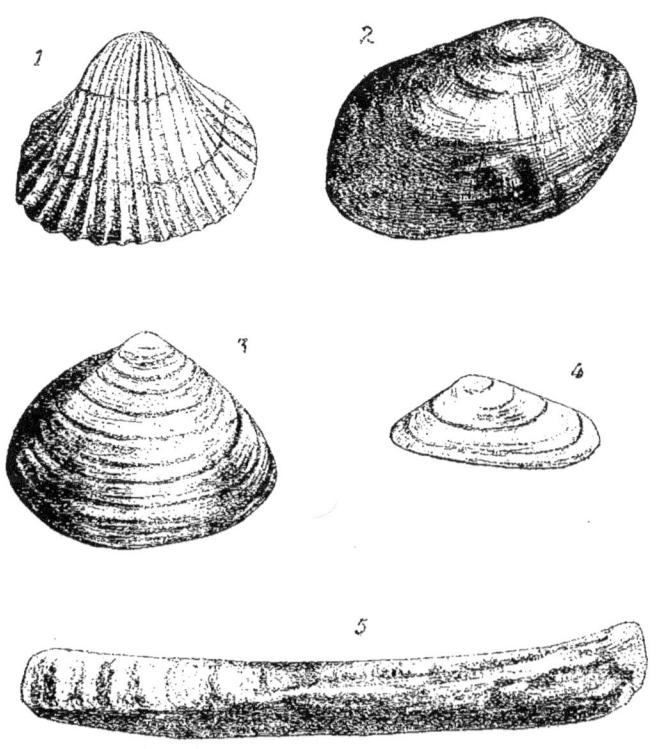

Mollusques bivalves.

1. Bucarde. — 2. Clovisse. — 3. Mactre. — 4. Donace. — 5. Couteau.

parcs d'élevage et qu'elle étouffe les jeunes huîtres sous ses coquilles accumulées.

Je ne puis pas aussi ne pas mentionner les *peignes,* dont les espèces sont nombreuses, les unes petites, les autres de grande taille : parmi celles-ci est cet animal que vous nommez la coquille Saint-Jacques, et qui trouve toujours, si je suis bien informé, bon accueil sur vos tables.

Les peignes ressemblent un peu aux bucardes, et ils ont comme eux les valves ornées de côtes rayonnantes; mais ils sont plus plats, plus largement triangulaires, souvent même presque ronds; on les reconnaît sans peine aux deux oreillettes qui débordent de chaque côté du sommet de leur coquille.

Ils ne se rapprochent guère du rivage, et vivent au contraire à une assez grande profondeur; au repos, ils se tiennent couchés sur le sol, parmi les turbots et les autres poissons plats. Mais ils savent se déplacer par un curieux moyen : ouvrant sa coquille, le peigne y admet une certaine quantité d'eau, puis il ferme ses valves, refoule brusquement cette eau, et s'imprime ainsi un mouvement de recul, gracieux, aisé, bien plus rapide que vous ne l'imagineriez à la seule vue de la coquille inerte.

Les pêcheurs prennent les peignes à l'aide de dragues, engins funestes à tous les animaux vivants sur le fond de la mer, et que je maudis moi-même à cause des dangers qu'ils m'ont fait courir.

Les *pétoncles* ont un peu la forme extérieure des peignes; ils sont, comme eux, arrondis et comprimés, mais ils n'ont point d'oreillettes et ne présentent pas de côtes bien saillantes. Vous les reconnaîtrez sans peine à cette particularité, que la charnière de leurs valves est munie d'un grand nombre de dents disposées en série.

Les *mactres* ont la coquille lisse, triangulaire, souvent ornée de bandes foncées parallèles au bord extérieur.

Parmi les plus délicats coquillages rejetés à la plage, il faut compter les *donaces*, en rectangle allongé avec les coins arrondis, et souvent des stries et des crénelures aux bords. Les oiseaux de mer sont très friands de ces fragiles et légers mollusques. Les donaces vivent dans le sable; à la marée mon-

tante, elles sortent de leur abri pour s'y enfoncer de nouveau
par saccades avec une déconcertante rapidité.

.Rien n'est curieux à observer comme cette gymnastique
précipitée. Ce spectacle m'a distrait bien souvent, et j'y prenais d'autant plus de plaisir que parfois l'une de ces mignonnes créatures, qui joignent à la beauté, satisfaction des
yeux, une saveur très agréable à l'estomac, me tombait sous
les pinces.

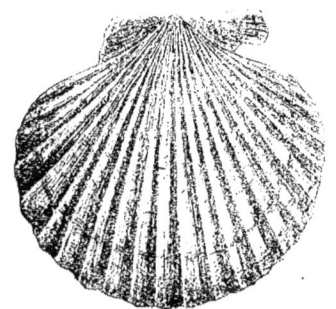 

Peigne.   Pétoncle.

Vous trouverez encore assez fréquemment rejetées des
coquilles étroites, démesurément allongées, tantôt courbées et
un peu fragiles, tantôt droites et plus solides : ce sont celles
des *couteaux*. Ces couteaux vivent enterrés, perpendiculaire-
ment, à l'extrême limite de la mer basse. Ils pénètrent très
profondément dans le sol, et lorsqu'on les retire de leur
cachette, ils lancent un jet de liquide. Leur coquille ne ferme
pas complètement aux extrémités et laisse sortir une partie
de leur corps. Aussi suppléent-ils aux défauts de leur armure
par une extrême prudence. Au moindre danger, ils se retirent
au fond de leur trou, dans lequel ils se déplacent avec une
grande agilité, grâce à leur pied qui est gros, en cône renflé
au milieu.

Les pêcheurs sont habiles à découvrir les trous des couteaux, et pour s'emparer des animaux qui s'y cachent ils jettent sur l'orifice une pincée de sel. Le couteau, pensant sans doute à cette irruption d'amertume que c'est l'heure de la marée, apparaît aussitôt au niveau du sable. Il faut alors se hâter de saisir solidement la coquille, car si le mollusque s'aperçoit de son erreur, il disparaît aussi vite qu'il était venu ; une nouvelle pincée de sel serait jetée en vain et n'aurait plus la vertu de l'attirer.

Le couteau s'enfonce et se loge dans le sable; voici d'autres mollusques à deux valves qui, comme l'oursin, savent se creuser un abri dans la pierre dure : ce sont les *pholades*.

Essentiellement sédentaires, celles-là passent leur vie entière dans un trou qu'elles ont percé et aménagé dans un roc. Leur coquille est mince, blanchâtre, ventrue, largement bâillante aux deux extrémités; à l'un des bouts sort un long tube par lequel l'animal aspire et rejette l'eau nécessaire à sa respiration; à l'autre est un pied court et épais. Mener une existence végétative dans leur citadelle de pierre, en attendant que le flot leur apporte la proie nourricière, répandre autour d'elles une lueur phosphorescente, telle est la destinée des pholades. Quant à l'industrie qu'elles emploient pour percer leur trou dans les rochers durs où on les trouve souvent, je n'ai pu la découvrir exactement, et il ne m'a jamais été donné de les surprendre au travail; j'imagine cependant que pour cette opération difficile les nombreuses aspérités dont leur coquille est munie peuvent n'être pas inutiles.

Voulez-vous maintenant que nous philosophions un peu à propos de tous ces coquillages?

Quoique je sois encore peu avancé dans mon récit, cependant j'ai pu vous faire connaître déjà un assez grand nombre des acteurs du drame qui se déroule d'une manière permanente sous les flots, avec la faim pour mobile, et pour but la satisfaction de l'estomac ; et un trait de leur histoire vous a sans doute frappés, la diversité infinie des moyens de protection que le Créateur a mis à leur disposition pour échapper à leurs ennemis.

Le plus simple de ces moyens est la fuite : il a été accordé à une foule d'espèces, douées de bons yeux pour apercevoir à temps l'adversaire, et de membres agiles pour l'éviter. De ce nombre sont les poissons, nageurs habiles et si merveilleusement appropriés par leur forme effilée, leurs nageoires minces

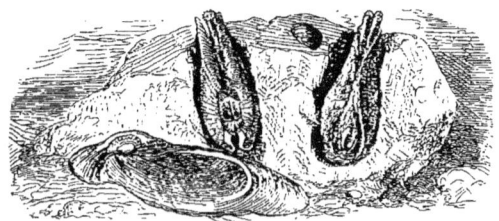

Pholades dans une pierre.

et résistantes, leur queue en gouvernail, avec le liquide élément qu'ils sillonnent en tous sens.

La fuite, sauf pour les gros brigands que leur force exceptionnelle et leur terrible râtelier protègent par l'effroi qu'ils inspirent autour d'eux, constitue chez la gent pisciforme à peu près l'unique ressource de salut.

Ailleurs, elle se complique de moyens accessoires qui la rendent plus facile ou plus efficace.

Je vous ai, par exemple, montré le talitre sautant en tous sens, devant l'adversaire déconcerté, grâce à l'organisation spéciale de la partie postérieure de son corps; la pieuvre et la seiche jetant dans l'eau un nuage d'encre au milieu duquel leur évasion se dérobe; l'étoile de mer rompant spontanément son bras retenu captif sous un éboulis de rochers.

Nous-mêmes nous fuyons devant l'ennemi qui nous apparaît trop redoutable, mais en même temps nous brandissons nos armes et faisons claquer nos pinces : démonstration offensive qui en impose assez à l'agresseur pour nous permettre d'opérer avec quelque sûreté notre retraite, jusqu'au creux de rocher où cesse le péril. Certains membres de ma famille ont même la faculté de la fuite, développée au point que pour la mettre en œuvre ils peuvent s'amputer eux-mêmes quelque appendice.

Ainsi les grapses, crabes coureurs, perdent spontanément celles de leurs pattes qu'un adversaire saisit; et, fait admirable, ils n'en laissent ainsi tomber que le nombre au delà duquel la chute de leurs pattes compromettrait la possibilité de leur déplacement et serait par suite un sacrifice en pure perte.

Contre les dangers de mort par blessure ou hémorragie des membres, cas fréquents au milieu du heurt des rocailles ébranlées par la tempête, nous avons cette précieuse aptitude de l'autotomie, dont je vous ai exposé le mécanisme en vous narrant la tragique aventure du tourteau-tronc.

L'autotomie, ou privilège de la mutilation spontanée, ne nous appartient pas en propre. Je connais d'autres animaux marins qui en sont doués, et sans doute aussi certaines espèces habitant la terre peuvent-elles avoir recours à cet élégant moyen de sauvetage.

Je puise encore dans mes souvenirs pour vous raconter à ce propos un fait bien curieux, dont j'ai été le témoin dans une circonstance où j'étais le prisonnier des hommes; cette circonstance, je vous l'exposerai un peu plus tard; voici, en attendant, l'anecdote.

Les marins qui m'avaient pris servaient un jeune savant qui s'adonnait à l'histoire naturelle. Un jour ils capturèrent, en promenant pour cela un filet sur le fond, une grande étoile de mer, qu'ils nommaient une _luidie,_ et qu'ils ramenaient avec de méticuleuses précautions, avertis sans doute par quelque mésaventure antérieure du caractère peu endurant de cette espèce.

Ces précautions d'ailleurs furent bien inutiles. A peine la luidie fut-elle sortie de l'eau, que, trouvant sans doute peu à son goût ce passage brusque de son élément liquide et salé dans l'atmosphère, elle témoigna sa colère par de subites contractions, qui eurent pour résultat de fragmenter ses bras et d'en détacher les tronçons du disque central.

La bête irritée se mit en quelque sorte à se dissoudre; par

Holothurie.

les mailles du filet on voyait ses membres fluer et retomber à la mer.

Le jeune naturaliste, qui assistait à l'opération, se hâta de saisir un morceau de bras, à l'extrémité duquel, sur un œil fixe, clignotait une paupière épineuse en un mouvement narquois et moqueur.

N'allez pas conclure que, dans cette circonstance, la luidie ait préféré le suicide à la perte de sa liberté. Le suicide est inconnu chez l'animal, qui subordonne tous ses actes, ou à peu près, à sa propre conservation. L'étoile de mer qui se fragmente ne se tue point, puisque chacun de ses morceaux est apte à reproduire un nouvel individu.

De la division spontanée des luidies, source de désappointement pour les naturalistes qui convoitent ces géométriques animaux, je rapprocherai la curieuse faculté dont sont douées les *holothuries* de rejeter, sous l'empire de certaines émotions, leurs organes intérieurs.

Qu'est-ce que l'holothurie? Une proche parente des étoiles de mer et des oursins, bien qu'elle ne leur ressemble nullement au premier abord et qu'elle n'offre point comme eux cette belle symétrie régulièrement rayonnante autour d'un centre.

Figurez-vous une sorte de sac, muni à une extrémité d'un entonnoir où se creuse la bouche, et qu'entoure une couronne de tentacules : voilà le portrait de l'holothurie. Si rien ne la menace, si l'eau est calme autour d'elle, elle étale ses tentacules, qui dessinent une gracieuse auréole. Un ennemi vient-il à la toucher, brusquement la couronne se contracte, et l'holothurie n'est plus qu'une sorte de gros ver, sans plumet et sans appendices.

Pour les pêcheurs l'holothurie est le concombre de mer; ne sachant pas ce qu'est un concombre, je ne puis démêler exactement la raison de cette assimilation.

Quant à la façon dont cet animal manifeste son irritation, — ou sa peur, — voici ce que m'a enseigné mon expérience personnelle.

L'astérie surexcitée se brise en morceaux; l'holothurie, n'étant point formée d'une substance cassante, ne peut l'imiter, et doit adopter une autre méthode.

Si un ennemi l'inquiète, si elle croit reconnaître à l'agitation de l'eau autour d'elle quelque péril, par un brusque et violent mouvement elle rejette au dehors son estomac, un de ses poumons et son tube digestif. Il ne reste plus ainsi de la bête qu'un sac vide; et, fait surprenant, ce sac désormais incapable de se nourrir n'a rien perdu de sa vitalité; il se contracte encore avec force au moindre contact. J'en ai souvent fait l'épreuve.

Un guerrier qui jette ses armes au moment du combat ne fait pas montre de courage. Quel but poursuit donc l'holothurie en vomissant ses intestins? Peut-être cherche-t-elle à éloigner l'adversaire en lui inspirant du dégoût; peut-être pense-t-elle qu'en lui offrant spontanément comme proie la partie la plus tendre d'elle-même, il s'en contentera et épargnera le reste.

Quoi qu'il en soit, son sacrifice n'est pas si grand qu'il le paraît : car les viscères qu'elle perd ainsi volontairement sous l'empire d'une forte émotion repoussent. Non seulement d'ailleurs l'holothurie peut réparer les pertes de son tube digestif, mais elle sait, en cas de fragmentation, récupérer les organes qui lui manquent.

J'ai vu parfois de ces animaux se reproduire par un mode bien curieux : leur corps se renflait aux deux extrémités, puis s'étranglait au milieu jusqu'à devenir en cet endroit aussi grêle que ces fils dont sont faits les engins des pêcheurs. Finalement il se rompait en deux morceaux, des tentacules se formaient sur le tronçon qui n'en avait pas, et ainsi naissaient du même individu deux holothuries rajeunies.

Voici le moment de vous présenter un autre personnage, aussi proche parent de l'holothurie que je le suis moi-même du tourteau et des autres crabes, et qui va nous offrir des phénomènes d'amputation volontaire encore plus singuliers.

C'est la *synapte;* et il faut que je donne à la pointe de ma pennatule une finesse spéciale pour vous en esquisser la physionomie avec la délicatesse convenable. Je resterai sans doute au-dessous de la vérité; pardonnez-moi de n'être pas poète.

Figurez-vous un cylindre cristallin, comme fait d'une eau solidifiée, très pure et très transparente, avec une teinte rosée; dans toute sa longueur cinq fins rubans blancs le parcourent, et il se couronne d'une fleur vivante, dont les douze pétales blancs se recourbent et s'étalent avec une inimitable élégance.

Au milieu de ces tissus d'une extrême ténuité placez un intestin translucide, rempli dans toute sa longueur de gros grains de pierre dure, dont on distingue parfaitement les pointes vives et les arêtes tranchantes.

Telle est la figure de cet animal, qui semble n'avoir d'autre nourriture que le gravier qui l'entoure.

Mais que de merveilles dans son organisation! Sur ses tentacules sont de petites ventouses qui leur permettent d'adhérer aux corps les plus lisses, et dans l'épaisseur de sa peau la synapte cache tout un arsenal défensif, formé de très petites plaques calcaires supportant des hameçons à double pointe dentelée.

Un jour je vis une synapte qu'une vague furieuse avait rejetée sur le rivage, au cours d'une tempête coïncidant avec une grande marée, enflée encore par le vent. La bête, par je ne sais quel prodige, était bien vivante et sans blessure, quoique entraînée si loin de son canton natal. Elle chercha un abri provisoire dans un trou entouré de rocailles, que la tempête avait rempli d'eau de mer, mais qui ne devait être visité par le flot qu'à la prochaine grande marée.

La synapte était ainsi suffisamment en sûreté, mais le lieu était peu giboyeux, et elle ne tarda pas à souffrir de la faim. O homme, que vous eût suggéré votre intelligence en pareille occurrence?

La synapte n'a point d'intelligence, mais voyez quelle heureuse ressource elle tire de son instinct, secondé, il est vrai, par une faculté très spéciale.

Quand le jeûne fut devenu insupportable, je vis la captive former un étranglement vers la partie postérieure de son corps, et séparer peu à peu le tronçon situé au delà, et qui fut bientôt détaché. N'ayant point d'aliments pour se nourrir tout entière, elle diminuait volontairement le volume à entretenir.

Ma curiosité était vivement surexcitée. Je n'avais pas tous

les jours le plaisir de voir une synapte lutter contre une semblable difficulté, et je suivis jusqu'au bout avec intérêt l'expérience que le hasard accomplissait sous mes yeux.

La famine se prolongeant, la bête trouva que la masse de
son corps n'était pas encore assez réduite, et elle en détacha
un nouveau fragment. D'autres morceaux tombèrent encore
spontanément, l'un après l'autre; finalement il ne resta, de la

La synapte.

belle et longue synapte, qu'une petite sphère surmontée de la
couronnes de tentacules.

Pour sauver sa tête, la bête avait sacrifié le reste de son
corps.

La grande marée attendue revint, et quand la vague eut
passé, je visitai le trou.

La captive n'y était plus; peut-être le flot bienveillant l'avait-
il reprise pour la transporter à des profondeurs favorables, où
elle devait trouver les moyens de réparer ses pertes. Peut-être
aussi, hélas! quelque heurt sur une pointe de rocher, quelque
bouche vorace avaient-ils mis fin à cette existence jusque-là
si vaillamment défendue.

10

Et les mollusques bivalves, direz-vous? J'y reviens, d'autant plus facilement que je ne les ai pas quittés de vue, et que c'est à leur propos que je vous ai exposé tous ces moyens de protection variés dont sont dotés les animaux marins : saut des talitres, poche à encre des pieuvres, amputation volontaire du crabe, de l'étoile de mer, de l'holothurie et de la synapte.

Les mollusques, eux, n'ont point la possibilité de fuir ni de se désagréger; ce sont des animaux tendres, flasques et fragiles, qui depuis longtemps auraient disparu du monde s'ils ne pouvaient trouver un abri, contre l'avidité de leurs ennemis, dans une maison calcaire qu'ils se fabriquent eux-mêmes.

Leur coquille est l'arme efficace, quoique passive, que le Créateur leur a donnée pour compenser leur faiblesse. Tantôt cette coquille est d'une seule pièce, et forme une tour ou une hélice : c'est le cas des buccins, des pourpres, des nasses, et de tous leurs pareils, visqueux et rampants, que je vous ai présentés lorsque nous avons en commun visité mon banc de moules.

Parfois la surface de la coquille se hérisse de pointes et d'épines. Tels les murex, déjà signalés aussi. Cette défense supplémentaire est à l'adresse des poissons, qui, très voraces, ont l'habitude d'engloutir les coquillages tout entiers, et que rebute évidemment la perspective d'avaler un rébarbatif paquet d'aiguillons.

Souvent aussi le mollusque peut fermer l'orifice de sa maison par une plaque qu'il porte sur son pied : dès lors la citadelle est close de toutes parts, et l'accès en est rigoureusement interdit.

Les mactres, les couteaux, les huîtres, les moules, les clovisses, les bucardes, les donaces, et la légion infiniment nombreuse de leurs cousins, ne s'abritent pas dans une coquille en spirale, mais dans une boîte calcaire à deux pièces: ce sont

des bivalves. Les deux pièces sont assujetties l'une à l'autre
par un lien élastique, qui joue de telle manière qu'il tend
constamment à les écarter.

Voyez les coquilles rejetées entières à la plage, celles des
clovisses, par exemple, ou des moules : elles sont toujours

Taret.

ouvertes, ou du moins le plus léger effort suffit à les ouvrir.
L'élasticité du lien est combattue par des muscles puissants
qui attachent le mollusque à sa coquille. Essayez de séparer

Morceau de bois rongé par des tarets.

les deux valves d'une huître : l'inanité de vos efforts vous fera
reconnaître l'énergie de ces muscles.

Le mollusque ouvre et fermè sa maison à volonté : s'il contracte ses muscles, les valves se rapprochent, se rejoignent
solidement par le bord; s'il les relâche et s'il laisse agir le lien
élastique, la coquille s'ouvre. Ce lien s'attache à une charnière
que consolide tout un système de dents et d'entailles qui s'en-
grènent les unes dans les autres, et qui assurent à la coquille
une fermeture complète.

Dans certaines espèces, cependant, les valves ne se rejoignent pas exactement, et ne constituent plus pour l'animal qu'une protection imparfaite. Il y obvie en cherchant un abri dans une substance étrangère capable de le défendre contre les tentatives de ses ennemis : la pholade s'enfonce dans la pierre, le couteau se creuse un trou très profond dans le sable, et le taret, si pernicieux aux navires et aux constructions en bois en contact avec l'eau de mer, sillonne ces constructions ou la coque des bâtiments de longues galeries qui en compromettent la solidité.

Le mollusque fabrique lui-même sa coquille. Il ne la possède pas quand il vient au monde, mais à peine est-il sorti de son œuf qu'il se hâte d'acquérir cette précieuse enveloppe. Le manteau mou et extensible dont son corps est entouré possède la propriété de sécréter, c'est-à-dire de produire et de rejeter, par des pores infiniment petits, des granulations de calcaire, qui, en s'agglomérant, composent cette lamelle pierreuse dont est formée la coquille. L'instinct du mollusque fait le reste, et sans aucun instrument de mesure façonne ces chefs-d'œuvre, admirables de symétrie, de grâce, d'élégantes proportions, de coloris.

C'est le bord du manteau qui est plus spécialement chargé de fabriquer la coquille, de l'agrandir lorsqu'elle est trop petite, d'y incorporer les éléments qui lui donnent sa couleur, d'y ajouter les sillons, les côtes, les tubercules dont elle est ornée. Cependant le mollusque peut réparer sa maison brisée en n'importe quel point, s'il n'est pas trop blessé lui-même; mais en ce cas il ne sait que boucher les trous avec une mince lamelle que ne rehausse aucune teinte. Arraché de sa coquille, il meurt.

Ce moyen de défense par une coquille où se retire l'habitant offre évidemment une bien efficace sûreté, puisque, pour s'en procurer le bénéfice, certains êtres qui n'ont point reçu le talent de la confectionner savent cependant s'y loger par stratagème.

J'ai déjà fait allusion aux pagures; voici le moment de tracer le tableau de leur curieuse industrie. Les pagures sont mes
cousins, et offrent avec ma race, par les détails de leur organisation, des traits indéniables de parenté. Ces traits cependant ne sont visibles que sur une moitié de leur corps, et
l'autre moitié ressemble bien plutôt à la masse charnue et
vulnérable d'un mollusque. Aussi leur caractère participe-t-il
de cette singulière dualité. Ils ont à la fois la bravoure et
l'audace des crustacés, et la sage prudence des mollusques.

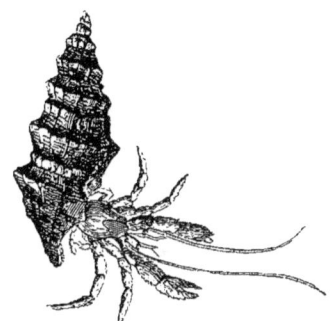

Pagure ou bernard l'ermite.

Si vous en capturez quelqu'un, en retournant une grosse
pierre près du niveau de la mer basse, vous verrez qu'en
avant il est bâti à peu près comme un crabe : c'est la même
carapace, ce sont les mêmes pinces pour saisir, les mêmes
pattes pour marcher, quoique en moindre nombre, les mêmes
antennes s'agitant dans l'eau, mais beaucoup plus longues que
dans mon espèce, les mêmes yeux soupçonneux et observa-
teurs. Mais cette carapace traîne après elle un ventre qui n'a
plus la symétrie du nôtre, et qui s'enroule sur lui-même, comme
une vulgaire nasse. Les deux dernières paires de pattes, qui
chez nous aident tant à notre vélocité, sont presque absentes,
réduites à de petites griffes.

La peau de cette partie est molle, flasque, sans résistance; l'abdomen est une sorte de sac que recouvrent seulement en dessus quelques plaques cornées, unique vestige de la croûte dure qui chez nous abrite cet organe; tout le dessous n'a qu'une cuticule mince, faible protection contre les mandibules avides ou les pointes aiguës des rocailles. Pour remédier à ce défaut de sa cuirasse, le pagure n'a rien trouvé de mieux que de loger son vulnérable ventre dans quelque coquille abandonnée, et comme lui enroulée en spirale. La ruse est d'ailleurs excellente.

Dans son désir de ne pas faire les choses à demi, le pagure, quelle que soit sa taille, choisit toujours une coquille assez grande pour pouvoir y abriter, non seulement cet abdomen fragile qui l'oblige à tant de prudence, mais son corps tout entier. Et il se cramponne là dedans avec tant de force qu'on ne peut l'en faire sortir sans le briser.

Ses deux pinces sont très inégales : celle de droite est beaucoup plus forte que l'autre, et il s'en sert pour boucher l'orifice de sa coquille d'emprunt, lorsqu'un adversaire trop fort l'oblige à cette manœuvre de retraite. Si l'on parvient à saisir l'une ou l'autre de ces pinces, il vous la laisse très volontiers pour compte, et il éprouve sans doute quelque malin plaisir, bien tapi dans son coquillage, à contempler l'adversaire embarrassé de ce singulier cadeau.

Voilà encore un exemple de la propriété d'amputation volontaire, de cet avantageux phénomène que vos savants nomment l'*autotomie*. Par là le pagure se montre le digne parent des crabes, des tourteaux et des homards.

Quand la coquille hospitalière, malheureusement inextensible, est devenue trop petite pour son hôte accru, celui-ci, n'y pouvant plus tenir à l'aise et fort contrarié de cette mésaventure, se met en devoir de chercher un plus ample logis.

Rien de curieux comme ses bizarres manœuvres en pareille occurrence; affairé, traînant son ventre flasque, il s'introduit successivement dans toutes les coquilles vides à sa portée, les

essaye, jusqu'à ce qu'enfin il en ait trouvé une dont il puisse
s'accommoder. C'est un spectacle bien amusant, dont parfois
j'ai accordé à mes yeux la satisfaction. Les crabes sont ainsi
faits que l'embarras d'autrui les réjouit; je ne sais s'il en est
de même parmi les hommes.

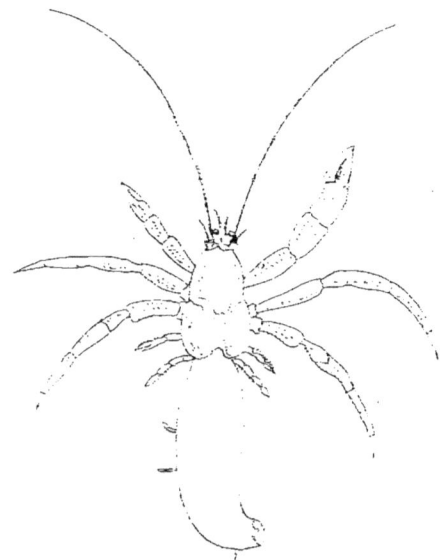

Pagure hors de sa coquille.

Quand le pagure vit dans un canton où les coquillages sont
rares, force lui est bien de renoncer à son abri ordinaire : ne
pouvant vaincre la difficulté, il la tourne, donnant ainsi à quiconque en a besoin une belle leçon d'accommodation aux circonstances. Il remplace la coquille absente par quelque fragment de bois, une éponge ou un polypier, dans les fissures desquels il loge son abdomen et abrite sa faiblesse.

Quelquefois, sur la coquille habitée par le pagure, se développe sournoisement une éponge, qui grandit et s'étale rapidement, pour le plus grand dommage du voisin.

L'éponge, en effet, ne tarde pas à couvrir de ses lobes enva-
hissants l'ouverture de la coquille, et si le pagure n'a pas
l'instinct de s'échapper à temps, il est retenu captif par la
masse spongieuse, qui lui livre à peine le passage nécessaire
pour reconnaître sa route à tâtons, à l'aide de ses pinces.

Les pêcheurs, — sans doute avez-vous remarqué que je suis
bien informé de leurs habitudes : c'est mon intérêt, ayant
d'eux beaucoup à craindre; — les pêcheurs, dis-je, donnent
vulgairement aux pagures le nom de bernards-l'ermite; ils les
nomment aussi des soldats, peut-être à cause de leurs instincts guerriers. Car ces crabes au ventre flasque sont d'enra-
gés batailleurs; et rien n'est curieux, même amusant, comme
d'observer les luttes qu'ils se livrent entre eux sous les flots.
Quoique gênés dans leurs mouvements par la coquille qu'ils
traînent derrière eux, ils se portent des coups furieux, et il
n'est pas rare qu'après leurs duels l'un des adversaires reste
mort sur le champ du combat.

Les filets destinés à la pêche des poissons capturent de
grandes quantités de pagures dans leurs coquillages; comme
les pêcheurs ne les rejettent pas, et ne paraissent même pas
mécontents de cette prise, j'imagine qu'ils tirent parti de leur
chair. Peut-être trouvent-ils plaisir à manger les muscles
délicieux qui remplissent la grosse pince, et, croyez-en mon
goût de crabe, l'abdomen est aussi un excellent et savoureux
morceau.

Si l'éponge qui s'établit sur la coquille où loge un pagure
constitue pour celui-ci une gêne, en revanche il recherche
volontiers un autre voisinage, ne reculant devant aucun effort
pour s'en procurer l'agrément.

L'être avec lequel le pagure cherche ainsi à lier amitié est
une anémone de mer, l'adamsie à manteau, jolie fleur vivante
qui est plus grosse à elle seule que le crustacé et sa coquille
réunis, et sur le corps de laquelle se jouent de délicats reflets.
Le sac de l'anémone, dont la base s'étale sur la coquille

qu'elle embrasse, est gris, avec des taches de pourpre et des bandes en long, inégalement larges et diversement colorées ; au-dessus de ce sac et entourant la bouche s'épanouit une couronne de tentacules très nombreux, d'un beau blanc.

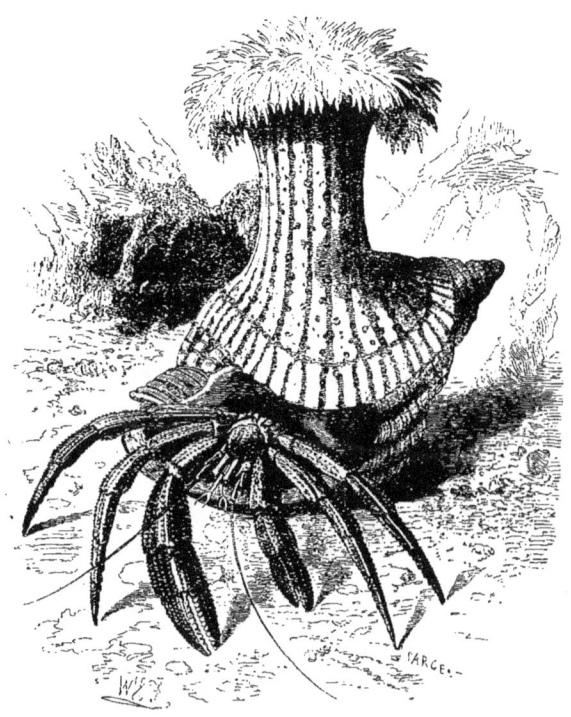

Pagure portant une anémone de mer commensale.

Cette anémone vous paraîtra, si ma description suffit à la représenter à votre esprit, un très élégant animal.

Fait curieux : jamais je ne l'ai vue sur une coquille encore habitée par le mollusque, son légitime propriétaire, ni sur une coquille vide. Il faut à l'adamsie la compagnie du pagure, compagnie à laquelle elle trouve évidemment plaisir et profit. Et, de son côté, le pagure recherche la société de l'anémone, à tel point qu'il ne veut pas s'en priver lorsque sa taille accrue l'oblige à changer de coquille.

Toujours les dimensions de l'adamsie et du pagure qui la charrie sont en parfait équilibre : on ne voit pas une grosse anémone sur une petite coquille, ni une petite sur une grosse coquille.

La raison de cet accord constant est bien simple : quand le crustacé déménage, il détache lui-même avec précaution sa compagne de la coquille qu'il abandonne, et il la transporte sur sa carapace jusqu'à son nouveau domicile.

Quel lien mystérieux unit donc ces deux êtres si dissemblables, jusqu'à les obliger à ces relations permanentes? Faut-il penser que ces deux existences sont rivées l'une à l'autre par quelque délicat sentiment d'amitié, de bonne confraternité? Hélas! le pagure est un crustacé, et comme tel ne connaît guère que des instincts de carnage, de cruauté et de destruction; quant à l'adamsie, comme toutes ses sœurs les anémones de mer, elle a des tentacules terribles, une bouche avide, un estomac insatiable.

Quel autre nœud que l'intérêt, un intérêt mutuel et réciproque, pourrait subsister entre semblables rapaces?

J'imagine que l'anémone, lente, paresseuse et aveugle, aime à se faire transporter par le pagure clairvoyant dans les cantons où abonde le gibier, et qu'en retour elle offre à son complaisant compagnon l'avantage de profiter des reliefs de sa table, mieux servie grâce à lui.

D'autre part, le pagure, qui bénéficie déjà de la réputation d'innocence du mollusque dont il a pris la place, gagne encore à la présence de l'adamsie de pouvoir faire une chasse plus fructueuse. Le gibier, en effet, laisse sans défiance s'approcher cette coquille inoffensive et cette anémone inerte qu'il n'a pas appris à redouter, et sous lesquelles il ne peut deviner que se cache un brigand.

En tout cas, les deux associés connaissent jusqu'à quel

point ils ont besoin l'un de l'autre, car la plus parfaite et la plus admirable harmonie ne cesse de régner entre eux.

Dans la coquille du pagure s'abritent, en même temps que lui, des vers et d'autres crustacés, qui ne cherchent nullement à contracter avec lui une association mutuelle, et n'ont d'autre but que de partager sans péril la proie conquise par le voisin plus robuste et mieux outillé. L'anémone est une commensale;

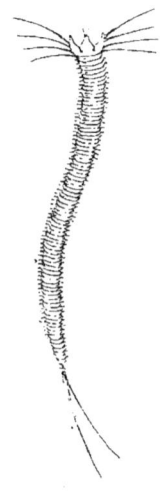

Néréïlépas.

ceux-là sont des parasites. Et ils seraient dignes du mépris qui s'attache à quiconque vit aux dépens d'autrui, si leur instinct ne les condamnait inexorablement à cette condition un peu humiliante.

Le plus astucieux de ces hôtes intéressés est un ver, le *né-réïlépas,* qui se loge dans les coquilles de buccin habitées par un pagure. Le ver établit son domicile dans. le sommet de la spirale; il trouve là une retraite parfaitement sûre et tout à fait close, puisque le seul point qui pourrait donner accès à l'ennemi est obstrué par le corps du pagure. Pour arriver jusqu'au ver, l'adversaire devrait donc, au préalable, avoir raison du crustacé; c'est une sentinelle peu facile à surprendre, peu facile à vaincre.

Et non seulement le pagure se constitue le gardien et le protecteur de ce voisin qu'il n'a pas invité, mais encore, bon gré mal gré, il partage avec lui les meilleurs morceaux de sa table. S'il ne capture qu'un gibier de taille minime, le ver ne se dérange pas pour si peu; mais le tableau change quand les pinces du crustacé ont rencontré une aubaine séduisante, quelque muscle tendre de mollusque, par exemple. Averti de cette heureuse circonstance par l'animation anormale de son colocataire, qui travaille avec énergie des tenailles et des mandibules, le néréilépas sort de sa cachette, déroule ses anneaux, et de sa fine tête, qui glisse entre les pattes du voisin, vient explorer la bouche du mangeur. Le délicieux morceau est rapidement trouvé, saisi solidement, enlevé malgré les efforts du pagure, et le ravisseur se retire dans son inexpugnable cachette, emportant sa proie.

De cet effronté voleur, type véritable de l'ingratitude, le pagure ne sait pas se débarrasser, et il ne peut que subir ses insolences. Il l'héberge, le protège, le nourrit sans en recevoir en échange aucun service. Vraiment, il est difficile d'accorder la moindre sympathie au néréilépas, tant que l'habileté dans le vol ne paraîtra pas une qualité estimable.

X

Plusieurs fois déjà l'été et l'hiver s'étaient succédé depuis ma naissance, plusieurs fois ma carapace avait subi son renouvellement annuel, quand m'arriva une aventure qui aurait dû m'ôter la vie, et qui, au prix toutefois de quelques angoisses, n'eut d'autre résultat que de me procurer une excursion agréable et profitable.

Par une après-midi de la belle saison, m'étant trop approché de la plage peuplée d'élégantes toilettes, de cabines alignées et de tentes multicolores, j'avais été capturé, avec beaucoup de mes frères, par un jeune baigneur qui désirait offrir à sa famille un régal aux dépens de notre chair.

Les victimes étaient nombreuses et s'épouvantaient à l'envi du sort fatal et trop certain auquel les condamnait la cruauté de l'homme. Que de plaintes, de récriminations, de malédictions contre cette cruauté dans l'étroit filet où jusqu'au déclin du soleil nous fûmes retenus pêle-mêle !

Le soir venu, le jeune baigneur, ayant sans doute besoin de

son filet pour le lendemain, nous transvasa sans trop de précautions dans un grand sac en papier, où, s'étant peu sagement
hâté, il versa également les algues vertes enlacées à nos carapaces, et qui étaient gonflées par le liquide élément. Puis, il
s'en alla avec ses parents, et j'entendis, en même temps que
se fermait la porte extérieure, une grosse voix, — celle sans
doute du père de famille, — qui enjoignait aux domestiques
de se coucher sans attendre.

Cela se passait dans une belle villa située au milieu des
dunes.

Un de nos frères, le plus gros de tous et que sa grande taille
désignait sans erreur comme notre aîné, dit à ses compagnons
de captivité :

« Nous avons le champ libre pour quelques heures. Voilà
la famille, y compris notre jeune conquérant, partie à quelque
spectacle, à quelque promenade nocturne; quant aux domestiques, ils vont, n'en doutez pas, mettre à profit les conseils
de repos qui viennent de leur être donnés. Tandis qu'ils dor-
miront, il faut que nous travaillions à reconquérir notre
liberté.

« En avant des pinces et des crocs ! »

Nous répondîmes : « En avant! » et d'un commun accord
l'assaut fut donné aux parois de papier. Assaut d'un nouveau genre, puisqu'il s'agissait non d'un siège, mais d'une évasion.

Les algues emprisonnées avec nous nous fournirent un puissant secours en humectant le papier et en le ramollissant :
bientôt le sac fut criblé de trous, et par les brèches, les forts
bousculant les faibles pour sortir plus vite, en un instant nous
fûmes tous dehors.

Et les captifs, fuyant le papier éventré qui gisait lamentablement, de se disperser au hasard des portes entr'ouvertes, qui
dans le vestibule, qui dans les appartements, qui dans la cui-
sine, qui dans la cage de l'escalier.

En vain le vieux crabe, qui décidément me parut avoir beaucoup d'expérience, essaya-t-il, pour l'honneur de la race, de rallier son armée en déroute; les fuyards continuèrent à se disséminer.

Il y en eut même qui réussirent à gagner les étages, et pendant quelques instants le silence de la villa endormie s'emplit

Les victimes étaient nombreuses.

du bruit léger et mystérieux des pattes aiguës et multiples qui par saccades piquaient les parquets.

« Les sots! gronda le vieux crabe. Les voilà bien avancés! Ne savent-ils plus par quelle porte ils sont entrés, et pensent-ils qu'ils s'évaderont par les fenêtres ? »

Je trouvai fort sensé ce discours, et, avec une dizaine de nos compagnons qui étaient du même avis, je m'attachai aux pas du chef avisé qui songeait ainsi au salut de tous. Il avait choisi une place dans le vestibule, à quelque distance de l'entrée, et c'est de là qu'il observait les événements, prêt, au premier rayon de lumière qui jaillirait par la porte ouverte, à en profiter pour gagner au large. Nous avions tous les yeux fixés sur lui, pour l'imiter au bon moment.

Le temps était orageux, et un curieux phénomène, que je ne constatais pas d'ailleurs pour la première fois, ne tarda pas à se manifester.

Nos carapaces, enduites d'une sorte de boue sableuse que la mer avait roulée après une récente tempête, se mirent dans l'obscurité à briller de lueurs blanchâtres, dont l'éclat augmenta bientôt jusqu'à donner à cette scène un caractère impressionnant. Sans doute cette boue qui nous couvrait renfermait-elle de ces petits êtres qui sont doués de l'extraordinaire pouvoir d'engendrer de la lumière; le jeune baigneur avait été, comme vous allez le voir, mal inspiré en choisissant précisément pour nous recueillir un lendemain de tempête. Les lueurs qui jaillissaient de nos carapaces emplissaient le vestibule d'une clarté bizarre et mystérieuse.

Tout à coup un bruit métallique résonna au dehors, et presque aussitôt la porte s'ouvrait, livrant passage à une dame tout encapuchonnée, sur les vêtements de laquelle roulaient des gouttes de pluie.

Elle fit un pas, puis, à l'aspect de nos carapaces où scintillaient de pâles étincelles, elle poussa un cri de frayeur et tomba dans les bras de l'homme qui la suivait.

« C'est le moment! » dit le vieux crabe.

Et par la porte entr'ouverte, il s'élança; je le suivis. Nous dégringolâmes trois marches, sous la pluie torrentielle qui éteignait nos flambeaux, et en quelques bonds tortueux nous nous trouvâmes à l'abri sous des plantes basses.

Nos compagnons avaient aussi essayé de s'enfuir; mais, hélas! aucun ne put nous rejoindre.

Nous entendîmes le jeune garçon qui s'exclamait :

« Ah ! les coquins! Mère, ne craignez rien, ce sont mes crabes, qui se payent le luxe d'une illumination. »

Puis la porte se referma; et des ombres qui passaient derrière les fenêtres éclairées nous apprirent bientôt que les domestiques, des lampes à la main, étaient à la recherche des malheureux fuyards.

Au dehors, la pluie faisait rage; cette eau bienfaisante nous rafraîchissait d'ailleurs et nous calmait après tant d'émotions. D'effroyables étincelles jaillissaient dans les nuées, et un vent subit, qui secouait les feuillages au-dessus de nous, s'était élevé.

« Voilà, me dit mon compagnon, les éléments déchaînés. Mais j'aime mieux leur colère aveugle que la froide avidité de l'homme, et ce buisson qui nous abrite vaut mieux que le sac d'où nous sortons.

« Ne nous réjouissons pas trop vite, cependant, car nous ne sommes pas encore tout à fait sauvés. Nous avons fui la villa, c'est bien : mais, si je ne me trompe, nous voici dans un jardin que des murs entourent, selon toute probabilité, et comment s'en évader? »

Je n'avais pas songé à cette éventualité; l'anxiété me reprit. Cependant je dis au vieux crabe :

« Attendons qu'il fasse jour, et nous chercherons une issue. »

L'orage cependant se calmait, et il n'y avait plus de lumière aux fenêtres de la villa. La pluie cessa; le vent, qui s'était déchaîné furieusement et qui, au loin, soulevait encore la mer en rauques grondements, s'apaisa peu à peu jusqu'à n'être plus qu'une brise fraîche, chargée des délicieuses senteurs de la nuit. Les nuages, tout à l'heure épais et noirs, n'étaient maintenant que des masses floconneuses et blanchâtres, effilochées, dont les bords s'argentaient du reflet pâle de la lune naissante.

Des étoiles brillèrent dans le ciel, et j'oubliai un instant les dangers de ma captivité et le voisinage menaçant de l'homme pour m'abandonner au plaisir de ce spectacle enchanteur. Mon compagnon en jouissait sans doute aussi, car il se tenait

11

immobile et ne pensait plus à discourir. Les rayons de l'aurore, dont la gloire rose s'éveillait, vinrent nous tirer de notre rêverie.

Nous songeâmes alors à parcourir le jardin pour chercher une issue. Il était grand, et plein de fleurs qui répandaient leur parfum dans l'air matinal. Les bouquets que j'avais quelquefois vus délaissés sur la plage, et dont j'avais tant admiré les formes et les couleurs, avaient bien formé dans mon esprit une image de la belle végétation dont jouissent les habitants de la terre. Mais ici j'avais cette végétation sous les yeux, et je ne pouvais me lasser de la contempler.

Sur les feuillages où roulaient encore des perles liquides, les premiers feux du soleil faisaient briller toutes les nuances du vert, depuis le plus clair jusqu'au plus opaque. Et des feuilles émergeaient des coupes aux couleurs variées, dont les unes, fièrement dressées, semblaient s'offrir aux regards de l'astre du jour, tandis que les autres se penchaient modestement vers la terre et s'inclinaient avec grâce.

« Que l'homme est heureux, pensai-je, de posséder ces trésors ! »

Mais la vision de la mer qui m'attendait se dessina en moi avec tant de force que les merveilleuses fleurs du jardin perdirent aussitôt leur charme ; d'ailleurs mon compagnon, pour qui la liberté semblait aussi en ce moment avoir plus d'attrait que la poésie, me dit :

« Fuyons ! »

Nous ne nous étions pas trompés ; des murs hauts et infranchissables entouraient le jardin, et la porte se fermait si exactement qu'elle n'eût point laissé passer seulement l'extrémité d'une de nos pattes.

Cependant, à force de chercher, de tâtonner à travers les massifs d'arbustes qui s'abritaient à l'ombre des murailles, nous découvrîmes un étroit couloir ménagé dans la maçonnerie.

. A quoi servait cette issue? Sans doute à l'écoulement du trop-plein des eaux de pluie, et, en effet, l'orage de la nuit l'avait presque rempli de vase.

Mais pour le moment sa destination nous importait assez peu : il suffisait qu'elle nous offrît l'évasion et le salut. Nous manifestâmes notre joie en fuyant, par cette opportune galerie, avec toute la vélocité dont nous étions capables.

Une vaste étendue de sable, variée de monticules et de dépressions, nous séparait de la mer que nos yeux, trop rapprochés de la terre, ne pouvaient distinguer, mais vers laquelle un instinct, plus sûr en son aveuglement que les indications que peuvent vous fournir vos cinq sens réunis, allait guider sans hésitation nos pas heureux.

C'était un désert auprès du fouillis de verdure et de fleurs que nous venions de quitter; cependant la végétation n'y faisait pas complètement défaut. Il y avait là des touffes aux feuilles longues et aiguës, des plantes charnues qui développaient des corolles, les unes mignonnes et effacées, les autres grandes et superbement colorées.

Maintenant que je ne craignais plus pour ma liberté, j'aurais bien voulu étudier de plus près cette végétation terrestre qu'il ne m'avait pas été donné encore d'observer dans son milieu; l'occasion s'offrit bientôt de recueillir sur ce sujet une leçon aussi ample que je pouvais le souhaiter.

Après avoir longtemps déambulé à travers les monticules de sable, nous arrivâmes devant un groupe de deux hommes, assis sur le sol qui ne gardait plus trace de l'averse et s'échauffait aux rayons du soleil, maintenant éblouissant.

L'un était âgé et portait un long vêtement noir, sur lequel descendait une barbe neigeuse qui donnait à sa physionomie un aspect vénérable; l'autre était jeune, et semblait écouter avec un sérieux intérêt et un affectueux respect les enseignements du vieillard.

Mon compagnon s'arrêta brusquement, pinces en l'air, et grommela :

« Voilà des hommes encore. Mauvaise rencontre !

— Oh ! répondis-je, ceux-là n'ont pas l'air méchant. D'ailleurs, le peu que je viens de surprendre de leur entretien me montre qu'ils traitent d'un sujet bien captivant pour moi, et je suis si avide de m'instruire !

— Libre à toi, reprit-il, d'avoir confiance. Pour moi je me soucie peu de retomber aux mains de l'ennemi. Adieu ! »

Et ayant pris un autre sentier, il disparut rapidement. Je ne comprenais pas bien ce défaut absolu de curiosité à l'égard de choses qui m'intéressaient tant, et je pensai qu'il devait être bien âgé pour n'avoir plus le désir de savoir.

Je lui jetai un dernier regard de reconnaissance, parce que c'était en somme à son habileté et à sa présence d'esprit que je devais le salut, et lorsqu'il eut disparu au tournant d'une petite colline, je me blottis sous une touffe d'herbes, pour recueillir la leçon que le vieillard à la barbe blanche laissait tomber de ses lèvres.

Le vieillard disait :

« La mer, mon cher enfant, et les forces qui se déchaînent dans sa masse ou à sa surface, agissent différemment sur les rivages contre lesquels elles luttent, dans leur perpétuelle tentative de conquête.

« Si ces rivages sont de hautes falaises à pic, l'assaut des vagues y produit des brèches et des éboulements, et les limites de la terre reculent brusquement à des intervalles variables.

« Si au contraire le terrain littoral s'étage en pente douce, la victoire se conquiert lentement, progressivement, et ce n'est plus la vague, mais le vent, qui est chargé de la réaliser.

« Voyez ces rides énormes et mouvantes qui couvrent le sol autour de nous ; leur formation est aisée à comprendre. Quand le vent souffle avec force sur la plage unie, il emporte une grande quantité de sable sec, qu'il dépose plus loin sur le rivage, au point où un obstacle quelconque rompt sa violence.

« Ainsi s'élève une petite colline sableuse, qui s'accroîtra si de nouveaux matériaux lui sont fournis, et dans le cas contraire cheminera simplement en avant sous l'impulsion d'une nouvelle rafale.

« Ces collines peuvent atteindre une très grande hauteur, jusqu'à trois et quatre fois l'élévation de ces villas qui dressent là-bas leurs toits pointus. Elles se dispersent irrégulièrement sur toute l'étendue du terrain envahi, et suivant la direction que leur imprime le vent qui les engendre. A mesure que la mer fournit des sables, leur nombre augmente continuellement, et sans cesse en mouvement, elles s'avancent sans arrêt dans l'intérieur des terres.

« Le vent soufflant du large pousse le sable du pied de chaque butte vers le sommet, d'où il retombe en formant un talus d'éboulement toujours plus abrupt que la pente qui regarde la mer. Comme l'apport des sables est continu, les collines prennent de la hauteur et en même temps cheminent en avant. Aussi parviennent-elles à couvrir, le long des rivages, de vastes territoires.

— Ne résulte-t-il, de cet envahissement, aucun dommage pour l'homme? » interrogea l'adolescent.

Le vieillard répondit :

« La marche des dunes est un des plus irrésistibles phénomènes provoqués par les forces naturelles. Devant les sables mouvants l'homme recule, et il doit parfois céder promptement sous peine d'être lui-même submergé et de perdre la vie.

« Voyez-vous ce village qui égrène là-bas, le long de cette petite anse sablonneuse, ses cabanes de pêcheurs? En une seule nuit quarante-trois maisons de ce village disparurent sous les sables.

« Il était jusque-là protégé contre les vents par le cap rocheux dont la pointe émoussée forme encore une saillie que l'océan frappe de tous côtés. Mais depuis des siècles la colère des vagues, acharnée à la destruction de ce cap, l'a peu à peu fait reculer, et un beau jour il a livré passage aux vents accourus du sud-ouest, et qui portent dans leurs plis une particulière abondance de sable. Dès lors les dunes ont repris leur marche en avant.

— Et l'homme n'a-t-il aucun moyen de se défendre contre ce danger ?

— Dieu, mon cher enfant, a toujours placé le remède à côté du mal. Voyez-vous ces touffes de longues feuilles étroites, finement enroulées sur elles-mêmes et terminées en aiguilles ? Aujourd'hui la saison est trop peu avancée encore, mais dans quelques jours du centre de ces touffes sortiront, portés sur des tiges raides, des épis jaunâtres, en cylindre renflé au milieu.

« Cette plante est l'ammophile, le *roseau des sables*. Elle appartient à la famille des graminées, qui nous fournit tant d'espèces utiles, en particulier le blé, béni de Dieu et respecté des hommes parce qu'il nous donne le pain. Vous allez voir que le roseau des sables ne se dérobe point au rôle d'utilité qu'aiment à jouer ses parents : c'est lui qui est chargé, au profit de l'humanité, d'opposer un obstacle aux sables mouvants.

« Ces sables, terrain essentiellement incertain et aride, seraient non seulement un désert, mais une perpétuelle menace pour les riverains, si l'ammophile n'avait reçu la faculté d'y germer, d'y prospérer, d'y ouvrir la voie à une végétation sans doute assez peu variée, mais réalisant bientôt une suffisante protection contre les vents du large et les dangereux voyages qu'ils font accomplir au sol mobile des dunes.

« L'ammophile reste vert et en bonne santé malgré la sécheresse et la terrible chaleur de l'été qui brûle autour de lui le terrain dénudé. Sans doute, comme tous les végétaux, il ne vit pas absolument sans eau, mais il n'en exige qu'une très

Roseau des sables (Ammophile).

petite quantité, et ce peu, ses racines très longues, chargées de fibres nombreuses et extrêmement fines, vont le chercher très loin, à une grande profondeur, où se maintient quelque réserve d'humidité. Et même ses feuilles, spongieuses, ont la faculté de s'étaler le soir afin de recueillir la rosée de la nuit,

et se ferment au matin pour conserver précieusement leur limpide trésor à l'abri des rayons desséchants du soleil.

« Ses touffes, qui, comme vous pouvez le voir, sont très
amples, très puissantes, ne cessent de s'accroître et de s'élever
pendant toute la durée de leur végétation. Elles opposent un
obstacle aux sables transportés par le vent, et en provoquent
la chute. La force du vent étant rompue par leurs feuilles
raides, les grains de sable charriés tombent, et par leur agglomération forment au pied de la plante un monticule, en pente
inclinée du côté d'où vient le vent, à pic du côté opposé.
A mesure que la touffe d'ammophile s'étale et croît en hauteur,
le monticule se développe proportionnellement. Autour de lui,
au pied de chacune des touffes voisines, d'autres petites dunes
se sont formées de la même manière; elles ne tardent pas à
se rejoindre.

« Une plantation d'ammophiles peut ainsi retenir et fixer
une énorme quantité de sables; et l'emploi de cette plante pour
cette destination peut être d'autant plus utile qu'on a remarqué que sa végétation prend plus de force à mesure que le
sable s'accumule à son pied.

« Comme le vent chargé de sable ne souffle pas toujours de
la même direction, les ammophiles, pour jouer un rôle efficace,
doivent être plantés en lignes disposées dans tous les sens. De
cette manière, de quelque point qu'il vienne, le vent rencontre
des obstacles multipliés, et le sable n'est déplacé que dans la
limite de la dune, sans pouvoir franchir les bornes de ce
domaine qui lui est abandonné et où il ne peut causer aucun
dommage.

« Les sables en s'avançant dans l'intérieur refoulent les
rivières, et l'eau ne pouvant plus s'écouler à la mer s'accumule dans des marécages, forme des étangs. C'est un fléau
de plus. Aussi je ne vous étonnerai pas en vous apprenant
que parfois, dans les régions menacées, les autorités qua-
lifiées pour commander aux riverains ont ordonné de

planter des ammophiles sur les parties découvertes des dunes.

— Mais, interrompit encore le jeune homme, je ne vois pas que des ammophiles autour de nous : il y a bien d'autres plantes qui végètent ici. Celles-là ne sont-elles pas destinées aussi à fixer l'extrême mobilité de ce sol ?

— Sans doute, mais l'ammophile arrive le premier, il a ce mérite de prendre un développement considérable, et de former des abris qui permettent à d'autres plantes également aptes à contenir les sables de s'enraciner.

« Toutes ces plantes de la dune possèdent, en général, d'abondantes et fines racines, et des rejets rampant au loin. Précieuse ressource pour s'attacher au sol et pour recueillir, dans l'aridité du sable, le plus d'humidité possible.

« Voici, par exemple, la laîche, dont les touffes, plus humbles que celles de l'ammophile, sont formées de bouquets de feuilles rudes, planes, étroites et longues, d'où émergent au printemps des tiges portant des épis oblongs. Actuellement, cette plante a terminé sa floraison, mais vous pouvez en recueillir les fruits. Vous en voyez autour de nous d'assez nombreuses touffes.

« Voici encore le panicaut maritime, que les profanes nomment le chardon bleu. Il porte, autour de ses petites fleurs azurées réunies en boule, une collerette de dentelle épineuse, et ses feuilles se hérissent de menus dards acérés. Admirez ces grands calices qui commencent à dérouler sous les caresses du soleil leurs plis de satin, vêtus d'une délicate teinte rosée. Ce sont les fleurs du liseron des sables ; ses feuilles, luisantes et épaisses, sont arrondies comme des pièces de monnaie. Voyez comme sur la nuance sombre de son feuillage ses corolles tendres se détachent en un contraste où l'œil trouve plaisir et repos.

« Et l'euphorbe des sables, dont la tige rompue laisse écouler un suc blanc ? Il est bien humble, mais bien raide, et ses fûts droits forment une forêt pour l'insecte.

« Élevez maintenant vos regards jusqu'à l'horizon de ces dunes; sur les crêtes, sur les pentes, voici des arbrisseaux dont les branches ramifiées rompent l'effort du vent et arrêtent les sables. Ceux-là ne voient point leurs tiges mourir pendant l'hiver, mais sur leurs rameaux développent des bourgeons qui se réveillent au printemps.

« C'est le saule argenté, dont les tiges souterraines et traçantes produisent des rameaux aux feuilles vêtues d'un duvet blanc et brillant; l'argousier, buisson épineux d'aspect bien terne en ce moment, mais qui dans quelques mois sera décoré de petites boules d'un jaune d'aurore; le troène, aux blanches grappes de fleurs odorantes ; le sureau, aux grandes feuilles sombres et découpées.

« Prenez ces herbes des dunes : malgré l'aridité de leur milieu, vous trouverez que leur feuillage est épais, charnu, gonflé de sucs. C'est l'influence du sel marin, que leurs racines absorbent en grande quantité.

« Quant aux arbustes, vous pouvez remarquer combien ils sont rabougris, trapus, tordus et enchevêtrés. Ils portent sur leur physionomie l'empreinte des incessantes rafales dont ils ont à subir les assauts... »

Le vieillard se tut, et le jeune homme ne posa plus de questions; sans doute méditait-il sur la belle leçon qu'il venait d'entendre.

J'aurais aimé à demeurer là quelques instants encore, dans l'espoir que l'entretien reprendrait, et qu'il me serait donné d'écouter d'autres enseignements. Mais le soleil était maintenant haut sur l'horizon, et je sentis s'éveiller en moi, avec une vive sensation de faim, le désir de revoir la mer dont tous ces événements m'avaient tenu éloigné depuis si longtemps.

Sans bruit, et me cachant de mon mieux, pour éviter ces hommes dont l'évidente bienveillance n'allait peut-être pas jusqu'à épargner un crabe, je m'enfuis, m'abandonnant à l'instinct qui me guidait si infailliblement vers les flots.

La mer apaisée déferlait doucement. Je m'y plongeai avec joie, heureux de ma liberté reconquise, heureux de pouvoir de nouveau offrir à mes yeux le spectacle aimé des choses familières. Sans doute, elles étaient belles, les corolles qui s'ouvraient au soleil dans le grand jardin parfumé; elle était séduisante, la leçon du savant vieillard sur les plantes de la dune.

Mais combien, à ces charmes de la terre je préférais les algues sans fleurs, dont la végétation obscure et monotone s'étendait autour de moi, aussi loin que portaient mes regards.

Les algues sont les seules plantes de l'océan. Les mouvements incessants des flots, les changements prodigieux de niveau que produisent les marées, ne permettraient pas aux fleurs délicates et fragiles de vos végétaux terrestres de s'épanouir ici. Seules peuvent s'accommoder de ce milieu mobile et enclin aux subites colères des plantes d'une organisation simple et uniforme, plus souples que robustes, aptes à céder devant la tempête, et sachant au plus vite réparer les dommages qu'elles en éprouvent. A ces conditions de vie les algues sont particulièrement adaptées.

Si je suis bien informé, sur la terre, dont il ne m'a été donné d'entrevoir qu'un très petit coin, ce sont les plantes qui donnent à la nature vivante sa beauté, sa grâce, son pittoresque. Il n'en va pas de même sous les flots. Ici c'est le monde animal qui étale un luxuriant déploiement de splendeur, et près de lui la végétation marine fait pauvre figure. Les rôles sont renversés : ce n'est plus à la nature végétale qu'appartiennent ni la diversité des formes, ni l'éclat des couleurs, ni l'élégance des silhouettes.

Les paquets de varechs que vous trouvez échoués à la plage, où ils forment parfois, après les grandes tempêtes, des amon-

cellements épais et glissants, peuvent vous donner une idée
de l'organisation des algues marines. Dans ces paquets se
glissent une foule d'espèces diverses, aux formes variées;
mais, pour l'œil attentif, toutes se ressemblent par la structure.

Le vieillard dont je vous rapportais tout à l'heure les
savantes leçons ne pourrait ici employer les termes par lesquels il désignait les différentes parties des plantes terrestres.
Il n'y a dans les algues ni racine, ni tige, ni feuilles, ni fleurs.
Toute la substance qui les compose est uniforme et dessine
une lame d'aspect variable, qui se fixe aux corps sous-marins
par des crampons. Ceux-ci n'ont d'autre fonction à remplir
que d'attacher l'algue à son support et ne sont pas chargés de
puiser la nourriture. L'algue s'alimente par tous les points de
son corps et emprunte simplement à l'eau de mer qui l'envi-
ronne les substances dont elle a besoin.

Heureuse algue, qui ne connaît ni les souffrances de la faim,
ni les angoisses, les terreurs, les cruautés de la lutte pour
l'existence, et qui, aveugle, sourde, insensible, supporte avec
la même paix l'abondance et le jeûne.

La lame qui compose ces plantes tantôt reste simple et comprimée, et flotte en suivant les ondulations du liquide, tantôt
s'étire en filaments, tantôt encore se divise en rameaux, soit
plans, soit cylindriques, qui partent à la base d'un tronc commun. Il en est qui produisent çà et là sur leurs rameaux des
sortes de vessies élastiques et renflées, pleines de gaz.

Je ne suis pas très expert aux choses de la physique, mais
j'imagine que ces vessies servent à rendre l'algue plus légère
par rapport à l'eau qui l'entoure, à lui permettre ainsi de se
tenir plus facilement verticale dans le liquide. Les unes sont
de consistance coriace, les autres sont gélatineuses. Elles
revêtent différentes couleurs, tantôt bleues, tantôt vertes, tantôt brunes, tantôt rouges. Celles-ci sont les plus jolies et
représentent souvent de petites merveilles de délicatesse, de

grâce, de coloris. Attachées par la base à quelque corps sous-
marin, elles dressent à une faible hauteur leurs filaments

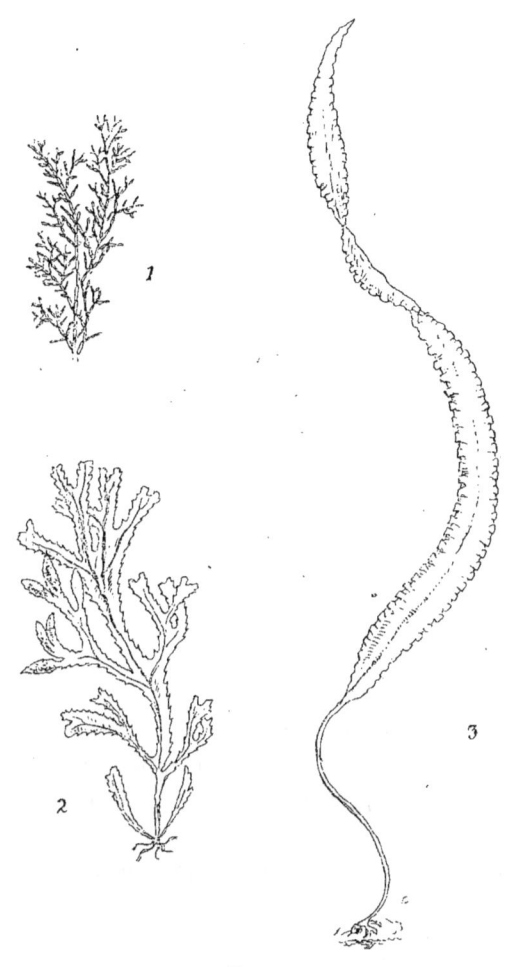

Algues.

1. Coralline. — 2. Fucus.   3. Laminaire.

grêles 'et élégants, composés d'articles qui se soudent bout à
bout, et souvent ramifiés dans plusieurs directions.

Rien de plus beau, par exemple, que la fine dentelle des
corallines, dont la végétation, suppléant à la taille par l'abondance, couvre des étendues considérables et forme çà et là de
vastes tapis. Ces menues algues rouges affectionnent des profondeurs assez grandes, et leur fragilité recherche les eaux
calmes du fond, à des niveaux où les violents mouvements
des vagues n'ont plus de répercussion et où cependant l'épaisseur de l'eau n'est pas suffisante à intercepter la lumière.

Plus près du rivage croissent les algues vertes et les algues
brunes, généralement plus amples, plus épaisses, plus gélatineuses. Ce sont celles-là surtout que la tempête arrache aux
rocailles et jette à la côte.

Parmi les vertes, voici l'ulve, aux lames larges, étalées
comme des feuilles, parsemées de crevasses et de bosses. Elle
est tendre, fragile et appétissante pour les animaux qui broutent
les plantes. J'ai vu parfois des pêcheurs récolter l'ulve; peut-
être la mangent-ils.

Parmi les brunes, voici les fucus et les laminaires.

Les fucus sont les algues que l'on désigne le plus communément sous le nom de varechs. Leurs lames sont assez étroites,
épaisses, et se divisent par des bifurcations; il en est qui
offrent sur le bord des denticulations, et toujours elles développent des vessies natatoires. Les enfants s'amusent à marcher sur ces vessies, qui, en se rompant brusquement, éclatent
avec bruit. C'est un spectacle auquel je me suis quelquefois
distrait.

Quant aux laminaires, — que j'emploie en ce moment pour
y graver ces lignes, — ce sont de grandes expansions allongées,
épaisses, gélatineuses, ondulées sur les bords, solidement attachées aux corps sous-marins par les ramifications d'un gros
cordon cylindrique. Elles sont souvent divisées en lanières
plus ou moins nombreuses et atteignent une longueur considérable. Ces laminaires forment de vastes tapis sous-marins,
depuis le niveau de la basse mer jusqu'au point où commence,

dans des eaux plus tranquilles, la végétation des corallines.

Ulves, fucus, laminaires offrent un précieux abri et une protection sûre à une foule de petits animaux, qui, s'ils ne trouvaient ce refuge, seraient à la merci de leurs ennemis. Là se cachent, en attendant que leur taille accrue leur rende moins difficile la lutte pour l'existence, les jeunes individus de ces races cruelles dont je vous ai dépeint les instincts carnassiers : pieuvres, seiches, calmars. Et avec ces brigands en bas âge fraternisent des mollusques sans coquille et des mollusques à hélice, ceux-ci inoffensifs végétariens et qui demandent aux prairies d'algues non seulement le gîte, mais aussi la pâture.

Spores ou semences d'algues.

Là aussi cherchent une provisoire protection contre les périls qui menacent leur enfance d'innombrables légions de larves de crustacés et de poissons. S'il était donné à l'œil d'apercevoir tous les infimes et exigus hôtes de ces parages, quelle population que celle d'une forêt de laminaires !

La destruction des algues marines entraînerait la ruine d'une énorme quantité d'animaux. Heureusement ces plantes sont douées d'une intense faculté de reproduction et couvrent sous les flots d'énormes domaines, ouverts à tous les êtres faibles qui ont besoin de cette retraite. Qui n'admirerait encore ici la touchante bonté du Créateur ?

L'homme recueille avec soin les paquets d'algues que le flot jette à la grève, et parfois même il va les chercher sous les vagues. J'ai vu, au cours d'un voyage dont je vais bientôt vous raconter les péripéties, des troupes de pêcheurs venir faucher les fucus sur les rochers glissants battus par les marées, en emplir des charrettes et les emporter vers l'intérieur des

terres. J'ai appris que là les fucus, abandonnés à la putréfaction, sont mêlés au sol des champs arides pour l'engraisser
de leur substance décomposée et le rendre plus productif.

Parmi les hôtes des prairies d'algues, il est une famille que
je veux plus spécialement vous signaler à cause de la singula-
rité de ses formes et de l'intérêt de ses mœurs : c'est celle des
mollusques nus, animaux délicats auxquels a été refusé le
bénéfice d'une coquille protectrice, et qui, malgré cette infériorité, savent cependant avec assez de bonheur se procurer
leurs proies et échapper à leurs ennemis. D'une manière générale, ils offrent un corps allongé, muni en avant de tentacules,
et rampent sur le ventre.

Mais que de variations, sur ce thème commun, suivant les
espèces ! Les uns, comme les doris, portent à la partie postérieure une couronne d'expansions délicates, véritable diadème
de dentelle qui s'épanouit ou se contracte à la volonté de l'animal. Ces expansions sont les branchies, qui servent à la respiration du mollusque.

D'autres, comme les éolis, portent sur toute la surface du
dos des tubercules cylindriques, agréablement nuancés. Rien
de gracieux comme de voir ces charmantes bêtes, avec leurs
multiples appendices, ramper sur quelque rocaille ou sur la
lame luisante d'une algue.

D'autres encore, comme les dendronotes, ont le corps bordé
d'une double rangée de branchies en forme de petites feuilles,
finement découpées et dentées ; sur son dos le mollusque est
tuberculeux, et il présente dans son ensemble un aspect un
peu bizarre, d'une élégance singulière et qui n'est pas sans
charme.

Voilà, penserez-vous, un crabe bien placé pour nous tracer
une description exacte de ces êtres gracieux et mal outillés,
qui doivent fréquemment tomber sous ses pinces. Au moins
n'est-il pas tout à fait ingrat, puisqu'il paye à ses victimes,

plaisir de son estomac, un tribut d'éloges à l'égard de leur
beauté !

Eh bien ! vous l'avouerai-je? les mollusques nus ne font pas
ma nourriture ordinaire. Non que leur goût me déplaise : ils
sont au contraire tendres et de saveur agréable. Mais d'abord

Mollusques nus.
1. Dendronote. — 2. Doris. — 3. Éolis.

ils rampent en des points où je ne vais guère, aimant peu
à grimper aux rocailles et à escalader les algues. Ensuite, ils
possèdent pour soutenir la guerre mille ressources variées.

Les uns profitent, par exemple, de la ressemblance qu'ils
ont avec d'autres êtres mieux armés ou mieux défendus, ressemblance toute superficielle et parfaitement illusoire, due
seulement à une disposition spéciale des appendices du corps,
et qui cependant suffit à tromper un œil même exercé, un
ennemi même attentif et avide.

12

Le plus curieux exemple à ce point de vue m'a été offert par une petite espèce nommée tritonie. La tritonie ne se rencontre pour ainsi dire pas ailleurs que sur les rameaux d'un polype vivant en familles, l'alcyonion. Or chaque famille de ce polype revêt un aspect particulier et très caractéristique par sa couleur, sa taille, le développement propre des individus qu'elle groupe. Il y en a de blanches, de jaunes, de brunes, de bleues, de grises, de noires.

Eh bien! la tritonie s'harmonise toujours pour la nuance avec le polypier sur lequel elle rampe. Qui plus est : les petits tubercules qu'elle porte sur son dos complètent cette trompeuse ressemblance, en revêtant une forme, une disposition, une couleur qui les confondent avec la couronne à demi étalée des tentacules du polype.

Quel avantage la tritonie peut-elle retirer de cette superficielle analogie ?

Il est évident que les poissons et autres ravisseurs qui se régaleraient volontiers du polype savent qu'ils ne pourraient guère le conquérir derrière la croûte dure et pierreuse sous laquelle il peut se retirer. Ils ne s'attardent donc pas à la capture difficile de ces proies invincibles : de ce dédain justifié le mollusque, simulateur du polype, bénéficie. Les armes du fort protègent utilement sa faiblesse.

Les éolis, dont le dos est chargé de papilles brillantes et vivement colorées, se défendent par un moyen exactement contraire. Au lieu de chercher à se dissimuler, ils se montrent, ils étalent comme un signal l'éclat voyant de leurs tubercules. Pourquoi cette audace, et en quoi un mollusque nu, qui n'a même pas une pauvre coquille pour y retirer ses muscles fragiles, peut-il avoir intérêt à attirer sur lui l'attention de tant de bouches voraces, sinistrement ouvertes à chaque coin de rocher dans les dédales sous-marins ? C'est que, comme les tentacules de l'anémone de mer, les verrues du dos de l'éolis sont armées de petits dards que la bête peut projeter, et qui causent à l'ennemi qu'ils frappent une douloureuse sensation de brûlure. Ainsi outillé, il trouve avantage à être très visible, parce qu'en l'apercevant ses adversaires se rappellent heureusement ce que l'expérience a pu leur apprendre, à savoir qu'il est plus avantageux pour eux de ne pas l'attaquer.

Être un animal immangeable, c'est déjà un privilège ; mais posséder des organes qui, en rendant le corps très apparent, lui évitent d'être d'aventure expérimenté comme nourriture, par une confusion fâcheuse avec quelque objet moins désagréable à manger, n'est-ce pas encore une plus utile protection?

L'éolis vit de proies vivantes ou de matières animales mortes. Plus hardi que mes pareils, qui malgré leurs pinces aiment peu à affronter la redoutable fleur carnivore, il s'attaque volontiers aux anémones de mer ; leurs tentacules s'agitent en vain pour le menacer, il s'obstine et réussit dans son dessein. Il entame ordinairement ces terribles proies par le bord du pied, où il fait un trou qu'il agrandit ensuite par de nouvelles morsures. A mesure qu'il mange, un mucus coule de sa bouche et va révéler l'aubaine à ses cousins qui rôdent dans le voisinage.

Tous, rampant, glissant, visqueux et mous, se hâtent de leur mieux vers le lieu du festin. Quatre éolis, en quelques coups de mâchoires, dévorent une anémone plus grosse que chacun d'eux isolément.

Ces bêtes carnivores se font, quand elles le peuvent, la guerre entre elles, les grosses mangeant les petites. Il en périt ainsi, et aussi par le fait d'autres dangers, d'énormes quantités; cependant leur race se perpétue, parce que le Créateur lui a accordé, comme à tant d'animaux marins voués aux mêmes causes de destruction, la faculté de se multiplier par une innombrable progéniture.

XI

REPOS INTERROMPU. — UNE COLOSSALE AUBAINE. — PILLARDS DANS LES AIRS, PILLARDS SUR LE SABLE. — UNE MOUETTE COMPLAISANTE. — HISTOIRE DE LA BALEINE. — LES OISEAUX DE MER. — POURQUOI L'HOMME TUE LE GRÈBE. — LES COUSINS DE LA BALEINE. — LES PHOQUES DU BANC DE SABLE. — UN TABLEAU DE PARESSE.

Par un matin tiède, je somnolais parmi les algues, bien à l'abri sous un rocher tout couronné de leurs chevelures vertes et brunes, quand un concert de cris qui éclataient sur la plage à quelque distance, et au-dessus de ma tête dans les airs, vint me tirer de ma torpeur.

A vrai dire, je n'entendais point directement ces cris, mais les vibrations de l'air qu'ils ébranlaient se transmettaient jusqu'à moi par la vague tranquille; et d'ailleurs j'eusse été averti par l'extraordinaire agitation qui régnait dans mon voisinage.

De toutes parts je voyais mes frères, gros et petits, surgir des cachettes où ils avaient passé la nuit, et se hâter, en imprimant à leur démarche latérale la plus sautillante vélocité, vers le même point du rivage.

Des poissons aussi, troublés dans leur repos et attirés peut-être par l'espoir de quelque aubaine, se pressaient sur la même route et s'approchaient de la terre autant que le permettait l'épaisseur de l'eau. L'aubaine, cependant, comme vous allez voir, n'était pas pour eux.

Ayant levé les yeux, je vis que des bandes d'oiseaux de mer, aux silhouettes variées, décrivaient dans les airs des courbes multiples, affairés, et comme étonnés eux-mêmes par un spectacle inusité.

La baleine.

Comme vous pouvez le penser, ma curiosité fut vite aiguillonnée. D'autant plus qu'au bout de l'aventure pouvait m'échoir encore le régal d'un bon morceau : sauf quelques exceptions parmi lesquelles je me compte, ce n'est pas en effet l'usage chez les crabes de se déranger uniquement pour s'instruire, et la hâte de mes frères devait avoir un autre motif qu'une leçon à recueillir.

« Il se passe assurément, pensai-je, quelque chose d'anormal. Si j'allais voir aussi!... »

Me dégageant des filaments verts où j'avais dormi, et que le flot roulait autour de mes membres, je suivis la foule et débarquai à mon tour sur le rivage.

Là, l'animation était à son comble; une vaste population bigarrée s'agitait autour d'une énorme masse qui gisait, étendue sur le sable et couverte encore par l'écume de la vague qui l'avait apportée.

Ce corps gigantesque et inerte était celui d'un animal, probablement mort; mais jamais je n'avais rien vu de semblable, et tout d'abord je ne pus savoir à quelle espèce j'avais affaire.

La forme de cette épave était celle d'un poisson, mais d'un poisson d'une taille demesurée; elle dépassait certainement en longueur les plus grandes barques de pêcheurs que j'avais coutume de voir sillonner les flots dans mon canton.

Sous la poitrine je distinguai deux nageoires volumineuses, courtes et épaisses; l'une des extrémités, après s'être progressivement amincie, se dilatait en une queue haute, triangulaire, qui effrayait encore, quoique immobile, par sa masse, et qu'on devinait capable, dans son élément, de terribles efforts.

L'autre extrémité était renflée en une tête énorme, dont la bouche largement fendue laissait voir d'innombrables lames de corne, appareil sans doute peu propre à capturer et à déchiqueter de grosses proies, et bien plus apte, autant que je pus le conjecturer, à retenir les bestioles engouffrées avec l'eau dans le vaste gosier du monstre.

Autour de la bête, dont la tête reposait sur le sable tandis que la vague faisait encore onduler sa queue, se pressaient des légions grouillantes de crabes, dont les pinces commençaient activement à entamer sa chair, tandis que sur son dos les oiseaux s'abattaient en tournoyant et en faisant retentir l'air de leurs cris.

Je dis à l'un de mes frères, occupé à satisfaire son appétit :

« Qu'est-ce donc que cet animal, que je n'ai jamais vu ?
Doit-on le ranger parmi les poissons ?

— Que t'importe ? me répondit-il sans perdre un coup de
dent. L'essentiel est que tu puisses te nourrir de sa chair ; son
nom, que j'ignore d'ailleurs, est chose secondaire. »

Je n'étais pas de cet avis, et, poussé par la curiosité, j'osai
m'approcher d'une jolie petite mouette dont les mandibules
travaillaient à détacher une lanière de la peau du monstre, et
je réitérai ma question.

La mouette me jeta un regard oblique, et je vis bien qu'elle
méditait de me faire payer cher ma témérité. Mais sans doute
songea-t-elle que le morceau qu'elle dégustait était de plus
agréable saveur et de plus facile capture que ma rébarbative
carapace, car son œil perdit son expression de colère, et ce fut
presque d'un ton poli qu'elle me dit :

« Crabe indiscret, cette bête est une baleine. Malgré son
apparence, ce n'est point un poisson ; elle ne se reproduit
point comme celui-ci par des œufs, mais elle met au monde
ses petits vivants, et elle les allaite de ses mamelles. Son sang
est chaud, comme le mien, et non point froid, comme le tien
et celui des poissons...

— Toi qui voyages au loin sur l'aile des vents, tu dois être
bien instruite des mœurs de la baleine, qui sans doute, à cause
de son volume, habite la haute mer. Ne voudrais-tu pas donner sur ce point une leçon à un pauvre crabe désireux de
s'instruire, et qui ne peut guère s'éloigner du rivage ? »

La mouette s'adoucit tout à fait à cette prière ; et ayant
avalé un bon morceau, elle consentit à me fournir les détails
demandés :

« Mes excursions m'ont en effet quelquefois conduite dans
les parages où vivent les baleines. Ce sont surtout des hôtes
du nord, et qui s'éloignent peu des régions des grands froids,
où la mer charrie des glaces.

« Ce ne sont point des animaux sédentaires. Les baleines

aiment au contraire à se déplacer, et elles entreprennent des voyages réguliers du nord au sud.

« Celle que tu vois ici échouée a trouvé la mort au cours d'un de ces voyages loin de son climat natal. Elle a dû, grièvement blessée par des pêcheurs, s'enfuir au hasard, puis, perdant son sang et incapable de lutter, devenir le jouet des courants et des vagues, qui l'ont amenée jusqu'ici, pour le plus grand profit de tes frères et aussi pour le régal de tous mes cousins que tu vois attablés à ce festin.

« Ces masses, en apparence informes, sont au contraire très mobiles dans l'eau; et leur énorme volume s'harmonise avec l'immensité marine.

« Les baleines savent nager rapidement et peuvent gagner de vitesse les bâtiments à vapeur qui les poursuivent. Elles respirent l'air, et quand elles viennent pour cela à la surface, on voit leur haleine former dans l'atmosphère deux colonnes de vapeur blanchâtre.

« Si un ennemi les poursuit, — elles n'en connaissent guère d'autre que l'homme, — elles plongent et sont capables de rester sous l'eau pendant très longtemps.

« Quand aucune menace ne les inquiète, elles se laissent bercer par les vagues ou se jouent dans des mouvements lents, tournant sur elles-mêmes et sortant alternativement leur ventre et leur dos. Elles dorment ainsi volontiers, s'abandonnant au gré des flots.

« Elles vivent en familles et, malgré leur aspect formidable, sont des animaux très inoffensifs et ordinairement très craintifs, fuyant à la moindre apparence de péril.

« Cependant elles déploient un intrépide courage lorsqu'un membre de leur famille est blessé ou attaqué; mais c'est seulement pour le soustraire au danger, pour se substituer à lui et détourner ainsi les coups de l'adversaire, pour périr avec lui s'il meurt.

« Tu pourrais penser que d'aussi grosses bêtes sont de ter-

C'est seulement pour le soustraire au danger et détourner ainsi les coups
de l'adversaire.

ribles brigands et sèment le carnage autour d'elles. Assurément elles sont voraces et carnassières, mais elles ne recherchent que de très petites proies, des vers, des poissons, des mollusques, des crustacés, et même des animalcules de taille très exiguë dont les troupes grouillent à la surface des eaux. Il leur faut la quantité plutôt que la qualité, et tu peux estimer quel nombre effroyable de bestioles est nécessaire à une baleine pour son alimentation quotidienne.

« Ces bestioles, elles les absorbent pêle-mêle avec l'eau; leur bouche est garnie pour les retenir d'un ratelier de longues lames. L'estomac engloutit les proies, et l'eau qui les avait apportées est rejetée en colonne avec les gaz de la respiration.

« Voilà tout ce que je puis t'apprendre sur ce sujet. Adieu, car j'ai encore faim, et je veux profiter de l'aubaine... »

Je remerciai la mouette, fort satisfait de tout ce que je venais d'apprendre, et je me disposais à mon tour, ma curiosité rassasiée, à plonger mes pinces dans la chair du monstre, quand de nouveaux amateurs se présentèrent pour tirer parti de la baleine.

Des pêcheurs avaient aperçu de loin l'animal échoué. Ils s'approchèrent rapidement, tout joyeux, et j'entendis qu'ils se félicitaient déjà du bénéfice qu'allait leur procurer l'huile qu'ils retireraient de l'animal. Ils supputaient également le profit que leur donneraient ses longues dents cornées, dont l'homme sans doute a imaginé quelque application à son industrie.

Les nouveaux-venus n'étant point d'avis de partager l'épave avec les crabes et les oiseaux de mer, ces premiers occupants durent, malgré leur évident bon droit, déguerpir au plus vite, qui des pattes, qui des ailes.

N'est-ce pas le moment, puisque dans mon récit s'est rencontrée une mouette, de faire appel à mes souvenirs pour con-

sacrer quelques lignes à ces oiseaux marins que vous avez sans
doute souvent aperçus du rivage, mais dont les instincts ne
vous sont peut-être pas bien connus ?

Il paraît que dans les froids pays du nord vivent des espèces
à qui est refusée la plus belle prérogative de l'oiseau, le vol.
Ces espèces n'ont que des ailes très courtes, des moignons, qui
ne leur permettent pas de prendre leur essor.

Ce sont d'excellents nageurs, très habiles à sillonner les
eaux grâce à leurs pattes dilatées en rames; mais à terre ce
ne sont que des caricatures d'oiseaux, presque incapables de se
déplacer. Et le domaine de l'air leur est interdit.

Ceux qui fréquentaient mon rivage natal n'étaient point
affligés de cette infirmité. Parfaitement aptes à nager et
sachant à merveille plonger, leurs ailes puissantes leur
donnaient la royauté non seulement dans l'espace aérien, où
ils s'élançaient avec tant d'aisance, mais même sur tous les
êtres marins, incapables de s'arracher comme eux à l'élément
liquide.

Ce sont les grands voiliers, qui réalisent le triomphe de
l'aile, ne viennent à terre que pour y déposer leurs œufs, se
posent à peine sur les flots où ils se tiennent toujours les ailes
étendues, et vivent constamment entre le ciel et l'océan.

Véritables cosmopolites, la distance n'existe pas pour eux,
et en quelques instants ils ont franchi d'énormes espaces.

Leur forme est d'ailleurs bien appropriée à leurs habitudes.
Ils ont un corps épais, un cou court, un bec de longueur
médiocre, tranchant, pointu ou recourbé en crochet. Leurs
pattes, auxquelles ils imposent peu de travail, sont faibles et
courtes; mais, en revanche, leurs ailes sont d'une longueur
démesurée, étroites, ordinairement aiguës.

Ces ailes constituent, il est facile de le deviner, la prin-
cipale ressource mise à leur disposition dans la lutte pour la
vie; c'est leur moyen de défense contre les périls, l'organe qui
leur permet de se transporter rapidement aux lieux où ils

doivent trouver leur nourriture. Mais ils sont un peu les esclaves de leur puissance et de leur perfection. Leur envergure les empêche en effet de s'envoler s'ils ne sont placés sur un point élevé. Ils sont obligés de se laisser tomber, de plonger dans l'air, s'arrêtant dans leur chute par quelques battements vigoureux qui les emportent au loin. Une fois lancés, on voit à la précision et à la rapidité de leur allure que le vol est le genre de vie pour lequel ils ont été expressément créés. Ils n'ont pas besoin de venir à terre pour se reposer, et ils dorment en quelque sorte abandonnés aux vents. La tempête d'ailleurs ne ramène-t-elle pas des profondeurs vers la surface des cadavres de mollusques, des étoiles de mer, des oursins, dont leur bec crochu aime à se repaître?

Cependant, si l'ouragan devient trop violent, ils cherchent à l'éviter, et c'est alors qu'on les voit arriver par grandes troupes sur le rivage. C'est un signe qui jamais ne m'a trompé. Quand les goélands et les mouettes sont nombreux sur la grève, quand ils cherchent un abri dans le creux des lames qui se précipitent vers la côte, même si le vent d'ouest ne souffle pas encore, même si les vagues ne se couronnent pas d'écume et si de la mer ne vient pas ce grondement précurseur que connaissent bien les riverains, la tempête n'est pas loin. S'ils sont surpris en plein océan et que la côte soit inabordable, les oiseaux se réfugient sur les bâtiments; les premières rafales de l'orage qui atteignent les navires les apportent dans leurs plis.

A bord d'un grand bateau où, par suite de circonstances qu'il me reste à vous narrer, j'ai passé plusieurs mois de mon existence, il m'a été quelquefois donné de voir ainsi arriver des oiseaux de mer, fuyant les redoutables colères du vent et exténués de fatigue.

Hélas! ils n'évitaient un danger que pour tomber dans un autre, plus cruel. Les matelots en effet s'en emparaient, leur ôtaient la peau et les mangeaient.

En temps ordinaire, tous ces oiseaux vivent de poissons et
de mollusques, dont ils s'emparent de diverses manières : les
uns, planant un peu au-dessus de la surface des flots, se laissent
tout à coup tomber avec la rapidité d'un trait, sur leur proie
surprise; d'autres plongent habilement dans l'eau; d'autres
poursuivent leur gibier à la nage.

Si la nourriture vivante fait défaut, leur appétit s'accom-
mode des déchets que la mer roule dans ses vagues : matières
animales en décomposition, cadavres gros et petits rejetés
à la côte.

Je vous ai montré tout à l'heure leur tourbe vorace évoluant,
avec des cris discordants, autour du corps d'une baleine
échouée. J'en ai vu en mer qui ne dédaignaient pas les
ordures tombées des navires.

Voulez-vous que je vous décrive séparément quelques-
uns des représentants de la nation ailée qui fréquente nos
rivages ?

Voici les sternes, plus connues sous le nom d'hirondelles
de mer. Leur plumage est marqué de brun, de bleu, de gris,
et de blanc; grâce à leurs ailes très longues et effilées, à leur
queue fourchue, elles sillonnent les airs d'un vol capricieux
et léger, Et pour saisir les poissons ou les autres oiseaux
plus petits, dont elles se nourrissent, elles ont un bec fin,
allongé, aigu, tantôt noir, tantôt revêtu d'une belle nuance
rouge.

Elles vivent en société et montrent une certaine sympathie
les unes pour les autres, au point qu'elles n'abandonnent pas
leurs blessés. Les chasseurs le savent bien, et profitent de cette
amitié mutuelle pour attirer à terre toute la bande, lorsqu'ils
ont pu en frapper quelques individus.

Il y en a de petites, à peine plus volumineuses que cette
alouette grise dont les troupes abordent fréquemment le rivage,

en hiver, quand des nuages bas et épais, charriés par des vents froids, laissent tomber leurs flocons blancs.

Il y en a de grosses, semblables pour la taille aux goélands criards et voraces. Ceux-ci, vous les connaissez bien sans doute, avec leur forme trapue, les mandibules crochues de leur terrible bec, leur allure lourde, qui s'allie cependant à une grande puissance de vol. Ce sont eux qui viennent le plus volontiers au rivage, et qui, dans nos climats, sont les plus sûrs précurseurs de la tempête. Quand le vent souffle avec violence et que les flots roulent leurs masses pesantes, je me plais parfois

Sterne ou hirondelle de mer.

à suivre dans les airs les évolutions des goélands, qui offrent avec adresse aux rafales leurs ailes étendues, dessinent de longues courbes sans un seul mouvement de leurs plumes, et se laissent porter par la tempête, glissant majestueusement dans les airs. Puis, la fatigue venue, ils abandonnent la lutte, et, fuyant la mer démontée qui ne leur offre plus ni asile ni repos, je vois leurs troupes franchir la muraille des falaises et s'en aller au loin vers les terres, où sans doute ils profiteront des abris que l'homme a élevés pour se protéger lui-même contre les assauts des vents.

Sur le plumage des goélands se jouent les nuances du gris, du cendré, du bleu, du rose même, avec de larges plaques de blanc ou de noir; leur bec est jaune ou rouge.

Presque tous sont de très grande taille, et il faut être bien

armé pour oser se mesurer avec eux. Sans aucune honte, je
vous avouerai que jamais je n'ai eu la téméraire pensée
d'affronter leur bec, qui d'un seul coup ferait facilement, de
ma pauvre carapace, deux morceaux. Ce n'est point manquer
de courage que de redouter des adversaires aussi puissamment
armés. Et même on ne saurait taxer de lâcheté le crabe qui se
dérobe et se cache quand le hasard le place sur le chemin
d'une mouette; je frémis encore rétrospectivement en songeant au réel danger auquel je m'exposai, par une curiosité
que vous trouvez peut-être exagérée, en m'adressant à un
de ces oiseaux pour en obtenir quelques renseignements sur
la baleine.

Je ne me dissimule pas qu'en d'autres circonstances elle
m'eût sans doute fait payer de ma vie mon imprudence; je ne
dus évidemment mon salut qu'à la lueur de bienveillance,
très passagère et bien extraordinaire, qui traversa son esprit
à la pensée du bon morceau qu'elle se taillait dans le gros
cadavre échoué.

Jamais je n'ai renouvelé pareille expérience, et je ne con-
seillerais à aucun de mes frères de la tenter. Crabes et oiseaux
de mer accomplissent la même tâche de nettoyeurs des plages,
et goûtent aux mêmes festins, mais chacun de son côté et
sans essayer d'une amitié impossible : cela, dans l'intérêt des
crabes.

Les mouettes ressemblent beaucoup aux goélands et ne
s'en distinguent guère que par leur taille bien plus petite, et
par le capuchon de plumes noires dont leur tête se pare
en été.

Goélands et mouettes, que les pêcheurs nomment quelquefois corbeaux de mer, sont des rapaces doués d'un solide
appétit, vivant, quand ils le peuvent, de poissons et de petits
animaux capturés dans les flaques du littoral, d'épaves et de
chairs mortes quand ils ne trouvent pas de proie vivante. Ce
sont essentiellement des oiseaux côtiers. Ils ne s'aventurent

pas au large bien loin du littoral, et ils reviennent toujours très vite près de la terre. C'est là évidemment qu'ils établissent leurs nids et déposent leurs œufs.

Cependant ils doivent accomplir des voyages; car j'ai remarqué que pendant l'hiver, alors que moi-même, chassé par le froid, je me réfugiais à une plus grande profondeur, ils désertaient ces cantons où les frimas se font violemment sentir.

Sans doute recherchaient-ils alors des parages où la tempé-

Goéland.

rature fût plus clémente, non peut-être parce qu'ils ont besoin eux-mêmes de chaleur, mais parce que durant la mauvaise saison les poissons ne se montrent plus guère à la surface. Or les goélands et les mouettes sont très friands de poissons, et on ne saurait s'étonner que leurs déplacements soient réglés par l'abondance plus ou moins grande de ces proies qu'ils aiment. Ils n'ont d'autre patrie que le lieu où ils trouvent une nourriture copieuse et de prise facile.

Leur prédilection pour le gibier vivant ne leur fait pas négliger les détritus et les cadavres de la plage. Vous avez vu l'empressement avec lequel leurs cohortes criardes et tournoyantes se réunissaient, accourues de tous les points de l'horizon, autour de la baleine morte.

Vous pourriez croire que leur estomac est toujours vide, et ils semblent tourmentés d'une faim insatiable. Peu exigeants sur la qualité des aliments, ils sont capables, entre le lever et le coucher du soleil, d'en absorber d'invraisemblables quantités. Malheur aux poissons qui viennent nager trop près de la surface, aux mollusques et aux crustacés qui se placent imprudemment sur leur chemin!

Mais, par un juste retour, leur avidité gloutonne cause souvent leur perte.

Combien de fois j'ai vu des chasseurs profiter de l'instinctive ardeur avec laquelle ces voraces oiseaux se précipitent en troupes sur tout objet qui tombe à la mer, et qui leur semble toujours, à première vue, bon à manger!

Il suffit de jeter en l'air un lambeau d'étoffe blanche pour les attirer à portée de ces redoutables instruments explosifs que vous appelez, je crois, des fusils, et qui projettent la mort à distance. Les premiers qui sont tués ainsi attirent les autres par leur chute.

Autour des cadavres blancs et gris qui flottent sur la vague le reste de la bande vient tournoyer, non point, je le crains, par un sentiment d'amitié pour les victimes, mais par quelque répugnant désir de régal aux dépens de la chair de leurs frères morts.

Sur la grève, l'homme les approche difficilement; mais en mer ils sont beaucoup moins farouches. Aussi les chasseurs qui veulent s'en emparer ont-ils coutume de s'embarquer sur les petits bateaux de pêche, qui inspirent peu de défiance à toute la population ailée de la mer.

Les goélands comme les mouettes sont d'esprit fort obtus; aussi se laissent-ils aisément prendre dans des filets. Ils donnent également volontiers du bec sur des hameçons amorcés de poissons vivants, ou avec des morceaux de chair que maintiennent flottants de légers fragments de liège, semblables à ceux dont les pêcheurs garnissent leurs filets.

Leur vol est doux à l'œil; après quelques coups d'aile donnés pour l'essor, ils s'abandonnent gracieusement au vent, et
nagent en quelque sorte dans l'air.

Ils ne recherchent pas la société des autres espèces, mais la
supportent et s'en accommodent. En raison de leur force
et de la solidité de leur bec, cette tolérance leur est d'ailleurs

Grèbe cornu.

facile. Ils s'occupent peu du voisin, si ce n'est pour le piller
à l'occasion, et pour lui enlever le gibier qu'il a eu peine à
capturer.

S'agit-il de repousser ou même d'attaquer un ennemi commun : ils font société, se réunissent en bande nombreuse et
fondent sur lui tous ensemble, le harcelant de coups de bec,
l'étourdissant de leurs aigres clameurs.

Les goélands restaient mes voisins presque toute l'année, et
ne quittaient guère mon canton que chassés par les très
grands froids; ce sont encore les hôtes habituels de la côte
abritée où je trace ces souvenirs. Mais de temps à autre, et

en différentes saisons, je pouvais observer d'autres oiseaux venus sans doute des pays du nord, et qui ne faisaient qu'un court séjour.

Parmi eux je vous présenterai les grèbes, si curieux par les deux houppes de plumes, semblables à des cornes, qui se dressent sur leur tête, et par la jolie collerette qui orne leurs joues.

Je les ai souvent examinés à la côte, où les jetait la mer en les arrachant au chasseur qui les avait tués à l'aide de sa foudre. Ce sont des oiseaux sans queue, ayant leurs doigts non rattachés entre eux par une membrane, comme c'est la coutume chez les goélands, mais comprimés et entourés chacun par une lame festonnée qui les fait ressembler à des feuilles sèches. De larges ongles plats terminent ces doigts. Le bec non plus n'est pas ample et crochu comme celui des goélands, mais conique, pointu, long et assez frêle. Les pattes sont placées tout à l'arrière du corps, de telle manière que le grèbe, s'il vient à terre, ne peut se tenir que debout, et encore assez maladroitement.

Il aime peu d'ailleurs à débarquer sur la grève, où il est inhabile à prendre son essor, et dont il ne s'approche que lorsque la marée est tout à fait basse. Mais avec quelle aisance il plonge et nage longtemps sous l'eau; il se déplace alors avec une extrême rapidité.

Tout son ventre est recouvert d'un duvet blanc et soyeux, épais, imperméable et sans doute bien chaud; cette fourrure précieuse cause malheureusement la perte de l'oiseau qui la porte.

L'homme la convoite, en effet, et trouve légitime de s'approprier le duvet dont le grèbe se croirait autorisé à revendiquer l'exclusif usage. Je sais d'ailleurs quel bénéfice il retire de cette peau étrangère : les enfants en portent au cou pendant la mauvaise saison, et les dames s'en font des coiffures.

Pauvre grèbe! combien de fois j'ai vu ainsi, par les claires journées d'hiver, d'élégantes promeneuses abritant leurs cheveux sous ta dépouille soyeuse!

Aussi cet oiseau est-il chassé avec ardeur à chacun de ses passages. Il est difficile à tuer, parce qu'il nage le corps presque entièrement dans l'eau; l'homme doit le viser avec son arme dès qu'il prend son essor. Et, même s'il l'atteint, la

Marsouins.

fourrure est encore assez souvent perdue pour lui, parce que le grèbe va mourir à quelque distance. Carnage inutile!

Les pêcheurs dont l'arrivée nous avait mis en fuite, ainsi que les oiseaux pillards qui s'apprêtaient à partager avec nous la baleine, se mirent en devoir de dépecer l'énorme bête. Ils l'attachèrent à l'aide de chaînes fixées à la mâchoire et à la queue, puis avec de grands couteaux ils se mirent à détacher le lard par lanières.

L'opération dura bien une semaine; au bout de ce temps, il ne restait plus que la carcasse, qui commençait à remplir l'air d'une odeur infecte, et qui fut enlevée aussi par morceaux, sans doute pour être enfouie dans quelque champ et servir par sa décomposition à la nourriture des plantes.

Les hommes d'ailleurs n'eurent pas tout le cadavre; car à peine s'éloignaient-ils, pour se reposer ou chassés par l'obscurité de la nuit, que les crabes sortaient de l'eau pour profiter de l'aubaine, tandis que par les airs arrivaient en criaillant des nuées d'oiseaux.

Je n'avais jamais vu de baleine : ce n'est pas un hôte fréquent dans ma région natale, et sans l'extraordinaire complaisance de la mouette, je n'aurais guère été instruit de ses habitudes. En revanche, dans les eaux où je cherchais moi-même ma subsistance, s'ébattaient souvent des animaux de sa famille, bâtis comme elle en forme de poissons, mais de taille incomparablement plus petite.

C'étaient des marsouins.

Vêtu d'une peau lisse et brillante, d'un brun noir sur le dos, d'un beau blanc en dessous, le marsouin est une bête assez vorace, dont la bouche, ornée d'un grand nombre de dents, happe volontiers les poissons. Cette bouche est particulièrement avide de harengs, de maquereaux et de saumons. A la poursuite de ces derniers, les marsouins remontent parfois l'embouchure des fleuves.

Ils se tiennent de préférence au voisinage des côtes, s'occupant presque constamment à chasser et à manger; ils font le désespoir des pêcheurs, dont ils déchirent les filets pour dévorer les poissons qu'ils y voient pris.

Ils vivent en troupes souvent nombreuses. S'ils veulent se donner la peine de ramer sérieusement, ils filent dans l'eau avec la rapidité d'un trait, relevant et abaissant successivement la tête et la queue. A voir cette gymnastique, on dirait qu'ils s'avancent à travers les vagues par une série de culbutes.

Quand ils ne mangent pas, ils jouent; par les temps orageux surtout, dans l'attente de la pluie qui doit rafraîchir l'atmosphère embrasée et calmer le malaise de la nature, ils se livrent à des sauts et à des ébats bien amusants.

Ils aiment à suivre les navires, mais ils quittent bientôt le sillage des bâtiments à vapeur, qui vont trop vite et dont les hélices bruyantes les effrayent.

Phoque.

En raison de la grande quantité de poissons qu'ils détruisent, ils causent sans doute des dommages aux pêcheurs. C'est ainsi que je m'explique l'animosité avec laquelle ceux-ci les poursuivent et les capturent. J'imagine d'ailleurs que l'homme doit trouver quelque profit à leur graisse et à leur chair, que, pour ma part, j'estime excellente, si j'en juge par les morceaux arrachés parfois aux individus blessés que la mer avait poussés sur le sable.

On les prend dans de très forts filets; on les tue aussi à distance, à l'aide des armes explosives, sans avoir à craindre de
perdre les cadavres, qui sont plus légers que l'eau et viennent
flotter à la surface.

Sur un vaste banc de sable qui émerge en mer à quelque
distance de la côte où s'écoula mon enfance, abordaient fréquemment des troupes nombreuses de phoques, qui y faisaient
d'assez longs séjours.

J'ai quelquefois traversé, au milieu des algues et des polypiers, le détroit qui me séparait du banc de sable, pour contempler de plus près ces animaux gracieux, craintifs et d'aspect
si doux. La venue de l'homme les met en fuite; mais ils ne se
défient pas d'un pauvre crabe, qui serait bien plutôt exposé à
tomber sous leurs dents et à leur servir de pâture. Aussi, pour
les étudier, je me tenais prudemment à distance.

Très habiles à nager et à plonger, d'une élégante aisance
dans leurs évolutions sur les flots, ils sont à terre assez gauches
et maladroits. Ce qui ne les empêche pas d'ailleurs, en cas de
danger, de s'enfuir en ligne droite, par une série de glissades,
avec assez de rapidité pour qu'un homme en courant ne puisse
les atteindre.

C'est probablement pendant la nuit qu'ils cherchent leur
nourriture, car ils passent le jour étendus sur le sable, dormant
et exposant leur cuir aux tièdes caresses du soleil.

Rien de curieux comme de les voir, sur la grève, s'abandonner à une béate quiétude, sans autre souci que de s'étirer
les membres, de s'allonger, de se retourner pour offrir l'une
après l'autre, à la bienfaisante chaleur, les diverses parties de
leur corps.

Ils ouvrent et ferment mollement les yeux, ils bâillent, puis
demeurent si longtemps et si complètement immobiles que,
sans les tressaillements de leurs narines s'ouvrant pour l'acte
respiratoire, on pourrait les croire morts.

Quel tableau de languissante paresse, sur ce banc de sable peu fréquenté par l'homme, où seuls quelques oiseaux déchiraient le silence de leurs cris en dépeçant une épave, tandis qu'au loin glissaient doucement sur la mer calme, à peine ridée par un souffle tiède, les blanches voiles des bateaux de pêche!

XII

Un jour d'hiver, chassé par le froid dans les profondeurs, je songeais assez mélancoliquement; une vague tristesse descendait en moi à la pensée des beaux jours disparus, des joyeux ébats sur la plage, qui maintenant n'étaient plus qu'un souvenir.

L'idée me vint, pour tromper cet ennui, d'entreprendre un voyage le long de la côte, et de quitter mon septentrional climat pour m'aventurer dans les régions du sud, où quelques propos surpris sur la bouche des poissons me faisaient espérer une température plus propice et des spectacles nouveaux.

Le projet à peine conçu fut aussitôt mis à exécution : nous autres crabes passons vite de la pensée à l'acte, et dans nos déplacements surtout nous ne connaissons point l'obstacle des bagages embarrassants. N'ayant point de maison, l'amour du logis ne nous retient pas davantage.

Cependant, je ne voulus pas quitter ces lieux où j'étais né, où s'était écoulée mon enfance, et que peut-être je ne reverrais plus, sans leur adresser un adieu ému : j'y avais été, en somme, si heureux !

Malgré l'hostilité de la saison rude, je me dirigeai donc vers le rivage. Je ne pus complètement aborder, parce que, sous les morsures de la bise âpre, l'eau avait gelé sur la grève et s'était durcie en une immense glace miroitante, dont la surface glissante n'offrait point de prise à mes pattes.

La neige tombait à gros flocons; une épaisse couche blanche recouvrait déjà les galets de la plage et les saillies rocailleuses des falaises. Le spectacle était pittoresque, mais le grand vent qui chassait la neige et fouettait ma carapace mit un terme prompt à mon admiration et abrégea ces adieux que j'eusse voulus plus solennels.

M'étant avancé aussi loin que je le pus, j'envoyai un dernier salut aux falaises, à la plage aimée dont le moindre recoin m'était connu, aux villas soigneusement closes, dont les toitures vibraient sous les rafales, aux barques familières qui, malgré le mauvais temps, tenaient bravement la mer, aux phares amis dont la silhouette se dressait à peu de distance, sur une pointe de roc, et dont j'avais tant de fois longuement suivi des yeux les intermittentes clartés.

Puis je m'enfonçai de nouveau dans la vague, prêt au départ, et après avoir encore traversé une fois le banc de moules où j'avais acquis la plus grande partie de mon expérience de la vie marine, je commençai ma longue excursion.

L'hiver avait fait le désert dans toute la région voisine du littoral; seuls les êtres fixés étaient condamnés par leur sédentaire destin à en subir les rigueurs. Tout ce qui pouvait se déplacer, crustacés rapides et agiles, mollusques rampants, et même les lentes anémones de mer, avait fui vers des zones plus favorables, vers des abris plus chauds.

Les algues, ornement des rochers, ne possédaient plus ni leurs vifs coloris, ni leur aspect de bonne santé, ni leur superbe développement des jours tièdes.

Ravagées, déchiquetées par la tempête, arrachées à leurs crampons par les rudes assauts des lames enflées, elles ne formaient plus que des tapis rares et sans beauté, dont les déchirures découvraient la surface pierreuse.

Longtemps je voyageai au milieu de ces scènes de désolation; l'hiver, cette année-là, était particulièrement intense et se prolongeait. Cependant je n'avançais pas vite, parce que je voulais m'arrêter dans tous les cantons où mes yeux pouvaient trouver à contempler quelque tableau inconnu, où mon esprit aurait la satisfaction de recueillir une leçon sur quelque sujet nouveau.

A vrai dire, ma curiosité ne rencontra d'abord que peu d'aliments, et mon enthousiasme des premiers jours se calma un peu par la désillusion. Mais j'avais de la persévérance, et je surmontai mon découragement en songeant que je n'étais pas loin encore de mon climat natal, et que par conséquent le moment n'était sans doute pas venu d'apercevoir ces merveilles inconnues dont avaient parlé les poissons. Et je continuai mon voyage, suivant avec fermeté un itinéraire rigoureusement parallèle aux découpures de la côte, franchissant successivement les plages au sable mou, les bancs de rocailles tombées des falaises dont les sommets abrupts bornaient vers la terre mon horizon, les estuaires des fleuves qui venaient mêler leurs eaux douces à l'amertume des flots, et dont les rives plates étaient couvertes d'herbes sèches qui frissonnaient au vent d'hiver.

La variété de ces paysages terrestres, un peu différents de la plage où j'avais vécu, me dédommageait de l'uniformité de la vie marine, et j'en classais dans mon esprit les aspects en souvenirs encore aujourd'hui vivaces et agréables.

Enfin, la mauvaise saison cessa. Des souffles tièdes passèrent dans l'air, et les glaces du rivage fondirent pour ne plus se reformer; chaque jour, par les brèches des falaises ou les vallées des rivières, je voyais la terre devenir plus verte et rejeter son manteau triste de plantes desséchées. Les algues aussi recommençaient à végéter avec ardeur, et des profondeurs de l'océan, voici que les animaux marins s'en revenaient en foule peupler le littoral.

En quelques jours le désert s'emplit de tribus diverses, et il me sembla que j'avais déjà gagné une région où les formes de la vie étaient plus riches, plus diversifiées, plus actives ; ce qui me rendait l'espoir d'assister à de nouvelles scènes et de connaître de nouvelles mœurs.

Cette perspective séduisante avait bien une ombre, et je songeais qu'au milieu d'une population plus nombreuse j'allais être exposé à plus d'attaques ; les poissons, en particulier, me paraissaient plus voraces, plus volumineux, mieux armés. Mais la race à laquelle j'appartiens possède une assez grande bravoure naturelle, et j'avais moi-même, — je vous ai déjà confié cette faiblesse, — une curiosité capable de ne reculer devant aucun péril.

Obéissant à cette bravoure héréditaire et à cette curiosité personnelle, je m'obstinai dans mon projet et je continuai, sans aucune idée de retour, ma marche vers le sud.

Fis-je bien ou mal ? Je courus, il est vrai, quelques dangers, mais en somme j'y échappai heureusement ; en tout cas, j'ai rapporté de cette excursion, qui fut d'ailleurs plus longue que je ne l'eusse souhaité, des leçons et des souvenirs qui pourront, si je ne m'abuse, offrir quelque intérêt aux lecteurs de ces mémoires.

Avec le printemps se réveilla en moi le besoin de renouveler ma carapace pour agrandir ma taille ; cette pénible et périlleuse opération me retint quelques jours dans un trou, sous une roche, non loin de l'estuaire d'un grand fleuve. Pendant tout le temps qu'elle dura, et jusqu'au moment où ma nouvelle peau fut devenue suffisamment résistante et pierreuse, un gros individu de mon espèce, robuste, solide, et dont le changement de carapace ne se faisait pas à la même époque,

vint monter la garde devant ma retraite, pour éloigner par son
attitude menaçante les ennemis qui eussent tenté de profiter
de ma faiblesse.

C'est un service que, en dépit de nos instincts sanguinaires
et pour obéir à une impulsion naturelle qui est en nous, nous
rendons volontiers à nos pareils. Que de fois je suis moi-même
venu ainsi en aide à un frère en danger! Nous ne sommes pas
les seuls d'ailleurs à user, au temps critique de la mue, de cette
réciproque protection; j'ai observé en effet que d'autres crabes,
et notamment les portunes, agissent de même, et peut-être
encore avec plus de constance.

Ma métamorphose s'opéra sans encombre, et bientôt je fus
assez remis pour pouvoir reprendre ma route. Je présentai
mes adieux et mes remerciements à mon vigilant gardien, fort
étonné de mon empressement à quitter ces lieux giboyeux, où
lui-même demeurait attaché sans aucun désir d'agrandir son
horizon.

Je m'engageai donc dans la vaste embouchure du fleuve. Un
spectacle grandiose, et dont rien jusque-là n'aurait pu me donner une idée, m'y attendait.

C'était l'époque de la grande marée, et le vent se mit à souffler du large avec impétuosité. Sous la double impulsion de la
tempête et de cette force inlassable qui deux fois par jour jette
les vagues au rivage, les flots enflés pénétraient au loin dans
l'estuaire, d'un irrésistible élan.

Cramponné sur un rocher, je suivais curieusement les
impressionnants progrès du phénomène. Je voyais, à chaque
nouvelle vague apportée par la mer menaçante, le fleuve reculer davantage et élever le niveau de ces eaux qu'il apportait
à l'océan, et que l'océan refoulait. Ainsi se formait une véritable muraille liquide et mobile, qui s'écroulait avec un mugis-
sement terrible pour se reformer aussitôt, plus haute et plus
effrayante. Quand j'eus assez rassasié mes yeux de ce majes-
tueux tableau, je franchis les remous bourbeux de l'estuaire,

et ma course d'explorateur recommença, toujours vers le sud, le long de la côte.

Les animaux comme les algues, quoique de plus en plus nombreux et divers, ne m'offraient guère encore des habitudes

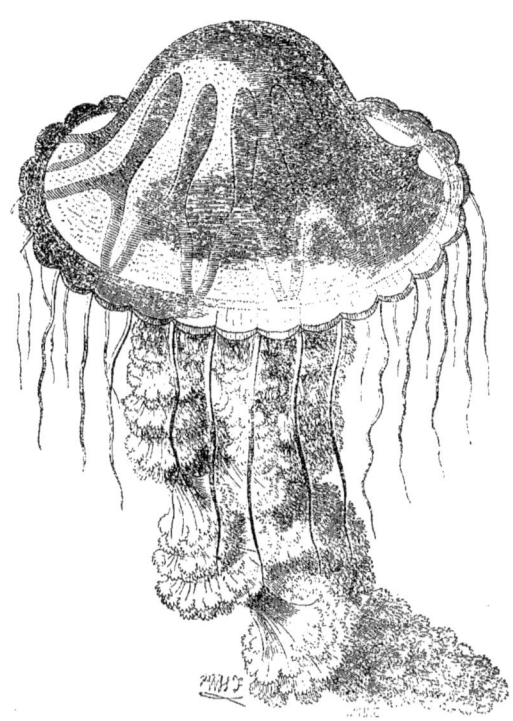

Méduse aux beaux cheveux.

bien différentes de celles que j'avais observées jusque-là; cependant, à mesure que je gagnais des climats plus méridionaux, je m'intéressais plus vivement à un groupe d'êtres dont les représentants étaient peu variés dans mon canton d'origine : celui des méduses.

Avez-vous vu parfois sur la plage, vers la fin de la belle

saison et lorsque les premières tempêtes automnales commencent à souffler, des épaves gélatineuses, en forme de disque flasque écrasé sur le sable, et où se jouent en reflets brillants les rayons du soleil? Généralement ces épaves sont vêtues de teintes délicates et irisées : tantôt nacrées et presque diaphanes, elles présentent plus souvent les nuances du bleu, du rose, du violet. Ce sont des méduses. Ainsi lamentablement échouées, elles offrent à l'homme, — le crabe serait peut-être moins difficile, — un aspect un peu répugnant : c'est ce que je crois pouvoir conclure du geste ordinaire du promeneur, qui s'éloigne précipitamment de ces masses gluantes lorsque le hasard les met sur son chemin. Il est vrai que les baigneurs prennent parfois la méduse pour une pieuvre : l'une ou l'autre, d'ailleurs, sont bien peu à craindre quand le flot les rejette mortes.

Et quelle merveille de grâce, d'élégance souple et aisée, est la méduse nageant librement dans son élément! Son disque, soutenu par l'eau, se renfle en une cloche flottante, dont les bords s'ornent de festons, tandis que de son centre descendent mollement des guirlandes translucides.

L'Océan nourrit de nombreuses espèces de méduses, les unes petites comme un grain de sable, les autres volumineuses comme ces barriques que les navires échoués laissent parfois s'échapper de leurs flancs entr'ouverts. Leurs formes sont diverses; cependant, on peut toujours y reconnaître, avec des variations de détail, les éléments principaux que vous pouvez vous-mêmes observer, en surmontant votre répugnance, sur celle qui vient le plus souvent à la plage, sur le rhizostome.

Faut-il vous en tracer le portrait? Le rhizostome a le disque festonné, chargé en dessous à son centre de quatre paires de bras fourchus, dentelés, frangés, portant de nombreux suçoirs. Toute la bête, sur la cloche comme sur les bras, est d'un bleuâtre très clair, presque translucide et à peine perceptible dans les flots; le disque s'orne sur tout son pourtour d'un liseré

violet, formant un riche contraste avec la transparence de la
gélatine qu'il encercle.

Ce rhizostome acquiert une grande taille, et vit en troupes;
il accomplit de véritables voyages, descendant vers le sud
pendant la mauvaise saison, s'aventurant pendant les mois
chauds de l'été dans les mers plus septentrionales; il cherche
le soleil, soit qu'il en ait besoin lui-même pour vivre, soit que

Rhizostome.

le gibier qu'il convoite soit plus abondant dans les eaux tièdes.
Mais il se laisse facilement surprendre par les coups de vent
dans les parages qui ne peuvent lui offrir qu'une hospitalité
temporaire, et il paye de sa vie son insouciance ou la faiblesse
de ses moyens de locomotion.

Le corps des méduses est formé d'une substance si fluide,
qu'il se fond rapidement et disparaît presque tout entier lorsque
le flot l'a laissé sur la grève. On dirait que c'est un peu d'eau
de mer qui s'est solidifiée.

Cependant ces créatures si fragiles, si délicates, ont la vie assez
résistante, et entreprennent au milieu des dangers de longues
pérégrinations à la surface de la plaine liquide. Leur exis-

14

tence tout entière se passe à flotter, tantôt entraînées par les courants auxquels elles ne peuvent résister, tantôt, dans les parages calmes, parfaitement libres de diriger leurs mouvements.

Sans doute n'ont-elles que des moyens de locomotion assez rudimentaires, et ne peuvent-elles lutter avec les rapides poissons : la matière molle dont elles se composent ne renferme point de muscles énergiques.

En retour, leur agitation est de tous les instants, et il faut pour elles qu'il en soit ainsi, sous peine de mort. Un peu plus lourdes que l'eau, et cependant trop flasques pour pouvoir se reposer sur le fond, elles sont condamnées à se maintenir perpétuellement à la surface, et elles n'obtiennent ce résultat que par un travail permanent, qui sans arrêt leur fait successivement dilater et contracter leur disque.

Veulent-elles se déplacer? Elles rapprochent les bords de leur cloche de manière à en réduire sensiblement la largeur; de cette manière elles chassent une certaine quantité de l'eau qui avait pénétré dans leur cavité, et le corps progresse d'autant en sens inverse. Puis, les muscles revenant au repos, la cloche s'ouvre de nouveau, admet une autre provision d'eau, et la chasse encore par le même manège; le corps fait ainsi, par réaction, un nouveau pas. Et ainsi de suite. Si la méduse se tient horizontalement, elle s'élève par cette succession de contractions et d'épanouissements; si elle est oblique, elle se déplace latéralement. Pour descendre, elle n'a qu'à demeurer immobile : son seul poids l'entraîne vers le bas. Jamais elle ne retourne sa cloche.

Les méduses semblent détester l'isolement et aiment au contraire à voyager par bandes. Trouvent-elles, à se sentir en nombre, quelque sûreté contre leurs ennemis, ou obéissent-elles simplement à un vague instinct de sociabilité, réglé pour un but qu'elles ne connaissent pas, et qui n'est peut-être pas leur propre conservation ?

Lorsqu'elles flottent, le sommet de leur cloche forme un angle avec la surface de la mer. Si un obstacle se présente, si un ennemi vient à les toucher, elles replient leurs bras pendants, contractent leur disque de manière à lui donner un moindre volume, et, se laissant tomber, gagnent les profondeurs.

Combien d'êtres n'ont que la fuite pour moyen de salut! Les lentes méduses ne peuvent guère ainsi, d'ailleurs, échapper à tous leurs ennemis; j'imagine, par exemple, que lorsqu'une baleine surgit brusquement au milieu de leur troupe flottante, elle doit y faire un beau carnage!

Mais il n'y avait pas de baleines dans la région où mon humeur aventureuse me poussait aux découvertes, et les méduses gracieuses dont les masses translucides flottaient au-dessus de ma tête jouissaient d'une tranquille paix.

Peut-être penserez-vous que ces êtres élégants, sans consistance et presque fluides, ne sauraient avoir d'appétits voraces, et sobrement se contentent d'absorber l'eau de la mer.

Hélas! la créature la plus idéale, la plus poétique, celle que sa beauté semble le plus arracher aux nécessités communes, est astreinte, comme les autres, aux exigences de l'estomac. J'ai toujours remarqué, dans mes longues heures d'observation près des plages, que ceux de votre espèce qui poussaient, devant les grandioses tableaux de la mer, les plus admiratives exclamations, quittaient aussi ce spectacle enchanteur pour aller réparer leurs forces par la nourriture.

Donc, les méduses mangent, et, proches parentes de ces anémones de mer dont je vous ai fait connaître les instincts meurtriers, elles ont, comme leurs terribles cousines, un robuste appétit et le goût des proies animales.

Leur bouche s'ouvre au milieu du support commun des tentacules, et ceux-ci sont d'ordinaire munis de suçoirs. Ce vestibule de leur tube digestif est rarement vide et oisif; là s'en-

gouffrent pour leur perte toutes les proies nageantes que la
méduse rencontre au hasard de ses déplacements : petits mollusques, jeunes poissons imprudents, crustacés aux longues
antennes, vers aux replis ondulants. La cloche flottante happe
sa proie tout d'une venue, et force lui est bien d'agir ainsi,
puisqu'elle n'a point de dents, point de mâchoire pour la divi-
ser. La pieuvre du moins, animal flasque aussi, possède un bec
de corne.

Mais ne plaignez pas trop la méduse; ses armes, quoique
molles, sont parfaitement efficaces pour la sauver du jeûne.
Ses bras sont assez robustes pour retenir captives des proies
énergiques, sur lesquelles ils exercent d'ailleurs une sorte
d'empoisonnement.

Si la victime résiste et se débat, la méduse, sûre de la victoire, se borne à contracter un peu plus fortement ses tentacules; elle ne s'obstine point à une lutte qu'elle sait n'être pas
nécessaire, et sans trahir aucune impatience par quelque
mouvement anormal, elle attend que la fatigue d'une résistance désespérée et le brûlant poison de ses bras aient accompli leur œuvre. Alors elle commence son festin, dont elle
savoure le plaisir avec avidité et par un moyen assez répugnant.

La proie, retenue entre les tentacules, y subit une sorte de
décomposition, qui la rend pour ainsi dire liquide : la méduse
n'a plus alors qu'à en absorber les sucs par les nombreux
orifices de ses bras, et la substance fluidifiée de la victime
va ainsi se mêler intimement à la gélatine de la carnivore
méduse.

J'ai quelquefois assisté à ce spectacle hideux : une méduse
dévorant un poisson, dont toute la partie antérieure était déjà
en dissolution, tandis que la partie postérieure, à l'abri encore
des terribles étreintes du monstre, témoignait par des tressaillements que la vie n'y était pas éteinte !

Je passe rapidement sur ce tableau d'horreur, que je devais

noter, puisqu'il rentre dans le champ des observations qui font la trame de ces mémoires.

N'accusez cependant pas trop la méduse de cruauté, et n'accordez pas au poisson une pitié trop grande : l'une obéit à un impérieux instinct et à la nécessité de manger qui lui est imposée par la nature; l'autre est simplement la victime d'un accident analogue à celui qui, un beau jour, précipite la méduse dans la gueule ouverte d'une baleine.

Le poisson lui-même, d'ailleurs, n'a-t-il pas vécu de gibier, et s'est-il jamais fait faute de manger, à l'occasion, les enfants de la méduse ?

Le corps des méduses distille une sorte de poison qui pénètre dans la chair de l'adversaire par de nombreux petits dards barbelés. La révélation que j'ai eue de cette propriété m'explique l'effroi que j'ai vu souvent des baigneurs manifester lorsque la vague où ils se rafraîchissaient portait vers eux quelque méduse : ils redoutaient pour leurs membres la vive sensation de cuisson que donne le contact avec ces animaux.

Une autre aptitude non moins étonnante des méduses est l'émission pendant la nuit de douces et pâles lueurs qui font scintiller le flot dans leur voisinage. Peut-être cette luminosité ne leur appartient-elle pas en propre, et est-elle le fait d'animalcules très exigus qui trouvent agréable et commode de s'abriter dans leur cloche.

A mesure que je descendais vers le sud, la température était plus élevée, non seulement à cause du climat plus doux, mais aussi parce que l'été approchait. Les méduses profitaient du soleil pour s'ébattre mollement en troupes nombreuses à une faible distance de la côte, et je ne pouvais me lasser d'admirer le spectacle nouveau de leurs souples et patientes ondulations.

Suivant une habitude alors très fortement développée en

moi, et à laquelle je n'ai pu jamais tout à fait renoncer, il m'arrivait de manifester tout haut mon admiration, sans prendre garde au voisinage :

« Filles délicates de l'Océan, disais-je en m'efforçant de hausser mon langage au niveau poétique de mes impressions, quelle existence privilégiée est la vôtre!

« Sans cesse flottantes sur la vaste mer, dans les régions où votre instinct vous fait deviner une eau calme et une atmosphère tiède, vous réjouissez par vos formes harmonieuses l'œil des êtres qui vous contemplent.

« Les couleurs les plus tendres vous ont été données pour vêtement, et des reflets brillants se jouent sur votre épiderme sous les caresses du soleil.

« Bercées par les vagues, vous poursuivez sans souci, à travers les étendues immenses de la plaine mobile, votre course incessante et paisible.

« La proie vient d'elle-même se jeter dans vos bras, et vous ne connaissez point les fatigues de la chasse.

« Vous n'êtes point comme moi attachées au sol, et j'envie la liberté dont vous jouissez au sein de la libre mer! »

Un jour que je m'abandonnais à des considérations de ce genre, entre deux digestions, une voix grêle siffla près de moi, sur un mode qui d'abord m'effraya et me fit esquisser un mouvement de fuite.

C'était une anguille de mer, qui se glissait tortueusement sur la vase sableuse, et dont la taille médiocre me rassura. L'anguille de mer me dit :

« Voilà un crabe bien rêveur, et j'imagine que pour se livrer à ces radotages poétiques, il a dû d'abord déjeuner de quelques proies succulentes. Rien ne dispose à la bienveillance et à l'admiration comme un estomac rempli.

« Il y aurait beaucoup à reprendre dans ce tableau idéal de la vie des méduses, pauvres bêtes astreintes à attendre leur gibier d'un caprice de l'océan, qu'une vague un peu forte jette

à la plage, et que les grosses baleines dévorent par myriades
en une seule bouchée. J'ai vu de ces meurtres, moi, dans mes
voyages !

« Mais, pour te ramener à une plus juste conception des
choses, je ne te querellerai que sur ce point de la liberté
absolue qu'une envie mal placée te fait attribuer à ces cloches
nageantes.

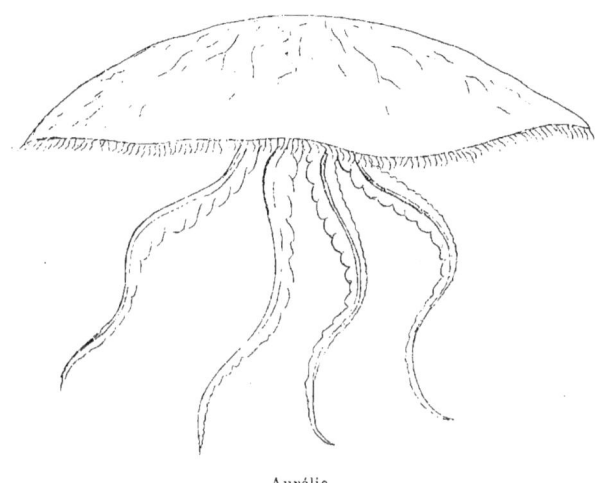

Aurélie.

« Outre qu'elles sont loin d'aller toujours où bon leur
semble, et que la moindre tempête fait d'elles son jouet, les
méduses passent une période de leur existence aussi étroitement fixées au sol sous-marin que la moule à son rocher.

« Cela t'étonne, et en effet tu n'as jamais rien vu de pareil,
toi qui ne te risques pas aux grandes profondeurs. Accepte
donc que ceux qui savent t'instruisent.

« Vois-tu cette méduse rose, qui contracte là-haut sa cloche
en demi-sphère et qui agite ses tentacules roux ? C'est l'aurélie. Sais-tu comment elle naît, sous quelle forme s'écoule son
enfance ?

« Elle sort de l'œuf sous l'aspect d'une petite larve ovale, munie de cils à l'aide desquels elle nage dans l'eau pendant quelque temps. Puis elle perd toute faculté de locomotion, elle s'attache à un rocher, s'y colle en quelque sorte par une épaisse mucosité, et subit une métamorphose. Son extrémité inférieure s'amincit, devient un pied; son extrémité supérieure forme une bouche, développe une couronne de tentacules.

« Tout cet ensemble, tu le vois, ne ressemble guère à une méduse, mais bien plutôt à une de ces anémones de mer que tu as dû rencontrer sur les galets de la côte, et que tu as sans doute prudemment évitées.

« La future méduse vit quelque temps sous cette forme bien différente de celle que tu chantais poétiquement tout à l'heure, et même elle se crée une famille d'êtres identiques à elle-même. Elle pousse des rejets, des bourgeons, qui développent, eux aussi, des tentacules. Et voilà qu'un beau jour un des bourgeons prend un accroissement exceptionnel, devient un cylindre qui se partage en un certain nombre d'anneaux superposés. Chaque anneau se festonne au bord, émet des prolongements en lanières, qui acquièrent la propriété de se contracter et de s'étaler spontanément. En même temps, le sillon qui le sépare de ses voisins, celui du dessus et celui du dessous, s'accuse, se creuse de plus en plus. Bientôt la rupture se produit, et tous les anneaux sont mis en liberté, commencent à nager.

« Les méduses sont nées; elles n'ont plus qu'à s'accroître, modifier leur forme plate en une cloche convexe et développer les organes qui leur manquent.

« Les filles de la mer, comme tu les nommes, ont cette fois, après une existence rampante et obscure sur les rochers du fond, conquis la liberté. Il ne leur reste plus qu'à en user au mieux, pour éviter les ennemis qui les guettent et ravir d'admiration les yeux des crabes à l'esprit poétique.

« Maintenant que je t'ai communiqué ma science, va, et poursuis ton chemin. Car je sens que mon estomac réclame sa pâture, et peut-être te déclarerais-je la guerre!... »

J'avais écouté l'anguille de mer avec stupéfaction. Ses der-

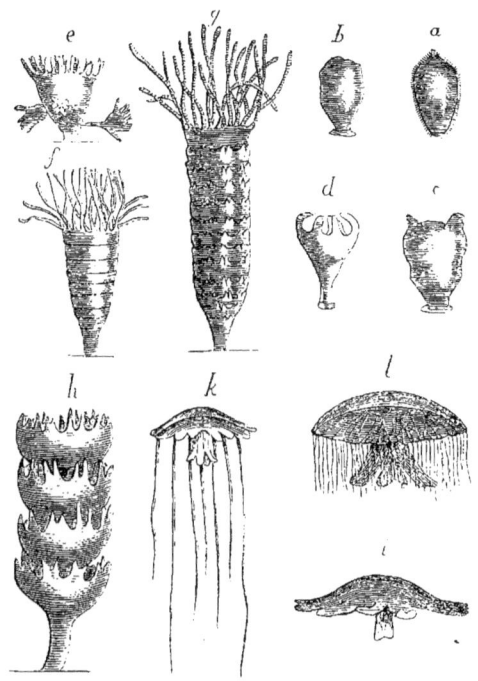

Métamorphoses successives de l'aurélie.

niers mots, en me ramenant à la réalité, excitèrent ma colère.

Je regardai avec complaisance mes pinces solides et neuves, et la menace de mon interlocutrice, à la taille grêle et à la bouche débile, me parut ridicule et impertinente :

« Crains bien plutôt, insolent poisson, que je ne fonde sur toi mon dîner!... Cependant, les détails extraordinaires que tu viens de me donner, bien que sous une forme ironique, sur

la génération des méduses, m'ont vivement intéressé, et cela
balance ton audace. Ote-toi de mon chemin, je ne te ferai pas
de mal. »

L'anguille n'avait pas attendu pour disparaître la fin de mon
discours ; sa menace n'était sans doute qu'une plaisanterie.
Je dînai d'une huître blessée, et comme le soir venait, je me
blottis sous une rocaille, remettant au lendemain la continua-
tion de mon voyage.

XIII

Ainsi que j'en ai fait déjà la remarque, la parure des fonds sous-marins n'est pas due, comme celle de la terre, à des plantes, mais à des animaux.

Les algues, seuls représentants de la famille végétale au sein des flots, sont peu diversifiées d'aspect; cependant les jardins ne manquent pas dans la mer, et je ne sais si je ne préfère pas la beauté un peu sévère des coraux qui les composent à l'élégance délicate des fleurs terrestres que j'avais pu admirer pendant ma nuit de captivité.

Ces coraux, qui déjà ne manquaient pas dans ma région natale, se faisaient plus abondants à mesure que je gagnais des climats plus méridionaux; ils formaient, au delà de la zone où la lumière pénètre encore avec assez d'abondance pour permettre la prospérité des algues, une ceinture de ramifications pierreuses.

Comme je ne voyageais pas très vite, pour prolonger ma

satisfaction, je pus les étudier à loisir. Figurez-vous de petits arbres à la consistance dure, dépourvus de feuilles, divisés en branches plus ou moins nombreuses et régulièrement disposées, et portant de distance en distance des fleurs vivantes et animées, vêtues de colorations délicates et généralement de taille exiguë.

Ces fleurs sont autant de polypes, hôtes et auteurs du petit arbre calcaire. Chacun de ces polypes est formé d'une sorte de sac, attaché par la base à son corail, ouvert à l'autre extrémité en une bouche autour de laquelle s'agite une couronne de tentacules. Il peut s'épanouir au dehors et étaler sa couronne, dans l'attente de la proie que lui apportera la mer nourricière; il peut aussi se rétracter à l'intérieur de la loge qui lui est attribuée en propre dans la vaste maison de pierre.

C'est en petit une anémone de mer, et il est facile de voir que les polypes des coraux sont des cousins de la vorace actinie; mais ces polypes ont reçu deux aptitudes qui n'ont point été accordées à leur parente : celle de vivre en commun, par nombreuses familles, et celle de sécréter une substance dure et protectrice.

Chacun d'eux, produisant, façonnant un peu de cette substance, l'ajoute à la portion produite par le voisin; et ainsi s'élève un édifice parfois d'une admirable régularité, toujours d'une pittoresque élégance.

Tous les polypes d'une même colonie de corail sont frères, et dérivent d'un seul œuf primitif, d'où est sortie une larve nageante qui, après quelques pérégrinations dans le liquide, s'est fixée et a commencé son développement.

Cette larve, — je n'ai presque pas besoin de vous signaler ce détail, — est absolument différente du futur polype qui doit en éclore; elle est plate, non cylindrique, munie de cils pour nager rapidement, dépourvue de tentacules. Là encore, comme pour l'anémone de mer, comme pour tant d'animaux marins, et d'après cette loi à laquelle ma race obéit aussi, une métamorphose est nécessaire. Et aussitôt après la métamorphose commence la vie en commun, le premier développement de la colonie, de l'association, dont tous les membres vont faire preuve à l'égard l'un de l'autre d'une merveilleuse solidarité fraternelle.

Le premier polype sorti de la larve mobile, après avoir revêtu sa forme et acquis une bouche, des tentacules, bourgeonne et produit un nouvel individu semblable à lui, et avec lequel

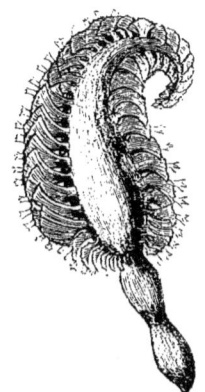

Pennatule.

il reste uni. Ainsi s'augmente progressivement la famille, en même temps que se développe l'édifice pierreux du polypier dans lequel ces êtres mous et délicats abritent leur faiblesse.

Tous les individus d'une même colonie, et il y en a souvent un très grand nombre, demeurent reliés entre eux; chacun d'eux travaille à la fois pour son compte et pour la communauté, mange pour satisfaire son propre appétit et pour faire profiter de ses aubaines la famille tout entière. C'est un modèle d'union et de concorde; je le propose à tous les animaux qui veulent vivre en république. Qui sait? l'homme lui-même aurait peut-être une leçon à retirer de l'exemple du corail !

Les polypes sont en général de faible taille; ils constellent

de mignonnes étoiles les branches de leur polypier. Leurs bras,
souvent ornés de cils d'une grande délicatesse, tantôt paresseusement s'étalent. immobiles, attendant la pâture, tantôt
s'agitent en de rapides vibrations. Si un contact désagréable les
atteint, on voit les tentacules s'enrouler sur eux-mêmes, en
une gracieuse volute, comme pour protéger la bouche; et si
le danger semble trop imminent à la petite bête, elle ne
s'obstine pas à le braver témérairement et se retire sous son
écorce pierreuse.

Parmi les coraux ainsi semés sur ma route, il y avait des
pennatules, des alcyons, des gorgones; peut-être de brefs
détails sur chacune de ces productions, que le flot rejette
parfois sur la grève, vous offriront-ils quelque intérêt.

Les pennatules ne s'attachent pas aux rochers sous-marins
par une base large, mais enfoncent dans le sable ou la vase le
pied aminci de leur polypier; cette partie cachée dans le sol
ne porte pas de polypes, les petits animaux ayant besoin de
l'eau pour y étaler leur tentacules barbus.

Ces polypes sont d'ailleurs d'admirables artistes, très experts
à se confectionner, en réunissant leurs efforts, un polypier
d'une régularité parfaite, dont les ramifications se disposent
avec symétrie de part et d'autre d'un axe longitudinal, un
peu arqué au sommet; on dirait les barbes des grandes plumes
d'un oiseau de mer. C'est sur le bord supérieur de ces barbes
que sont rangés les polypes; c'est là leur logement; tout le
reste constitue un édifice protecteur, dans lequel circulent sans
doute des canaux qui mettent en communication les habitants
de la colonie.

Souvent la mer, remuée jusque dans ses profondeurs par les
tempêtes, ou les filets traînants des pêcheurs, arrachent ces
polypiers plumeux; ils s'en vont alors flottant au gré des vagues,
qui parfois les poussent à la côte.

C'est avec l'arête dure d'une pennatule que je trace ces
mémoires sur des feuilles de laminaire.

Les alcyons vivent aussi sur le fond, fixés dans le sable; leur polypier est formé à la base d'une tige cylindrique, qui se divise en haut en plusieurs ramifications. Ce polypier, très épais, est de consistance coriace, fibreuse, rude.

J'ai entendu parfois des pêcheurs qui ramenaient accidentellement des alcyons dans leurs filets s'écrier :

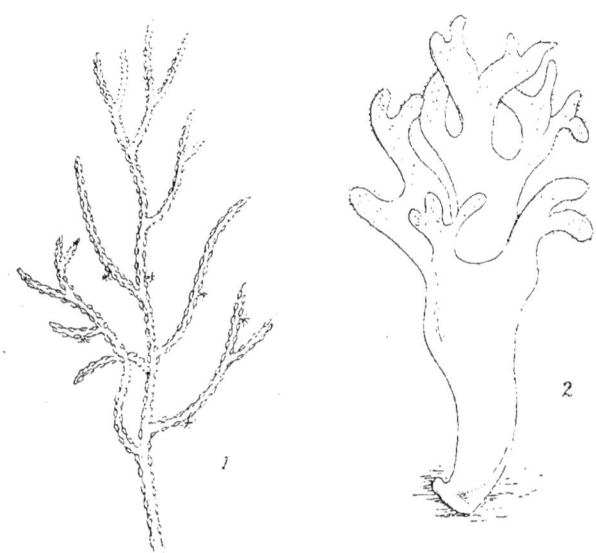

Coraux.
1. Gorgone. — 2. Alcyon.

« Voilà des mains de mer. »

Jamais dénomination imagée ne m'a semblé plus justifiée : car les lobes de ces polypiers ont tout à fait la forme des doigts d'un homme.

Les alcyons sont d'une nuance rouge plus ou moins foncée; leurs polypes sont extrêmement sensibles, et se contractent au moindre choc, sous la seule impulsion d'une vibration de l'eau.

Quant aux gorgones, qu'on ne commence à trouver que dans les profondeurs assez grandes où elles cherchent le calme nécessaire à leur délicatesse, ce sont des polypiers de consistance solide, quoique flexibles, vêtus de blanc, et semblables à de petits arbustes divisés en innombrables ramifications, toutes étalées dans le même plan. Les gorgones se fixent aux rochers sous-marins; leurs polypes sont frêles et exigus.

Les pennatules jouissent de la propriété, si répandue parmi les hôtes de l'Océan, de jeter dans l'obscurité de phosphorescentes lueurs; elles éclairent le seuil des abîmes, ou promènent au gré du flot leur phare, que les poissons viennent curieusement considérer.

À mesure que je gagnais le sud, se faisaient aussi plus nombreux et plus développés des animaux dont je n'avais guère vu encore que des individus grêles et rabougris, les éponges.

Il faut croire que ces êtres singuliers affectionnent les eaux chaudes. Ce sont des productions fixées et immobiles comme les coraux, et elles présentent encore moins les caractères de l'animalité : car jamais sur leurs rameaux ne s'épanouissent les tentacules du moindre polype. Elles forment des masses d'aspects très divers, et sont constituées par une substance fibreuse, sorte de squelette qui soutient la molle gélatine dont se compose le corps de l'animal.

Il paraît que ces êtres offrent quelque utilité à l'homme, car il les pêche au prix de fatigues et de dangers; je n'ai jamais assisté à cette récolte, mais je vous dirai un peu plus loin comment j'en suis instruit.

Entre autres résultats importants pour mon éducation, mon voyage eut celui de me révéler plus amplement sur divers points l'industrie que déploie l'homme en vue de se procurer plus aisément certains produits de l'Océan et de multiplier les ressources qu'il tire des richesses de la mer.

Sur les côtes rocheuses d'un pays que ses habitants nommaient la Bretagne, j'ai vu les pêcheurs, délaissant leurs filets, se mettre à faucher les algues du littoral, qu'ils confondaient pêle-mêle sous le nom de goémons.

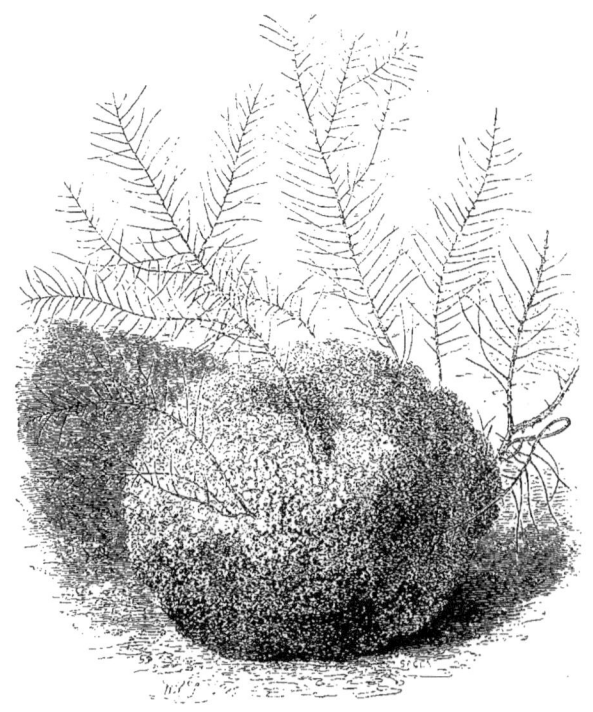

Éponge.

Les terres de ce pays sont sans doute très infertiles, et les hommes qui les cultivent trouvent difficilement les engrais nécessaires pour leur donner la fécondité. Ils ont donc pour cela recours à la mer, qui leur fournit par suite non seulement le poisson dont ils se nourrissent et dont ils tirent profit, mais encore l'algue qui, décomposée, engraisse et améliore leur champ.

15

Après avoir fauché les goémons, ils les entassaient sur le rivage, où des charrettes venaient les prendre. C'était un spectacle pittoresque et instructif; je passai de longues heures à le considérer, demandant à mes frères nés dans ces régions et à tous les animaux auxquels je pouvais m'adresser sans danger des renseignements sur les points qui étaient obscurs pour moi.

Un peu plus loin je vis, avec curiosité et intérêt, de vastes cultures de moules et d'huîtres sur des régions du littoral spécialement aménagées dans ce but.

O homme! que ton génie est inventif, et habile à asservir pour tes besoins ou tes plaisirs la nature vivante comme la nature inanimée! Tu reçois, pour te diriger sur les flots, le souffle des vents dans les voiles de tes barques, ou tu fais agir sur le mécanisme de tes bateaux à vapeur l'énergie de l'eau chauffée par le feu; tu enfermes la foudre dans un tube de métal, qui projette la mort au loin. Et voilà que maintenant, comme s'il s'agissait d'une belle fleur de ton jardin dont tu n'aurais qu'à disperser les graines, tu sèmes des mollusques, tu les cultives et tu leur donnes la prospérité!

J'étais parvenu, après des mois et des mois de marche tortueuse, aux rocailles de l'anse de l'Aiguillon, qui se dessine sur la côte océanique à quelques kilomètres d'un grand port nommé la Roch'elle.

Ces rocailles forment la limite d'un vaste lac de boue mobile, dont le fond se dérobe sous les pas de l'homme qui veut y marcher. Cette boue est un merveilleux sol pour la culture et l'engraissement de la moule.

Toute la baie est couverte d'une véritable forêt de pieux reliés entre eux par des branchages, et formant des palissades anguleuses que les gens du pays nomment des *bouchots*. A ces palissades sont attachées des myriades et des myriades de moules formant des agglomérations si immenses et si pesantes, qu'une nombreuse flotte serait nécessaire pour les transporter.

Ainsi suspendues à une certaine hauteur au-dessus de la vase, profitant d'une eau plus pure et peut-être plus nutritive, les moules prennent un plus beau développement que celles qui sont recouvertes par la bourbe; elles acquièrent aussi un goût fin, exquis, incomparable, que, pour ma part, je n'ai jamais retrouvé ailleurs.

Ils entassaient les goémons sur le rivage, où des charrettes venaient les prendre.

Et vous pouvez vous, en rapporter à mon expérience : j'ai dévoré dans ma vie assez de moules de différentes régions pour pouvoir donner en la matière une appréciation sûre.

Les bouchots de l'Aiguillon formeraient, placés bout à bout, un développement considérable. C'est vraiment un curieux tableau que cette forêt de branchages chargés, en guise de feuilles et de fleurs, de grappes de moules agglutinées les unes aux autres par les fils soyeux de leur byssus.

Quelques renseignements pris sur place auprès des crabes indigènes, qui fraternellement voulurent bien mettre à ma disposition leur science recueillie au contact des pêcheurs, me permettent de vous décrire sommairement les procédés employés par l'homme pour domestiquer la moule sur des bancs artificiels, et exploiter en la régularisant sa prodigieuse fécondité.

Les bouchots prolongent leurs angles vers la mer, jusqu'au niveau des basses marées. Là sont plantés des pieux isolés, qui ne découvrent presque jamais, et, ainsi constamment sous l'eau, sont chargés d'arrêter au moment de la ponte les jeunes moules entraînées par le reflux.

Je vous ai déjà dit que ces moules en très bas âge n'ont point la figure et l'immobilité de leurs mères, mais sont des larves douées pendant quelque temps de la faculté de locomotion.

Toutes celles qui en nageant atteignent les pieux intentionnellement plantés par l'homme s'y fixent, et bientôt commencent leur métamorphose.

Leur développement est rapide : nées vers les premiers mois de l'année, elles ont déjà atteint, quand les chaleurs de l'été règnent sur leur canton, une taille assez grande pour qu'on puisse sans danger les déplacer. C'est le moment de la transplantation. Les éleveurs de moules, dans leurs petits bateaux plats qu'ils poussent en refoulant la boue vaseuse à l'aide d'une de leurs jambes, s'avancent jusqu'aux pieux isolés chargés de jeunes mollusques. Ils détachent avec un crochet des paquets de coquillages, et les portent sur des bouchots, aux points où la mer ne découvre qu'aux grandes marées, parce que la moule dans son enfance redoute un contact trop prolongé avec l'air.

Successivement, et à mesure qu'elles croissent, les moules, de plus en plus robustes et n'ayant plus rien à craindre d'être chaque jour plusieurs heures découvertes, sont enlevées de ces endroits abrités et placées en des points où l'eau séjourne moins longtemps.

Elles font ainsi place aux plus jeunes; et, d'étapes en étapes, ayant acquis leur taille marchande, c'est-à-dire assez grosses pour offrir aux consommateurs une chair suffisamment appétissante et aux vendeurs un bénéfice appréciable, elles arrivent aux bouchots les plus rapprochés du rivage.

L'heure du sacrifice est près de sonner. Parvenues sous la main de l'homme, il n'y a plus qu'à les détacher de leur dernier asile suivant les besoins du commerce.

Éleveur de moules sur son petit bateau plat.

Pauvres moules, qui nourrissaient peut-être l'illusion que tant d'attentions de la part de l'homme avaient pour but leur intérêt propre! Elles ne connaîtront plus l'abri sûr des bouchots protecteurs, où elles croissaient en paix, épanouies dans une eau claire, et copieusement alimentées deux fois chaque jour par la marée pourvoyeuse!

Leur coquille ne s'emplira plus du bruissement de la mer, et c'est en vain que de leurs muscles énergiques elles s'efforceront de tenir closes leurs valves. L'homme affamé saura bien briser sans peine cette résistance désespérée.

Que n'ont-elles aussi préféré la liberté sauvage à cet asservissement aux avantages trompeurs! La moule est aveugle et stupide : elle s'accroche sans discernement aux pieux trai-

treusement plantés par l'homme, et plus tard l'homme sait la
fixer aux bouchots en l'enfermant par paquets dans des morceaux de vieux filets ; quand les mailles du réseau ont pourri,
les moules imprudentes ont solidement attaché leur byssus aux
branchages.

Encore un peu plus loin vers le sud, dans les eaux tranquilles d'une vaste baie ne communiquant avec l'Océan que

Pieux avec petites moules.

par une ouverture étroite, et bien à l'abri par conséquent des
colères destructrices de la vague, je fus témoin de la culture
artificielle d'un autre mollusque plus précieux et plus estimé
que la moule : l'huître.

Dans leur langage, les hommes nommaient ce lieu Arcachon.

Là encore je rencontrai des frères complaisants qui voulurent bien répondre à mes questions et satisfaire ma curiosité par de nombreux renseignements, que je vais résumer
brièvement à l'intention de mes lecteurs éventuels.

L'huître, comme la moule, est d'une extrême fécondité, et
je n'ai pas, dans mes connaissances bornées, de nombre à ma
disposition pour exprimer la quantité d'œufs qu'une mère
peut produire chaque année. Tous les individus de cette

Groupe d'huîtres à divers â̄es.

espèce sont des mères, c'est-à-dire possèdent la faculté de
pondre.

La ponte a lieu pendant les mois les plus chauds, de mai
à septembre; tandis qu'elles s'y livrent, les huîtres fatiguées
sont plus maigres, d'un goût moins agréable : ce qui fait qu'au
cours de cette période l'homme les recherche moins.

Il laisse alors aux pauvres bêtes, dont il fait en d'autres

temps un si grand carnage, quelque répit, justifié encore par l'aspect peu appétissant que leur donne le frai laiteux qui séjourne dans leur manteau, entre les branchies servant à la respiration.

Ce séjour du frai dans les valves protectrices est nécessaire pour permettre aux petites huîtres de commencer leur développement.

Il offre d'abord l'aspect d'une mucosité écumeuse, dont la couleur, primitivement blanche, passe successivement au jaune, puis au gris violet; en même temps le mucus, absorbé en partie par les petits animaux, se dessèche un peu et se change en une sorte de boue liquide.

J'ai parfois entendu l'homme dire qu'il faut s'abstenir des huîtres pendant les mois sans r, qui sont précisément ceux où la présence du frai les rend laiteuses; pour moi, pauvre crabe qui n'ai point les prétentions d'un gourmet, je trouve l'huître excellente en toute saison, peut-être parce qu'elle est pour moi le fruit rare et presque défendu.

Quand le frai a subi les transformations que j'ai indiquées, il est chassé hors des valves maternelles. C'est le moment où les petits mollusques sont livrés aux périls de la lutte pour la vie, sous la forme de larves bien différentes de l'huître, munies d'un appareil de cils dont l'agitation leur permet de se déplacer dans l'eau. Ils nagent ainsi librement, jusqu'au moment où ils rencontrent un corps sous-marin sur lequel ils se fixent, et qui va devenir, après qu'ils auront perdu leur bourrelet de cils, leur définitive demeure.

Mais combien peu, sur l'incalculable quantité de larves sorties d'un banc d'huîtres, auront cette chance de rencontrer l'abri sauveur, et d'éviter les complots tramés pour leur perte au sein des flots !

Les unes sont entraînées par les courants sans avoir pu trouver le corps solide nécessaire à leur fixation; elles descendent à des profondeurs où la vie pour elles n'est pas possible, ou tombent dans la vase qui les engloutit et ne leur fournit point d'appui.

D'autres, — c'est le plus grand nombre, — se heurtent, dans les pérégrinations de leur éphémère liberté, à quelque bouche vorace, qui s'ouvre, happe, dévore la minuscule victime.

Et parmi celles qu'un heureux hasard fait échapper à ces

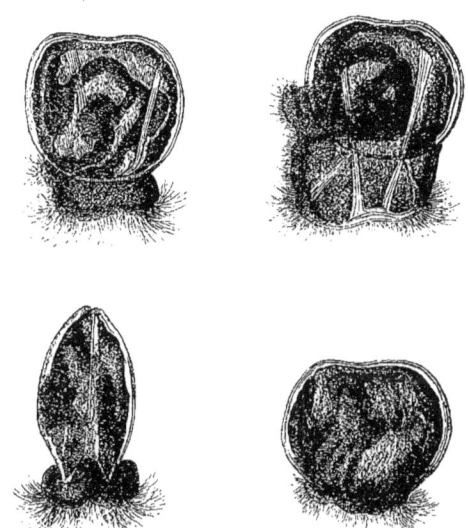

Naissain de l'huitre vu sous divers côtés.

dangers, et conduit sur le support immergé qu'elles souhaitent, quel déchet encore! Que de proies pour la mort!

Tant de milliers d'individus venant se mettre à table en un point qui ne peut offrir l'abri et surtout la nourriture qu'à un nombre infiniment moindre, ne sauraient tous avoir la victoire dans cette terrible lutte pour l'existence.

Ceux qui sont le mieux placés, et qui reçoivent en plus grande abondance le flot chargé des atomes alimentaires, survivent seuls, et par leur accroissement gênent encore leurs voisins moins favorisés. Ceux-ci ne tardent pas à succomber dans cette guerre inégale et meurent de faim.

Puis l'homme intervient, avec son ingéniosité destructrice, et, plus rapidement que ne sauraient le faire les forces naturelles coalisées, achève l'œuvre d'extermination. Il met à contribution les bancs d'huîtres comme il exploite toutes les ressources que lui offrent les êtres vivants ou les corps inertes, avec une insatiable imprévoyance. On pourrait croire, à voir son avidité, que le siècle où il vit doit être le dernier de l'humanité, et qu'il n'a à s'occuper des générations futures que pour leur ravir par avance tous moyens d'existence. O roi de la création, permets cette critique à un de tes sujets qu'indigne l'abus que tu fais de ta royauté !

Les bancs naturels d'huîtres sont de grands amas de ces mollusques attachés à des anfractuosités sous-marines. Au cours de mon voyage j'en ai vu un assez grand nombre, aux environs de localités que les pêcheurs nommaient Granville, Cancale, Saint-Brieuc, La Rochelle, Ré, Oléron. Le fond en est parsemé de grandes coquilles vides, qui ajoutent leurs aspérités pierreuses à celles de la roche, et augmentent ainsi les saillies auxquelles s'accrochent les jeunes larves éprouvant le besoin de se fixer.

Là les huîtres trouvent les meilleures conditions pour se développer, prospérer; et cependant ces bancs naturels sont loin de prendre l'accroissement de richesse qui semblerait normal. Leur extension est gênée par les multiples causes de destruction qui déciment les jeunes huîtres, et aussi par l'intervention barbare des pêcheurs qui les exploitent à la drague.

La drague! C'est un engin de fer, d'un poids considérable, qui, jeté au fond de la mer et traîné énergiquement, racle la rocaille, arrache tout ce qu'il rencontre au profit d'un filet qui l'accompagne dans sa course. Cette machine aveugle ne sait point faire la distinction entre les grosses huîtres, qui seules ont pour les entreprises commerciales de l'homme un intérêt, et les petites qui, à cause de leur taille, n'offrent aucune valeur, et qu'il conviendrait de laisser s'accroître et se multiplier. Le terrible racloir prend tout, détruit les espoirs fondés sur la jeunesse, disperse le frai qu'il enterre sous la vase asphyxiante, et tarit la source des générations nouvelles.

Cet appauvrissement des bancs naturels a conduit l'homme à créer des cultures artificielles d'huîtres, et à réparer ainsi à force de travail le tort qu'il se fait à lui-même par son imprudente activité.

Voici ce que je sais de ces cultures, soit d'après mes propres remarques, soit grâce aux indications que m'ont fournies bénévolément les hôtes de la mer, interrogés par ma curiosité.

La besogne se partage entre deux catégories de personnes : les producteurs, qui prennent l'huître dès sa sortie de l'œuf et recueillent les petites larves, et les éleveurs, qui reçoivent l'alevin des mains des producteurs, pour le transformer en mollusques gras et succulents.

Dans sa complexité, qui est d'ailleurs grande, toute la question se résume à recevoir, sur des objets divers et intentionnellement disposés, le plus grand nombre possible de larves, et d'éloigner ensuite de ces frêles existences tous les ennemis, tous les dangers qui les menacent, jusqu'au moment où commence à se dessiner leur forme définitive, et où leur coquille permet impunément leur transport, leur transplantation.

Les jeunes huîtres forment le naissain.

Ce serait une erreur de croire qu'on puisse avec succès recueillir le naissain en n'importe quel point de la côte. Il y a au contraire une foule d'endroits où il ne pourrait pas vivre.

Les cultures ont d'autant plus de chances de réussir qu'elles seront tentées en des lieux plus rapprochés des bancs naturels d'huîtres, parce que les conditions qui favorisent à l'état sauvage la prospérité du mollusque l'entretiendront aussi quand l'homme l'aura domestiqué. De plus, ce voisinage fournit sans effort une grande quantité de naissain, que l'on recueille facilement en disposant le banc artificiel de telle manière qu'il reçoive directement le courant marin. Il faut fuir, cependant, les courants trop forts. Là aussi, comme en tant de choses, l'usage est excellent, l'excès nuisible.

Quant aux objets où les larves doivent s'accrocher, peu importe leur nature. J'ai vu employer dans ce but soit simplement des chapelets de coquilles vides enfilées, soit des tuiles de terre recouvertes d'un enduit de chaux, le calcaire ayant la propriété de séduire les petites larves et de fixer leur humeur vagabonde. Les paquets de tuiles doivent être assez espacés pour que les vagues puissent facilement circuler dans leurs intervalles et balayer la vase.

A Arcachon, c'est vers le milieu du mois de juin que l'on met ces tuiles en place. Trois mois plus tard, alors qu'elles sont chargées de minuscules huîtres en voie de développement, on les range dans des bassins, sous une couche d'eau suffisante pour que les petits et frêles mollusques puissent passer l'hiver à l'abri du froid. Puis, le printemps venu, les huîtres sont détachées, placées dans des caisses défendues par une enveloppe en toile métallique, qui empêche l'invasion de tous les larrons auxquels conviendraient ces proies exquises, et qui, j'en ai fait l'expérience, est à l'épreuve des attaques de nos pinces.

Ah! dès que son intérêt est en jeu, comme l'homme sait habilement réaliser les moyens de le sauvegarder!

Le rôle du producteur est ici terminé; celui de l'éleveur va commencer. Il choisit un sol formé naturellement de sable vaseux, ou il solidifie la surface mouvante d'une vasière en y semant une couche de sable.

Et sur ce terrain il dépose les huîtres, qui ne tardent pas

à prendre de l'accroissement. Pour qu'elles atteignent une belle taille et surtout pour que leur chair devienne grasse, il faut que les parcs où on les installe soient traversés par des courants assez forts.

Sans doute ces courants apportent-ils en abondance la nourriture qui plaît aux huîtres, nourriture composée d'animalcules

Huîtres sur tuiles.

et de plantes si exigus que, pris individuellement, ils ne peuvent être distingués par l'œil le plus perçant. En masse, cette nourriture est comme une purée de différentes couleurs, tantôt verte, tantôt brune, jaunâtre ou rougeâtre.

Dans leur état de vie naturelle et libre, les huîtres recherchent l'eau de la mer, claire, salée, constamment renouvelée; elles y puisent les éléments d'une belle santé, qui donne de l'énergie à leurs muscles et ne les encombre pas de graisse. Si on les place dans une eau saumâtre et peu changeante, cette santé s'altère, la vitalité du mollusque se ralentit, sa chair devient plus tendre, et aussi d'une saveur plus exquise, plus délicate.

L'homme s'est bien gardé de ne pas mettre à profit cette particularité, et, au risque d'imposer à l'huître quelques souffrances, il la condamne, pour son propre bénéfice, au séjour dans l'eau saumâtre. Je tiens le détail d'un poisson, qui a vu en Angleterre, à l'embouchure de la Tamise, des huîtres qu'on y avait transportées des côtes de la Bretagne.

Bien abritées dans les parcs aménagés à leur intention par l'industrie humaine, les huîtres n'y évitent pas toujours cependant leurs ennemis. Un mollusque rampant et portant sur son dos une tour en spirale, la *nasse,* dont je vous ai tracé le portrait et dépeint les mœurs, se glisse dans ses parcs, et à l'aide de sa trompe perce les coquilles d'un trou rond, par lequel il atteint sa victime.

Et j'ai vu parfois l'homme frustré du produit de son travail par les singulières manœuvres d'une algue, aveuglément acharnée à cette déloyale compétition. Cette algue est la *colpoménie;* les cultivateurs d'huîtres lui ont attribué le surnom bien significatif de « ballon ». Elle est en forme de sac, qui, d'abord très petit, atteint rapidement la grosseur de ma carapace; elle a l'habitude de se fixer sur tous les corps sous-marins à sa portée : les coquillages, — et par conséquent les huîtres, — sont donc l'un de ses supports ordinaires. Le sac est formé d'une paroi mince, élastique, et habituellement rempli d'eau; à marée basse il se vide de son contenu, et l'air y pénètre. Il devient ainsi un petit flotteur, plus léger que l'eau; quand la mer revient, il monte à la surface, entraînant l'huître à laquelle il adhère, et qui s'en va en dérive. Comme à chaque grande marée les parcs d'huîtres découvrent complètement, vous pouvez concevoir quels dommages peut y causer cette algue ravisseuse.

Les cultivateurs, peu soucieux de se voir ainsi enlever le produit de leurs peines, ont organisé la défense : ils promènent sur les coquilles d'huîtres déposées sur le fond des parcs des

fagots épineux qui crèvent les ballons; les sacs percés, dégon-
flés, ne peuvent plus s'élever, et demeurent affaissés sur les
mollusques qu'ils auraient sournoisement emportés.

Puisque j'en suis aux moyens imaginés par l'homme pour
exploiter à son profit les ressources de la mer, moyens dont
m'a instruit mon long voyage, je signalerai encore la singulière méthode dont se servent les pêcheurs, sur certains points
de la côte d'un grand pays que l'on nomme l'Espagne, pour se
procurer en abondance d'excellentes pattes de crabes sans tuer
les animaux qui les leur fournissent.

Ces pêcheurs, rendus habiles par l'expérience, utilisent la
faculté que nous avons, mes cousins comme mes frères, de
détacher impunément nos pattes au niveau de notre poitrine,
et de voir ensuite repousser ces membres. Ils capturent donc
de gros crabes, bien munis de pinces volumineuses dans lesquelles s'enferme une chair délicieuse, et ils font tomber ces
pinces, qu'ils emportent pour les dévorer en famille ou pour en
faire un objet de commerce. Puis ils rejettent les crabes à la
mer, et les pauvres bêtes s'en vont, se nourrissant comme elles
le peuvent, réparer leurs pertes, panser leurs blessures, attendre
la prochaine mue qui leur rendra des pinces, destinées, hélas!
à avoir encore le même sort au prochain coup de filet.

A l'encontre des avides exploiteurs des bancs d'huîtres, ces
pêcheurs font preuve d'une exemplaire prévoyance, qui leur
procure plusieurs récoltes de pinces sur un même animal, et
qui n'est pas sans avantage pour les crabes : car la liberté,
quoique achetée au prix de la perte d'un membre, est encore
un bien précieux.

Me voici revenu aux crustacés; je ne les quitterai pas sans
avoir consigné en quelques lignes, dans ces souvenirs, les
curieuses manœuvres auxquelles se livrent pour se protéger
deux espèces que j'ai abondamment rencontrées au cours de
mon excursion, la *maïa* et la *dromie*.

La maïa, que les pêcheurs désignent sous le nom de grande araignée de mer, — par allusion sans doute à sa ressemblance avec quelque animal terrestre appelé araignée, animal que je n'ai jamais vu et dont je soupçonne seulement l'existence, — est un assez gros crabe à la carapace ovale, plus étroite en avant, chargée sur toute sa surface de tubercules et sur les côtés de très fortes épines; ses pattes sont longues, assez grêles.

Quand je tombai pour la première fois au milieu d'une troupe de ces crustacés, j'eus peine d'abord à les distinguer, et c'est avec quelque stupeur que je voyais de petits paquets d'algues se déplacer parmi les rocailles.

J'avais bien parfois aperçu des colpoménies s'en aller en flottant vers la haute mer; mais je ne savais pas que les algues pussent cheminer et courir sur le fond. Elles ne le peuvent d'ailleurs qu'avec le concours des maïas; c'est ce dont je me suis convaincu par un examen plus attentif.

La maïa se couvre, dans le double but d'échapper à l'œil inquisiteur de ses ennemis et de s'approcher plus aisément de sa proie défiante, d'un véritable vêtement d'algues, qu'elle implante elle-même sur sa carapace. Quand cette végétation étrangère est trop touffue et la gêne dans ses mouvements, elle l'arrache avec ses pinces, puis elle en replace sur son dos de petits fragments, qui se fixent et bientôt s'accroissent, se multiplient. La même opération est renouvelée autant de fois qu'il est nécessaire.

Ainsi l'homme, guidé par son intelligence, a appris à cultiver dans ses jardins les belles fleurs dont son œil se réjouit, et aussi, j'imagine, les plantes dont il se nourrit. La maïa, sans autre maître que son inconscient instinct, sait cultiver les algues, et transmet sans modification à ses enfants cette science qu'elle a reçue de ses parents.

La dromie se rapproche plus que la maïa, par la configuration de son corps, de ma propre physionomie; elle est plus

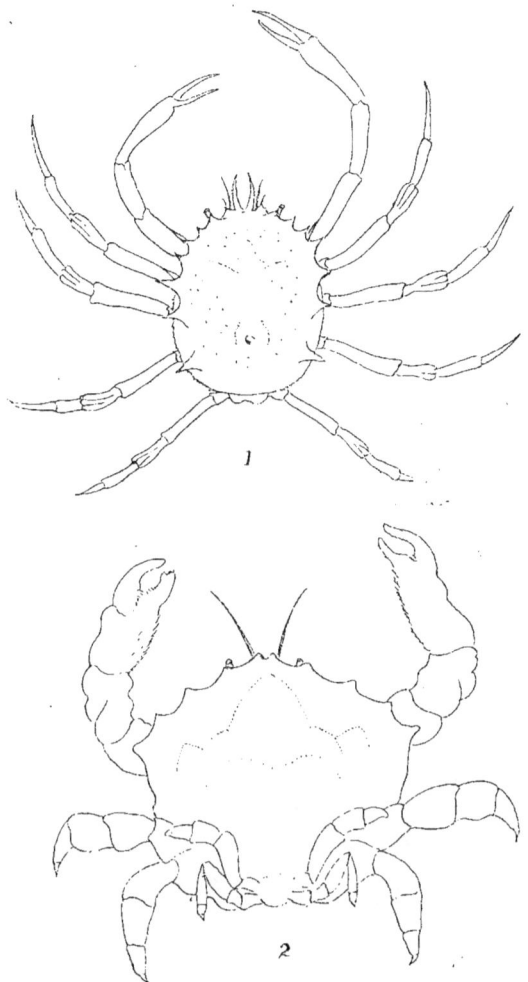

1. Maïa. -- 2. Dromie.

près de moi dans cette grande famille des crustacés dont nous
sommes également des membres. Sa carapace, rétrécie en

16

avant, forme un polygone aux lignes courbes; elle est chargée sur toute sa surface d'un dense revêtement de poils. Mais cet habit velu ne lui suffit pas; elle y adjoint d'ordinaire une si grande quantité d'objets étrangers, que la couleur brune de sa carapace s'en trouve complètement masquée.

Le pagure, dont je vous ai dépeint les habitudes, a un abdomen mou et fragile dont il abrite la faiblesse dans une coquille solide de mollusque. La dromie, elle, n'a point de partie vulnérable; elle ne cherche point, sous son manteau d'emprunt, un abri, mais un déguisement qui lui permette de se dissimuler, de prendre l'aspect d'une chose inoffensive ou de nulle valeur alimentaire.

Pour l'aider à réaliser cet instinct, elle a reçu du Créateur une organisation spécialement appropriée : les deux paires postérieures de ses pattes, au lieu d'être attachées comme chez moi sous la poitrine pour servir à la course, sont fixées sur le dos, et peuvent facilement se relever. A l'aide des crochets mobiles qui terminent ces pattes, la dromie place sur son dos et y retient les corps étrangers sous lesquels elle croit trouver une utile protection. Ces corps étrangers sont souvent des fragments d'éponges. Et n'allez pas croire que l'éponge, animal qui aime à s'attacher aux objets sous-marins, soit venue d'elle-même, à l'état de larve nageante, se fixer sur la carapace de la dromie, pour y vivre et s'y développer. Non; je me suis assuré qu'elle n'adhère point à la peau pierreuse de l'ingénieux crustacé, qu'elle est parfaitement mobile et seulement retenue par les pattes dorsales. Pareille nécessité serait pour nous bien pénible; c'est un jeu pour la dromie, dont les membres postérieurs n'éprouvent évidemment aucune fatigue à demeurer indéfiniment cramponnés au corps étranger qu'ils sont chargés de maintenir.

Il y a une nombreuse catégorie d'êtres marins dont je vous ai peu entretenus jusqu'ici : je veux parler des poissons, aux espèces et aux individus innombrables dans les flots de l'Océan.

Mon silence à leur égard se justifie par une double raison. D'abord, il est fort périlleux pour un crabe d'approcher de trop près ces animaux voraces et avides, dont la gueule insatiable est toujours prête à happer ce qui s'agite dans leur voisinage. Les dangers inutiles ne me séduisent pas.

En second lieu, les quelques observations que j'ai pu faire, au prix de la plus extrême prudence, sur les poissons mes voisins ne m'ont en général révélé que des instincts assez obscurs, une ingéniosité peu développée, des mœurs uniformes dans les grands traits, en somme un très petit nombre de détails réellement intéressants et dignes d'être signalés.

Tous les actes de cette race paraissent converger vers un but unique : la brutale satisfaction d'un appétit féroce, qui n'a point de repos, point de mesure.

Mais si l'étude de leurs mœurs offre peu d'attraits, quel admirable spectacle que celui de leurs mouvements rapides et faciles, qui dénotent une merveilleuse appropriation de leur forme, de leur structure, de leurs organes avec cet élément liquide où ils doivent vivre, évoluer, chasser !

Les poissons sont les véritables seigneurs de l'Océan ; ils sont plus faits que n'importe quel être pour ce milieu, et cela à un degré incomparablement plus élevé. Ils règnent dans le domaine marin, comme l'oiseau dans le domaine aérien ; il y a d'ailleurs entre l'un et l'autre plus d'une analogie.

A l'inverse des mollusques, des crustacés, qui, lorsqu'ils s'échappent accidentellement des flots, peuvent vivre encore quelque temps et s'accommodent provisoirement de l'air atmosphérique, les poissons meurent promptement hors de leur élément.

Voyez parmi eux les bons nageurs : comme leur corps est adapté jusqu'au moindre détail à sa destination, comme leur forme allongée, effilée, tout d'une venue, rétrécie en avant en une tête sans cou, en arrière en une queue terminée à sa pointe par une nageoire à la fois molle et puissante, facilite les agiles déplacements au sein des eaux ! Et admirez comment cette forme se modifie chez ceux qui ne sont pas appelés à sillonner toute leur vie les eaux, à la recherche de leur proie ! Il y en a qui sont sédentaires, lents, paresseux; ceux-là ont le dos plus élevé, l'aspect plus massif, plus trapu.

Parmi ceux qui passent leur existence au fond, dans la vase, les uns sont larges, comprimés de haut en bas, de manière à pouvoir s'étaler sur le fond : telle, la raie; d'autres sont cylindriques, afin de se glisser tortueusement au milieu des rocailles : telle l'anguille; d'autres encore s'allongent en rubans aplatis, ou encore se compriment par le côté, l'un de leurs flancs, plus pâle, tourné vers le sol, l'autre, plus coloré, regardant en haut et portant les deux yeux : tels, le turbot, la plie, et toutes ces espèces que les pêcheurs désignent en bloc sous le nom de *poissons plats*.

Il en est dont le corps dessine des contours bizarres, des saillies sans symétrie, s'enfle en forme d'outre, se dilate, comme le curieux *poisson-lune*, en un vaste disque, qui pour se déplacer tourne sur lui-même comme une roue.

Pour sillonner les eaux, les poissons ont des nageoires, des rames membraneuses à la fois souples et résistantes, soutenues par des rayons d'une substance solide. Ces nageoires ne sont pas chez tous en même nombre, ni semblablement disposées. Presque toujours il y en a une paire sur les flancs en arrière de la tête, et une autre paire sous le ventre; on en voit aussi d'ordinaire sur le dos et sous la queue; celle qui termine le corps en arrière est verticale, triangulaire, généralement robuste. Elle fonctionne comme un gouvernail.

Ceux qui sont bons nageurs et ont le corps en fuseau se déplacent presque exclusivement grâce aux mouvements de la queue, les autres nageoires servant simplement à maintenir l'équilibre.

Les poissons cylindriques, aux muscles très puissants, progressent en se courbant alternativement de côté et d'autre; ils comptent peu sur leurs nageoires, qui sont faibles. Les poissons plats ondulent de bas en haut.

Tous, ou presque tous, ont de grands yeux, de manière à recueillir plus facilement jusqu'aux moindres rayons de

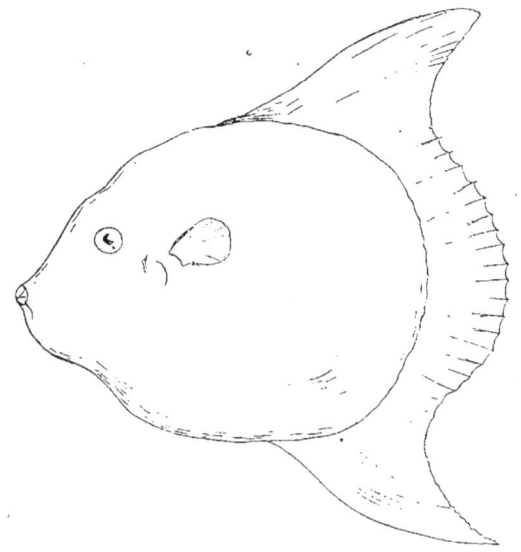

Le poisson-lune (*orthagorisque*).

lumière épars au fond des eaux; ces organes sont fixes, ce qui contribue à donner aux poissons, bêtes d'ailleurs peu intelligentes, un air de stupidité.

Quant à ma défiance à l'endroit de ces animaux voraces, qui ne respectent aucune existence et se dévorent même entre eux, elle est basée sur plusieurs mésaventures personnelles, dont deux surtout sont particulièrement demeurées dans mon souvenir. Elles m'advinrent au cours de ce long voyage dont j'ai commencé le récit.

Un jour, — j'avais dépassé depuis un mois ou deux la pointe
de la Bretagne et je me trouvais au milieu d'une population
marine plus nombreuse et assez inconnue, — le hasard de la
chasse me conduisit auprès d'une roussette très occupée à
pondre et à attacher péniblement ses œufs aux algues.

La roussette est un grand et robuste poisson, dont la tête
aplatie se termine en un museau court, arrondi, portant en-
dessous une redoutable bouche en arc. Elle a de puissantes
nageoires, à l'aide desquelles elle se déplace avec énergie. Son
ventre est gris ; son dos et ses flancs sont rougeâtres, marbrés
de nombreuses petites taches plus foncées. Quant à ses œufs,
figurez-vous des coussinets en rectangle allongé, grands comme
le tiers ou le quart de ma carapace, un peu élargis au milieu,
comprimés, et se terminant aux quatre coins par de longs filaments tortillés. L'enveloppe de ces œufs est une coque luisante, dure, semblable pour la consistance à de la corne ; le
petit qui s'y abrite est assurément bien protégé contre les dangers extérieurs : aussi la roussette n'en pond-elle à la fois qu'un
très petit nombre. Les filaments, qui sont également durs et
solides, s'enroulent étroitement autour des algues. Les œufs
sont fixés jusqu'à l'éclosion aux endroits que la mère, guidée
par son instinct, choisit comme les plus favorables à sa progéniture. Ainsi sont encore diminuées pour celle-ci les chances
de périr en bas âge.

Donc, la roussette s'occupait à cette besogne difficile d'attacher aux algues les cordons enchevêtrés de ses œufs. C'était là
un travail qu'il ne m'avait jamais été donné de surprendre sur
le fait, et tout à ma curiosité, je m'approchai témérairement.
Je pensais que l'animal affairé n'accorderait aucune attention
à ma présence et me permettrait de l'observer à loisir. Je fus
vite détrompé : au milieu des travaux et des dangers, les brigands ne perdent point leur caractère. La roussette ne m'eut
pas plus tôt aperçu de son œil oblique, qu'elle se précipita
sur moi en grondant :

« J'ai faim, et voilà un crabe appétissant qui va me fournir mon dîner ! »

Heureusement, par un brusque saut de côté, je pus éviter son premier choc; entraînée par son élan, elle passa un peu outre, tandis que je m'enfuyais au plus vite, parmi les

Roussette.

herbes et sur le fond rocheux qui ne me permettait pas de m'enliser.

La roussette, frustrée dans son espoir, n'en devint que plus

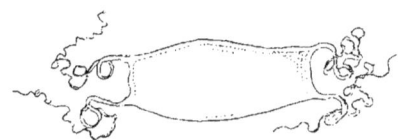

Œuf de roussette.

furieuse; elle reprit sa chasse avec ardeur, me poussant de retraite en retraite. J'étais épouvanté; je ne courais plus, je bondissais, je roulais sur les rocailles. Les algues gênaient mon ennemie dans sa course. Plus mort que vif, j'allais enfin me rendre et céder à mon triste destin, quand je sentis sous moi un sol sablonneux, sur lequel mes pattes avaient prise. M'y enfoncer d'un effort désespéré fut l'affaire d'un instant. La roussette vint donner du nez sur le sable, et essaya de

m'atteindre dans mon abri. Mais, par bonheur, il y avait là
une couche suffisante de vase mouvante, et le poisson dut s'en
aller le ventre vide.

L'asile étant sûr, je me décidai assez vite à remonter à la
surface, pour jouir de la déconvenue de ma terrible ennemie.
Elle m'avait déjà oublié, et me haussant sur la pointe de
mes pattes pour inspecter l'horizon, je la vis au loin, dans
la direction du rivage, qui poursuivait une bande de jeunes
harengs.

Le dénouement de cette aventure fut assez singulier. Quand,
une heure plus tard, je me hasardai à venir sur la grève pour
me distraire de mon émotion et recevoir sur ma carapace les
tièdes caresses du soleil, je vis échoué, à une faible distance
du flot qui descendait, le corps d'une grande roussette agoni-
sante. Et non sans une vive surprise je reconnus mon adversaire. Le vorace poisson avait dû être entraîné, dans sa chasse
aux harengs, par une vague qui l'avait porté sur le rivage,
grâce à un élan démesuré, et qui l'avait laissé à sec en se
retirant.

Je méditai pendant quelques instants, comme il convenait, sur ce juste châtiment de la colère, en même temps
que le grave péril que j'avais moi-même couru m'apparut
comme un avertissement d'avoir à l'avenir à refréner ma
curiosité.

Une autre fois, c'est avec une torpille que j'eus l'imprudence d'oser me mesurer, et je ne dus qu'à une circonstance
heureuse de ne point tout à fait perdre la vie dans ce dangereux contact.

Cela se passait quelque temps après mon excursion aux bancs
d'huîtres artificiels d'Arcachon, et un peu avant mon arrivée
à la frontière de ce pays d'Espagne, dont je parcourus les côtes
sur une certaine étendue.

Je ne connaissais point la torpille, qui ne se rencontre pas
dans les eaux de mon climat natal, et j'ignorais de quel sin-

gulier et terrible pouvoir ce poisson, assez semblable à une raie stupide, a reçu le privilège.

Figurez-vous, pour le corps, un disque un peu renflé au milieu, prolongé en arrière en une queue charnue portant des nageoires; ce corps est vêtu, sur le ventre, d'une peau d'un blanc rougeâtre, et sur le dos d'un cuir roux marqué de grandes

La torpille marbrée.

taches brunes. La bête reposait sur le fond; elle était prise par la bouche à un hameçon que retenait une solide ficelle, rattachée elle-même à une longue corde qui de distance en distance portait d'autres ficelles semblables.

En ce moment, où la marée descendait, et où elle n'avait plus au-dessus d'elle qu'une faible épaisseur d'eau, elle demeurait immobile, fatiguée peut-être par les efforts d'une longue lutte contre ce crochet de fer qui n'avait point cédé, ou bien

consciente de l'inanité de sa défense, et réservant sa suprême
énergie pour le moment où le pêcheur viendrait relever la
ligne traîtresse.

Ce moment ne tarda pas. L'homme, en effet, se tenait à
quelque distance sur le rivage, attendant que la mer qui baissait se fût encore un peu éloignée. Bientôt il entra dans l'eau,
qui atteignait le milieu de ses jambes nues, et il commença
à explorer sa ligne tendue, dans le désir sans doute de connaître plus tôt le butin que la mer pourvoyeuse avait bien
voulu lui apporter.

Quand la torpille sentit, à la souffrance de sa bouche, que
l'on touchait à la corde, elle releva doucement les deux côtés
de son corps, semblables à des ailes charnues, et elle embrassa
ainsi la ficelle qui retenait l'hameçon.

Au même instant je vis, sur la physionomie de l'homme qui
se penchait, apparaître une vive expression de douleur; ses
bras plongés dans l'eau se contractèrent violemment; il se
rejeta en arrière, comme touché par une invisible commotion
et s'enfuit en poussant des cris.

Ma stupéfaction était grande; il ne m'était pas possible de
deviner comment, à distance, ce poisson en apparence incapable de résister à un homme pouvait provoquer de si singuliers effets. Je me rapprochai donc, en vue d'élucider ce
problème étrange.

La torpille tenait toujours ses ailes relevées autour de
sa ficelle; j'allais la toucher quand une voix murmura près
de moi :

« Si tu tiens à la vie, laisse ce poisson, qui jouit du redoutable pouvoir de paralyser ses adversaires ou ses proies par
son seul contact, et même, comme tu le vois, par l'intermé-
diaire d'une corde mouillée ! »

C'était un de mes frères qui m'avertissait ainsi charitable-
ment; il continua :

« N'as-tu jamais vu la foudre tomber des nuages sur le mât

d'un navire, et y porter l'incendie ou la ruine? La torpille possède une foudre, invisible il est vrai, et bien moins puissante que celle des nuages, mais terrible cependant aux êtres contre lesquels elle en dirige les décharges. Garde-toi d'en faire l'expérience... »

C'était, suivant une expression recueillie parfois sur la bouche des pêcheurs, souffler sur le feu pour l'éteindre.

Mon frère n'avait pas encore achevé son discours que, d'une pince curieuse, j'avais touché le redoutable poisson, et que je roulais sur le sable, pattes en l'air, privé de sentiment, étourdi par une effroyable secousse.

Heureusement la torpille était épuisée par sa longue captivité, et ne possédait plus qu'une faible partie de son pouvoir. Dans la plénitude de sa faculté foudroyante, elle eût brusquement mis fin à mon existence, et vous auriez été, cher lecteur, privé du récit, intéressant ou non, de mes aventures.

XIV

La mer, qui entretient dans son sein tant d'existences, ressemble elle-même à un être personnel, ayant une vie propre et doué de volonté, de passions.

Deux fois par jour l'immense masse liquide, en proie à une agitation continuelle, s'approche du rivage par de successifs bondissements de ses vagues; deux fois par jour elle laisse la plage à sec et se retire plus ou moins loin.

Ces mouvements sont beaucoup plus accentués au moment où la lune n'apparaît pas au ciel, et au moment où cet astre prend son plus large diamètre et son plus brillant aspect. C'est à ces périodes que la mer fait le plus ample chemin dans son double voyage périodique.

Entre ces grandes marées, les oscillations alternatives sont moins considérables, et les eaux, s'avançant moins loin vers le rivage, découvrent aussi une étendue moindre.

Ce qui frappe le plus ceux qui considèrent l'Océan pendant une assez longue durée, c'est son étonnante et incessante diversité d'aspects. Jamais la mer n'est semblable à elle-même. La couleur de ses eaux varie constamment, suivant l'agitation des vagues, la direction du vent, l'état de l'atmosphère, les incidences de la lumière, l'heure de la journée. Tantôt elles sont d'un bleu opaque et presque noir, tantôt elles semblent une immense plaine d'un vert gai et vif, tantôt encore, charriant en masse de la boue sortie des profondeurs, elles prennent une teinte jaune, sinistre et pleine des menaces de la tempête.

Quel spectacle, le soir, que celui d'une mer calme sur laquelle tombe silencieusement la lumière des étoiles, tandis que les feux des phares projettent sur le ciel leurs clartés tournantes! Parfois encore la poésie superbe de ce tableau s'amplifie d'innombrables scintillements qui se produisent à la surface même des vagues, et qui sont l'œuvre de myriades d'animaux de toute taille, doués de la merveilleuse propriété d'engendrer des lueurs.

C'est là, — je tiens le mot des baigneurs qui sur ma plage natale venaient admirer cette merveille, — le phénomène de la mer phosphorescente.

Ce phénomène n'est pas lui-même uniforme, mais multiple et divers. Tantôt il étend sur l'Océan comme un voile brillant, d'un éclat doux et atténué; tantôt il dessine sur la crête des vagues de larges traînées d'une lumière embrasée; tantôt encore on dirait que du fond des eaux jaillissent des milliers d'étoiles superbes. Tout mouvement à la surface trace une ligne de feu, et c'est au milieu d'un incendie que les navires, dont la masse reste invisible, s'avancent et dessinent leur sillage.

Je voudrais être poète pour vous décrire ces spectacles avec le lyrisme qui conviendrait, et je ne bornerais pas mes chants au tableau de la phosphorescence : je vous dirais aussi en une langue cadencée et pleine d'images la diversité de la mer multiforme, au visage tantôt calme et accueillant, tantôt convulsé par d'effrayantes colères, voilé des sombres tourbillons des vents ou d'une brume traîtresse qui éteint les phares et assourdit jusqu'au son des sirènes. Mais le don magnifique de la poésie m'a été refusé, et je dois me résigner à fixer sur ces pages des observations d'un ordre moins élevé, des documents plus précis.

Mon contact, — un peu involontaire, — avec des savants de l'espèce humaine m'a appris que le grandiose phénomène de la mer phosphorescente est dû à des êtres vivants, pour la plupart si petits qu'aucun œil ne peut individuellement les apercevoir.

Je n'ai jamais vu ces êtres, et je n'ai aucun moyen de les distinguer. A leur sujet, je crois l'homme sur parole, parce que l'homme sait suppléer à l'imperfection de ses sens par des artifices.

Donc, il y a dans les flots de la mer d'innombrables quantités d'organismes d'une extrême ténuité, qui ont la propriété de produire de la lumière lorsqu'ils viennent en contact avec l'air. Cette condition est indispensable : la phosphorescence ne se produit sans doute qu'aux dépens de l'air, comme la flamme de ces fanaux que les matelots accrochent à leurs barques pour guider leur marche nocturne et signaler leur présence dans l'obscurité.

C'est ce qui explique pourquoi la mer devient surtout lumineuse par les temps orageux, quand d'immenses vagues soulevées par les troubles atmosphériques se propagent jusqu'aux intimes profondeurs de l'abîme, et vont y remuer les eaux qui en d'autres temps y dorment calmement. Alors sont ramenées du fond et jetées jusque sur le rivage, d'énormes masses de matières animales ou végétales en voie de décomposition. C'est dans ces matières que vivent par légions les organismes générateurs de lumière; venus à la surface, ils mettent aussitôt en œuvre leur propriété, qu'active encore l'air purifié et rendu plus vif par l'orage.

La phosphorescence des mers a-t-elle un autre but que
d'offrir un merveilleux tableau à l'œil de l'homme et d'élever
son esprit vers l'Auteur de toutes choses? Elle a ce dessein,
assurément, mais je crois bien aussi que tous les êtres doués
de l'admirable pouvoir de produire de la lumière en retirent
pour eux-mêmes quelque profit.

En dehors des minuscules travailleurs qui illuminent la
crête des vagues, ces êtres sont nombreux dans l'Océan. Je
vous en ai déjà signalé quelques-uns, depuis la pholade jusqu'à la pennatule, et s'il m'est donné d'achever ces mémoires,
je vous en présenterai une nombreuse cohorte où le phénomène devient habituel, aussi banal en quelque sorte que le
fait pour nous de posséder des pattes ou des yeux.

Quel bénéfice procure leur remarquable propriété à ces animaux lumineux?

Il n'est pas toujours facile de le démêler, et je me demande
si, dans bien des cas, la science si grande de l'homme ne
serait pas sur ce point aussi bornée que mes propres connaissances. Parfois, cependant, on peut trouver au problème une
solution.

Voyez la pholade, par exemple. Je vous ai déjà dépeint ce
mollusque qui, insuffisamment protégé par sa coquille mince
et bâillante aux extrémités, cherche dans la pierre, qu'il est
apte à creuser, un abri supplémentaire.

Mais, au fond de ce trou, il faut vivre, et pour vivre il faut
manger : comment la proie parviendra-t-elle au fond de la
retraite où l'attend le mollusque immobile qui ne peut aller
à sa conquête?

C'est là qu'intervient utilement le pouvoir lumineux. Ce pouvoir, spécialement développé autour de la bouche de la pholade, crée une sorte de fanal qui attire les exigus animalcules
s'agitant dans l'eau, et dont se composent les festins du mollusque. A vrai dire, ces animalcules n'ont point d'yeux pour
apercevoir le redoutable flambeau, phare décevant qui les

guide à la mort; mais ils sont sensibles à l'action .de la lumière, et les pâles lueurs qui sortent du manteau de la pholade doivent suffire à lui procurer une abondante pâture.

Avez-vous observé parfois la mer par une calme soirée d'été, alors que les vents semblent retenir leur haleine, et que dans le ciel qui commence à s'assombrir s'allument les premières étoiles ?

Point de nuage inquiétant; seulement vers l'horizon une brume légère, présage pour le lendemain d'un clair soleil. Les flots apaisés se poussent mollement et, roulant à peine les uns sur les autres, viennent mourir au rivage en un doux clapotis, d'une berçante harmonie. Aussi loin que porte la vue, la surface liquide semble unie, lisse; de temps à autre s'y creuse une ride imperceptible, dont la marge projette, sous les feux obliques du couchant, de fugitives étincelles.

C'est la *mer d'huile* des pêcheurs. Les souffles tièdes qui viennent de la terre sont parfumés; un vaste silence règne, que respectent même les goélands qui rament lentement dans les airs, en quête d'un abri nocturne. Au loin montent vers le ciel les panaches démesurés des navires à vapeur, et l'on distingue encore les silhouettes sombres des barques de pêche.

C'est l'heure du travail pour l'homme de la côte, qui demande aux richesses de l'Océan sa subsistance et celle de sa famille.

Qu'il se hâte : car l'Océan est un avare qui n'ouvre ses trésors qu'à regret. Aujourd'hui il se montre accueillant, et il semble inviter l'homme par des promesses de lucre et de facile labeur. Mais demain il déchaînera ses puissances hostiles, il donnera le signal à toutes les forces malfaisantes qui dorment à présent, et qui surgiront alors de chaque coin de roche; il ameutera les vents, il suscitera les éclairs, il appellera la pluie, et de ces formidables périls associés en un malveillant complot, il entourera l'homme qui lui avait donné sa confiance.

Votre espèce peut s'enorgueillir d'avoir dompté la nature,
mais la nature parfois se révolte et prend de terribles

17

revanches : la tempête est une de ces revanches. Tantôt elle s'élève subitement, suscitée par un souffle farouche accouru du large avec une effrayante rapidité; tantôt elle s'annonce par des symptômes qui sont pour le pêcheur expérimenté et prudent un avis toujours écouté.

C'est un tableau à la fois sublime et plein d'une grandiose épouvante que celui d'une mer démontée, qui se joue des plus immenses navires, comme le vent de la plume légère d'un oiseau. C'est un concert de fureurs, où sans arrêt l'eau et le ciel se donnent la réplique.

D'épouvantables grondements montent des profondeurs, arrivent du large, se répercutent du rivage, et les vents déchaînés, charriant à une vertigineuse vitesse d'opaques nuages, leur répondent. En même temps les vagues se précipitent en d'irrésistibles élans, entraînant d'énormes épaves, de monstrueux paquets d'algues, des débris de navires naufragés, des blocs de rochers, qu'elles roulent en tous sens, qu'elles disloquent, qu'elles brisent, qu'elles jettent au rivage pour les reprendre aussitôt, comme si un remords leur venait d'avoir lâché leur proie.

Déployées sur un front immense, couronnées d'écume blanche qui jaillit de tous côtés, elles se dressent à d'effrayantes hauteurs, s'enflent sous la poussée du vent, s'élancent, et leur crête arquée s'écroule tout à coup avec fracas.

Dans leurs intervalles se creusent des gouffres où plongent les barques; elles mugissent, et semblent n'avoir pas la patience d'attendre leur tour pour monter à l'assaut de la terre.

Elles franchissent d'un seul bond de prodigieux espaces, qu'elles abandonnent couverts de mousse au milieu du bruit des galets ruisselants.

Tout obstacle décuple leur fureur, et leur rage alors devient folle, se tourne contre elles-mêmes; elle se heurtent mutuellement, sans s'accorder le temps de se déployer; entre les masses hâtivement déplacées en tous sens ce sont des chocs qui soulèvent vers le ciel des gerbes d'eau, qui se recourbent, s'épanouissent, retombent en pluies violentes.

Pêcheurs, quand l'Océan manifeste ainsi sa colère, hâtez-vous de regagner le port : ou vous expierez en quelques instants, — par un retour qu'en mon esprit de bête je suis porté à trouver légitime, — tant de tortures que vous imposez aux êtres marins.

Comme les poissons, vos victimes habituelles, doivent se réjouir, quand au milieu des éléments révoltés, tandis que les nuages tourmentés laissent tomber les cinglantes averses, que la foudre gronde et brille en terrifiants éclairs, que les vents font entendre leurs puissants sifflements, vous fuyez vers la terre, effrayés à votre tour, dans votre barque qui danse follement sur les vagues, penchés avec inquiétude au-dessus de l'eau opaque où la mort vous guette !

Quelles sont vos pensées alors, ô pêcheurs ?

Sans doute songez-vous à la cabane bien chaude où vous attendent dans l'anxiété vos enfants et leur mère, au port où l'eau est calme malgré le vent, que brise une digue ingénieuse, à l'anneau de fer du quai où, par les jours de soleil, vous attachez en chantant votre barque remplie des corps palpitants des hôtes de l'Océan. Sans doute aussi maudissez-vous ces flots auxquels votre labeur arrache votre subsistance, et qui ne vous livrent leurs ressources qu'au prix de tant de combats.

Fils d'une race à laquelle vous avez déclaré la guerre, j'accueille avec joie la tempête qui dans ma défense contre vous se fait mon auxiliaire. Et cependant je ne puis m'empêcher de vous plaindre un peu, parce que votre métier est dur, pénible, et ne vous procure peut-être, en échange de vos souffrances, qu'une insuffisante rémunération.

Les flots jetés avec violence par la tempête vers les rivages n'ont pas seulement pour effet de mettre en danger la vie des

pêcheurs, et d'offrir aux yeux des spectateurs qui les contemplent sans péril de la côte le tableau d'un phénomène
grandiose. Leur colère exerce une très évidente et très tenace
action de destruction sur les barrières naturelles qui s'opposent
à leur invasion. Que de fois, au cours de mon excursion le
long des côtes françaises, j'ai vu cette destruction s'opérer sous
mes yeux; que de fois j'ai pu en constater les traces, et deviner, à des signes évidents, la lutte victorieuse de la mer contre
la terre !

Les vagues possèdent une énorme puissance, qu'elles exercent
surtout avec intensité contre les rochers abrupts. Leur choc est
parfois si violent qu'il fait trembler la terre, qu'il renverse les
plus solides digues bâties par l'homme, qu'il arrache et lance
au loin dans les terres de vastes blocs de pierre, qu'il déblaye
des bancs de sables ou de galets.

Je ne serais pas étonné que l'assaut des flots n'ait quelquefois subitement ravagé des contrées entières.

Les roches les plus dures n'opposent qu'une brève résistance
à cette colère persévérante, qui sans cesse revient à la charge
et renouvelle ses attaques; les falaises sont, de ce fait, en une
perpétuelle transformation.

Plus la côte se dresse contre l'Océan, plus elle est exposée
aux dégradations, parce que, brisant directement les flots, elle
en reçoit le choc dans toute sa violence. Ses parties inférieures,
continuellement attaquées, se creusent et se détruisent d'abord;
puis les parties supérieures, ainsi mises en surplomb, perdent
subitement leur équilibre, se détachent, tombent, s'écroulent
dans la mer.

Ces masses de débris, si elles ne sont pas immédiatement
déblayées, forment comme une sorte de rempart naturel, où
les vagues viennent se briser avant d'atteindre la base de
l'escarpement. Mais les forces de la nature sont patientes : à
la longue les rocailles écroulées sont divisées, triturées, roulées en galets, pulvérisées en sable, enlevées par le flot, et

l'Océan, ne trouvant plus d'obstacle, s'avance d'autant, inaugurant une nouvelle victoire, par la même tactique, au détriment de la falaise.

Un soir, — je venais d'atteindre des zones très méridionales, et le climat me devenait pénible à supporter au point que je me demandais avec inquiétude si le retour n'allait pas s'imposer, — un soir, donc, je vis se dessiner les premiers symptômes d'un ouragan effroyable dont le souvenir reste lié à celui d'une des plus singulières aventures de mon existence.

La chaleur était grande, et bien qu'à diverses reprises de copieuses averses eussent été précipitées des nuages, l'air brûlait. J'avais fui ces ardeurs parmi les algues fraîches, sous un rocher où l'eau transparente était peu profonde et permettait à mes yeux d'apercevoir ce qui se passait au-dessus de moi.

Le vent, qui avait brusquement changé de direction et qui maintenant soufflait du large, commençait à prendre de la force, et par instants des rafales ridaient la surface de l'eau; les vagues s'enflaient, et montraient un peu d'écume à leurs crêtes; la mer, tout à l'heure si tranquille, prenait cet aspect malveillant qui annonce la tempête. Des étoiles brillaient encore par intervalles au ciel, où se montrait, grêle et mince, le croissant argenté de la lune naissante; mais parfois ces clartés disparaissaient derrière les nuées noires qui accouraient rapidement, de plus en plus opaques, de plus en plus pressées; alors l'obscurité se faisait profonde, menaçante. La lune marquait d'une pâle bordure les contours de ces nuées; mais bientôt ces lueurs disparurent, les étoiles s'effacèrent, et le front entier du ciel se couvrit d'un voile sombre.

La pluie commença à tomber avec violence, et ses larges gouttes frappaient l'eau de la mer si fortement que, de la crevasse où je me tenais blotti, ma carapace en percevait les chocs. En même temps l'Océan se mit à enfler sa grosse voix, à rouler des lames furieuses, hautes comme des navires; des éclairs, suivis d'effroyables commotions, déchirèrent le sinistre amoncellement des nuées; le vent déploya toute sa vitesse, ses tourbillons, ses mugissements. Ce fut le chaos des éléments déchaînés.

Je me cramponnais de mon mieux aux aspérités de mon roc, que la tempête ébranlait, et tout en sentant passer dans mes muscles le frisson de l'épouvante, je ne pouvais me défendre d'un sentiment d'admiration pour la grandiose manifestation du cataclysme.

Des heures se passèrent ainsi. Le petit coin du monde où s'abritait mon chétif individu semblait voué à une prompte destruction, sous les puissances coalisées du vent, de l'eau et du feu. Car les éclairs maintenant se succédaient sans interruption, et le tableau de cette scène de désolation était illuminé par leurs clartés palpitantes, qui donnaient aux objets et aux phénomènes des proportions fantastiques. Tout à coup une masse gigantesque et opaque passa au-dessus de ma tête à une vertigineuse vitesse, apportée par une lame, et s'arrêta brusquement dans les arêtes rocheuses qui en cet endroit formaient un écueil à quelque distance du littoral. L'énorme pierre où je m'abritais fut ébranlée par ce choc terrible, et se disloqua; l'eau jaillit de toutes parts en violents remous, et moi-même je fus précipité à quelque distance : fort heureusement sans me faire aucun mal, parce que des algues étaient là pour me recevoir et pour amortir le coup.

Revenu de ma stupeur, je cherchai à distinguer la cause de ce singulier accident, et à la lueur des éclairs qui embrasaient l'horizon, je vis qu'un grand navire reposait sur les roches, couché sur le flanc, ouvert par l'avant. Peut-être s'était-il égaré dans sa route et jeté sur l'écueil en croyant passer au large; peut-être les hommes qui le montaient, inca-

Je vis les malheureux se cramponner aux cordages, dans l'impossibilité
où ils étaient de garder leur équilibre sur le pont',
qui s'inclinait de plus en plus.

pables de gouverner contre la tempête, avaient-ils dû abandonner leur bâtiment à l'impétuosité des lames qui le poussaient à la côte.

De grandes clameurs s'élevèrent dans les airs; je vis les
malheureux naufragés se cramponner aux cordages, dans
l'impossibilité où ils étaient de garder leur équilibre sur le
pont, qui s'inclinait de plus en plus. L'eau pénétrant dans le
navire l'alourdissait; et bientôt, comme d'ailleurs la marée
montait rapidement, il fut presque entièrement couvert par
les flots. Les hommes durent songer à se sauver.

L'un d'eux se dévoua pour le salut de tous; portant une
corde enroulée à sa ceinture, il se jeta à la nage. Non sans
de pénibles efforts, car la lame alternativement le poussait
et le reprenait, sans lui permettre de poser le pied sur le
sable, il finit par gagner la grève. Là, il attacha solidement à une grosse pierre qui émergeait l'extrémité de sa
corde, dont l'autre extrémité restait fixée à l'un des mâts du
navire échoué. Alors les matelots descendirent dans l'eau successivement, au milieu des ténèbres que déchiraient seulement
par intervalles les éclairs devenus plus rares, et en s'aidant
de la corde réussirent à atteindre le rivage. Leur chef, recon-
naissable à son costume, quitta le dernier le navire.

Tous cependant ne furent pas sauvés : à l'insu même de ses
compagnons, un des matelots, sous le choc d'une lame
furieuse, lâcha le câble. Sans doute ne savait-il pas nager, car
il se laissa entraîner par la vague, qui en se retirant le projeta
violemment contre le flanc du navire. L'infortuné poussa en
vain des cris de désespoir; au milieu des hurlements de la
tempête sa voix ne sonnait pas plus que le rauque appel
d'un goéland; personne d'ailleurs n'eût pu lui porter secours.
Il périt, et quelques jours plus tard la mer rejetait son cadavre
défiguré, entamé déjà par les morsures de rapaces animaux
marins.

Dès qu'il fit jour, ma curiosité me porta à explorer le lieu de l'accident et à étudier de près ce grand navire qui, hier encore, voguait orgueilleusement sur l'Océan dont il se croyait le maître, et qui maintenant gisait vaincu sur un dur lit de roches.

Jamais un naufrage ne s'était encore ainsi produit sous mes yeux, et jamais il ne m'avait été donné de pouvoir toucher du bout de mes pinces un bateau, œuvre des hommes.

La tempête était calmée; le vent furieux avait fait place à une brise fraîche, qui purifiait l'atmosphère et faisait oublier aux êtres vivants, en une délicieuse satisfaction de bien-être, l'étouffante chaleur de la veille. Je n'étais pas seul auprès du navire; une foule de poissons et de crustacés venaient comme moi contempler cet objet nouveau. Je crus même aussi distinguer sur le rivage des hommes, qui causaient avec animation en montrant du geste l'épave. Discutaient-ils les moyens de relever le bâtiment, de le réparer et de le remettre à flot? Ou bien songeaient-ils à tirer parti des richesses encore renfermées dans ses flancs, et que la mer n'avait point dispersées?

Comme j'arrivais, en me glissant sous l'eau parmi les fissures du rocher, près de l'arrière, qui déjà disparaissait sous un amoncellement de sable, une voix grêle prononça soudain :

« Eh! bonjour, cousin ! »

Je levai la tête, et de mes yeux mobiles je regardai dans la direction d'où venait la voix, essayant de discerner si ce salut s'adressait bien à moi, d'apercevoir l'être qui l'avait formulé. Je ne vis rien qu'une sorte de pédicule charnu, terminé par une coquille triangulaire d'où émergeaient des pattes grêles, et fixé à la carcasse du navire.

C'était un anatife. Je savais bien qu'entre cet animal sédentaire et les crabes agiles existent, malgré l'apparence contraire, des liens assez étroits de parenté, mais je ne pouvais supposer qu'un individu de cette race de crustacés dégradés aurait assez d'audace pour me traiter en cousin.

Je crus donc avoir mal compris, et j'allais passer outre, quand la petite voix aiguë se fit entendre de nouveau :

« Cousin, disait-elle, je suis heureux de te saluer ! »

En même temps les pattes ténues s'agitaient avec une déconcertante rapidité, symbole probablement de la joie de l'anatife.

Il n'y avait plus de doute, et, quoique assez humilié de voir un être aux instincts si obscurs, si disgracieux et si mal outillé, se réclamer auprès de moi d'une parenté que je ne pouvais contester, je dus, sous peine de manquer à la plus élémentaire courtoisie, répondre à la politesse qui m'était faite.

« Anatife, mon cousin, prononçai-je, je te salue aussi. Que puis-je faire pour t'être agréable ? »

La singulière bête que l'anatife ! Son corps est logé dans une tunique ou manteau, que renforcent des pièces calcaires qui en font une sorte de coquille analogue à celle des mollusques. Ce corps adhère toujours à quelque objet sous-marin, et, particularité bizarrre, c'est par la tête qu'il est fixé : cette partie de l'animal développe dans ce but un long pied mou, cylindrique. A l'intérieur de la coquille, chargée à la fois de protéger et de dissimuler cet arsenal, s'ouvre une bouche avide, constituée par un redoutable appareil de mandibules et de mâchoires, qui ne le cède que pour la taille à celui qui m'a été donné à moi-même pour me procurer ma subsistance. Cette bouche féroce donne accès dans un abdomen garni extérieurement d'une double rangée d'appendices ciliés, pieds transformés en tentacules, que la bête fait à volonté sortir par la fente de sa coquille ; ces pieds sont sans cesse en mouvement. Leur incessante agitation a pour but de provoquer, dans l'eau entourant immédiatement l'anatife, un tourbillon qui entraîne les animalcules passant, pour leur mal-

heur, au voisinage, et qui les précipite pêle-mêle dans la
coquille où les attend la bouche vorace et toujours affamée.

Ainsi les violents remous de l'Océan saisissent une barque,
la font tournoyer malgré les efforts des matelots, et la jettent
au fond de l'abîme.

Privé de l'agilité qui lui permettrait de poursuivre sa proie
et de la forcer à la nage, l'anatife n'est pas pour cela, vous le
voyez, dépourvu des moyens de satisfaire les exigences de son
estomac. Il ne peut se lancer dans les flots à la recherche de
sa nourriture ; le gibier vient bénévolement à lui.

L'anatife est le proche, très proche parent de la balane, que
je vous ai déjà présentée. Comme elle il se fixe aux objets
divers épars sur le sol de la mer : rochers, gros coquillages,
épaves sous-marines, coques des navires naufragés ou flottants. Il peut ainsi, sans rompre avec ses habitudes sédentaires, faire des voyages dans les diverses parties de l'Océan,
attaché au ventre de quelque bateau, dont il suit indéfiniment le sort, — jusqu'au naufrage ou jusqu'à sa propre
mort.

Ces êtres essentiellement immobiles ont trouvé le moyen
de résoudre un problème devant lequel même ma vélocité
se reconnaît impuissante : celui des déplacements faciles
et rapides à longue distance. Ces casaniers sont des cosmopolites.

Ils sont d'ailleurs assez mal doués sous le rapport des sens :
outre un tact sans doute bien développé dans leurs délicats
tentacules, ils ne possèdent guère que la vue, et encore à un
degré très infime, le siège de cette faculté étant limité à un
seul œil fort rudimentaire. L'image des objets extérieurs n'est
perceptible pour eux qu'à travers un voile épais.

Voilà, penserez-vous à ce tableau de la configuration de
l'anatife, un animal qui ne ressemble en rien aux crustacés
que nous connaissons.

Fixé pendant toute sa vie à un corps sous-marin, comme

une huître ou une moule, presque aveugle, obligé d'attendre pour manger que la mer ait l'attention de lui envoyer quelque gibier, enfermé dans une coquille, cet être est bien plutôt un mollusque! Tout au plus ses pattes ciliées peuvent-elles faire un peu hésiter sur cette classification : mais est-ce là un trait suffisant pour arracher l'anatife à la famille des moules, où il

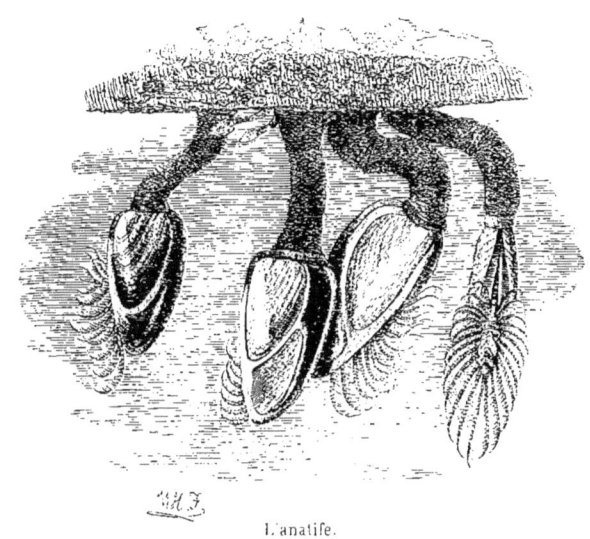

L'anatife.

paraît si bien à sa place, et pour lui trouver une parenté avec ces agiles chasseurs de la mer que sont les homards, les langoustes, les crevettes, ou même les talitres ?

Quelle raison a donc ce crabe de vouloir absolument nous présenter l'anatife comme son cousin? Ne s'abuse-t-il pas? Ou veut-il nous en imposer?

Hélas! comme je voudrais me tromper, et pourquoi la sincérité m'oblige-t-elle à déclarer que les preuves de ce que j'avance sont évidentes, malheureusement inattaquables?

L'anatife, si différent de nous lorsqu'il a pris tout son développement, sort de l'œuf sous la forme d'un crustacé; c'est alors une larve nageant librement dans l'eau, et revêtant la physionomie que présentent dans leur bas âge toutes les nombreuses espèces de ma famille. Plus tard il se fixe, et sa vie immobile transforme ses organes en vue de ses nouveaux besoins; mais, comme tous les êtres sédentaires, il jouit d'abord d'une transitoire liberté, et il a le droit de se choisir un gîte à son goût.

Or, cette phase d'indépendance, il l'accomplit sous la livrée d'un crustacé. Nous avons même origine, et par suite nous sommes réellement parents. Quelque répugnance que j'éprouve à faire un semblable aveu, le raisonnement est indiscutable, solide, ferme comme un roc.

Je me crus donc obligé d'user de quelque amabilité à l'égard de l'anatife qui, du bout de son pédicule et entr'ouvrant sa coquille, m'avait interpellé.

Quand il comprit que je me mettais de bonne grâce à sa disposition, il me dit :

« Je voudrais de toi un renseignement. Je ne comprends rien à l'événement qui s'est passé cette nuit, et qui a condamné à une brusque immobilité le rapide navire sous lequel je voguais.

« Nous filions à une belle allure, sous l'effort du vent et des lames enflées qui portaient plus légèrement le bâtiment; j'avais refermé ma coquille de crainte d'un choc, et, bien à l'abri dans ma maison close, je savourais la joie du voyage. Puis, soudain, un ébranlement formidable qui fait tressaillir la coque jusque dans ses profondeurs; le navire s'arrête, et il me semble que sa paroi prend une inclinaison anormale. Peux-tu me dire ce qui s'est passé? Car je crois que nous ne sommes pas dans un port... »

Un peu ému malgré mon caractère sans tendresse, car je comprenais que l'anatife allait mourir en même temps que périrait le navire, je répondis :

« Il s'est passé que ton bateau, ne pouvant résister aux assauts de la tempête et s'étant, par mégarde, trop approché de la côte, y a été poussé; le voilà maintenant qui repose, incliné par le flanc, sur un lit de rochers. Les hommes qui le montaient ont dû l'abandonner en hâte ; il s'est encore enfoncé depuis hier, et le sable a commencé à pénétrer par ses crevasses.

— Et ne crois-tu pas, demanda vivement l'anatife, que l'on parvienne à le remettre à flot?

— Hélas! je ne pense pas que tu puisses concevoir cette espérance. Le navire est éventré par l'avant; à chaque marée l'eau s'y engouffrera, et il sera bientôt disloqué.

— Oh! cousin, quelle terrible nouvelle tu m'annonces! Sans doute n'ai-je plus que quelques jours à vivre, et si je ne meurs pas, il me faudra désormais demeurer en ce coin du monde, et dire adieu aux voyages qui me donnaient tant de satisfaction! C'est une attristante perspective.

— Je crois, dis-je, que tu devras t'y résigner... Mais, à mon tour, veux-tu me permettre de te poser une question sur un point que je voudrais élucider?

— Parle.

— Je sais que lorsque tu étais une petite larve nageant librement au sein des eaux tu possédais trois yeux; je sais aussi que tu en as perdu deux au moment où tu as accompli la métamorphose qui t'a indissolublement attaché à ce navire, et que celui que tu as gardé n'est doué que d'un pouvoir de vision très affaibli.

« Je serais heureux d'apprendre de toi par quels moyens tu te rends compte de ce qui se passe autour de toi; comment, par exemple, tu m'as distingué tout à l'heure.

— Mon œil unique, répondit l'anatife, n'est pas tout à fait impropre à me rendre à ce point de vue quelque service. L'image des objets ne me parvient, en effet, que confuse et indécise; mais enfin je les perçois. Ensuite, la nature des

mouvements de l'eau autour de moi me renseigne sur la cause
qui provoque ces mouvements, et complète utilement les
indications trop vagues que mon œil me fournit. C'est ainsi
que l'agitation de tes pattes dans le liquide m'a averti de ton
arrivée.

« La plupart des individus de mon espèce n'en demandent
pas davantage, et bornent à cet horizon un peu court leurs
désirs de sensations extérieures. Pour moi, en vertu d'un
besoin tout à fait personnel, je suis doué d'une plus ample
curiosité, que j'alimente de mon mieux en posant des questions aux êtres marins munis d'yeux plus perçants, et que le
hasard conduit dans mon voisinage.

« Tu ne saurais t'imaginer tout ce que m'ont appris ces
trois moyens réunis sur les merveilles de l'Océan. Que
je te plains de n'avoir pas comme moi le don des voyages!
Assurément tes pattes sont agiles, et moi je suis fixé par la
tête sans pouvoir quitter le corps où je me suis implanté; mais
ce corps, je l'ai choisi mobile. Malgré ta vélocité, tu es plus
sédentaire que moi : tu ne t'éloignes pas du rivage, et peut-
être même n'as-tu jamais conçu le désir de connaître plus
amplement les secrets de la mer.

« Tu vis content au milieu d'une population dont tous les
représentants, plantes et animaux, te sont familiers. Mais
quelle pauvreté de formes, de couleurs, de mœurs auprès des
hôtes si divers et si merveilleux qui peuplent l'Océan dans les
parages lointains! Combien fait triste figure l'huître de tes
eaux natales auprès des géantes tridacnes de la mer des Indes,
dans la coquille desquelles un homme se logerait à l'aise,
alors qu'il serait impuissant à en déplacer l'énorme poids!
Pour s'emparer du mollusque qui habite cette vaste coquille,
il faut détacher son byssus à coups de hache.

« Que sont les chétifs coraux des régions où nous sommes,
pauvres êtres dont l'arbre de pierre n'atteint même pas la
hauteur de cette coque, auprès de leurs frères de l'océan Paci-

fique, dont l'incessant labeur, en accumulant polypiers sur polypiers, élève, depuis le fond de la mer jusqu'à la surface, des îles sur lesquelles se brisent les navires, et qui, en se peuplant d'arbres, augmentent la surface de la terre.

« J'ai vu pêcher les huîtres perlières, qui fabriquent entre leurs valves des bijoux brillants dont l'homme est avide, sans doute parce qu'il en tire un grand bénéfice en les vendant comme parure. J'ai vu encore récolter les éponges, qui évidemment sont aussi pour l'homme l'objet d'un actif trafic.

« J'ai vu, de mon œil faible heureusement secouru par les indications de guides bénévoles, des baleines se jouer en plein océan à la surface des flots; — des homards si gigantesques que l'homme n'aurait pu sans armes se mesurer avec eux; — des poissons volants qui faisaient hors des eaux des bonds énormes, et qui parfois venaient tomber sur le pont de ce navire, à la grande joie des matelots... »

J'avais écouté au milieu de la plus profonde stupéfaction le long discours de l'anatife, me demandant parfois s'il parlait sérieusement ou s'il ne cherchait pas à abuser de ma crédulité. Ses dernières affirmations me firent sortir de mon silence.

« Des homards capables de faire peur à l'homme! m'écriai-je. Des poissons qui auraient des ailes, et qui seraient aptes à faire dans les airs concurrence aux oiseaux! Anatife, mon cousin, je veux croire que tu ne me trompes pas; mais, je t'en prie, pour me prouver ta sincérité, donne-moi plus de détails sur ces singulières aventures, et raconte-moi au moins les principales curiosités dont tu as été le témoin dans tes voyages.

— Volontiers, dit l'anatife; de cette manière je me consolerai un peu du fâcheux accident qui me condamne, pour le reste de ma vie peut-être, à l'immobilité. »

Il fut convenu que chaque jour je viendrais passer auprès de mon voyageur cousin tout le temps que je ne consacrerais pas au repos et à la chasse.

Des hommes étaient venus, avec des cordes et de puissants bâtiments à vapeur, essayer de relever le navire naufragé; mais tous les efforts ne parvinrent pas à le retirer de son lit de pierre. L'anatife eut donc le loisir de me faire son extraordinaire récit, jusqu'au jour cruel où sa mort tragique vint priver ma curiosité de son agréable commerce.

Mais n'anticipons pas.

XV

« Par quel point veux-tu que je commence le tableau des
merveilles que j'ai rencontrées au cours de mes voyages ? me
demanda l'anatife.

— Tu m'as dit qu'en certains endroits de l'Océan des polypes
analogues à ceux de ces régions, mais infiniment plus prospères et plus actifs, élèvent, grâce à un incessant labeur, des
îles de corail, qui constituent un danger pour la navigation.
Veux-tu me faire l'histoire de ces habiles architectes ?
L'étendue de leur talent me semble étrange, et il me faudrait quelques détails pour que je puisse m'en représenter une
idée juste.

— Il m'est bien facile de te satisfaire. Ces minuscules
ouvriers, dont l'œuvre n'est pas proportionnée à la taille, et
pour lesquels c'est le nombre qui fait la force, habitent surtout, et, si je suis bien informé, presque exclusivement les
régions chaudes d'une vaste mer, qui a de terribles colères et
que les hommes nomment cependant dans leur langage l'océan
Pacifique.

« Ces colères, le navire qui me porte les a souvent éprouvées,

et un jour notamment il fut jeté sur un de ces écueils de corail
dont je te parle. Il s'en tira heureusement. Que ne puis-je concevoir, dans le danger qui me menace en ce moment, un semblable espoir !

« Les polypes qui édifient des îlots habitent en commun des
polypiers pierreux, ou *madrépores*. Ils ont besoin pour vivre
et prospérer d'une température assez élevée; ils ne se développent pas dans les endroits où cette température s'abaisse
par suite de courants d'eau froide circulant dans la mer. De
plus, ils ne peuvent exercer leur industrie qu'aux points où
le fond de la mer est déjà soulevé en monticules qui élèvent
leur sommet près de la surface : car ils ne sauraient vivre
qu'à une profondeur assez faible. Pareille condition est précisément réalisée dans la région du Pacifique que je t'ai indi-
quée. Je tiens tous ces détails de crabes obligeants que j'ai
interrogés pendant mon séjour forcé sur un de ces récifs.

« Les polypes des madrépores sont organisés de manière
à pouvoir extraire de l'eau de la mer les particules pierreuses
qui s'y trouvent dissoutes, et dont ils se servent ensuite pour
bâtir leur vaste habitation. Ils s'implantent sur toutes les îles
sous-marines dont le niveau atteint un point assez voisin de
la surface pour leur permettre de vivre; ils en recouvrent
d'abord toutes les roches, puis, en sécrétant du calcaire, ils
construisent leurs polypiers. Les générations succèdent alors
aux générations, les polypiers aux polypiers; et ainsi les assises
madréporiques s'entassent les unes sur les autres.

« Quand la surface de la mer est atteinte, la construction
s'arrête, parce que les polypes ne peuvent vivre hors de l'eau.
Arrêtés dans leur accroissement en hauteur, ils s'étalent en
largeur; il en résulte des bancs pierreux qui couvrent de très
vastes espaces. Dans les endroits de l'Océan où ils trouvent une
température favorable, les madrépores garnissent jusqu'à la
surface des eaux toutes les crêtes des montagnes sous-marines.
Et non seulement ils élèvent eux-mêmes des îles, effroi des

navigateurs, mais souvent ils entourent, à de grandes distances, les îles naturelles d'un rempart circulaire, dont la base repose sur une montagne de roche, qui domine à pic un abîme d'une effroyable profondeur.

« Car c'est là ce qui fait l'extrême danger, pour les navires, de ces écueils, dus à l'industrie d'un chétif animalcule. Ils ne font pour ainsi dire pas saillie au-dessus des flots, de telle manière que les matelots ne peuvent les apercevoir de bien loin; et quand on les distingue du navire, il est inutile de jeter l'ancre, car le sol de la mer sur lequel pourrait mordre le crochet fixateur est à une énorme profondeur. Ces récifs sont comme des colonnes qui émergeraient d'un gouffre, maligne-ment dressées pour la perte de l'homme. La nature prend ainsi souvent sa revanche sur cet être qui, par son intelligence, domine tous les êtres; et ici c'est une bestiole infime qui, sans autre guide qu'un instinct aveugle, sème sur sa route de terribles dangers.

« O leçon de modestie, s'il savait en profiter!

« Les écueils madréporiques rendent la navigation très dif-ficile dans les parages des mers du sud où ils sont abondants. Leur forme est quelquefois celle d'un vaste anneau pierreux, dont la crête circulaire se dessine à fleur d'eau, tandis qu'à l'intérieur miroite au soleil la surface paisible d'un lac. Ail-leurs l'anneau n'est pas entier, mais brisé, et les brèches sont autant de passages qui permettent de pénétrer dans la petite mer intérieure. Ailleurs encore cet anneau est seulement indi-qué à la surface par une série d'îles, entre lesquelles circule la mer.

« A la longue, sous les assauts des vagues, les parties supé-rieures des madrépores se désagrègent en débris qui, roulés, divisés, viennent s'accumuler au fond du lac, dans les échan-crures de la couronne de récifs, ou encore entre l'île centrale et son rempart de corail. Et comme les polypes continuent leur travail, réparent de leur mieux les dommages faits à leurs

assises de pierre, tandis que la mer continue, avec une inlassable patience, son travail de démolition, les débris de plus en
plus abondants finissent par combler le lac intérieur.

« La terre l'emporte sur l'Océan; aux masses madréporiques
désagrégées s'ajoutent des corps inertes de provenances diverses
et tels que tu vois le flot en jeter chaque jour sur ce rivage :
sable, gravier, fragments de coquillages, carapaces vides de nos
frères et cousins crustacés, algues arrachées aux rochers. Ces
débris forment un sol, sur lequel la végétation se développera :
le vaste rocher édifié par les polypes est devenu un îlot de
verdure, dont l'homme pourra convoiter la possession. Les
souffles de la mer y apportent des graines, d'autres y viennent
dans l'estomac des oiseaux.

« Des plantes basses, des arbres, des cocotiers germent et
croissent, en plein Océan, sur des îles perdues. Et le polype
dont l'instinctif travail permet ce développement n'a point
connu le résultat définitif auquel devait aboutir son industrie.

— Tout cela, m'écriai-je, est merveilleux, et dépasse ce que
mon imagination aurait pu concevoir de plus étonnant en
contemplant les faibles polypiers de ces régions. Ceux-là assurément, bien qu'ils soient très habiles et qu'ils aient un évident souci de l'élégance, de la beauté, seraient bien incapables
de bâtir une île. Et tu as vu beaucoup de ces récifs madréporiques au cours de tes pérégrinations?

— Beaucoup, non; quelques-uns seulement. Je t'en parle
surtout d'après les renseignements que ma curiosité m'a porté
à demander autour de moi. Cependant le navire a passé plusieurs jours rudement accroché au flanc de l'un d'eux, en
grand danger de perdition; et là mon œil unique, utilement
secondé par les indications d'un jeune poisson complaisant, a
pu recueillir quelques impressions personnelles que je te com-
muniquerai volontiers, si cela te fait plaisir.

— Rien ne pourrait m'être plus agréable, et sur ce chapitre
je t'écouterais longtemps sans manger.

— Nous naviguions dans des parages semés de récifs, quand
tout à coup s'éleva une violente tempête. Le chef des matelots,
— le capitaine, comme ils l'appellent en leur langage, — au
lieu de tenir tête au vent, ce qu'il eût peut-être pu faire sans
trop de danger, car ce navire était vaillant à la mer, trouva sans
doute plus commode de chercher un abri dans le lac intérieur
d'une île circulaire.

« Le calme de cette nappe qui ne participait point à la
colère de l'Océan le séduisait évidemment. Il fit donc diriger le
bâtiment vers une brèche du récif; mais le mouvement fut mal
calculé, ou un coup de vent plus violent contraria la manœuvre,
et au lieu de pénétrer dans le passage, le navire vint se jeter
sur une crête madréporique. Heureusement il ne s'était pas
brisé; quelques jours plus tard, quand la mer se fut apaisée,
il put être tiré de son mauvais pas, et le voyage continua.

« Mais quel tableau enchanteur vint en ces circonstances me
faire oublier le danger, et graver ses merveilles dans mon souvenir! L'eau du lac, calme, limpide, transparente et sans profondeur, reposant sur un lit de sable pierreux, fin et blanc,
brillait d'éclatants reflets verts sous les rayons verticaux du
soleil, qui glissaient à travers les nuages dans les éclaircies
de l'ouragan. Les lignes de brisants qui l'entouraient se couvraient d'écume, et sa nappe verte était ainsi séparée des
vagues noires de l'Océan par une ceinture blanche, semée çà
et là des taches sombres des cocotiers qui projetaient leurs
festons sur le ciel. Sous le soleil, cette ceinture est éblouissante, et sa réverbération doit être fatigante pour les yeux des
animaux terrestres.

« Du côté de la mer, le rempart était abrupt, et opposait
aux vagues une barrière invincible; quant au sol où poussaient
les plantes, ce n'était évidemment qu'une agglomération de
débris de coraux et de coquillages, et il faut le climat extrêmement chaud de ces contrées pour faire prospérer la végétation
sur un terrain aussi aride.

« Tout autour de nous la mer accumulait contre les flancs du récif des amas d'épaves volumineuses. Il y avait là notamment des troncs d'arbres venus de très loin, et dont je me suis fait indiquer les noms : savonnier, ricin, palmier sagou, teck de Java en masses immenses, cèdres rouges et blancs, gommiers bleus d'Australie, mêlés à des barques d'indigènes de ces régions et à des graines enlevées par le vent à leur terre natale, et qui, jetées par les flots après de longs voyages sur ces côtes que l'on pourrait croire inhospitalières, y trouvent une nouvelle patrie.

« Tu peux penser que les animaux terrestres ne sont guère nombreux sur les îles madréporiques. D'où viendraient-ils, en effet? Ils ne peuvent comme les graines accomplir de lointaines pérégrinations sur l'aile des vents ou la crête des vagues. Cependant le poisson qui me donnait toutes ces explications me dit qu'en s'approchant du rivage il voyait parfois des rats circuler sur le bord du récif : c'étaient les descendants de quelques individus de cette espèce qui y avaient été apportés sur le pont d'un navire naufragé.

« Mais si l'écueil était lui-même mal peuplé d'êtres animés, quelle merveilleuse profusion de formes, quelle intensité de vie dans la mer qui l'avoisinait!

« Les poissons qui s'agitaient autour de moi étaient tous revêtus de teintes vives et chatoyantes; les anémones de mer suspendues aux parois du roc étalaient sur leurs tentacules les nuances les plus tendres et les plus délicates.

« Les citoyens de l'Océan, qui avant le travail des polypes avaient été seuls possesseurs de ces lieux, s'efforçaient d'y maintenir leur domination. Nos cousins les pagures, de forte taille et très féroces, montaient à l'assaut du récif, en traînant la coquille d'emprunt où s'abrite leur ventre vulnérable.

« Et dans les airs des oiseaux de mer innombrables et de formes diverses, des frégates, des fous, des sternes tournoyaient, planaient, poussaient des cris de curiosité au-dessus du navire mal à l'aise sur son rocher, regardaient les matelots de leurs yeux stupides, puis allaient se poser sur les arbres, dont la cime ployait sous leur poids.

Madrépore attaché sur une pintadine mère perle.

« Au large filaient d'immenses tortues, auxquelles des barques indigènes donnaient la chasse.

« Voilà, mon cher cousin, l'histoire des îles madréporiques ; j'espère que tu es convaincu maintenant, par la précision des détails que je t'ai donnés, de ma sincérité. Si nous étions d'humeur à philosopher un peu, combien n'y trouverions-nous pas matière dans le contraste entre la faiblesse du polype, être

mou, fragile, aveugle, inintelligent, et la grandeur de son
œuvre, qui non seulement sème d'écueils la route des navigateurs, mais encore résiste victorieuse aux plus furieux assauts
de la mer! L'Océan gonfle en vain ses tempêtes : il peut bien
entamer les roches les plus dures, saper les plus orgueilleuses
falaises, il reste impuissant contre les madrépores, parce que
les brèches qu'il y fait sont réparées avec une incessante, une
inlassable ténacité. Et ce vainqueur de l'Océan, plus habile
que l'homme même malgré tout son art, est un infime animalcule.

— Cette réflexion, dis-je à l'anatife, complète et termine
heureusement cette partie de ton récit. Ce que tu m'as dit des
récifs madréporiques m'a vivement intéressé, et je vais réflé-
chir aux moyens de me procurer, comme toi, la vision de ces
admirables constructions. Cela n'est peut-être pas tout à fait
impossible.

« Mais tu m'as dit encore que tu as voyagé dans les régions
où vivent les huîtres qui fabriquent des perles, et que tu as
vu l'homme exploiter ces mollusques. Cela doit être bien
curieux!...

— Je suis à ta disposition pour t'instruire encore sur ce
point. Mais auparavant laisse-moi réparer mes forces par
quelque nourriture et toi-même donne un aliment à tes
mandibules. L'estomac plein, tu m'écouteras avec plus d'intérêt. »

Je suivis ce conseil, et après avoir taillé de bons morceaux
dans le corps d'un gros poisson mort que la tempête de
la veille avait, pour ma satisfaction, jeté à la côte, je revins
vers l'anatife, qui de son côté s'était repu d'une gelée d'animalcules apportée par la vague bienveillante.

Il continua en ces termes son récit :

« Tu as pu remarquer, ne fût-ce qu'en dégustant une huître
ou une moule, que les mollusques ont le talent de tapisser

l'intérieur de leur coquille, fabriquée avec tant d'industrie, d'une couche brillante de nacre.

« Si un petit corps étranger, un parasite minuscule, pénètre entre leurs valves, et s'ils ne parviennent pas à l'expulser, pour se défendre de la blessure qu'il leur causerait ils secrètent tout autour de lui une épaisse couche de nacre. Certaines espèces, dont l'huître perlière ou pintadine, que les pêcheurs nomment encore mère perle, jouissent de ce moyen de défense à un haut degré.

« C'est là l'origine de ces globules de nacre, de ces perles transparentes que l'homme recherche avidement au milieu des plus grands dangers, qui sans doute lui paraissent peu de chose auprès du produit qu'il retire de cette précieuse richesse de la mer.

« Deux fois ce navire m'a porté dans des régions où l'on pêche les perles, et j'ai pu m'instruire sur les manières différentes dont se fait cette pêche. Car le procédé n'est pas le même partout. A Ceylan, par exemple, où j'ai séjourné quelque temps, ce sont des plongeurs qui, au péril de la vie, descendent au fond des eaux pour y recueillir les huîtres, qui y prospèrent en bancs nombreux.

« Ceylan est une assez grande île située dans une mer que l'on nomme l'océan Indien, au sud d'une vaste terre appelée l'Inde. C'est le rendez-vous des pêcheurs de perles de cette région. Ils arrivent dans des bateaux au-dessus des bancs d'huîtres; leur pénible travail commence aux premières lueurs du jour.

« Tu sais que l'eau oppose aux corps qui y descendent une résistance assez forte. Pour vaincre cet obstacle, qui aurait pour résultat de prolonger inutilement leur séjour dans les flots, les plongeurs commencent par s'attacher aux jambes de grosses pierres; ils s'alourdissent ainsi, et peuvent gagner le fond avec une extrême rapidité.

« Quand ils se disposent à plonger, ils fixent aux doigts d'un

de leurs pieds une corde nouée à une pierre, et à l'autre pied
ils suspendent un sac en filet. Leur main droite tient une
corde reliée à la barque, et par laquelle ils signaleront à leurs
camarades restés à la surface le moment où ils demanderont
à être remontés. Et de la main gauche ils se bouchent les
narines, afin d'empêcher l'eau de pénétrer dans leur corps.
Ils descendent alors, verticalement accroupis sur les talons.
Lorsqu'ils sont au fond, il se hâtent d'arracher toutes les
huîtres qui sont à leur portée, et ils les entassent dans leur
sac.

« Puis, quand ils ne peuvent plus résister à l'impérieux
besoin de respirer, quand la souffrance de leur poitrine qui
demande à s'ouvrir pour absorber l'air devient intolérable, ils
agitent violemment la corde d'appel, et leurs compagnons les
aident à regagner la surface. Mais dans quel état!

« Une vieille crevette, qui habitait depuis longtemps ces
parages, et à laquelle je dois les détails dont je viens de te faire
part, me disait que rien ne saurait mieux venger les huîtres
perlières des tortures qui leur sont imposées par l'homme que
le spectacle des maux auxquels l'homme s'expose pour cette
conquête.

« Quand les plongeurs remontent, bien souvent ils rendent
le sang par le nez et par les oreilles, au point que l'eau est
toute rougie sur leur passage. Et il n'est pas rare que quelqu'un d'entre eux ne puisse plus repaître ses yeux de la douce
lumière du jour, parce qu'il est devenu la proie d'un vorace
requin.

« Ces redoutables poissons infestent, en effet, les mers où
vit l'huître perlière. Ce sont des monstres terribles, munis
d'une gueule qui est un véritable gouffre, et de mâchoires
qui d'un seul coup tranchent un homme en deux tronçons.

« Quant aux malheureuses coquilles à perles, sais-tu quel
est leur sort? O barbarie de l'homme! On les entasse à terre,
dans des carrés entourés de palissades; et les infortunés mol-

lusques, loin de la mer natale où ils respiraient et où ils mangeaient, sont condamnés aux affres de la mort par asphyxie.

Cela, je l'ai appris d'une hirondelle de mer qui avait souvent
tournoyé au-dessus de ces chantiers de carnage, et qui un

La pêche aux perles.

jour, pendant notre escale à Ceylan, vint se poser fatiguée sur
le rebord de cette coque.

« Les huîtres mortes ne tardent pas à laisser bâiller leurs
coquilles, et leurs chairs qui se putréfient répandent dans l'air
une insupportable odeur. C'est au milieu de cette corruption
que l'homme va fouiller pour en extraire les perles. Il com-

mence par s'emparer de celles qu'il peut apercevoir facilement entre les valves disjointes; puis, cette première récolte faite, il livre à l'eau bouillante les chairs décomposées, et la pulpe horrible est écrasée sur un réseau de mailles fines, qui la laisse passer tandis qu'il retient les perles qui avaient d'abord échappé.

« Toutes les huîtres sont loin de renfermer de ces joyaux ; pour s'en procurer quelques-uns, il faut donc tuer inutilement un grand nombre de mollusques. Mais de ceux-là mêmes, l'homme, qui a eu tant de peine pour les conquérir, n'entend pas ne pas tirer profit.

« Les coquilles sont soigneusement recueillies, et on en détache la nacre intérieure, qui sans doute devient aussi un objet de lucre. J'avoue cependant que je n'ai pu deviner à quel usage on l'emploie.

— Je le sais, moi, m'écriai-je. Sur la plage voisine de mon canton natal venaient souvent se promener, pendant la belle saison, des femmes élégantes et qui avaient de beaux enfants. Sur les costumes de ces enfants brillaient au soleil de petites rondelles qui en retenaient les plis, et qui avaient les reflets des coquillages luisants. C'était là de la nacre, j'en suis convaincu. Quand aux perles dont tu me parles, j'en ai vu aussi au cou de ces femmes, ornement superbe chatoyant sous les feux de l'astre du jour.

« Ainsi ces bijoux magnifiques, que j'admirais sans en connaître l'origine, sont le fruit du travail et sans doute aussi des souffrances d'humbles huîtres végétant dans les profondeurs de mers lointaines! C'est dans la corruption qu'ils sont recueillis, et leur conquête nécessite non seulement le massacre de myriades de mollusques inoffensifs, mais encore le sacrifice fréquent de plongeurs infortunés! Sur chacune de ces perles on pourrait voir une goutte de sang humain, et il est sans doute tel collier qui a coûté la vie à plusieurs hommes! Cependant ce produit doit avoir une très grande valeur si pour l'obtenir et en tirer bénéfice des pêcheurs n'hésitent pas à affronter l'inexorable gueule des requins, et si des marchands l'apportent à grands frais jusqu'en ces régions depuis les mers de Ceylan, dont tu me parles.

— J'ai vu dans un autre endroit, reprit l'anatife, l'exploitation des huîtres perlières se faire avec autant d'avidité, mais avec beaucoup moins de dangers pour les ouvriers. Là, le mollusque est la seule victime, et la vie humaine est sauve.

« Cela se passait dans le détroit de Torres. En ces parages, les pêcheurs de perles ne sont pas de malheureux plongeurs exposés presque nus à la voracité des bêtes féroces de la mer; ils revêtent pour descendre au sein des eaux un costume résistant et ample, et ils sont coiffés d'un casque muni de fenêtres rondes que garnit une lame transparente.

« Cet habit spécial est, dans la langue des hommes, un scaphandre. L'homme qui en est revêtu peut descendre sans aucun danger à une assez grande profondeur; l'eau ne peut pénétrer jusqu'à son corps; par les fenêtres de son casque il distingue parfaitement les objets qui l'entourent, et se guide ainsi aisément dans son travail. Quant à l'air dont il a besoin pour respirer, on le lui envoie de la barque grâce à un tuyau qui vient se fixer sur son casque. Ce vêtement permet au pêcheur de s'aventurer dans des régions où ne sauraient pénétrer les plongeurs de Ceylan; il est indispensable au détroit de Torres, parce que là les bancs des précieuses huîtres sont très éloignées de la surface. Pour les atteindre, un plongeur nu, qui à cause des exigences de sa respiration ne peut rester qu'un temps très court sous l'eau, emploierait tout ce temps en allées et venues; il ne lui en resterait plus pour son travail.

« Donc, amené dans une barque à la surface au-dessus de l'endroit où reposent les huîtres, le pêcheur revêt son scaphandre, puis se laisse glisser au fond de l'eau en se cramponnant à une corde.

« Dès qu'il a touché le sol sous-marin, il se met à la recherche de son butin. C'est un labeur assez pénible; car, à l'inverse de leurs cousines de ces parages, qui, comme tu le sais, aiment à vivre en sociétés et éprouvent quelque satisfaction à sentir leurs coquilles s'agglomérer à celles de leurs voisines, les huîtres perlières ne sont guère sociables. Il faut donc rechercher avec soin leurs coquilles éparses. Si l'eau est limpide, l'homme au scaphandre, masse informe et d'aspect disgracieux, embarrassé dans son attirail, marche à l'aventure aussi vite qu'il le peut : à travers ses fenêtres il y voit assez pour distinguer les mollusques éparpillés.

« Si au contraire l'eau du fond est troublée par la vase, alors le pêcheur s'agenouille, et se met à ramper, cherchant à tâtons l'objet de ses convoitises.

« La corde qui le relie au bateau s'incline dans le sens où il opère ses déplacements; c'est un signal suffisant pour ses compagnons de la surface, et le léger bâtiment l'accompagne docilement dans son voyage sous-marin.

« Il place sa récolte dans un sac attaché à son cou. Quand la profondeur est trop grande, le sac est hissé sur le bateau, par un mince câble, chaque fois qu'il est plein; dans le cas contraire, le pêcheur le remonte lui-même, ce qui lui permet de temps à autre de respirer un peu d'air pur.

« N'est-ce pas ingénieux, et où s'arrêtera l'industrie de l'homme dans la recherche des moyens d'exploiter les richesses animales que recèle le fond des mers?

« A Ceylan, le malheureux plongeur passe dans sa ceinture un couteau pour se défendre contre les requins. Au détroit de Torres, point n'est besoin de cette arme.

« Les requins, pourtant si avides de chair humaine, n'attaquent point les hommes vêtus de scaphandres.

« Ces monstres inconnus qui viennent s'emparer du domaine des eaux et le partager avec eux n'excitent point leur sanguinaire voracité; ils en sont plutôt étonnés, et ils viennent les examiner curieusement, en se demandant sans doute, dans leur cervelle passablement obtuse, ce que cache ce sac sans élégance qui se traîne lentement sur le fond. Mais si les requins ne sont pas à craindre pour le pêcheur abrité dans son vaste habit protecteur, combien doit-il redouter de déchirer cet habit aux aspérités des rocailles, aux pointes aiguës dont se hérissent les madrépores rameux.

« Par le moindre trou l'eau pénètre avec force, chasse l'air amené par le tube, et c'est inévitablement, pour l'infortuné, l'asphyxie mortelle. On pourrait presque dire que, plus l'homme développe son art et perfectionne ses engins, plus il les rend délicats et fragiles, et plus il multiplie pour lui les chances de destruction accidentelle.

« D'ailleurs cette pêche au scaphandre comporte encore d'autres dangers par le fait du caractère sournoisement orageux de la mer dans les régions où elle se pratique. Les ouragans terribles, les cyclones, tournoiements gigantesques de l'air auxquels rien ne résiste, y sont fréquents. Et que peuvent de faibles barques contre ces effroyables tourbillons qui broient et pulvérisent les grands navires saisis dans leurs replis? »

L'anatife s'arrêta, et me pria de lui laisser encore quelques instants pour manger et réparer ses forces.

Quoique son récit, par les horizons inconnus qu'il m'ouvrait, fût pour moi plein d'un captivant intérêt, j'acquiesçai volontiers à son désir, et je lui offris même de se reposer jusqu'au lendemain.

Ce faisant, — il faut bien que je l'avoue, — je poursuivais un but plus égoïste que charitable : car je songeais que, soustrait à la fatigue, l'anatife serait bien plus apte à satisfaire par d'abondants détails sur ses aventures mon anxieuse curiosité.

J'allai donc à mes affaires, qui consistaient en ce moment

exclusivement dans la recherche de quelque succulent festin. Mon poisson mort, présent de la tempête, était toujours là, à demi dévoré; mais mon goût avait changé. Je l'abandonnai aux nasses sans énergie, dont le pied visqueux rampait au voisinage, et je me dirigeai vers la grève, où près du bord de la mer calmée, sous les derniers rayons du soleil qui s'abaissait en rougeoyant vers l'horizon, folâtraient avec enivrement des bandes de crustacés sauteurs.

Je tombai au milieu des puces de mer comme un ouragan subit dans une flottille de pêcheurs; profitant de leur désarroi, j'y semai le carnage. Les chefs de la troupe, ceux du moins qui semblaient se désigner comme tels par leur taille plus forte, et qui promettaient à ma gourmandise un morceau plus délicieux, tombèrent sous mes pinces.

En quelques instants je me procurai un dîner de choix, et, l'appétit aiguisé par l'air rafraîchi du soir, je me mis immédiatement à table. Tout en dégustant sans hâte mes talitres, je laissais aller mon esprit vers les visions évoquées par le récit de l'anatife. Mon imagination essayait de se représenter les scènes qu'il m'avait dépeintes, les spectacles curieux, pittoresques ou splendides dont il m'avait exposé les merveilles.

Dans ma tête se confondaient, se choquaient et les silhouettes légères des cocotiers balançant leurs feuilles sur les récifs madréporiques, et l'image des écueils circulaires avec leur crête éblouissante, leur lac intérieur si calme, et celle des pêcheurs de Ceylan luttant au fond des eaux contre les requins, des plongeurs à scaphandre rampant sur les genoux à la recherche des huîtres perlières.

Ne verrai-je jamais ces tableaux? pensais-je avec mélancolie. Ne pourrai-je m'arracher à la vue monotone de ces côtes toujours les mêmes, dont chaque être m'est connu, et où les phénomènes de la nature n'ont plus rien à m'apprendre?

Et, rêvant à ces choses, en proie à un désir de plus en plus intense de voyages lointains, je quittai, repu, les restes de mes talitres, pour me promener le long du flot, à la clarté des étoiles.

Le lendemain, dès le lever du soleil, j'étais à mon poste près de l'anatife. Il parut flatté de mon exactitude, et pour m'en récompenser il me fit part aussitôt de ce qu'il savait sur les pêcheries d'éponges.

« L'homme, me dit-il, attache certainement un grand prix à la possession des éponges, puisque pour s'en emparer il se livre à des travaux pénibles et périlleux. Mon navire, conduit là par les besoins du commerce auquel se livraient ses propriétaires, s'est trouvé pendant quelques jours sur les côtes d'un pays nommé la Syrie, au plus fort de la chaleur de l'été.

« Dans ces parages, où la mer acquiert une température assez élevée qui favorise leur développement, les éponges pullulent et prospèrent. Et l'été est précisément la saison choisie par les pêcheurs pour exploiter ces inertes animaux. De nombreux bateaux, montés chacun par quatre ou cinq hommes, étaient éparpillés le long du littoral, au-dessus des bancs de rocailles où s'accrochaient les éponges.

« Celles qui vivaient à une faible profondeur étaient frappées à coups de harpons, et brutalement arrachées à leur rocher natal. Mais pour atteindre les autres, il fallait que d'habiles plongeurs, semblables à ceux qui à Ceylan vont pêcher les perles, descendissent jusqu'au fond; là, à l'aide d'un couteau, ils détachaient leurs victimes avec précaution, et sans les blesser. Non évidemment qu'aucun sentiment de générosité les portât à cette sollicitude, — le pêcheur, je l'ai souvent reconnu, est sans pitié pour les êtres qu'il convoite; — mais je suppose que les éponges non mutilées ont une plus grande valeur commerciale, pour le but inconnu auquel l'homme les destine.

« J'ai encore vu pêcher les éponges dans une contrée bien éloignée des côtes de la Syrie, dans le golfe du Mexique. Ce malheureux navire, si pitoyablement échoué aujourd'hui, était un fin voilier, d'une rare intrépidité, et les hommes qui le montaient, actifs, entreprenants, jamais en repos, m'ont traîné à leur suite dans les régions les plus diverses. Je ne pouvais deviner, quand j'ai choisi, au temps relativement rapproché de ma jeunesse, cette coque pour m'y fixer, que mon humeur voyageuse et curieuse serait à ce point satisfaite. Dans ma carrière assez courte, j'ai parcouru une grande partie de l'Océan.

« Au Mexique, les pêcheurs d'éponges ne s'aident point d'une corde pour descendre : ils enfoncent dans l'eau une longue perche, amarrée près de leur bateau, et se laissent par ce moyen glisser jusqu'au fond.

« As-tu remarqué, toi qui dois être observateur, avec quelle imprévoyance l'homme exploite les trésors de la nature vivante, qu'il épuise, qu'il tarit dans leur source, sans se soucier de ses descendants, ni même de son propre avenir ?

— Oui, répondis-je. Le long des côtes d'un grand pays dont je viens de parcourir le littoral, la France, où se trouve mon canton natal, il a ravagé les champs naturels d'huîtres avec une telle avidité qu'il les a presque complètement détruits, et qu'il a été obligé, pour se procurer encore ce précieux mollusque dont il aime sans doute à se nourrir, de le cultiver artificiellement.

« J'ai vu, au cours de mon long voyage, plusieurs endroits où l'on cultivait ainsi, non seulement des huîtres, mais encore des moules.

— Eh bien ! mes propres observations et des renseignements recueillis m'ont appris qu'il en va de même pour l'éponge.

« Quelle que soit la fécondité de ce prolifique animal, elle n'est pas inépuisable; et l'homme a eu le tort de croire qu'il pouvait impunément l'exploiter à outrance, sans sagesse et sans mesure. Non content d'envoyer des plongeurs le ramasser dans les profondeurs, n'a-t-il pas imaginé en ces derniers temps de faire racler les rochers par un terrible engin, la drague, qui recueille et détruit impitoyablement tout ce qui se trouve sur son passage.

Pêche à l'éponge.

« Le résultat ne s'est pas fait attendre, et des poissons bien informés m'ont dit que des bancs d'éponges autrefois très prospères n'offrent plus à leurs yeux que des déserts. Tu peux penser si ces poissons tournaient en ridicule l'aveugle avidité de l'homme, qu'ils détestent parce que ses filets déciment leur race. Cependant ils ont ajouté que depuis quelque temps, sur certains points du littoral d'une terre appelée l'Afrique, des représentants de l'espèce humaine, sans doute très instruits des mœurs des animaux marins et désireux de réparer les dommages causés par la rapacité des pêcheurs, se livrent à de curieuses manœuvres en vue de cultiver l'éponge.

« Tu as sans doute pu observer par toi-même que les éponges se multiplient par des larves agiles auxquelles la nature a donné le droit de nager librement avant de choisir l'endroit où elles doivent se fixer et accomplir leur existence.

« Quoi de plus simple que de songer à recueillir ces larves, ou tout au moins à les entourer dans leur jeune âge de soins qui en écartent les dangers et leur permettent de se choisir en toute sûreté un domicile définitif? Ah! si pareille sollicitude était accordée à ceux de mon espèce au moment où, non encore fixés, ils errent dans les flots, à la merci de toutes les bouches voraces, les anatifes couvriraient aujourd'hui en troupes serrées les épaves sous-marines et les coques des navires!

— Ne souhaite pas trop pour ta race, dis-je, d'être ainsi l'objet des soins de l'homme. Il ne les accorde que pour son profit, et les êtres qu'il protège sont avant tout ses victimes.

— Donc, reprit l'anatife, il a entrepris la culture de l'éponge par la protection des larves; mais là ne se borne pas son industrie. Ayant observé que, si l'on partage un de ces animaux en plusieurs morceaux, chaque fragment peut se développer et donner naissance à un nouvel individu, il s'est empressé de mettre en pratique cette précieuse faculté. Il opère ainsi la multiplication des éponges par transplantation de tronçons. Cela me rappelle le crabe maïa cultivant sur sa carapace un petit champ d'algues : tu connais la maïa?

— Je connais la maïa, dis-je, et je l'ai vue à l'œuvre. Son instinct est bien admirable!... »

XVI

« Sais-tu ce que c'est que les siphonophores? interrogea le lendemain l'anatife quand je revins lui demander la suite de ses leçons.

— Je crois, dis-je, que ce sont de proches cousins des méduses; mais je n'en ai jamais vu, et j'ignore quelle existence ils mènent.

— Leurs formes, répondit-il, et leurs instincts, ainsi que les moyens curieux par lesquels ils frappent leurs adversaires ou leurs victimes, sont dignes de ton intérêt.

« Tu as sans doute observé les polypes qui vivent en commun dans de petits arbres de pierre qu'ils se construisent eux-mêmes, et tu sais combien leurs colonies forment de parfaites républiques, où règnent la paix et l'union. Mais chacun d'eux est semblable à son voisin, et bien que le produit de leur activité doive profiter à la communauté entière, tous travaillent isolément de la même manière.

« Les siphonophores sont aussi des groupements de polypes;

ils diffèrent des coraux en ce qu'ils ne se confectionnent pas de polypiers pierreux, et que chacun des petits animaux qui les composent perd son individualité, revêt une forme spéciale et accomplit une besogne particulière, d'après le rôle qui lui échoit dans l'ensemble.

« C'est encore une république, mais où ne règne pas entre les citoyens une égalité qui serait fatale à la colonie.

« Les uns ont pour fonction de chasser et de manger, les autres sont préposés à la multiplication ; il en est qui assurent à tous les points de vue le salut de leurs frères en les portant à la surface des eaux dans les régions giboyeuses.

« Chaque colonie, qui nage librement dans la mer, est essentiellement formée d'une tige apte à se contracter et à s'étendre, presque toujours sans rameaux, dilatée à son extrémité flottante en une chambre assez vaste qui renferme une vessie pleine d'air.

« Sans doute penseras-tu que cette vessie, par la légèreté que lui donne son contenu gazeux, est destinée à maintenir en équilibre tout le système qu'elle traîne après elle. Cette hypothèse est bien exacte. Sous la vessie natatoire, la tige porte, disposés en spirale, les autres polypes, qui sont au moins de deux sortes : les uns munis d'un estomac et chargés d'assurer la subsistance commune, le reste semblables à de petites méduses et auxquels est dévolue la fonction de pondre les œufs.

« Les polypes nourriciers ont une bouche, mais ils ne possèdent point cette jolie couronne de tentacules que tu as pu admirer chez les coraux. Tu vas sans doute te demander comment, dépourvus de cet utile anneau de bras, ils peuvent s'emparer de leur proie. Garde-toi bien d'être inquiet sur leur sort ; malgré leur faiblesse, ils sont aussi puissamment outillés que toi-même.

« Ils sont armés chacun d'un filament très fin, qu'ils déroulent à volonté jusqu'à lui donner une très grande longueur, et qu'ils peuvent ensuite retirer vers eux en l'enroulant en spirale ; ce filament en porte d'autres sur ses côtés, également grêles, également extensibles.

« Tu sais de quelles armes terribles sont douées les anémones de mer, ces gros polypes qui vivent isolément, et les méduses, filles orgueilleuses de polypiers rampant au fond de la mer?

— Oui, dis-je, ce sont de très petites flèches barbelées que ces animaux mous lancent avec adresse sur leurs adversaires, et qui font pénétrer dans leurs blessures un venin très subtil et très puissant.

— Eh bien! les siphonophores, proches parents des actinies et des méduses, comme elles également vulnérables et dépourvus de mâchoires solides, sont comme elles munis de ces redoutables flèches. Ils en portent çà et là, réunies en paquets, tout le long de leur corps, particulièrement sur les ramifications de leurs filaments. C'est là la forme la plus ordinaire. Mais souvent elle se complique de nouveaux éléments qui diversifient l'aspect de la colonie : ainsi quelques-uns des polypes n'ont plus d'estomac, et se transforment en autant de tentacules distincts; parfois certains bourgeons deviennent des plaques cartilagineuses sous lesquelles s'abritent les individus plus faibles de la colonie; parfois encore, au-dessous de la grande vessie aérienne s'en suspendent d'autres plus petites, en cloches, munies de muscles puissants qui leur permettent de se contracter avec force, et qui sont chargées de déplacer tout cet ensemble.

« Ne t'avais-je pas dit que ce sont des républiques merveilleusement organisées? Leurs divers citoyens font à ce point abstraction de leur individualité, sacrifient si complètement leurs propres désirs au bien de la communauté, qu'on croirait se trouver en présence d'un organisme simple, comme le tien ou le mien. Et cette unité est si profonde qu'il en résulte pour ces créatures une forme admirable d'élégance et de grâce.

— J'ai peine à croire cependant, interrompis-je, que ces

siphonophores dont tu me parles avec tant d'affection atteignent
en beauté les méduses, flottant si légèrement au gré des flots
en agitant leurs chevelures diaprées.

— Non seulement elles les égalent, repartit vivement mon
cousin, mais elles les dépassent.

« Leurs formes sont aussi capricieuses que variées, et je
voudrais être doué du don des mots pour t'en décrire l'étonnante diversité. Sache du moins que toutes les couleurs, depuis
les plus délicates jusqu'aux plus brillantes, se jouent avec des
reflets changeants sur leurs vésicules natatoires comme sur
leurs polypes, sur leurs bourgeons, et surtout sur leurs filaments, qui sont dans un incessant mouvement.

« As-tu vu, après la pluie, le soleil tendre sur les nuages un
éclatant arc multicolore? Les siphonophores, voguant au gré
des molles ondulations d'une mer calme, revêtent l'une après
l'autre toutes les nuances de cet arc. Ces êtres sont délicats, et
ne se plaisent que dans les eaux tièdes et les parages tranquilles. C'est ce qui explique pourquoi tu n'as jamais vu aucun
de leurs pareils flotter au-dessus de ta tête.

« Pour moi, j'en ai beaucoup rencontré dans mes voyages,
qui m'ont porté précisément dans les régions chaudes qu'ils
affectionnent, et, si cela peut t'être agréable, je t'instruirai
volontiers des mœurs de quelques-unes de leurs espèces.

— Rien, dis-je, ne pourrait me faire plus de plaisir; parle-
moi donc de ces jolis siphonophores, et ne crains pas d'entrer
dans les détails.

— Une des espèces que j'ai rencontrées le plus souvent est
la physophore. Figure-toi un frêle axe vertical, couronné par
la vessie aérienne dont je t'ai parlé, portant en-dessous, disposées en série, plusieurs cloches natatoires, et s'épanouissant
à sa partie inférieure en une couronne de longs polypes semblables à des tentacules; du centre de cette couronne part une
gerbe abondante de filaments contractiles, d'une ténuité et
d'une délicatesse extrêmes.

« La vessie aérienne est brillante, à reflets blancs comme les écailles de la sardine ou du hareng, ces légers poissons que tu connais bien; une tache rouge la décore. Les cloches natatoires sont d'une transparence parfaite, quoique d'un tissu ferme.

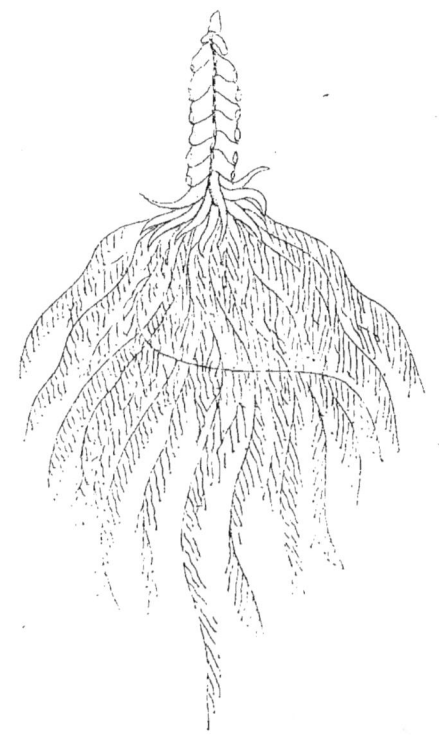

Physophore.

Par le moyen de ces cloches, la physophore peut se diriger dans tous les sens; elles se remplissent en s'ouvrant d'une eau qu'elles chassent ensuite par leur contraction. Leurs mouvements sont donc tout à fait comparables à ceux que tu as vu exécuter par le disque des méduses, et le résultat en est identique.

« Suivant que les cloches d'un côté travaillent plus ou moins que les cloches de l'autre côté, l'animal progresse par recul dans un sens ou dans un autre; il peut d'ailleurs régler à volonté sa marche, son ascension ou sa descente au sein des eaux, par le seul jeu alternatif des contractions et des dilatations de ses cloches.

« Mais ce n'est pas tout de voyager, de se déplacer dans la mer, en offrant aux yeux qui vous contemplent un éblouissement de lumière; il faut aussi songer à ce besoin impérieux de manger auquel nul être vivant ne peut se soustraire.

« C'est là qu'interviennent ces grêles filaments dont je t'ai dépeint la mobilité incessante; et c'est là la merveille de la vie des siphonophores, merveille dont la plus subtile imagination ne trouverait pas le secret, si l'observation minutieuse ne venait à son secours. Ce que je vais t'apprendre n'est point une conception de l'imagination; mes renseignements sont sûrs, et, dussent-ils te paraître étranges, tu peux leur accorder ta confiance.

« Le long fil dont est muni chaque polype porte sur toute son étendue de nombreux fils secondaires, ayant chacun à leur extrémité une ampoule pleine de flèches empoisonnées. Celles-ci sont autant de petits corpuscules très durs, juxtaposés sur un filament enroulé en spirale dans l'ampoule. Quand une physophore flotte en paix à la surface d'une eau calme, elle se tient verticalement, et plonge aussi loin qu'elle le peut dans le liquide ses fils pêcheurs, dont toutes les capsules vénéneuses s'étalent. Ces fils sont dans une agitation continuelle : sans arrêt ils se replient et s'étendent. Le moindre mouvement de l'eau fait contracter tout ce système de filaments, dont le jeu a pour objet la recherche des proies. Une infime méduse, une larve d'une taille médiocre, un petit crustacé viennent-ils à s'en approcher imprudemment, immédiatement ils sont frappés par les pointes multiples des flèches, dont la spirale se déroule avec une violente instantanéité, et les frêles filaments, que l'on

croirait trop faibles pour un semblable travail, les portent en
se contractant vers la bouche du polype.

« Dans les mers chaudes et tempérées vit un autre siphonophore, la physalie; c'est l'espèce la plus connue des marins,
qui la redoutent à juste titre pour une propriété que je vais
te faire connaître, et qui la nomment *galère* ou *frégate*.

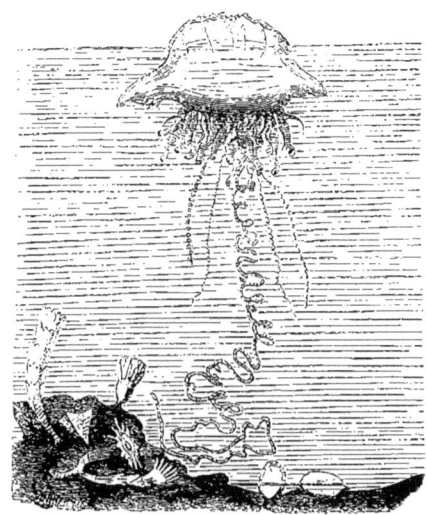

Physalie.

« Peut-être ne sais-tu pas que ces deux'termes désignent,
dans la langue des hommes, des sortes de navires. Appliqués
à un modeste et fragile animal de la mer, ils signifient que cet
animal sait se déplacer et voguer sur les flots comme un navire,
en s'aidant de la force du vent. Je n'ai pas besoin de te dire
que la comparaison n'est pas complètement exacte; mais les
marins n'y regardent pas de si près, et le peu que je sais de
leurs habitudes m'a appris qu'ils donnent volontiers la liberté
à leur imagination.

« Peut-être est-ce le séjour sur l'Océan, où les étendues sont

immenses et les phénomènes grandioses, qui les prédispose
ainsi à embellir de détails fantaisistes les faits qu'ils observent.
Mais je ne m'attarderai pas à te parler des marins, que tu connais aussi bien que moi, et je reviens à la physalie. Par les
temps calmes, elle vient en troupes à la surface, se laissant
bercer au gré des vagues, emporter au gré des courants; ce
qui ne l'empêche pas d'être très habile à échapper aux mal-
veillantes embûches de ses ennemis.

« Elle sait à volonté changer, quand il est nécessaire, d'allure
et de route. La complexité très grande de son organisme,
composé de polypes divers de formes et de fonctions, n'est pas
un obstacle à ses mouvements : tous sont dirigés par une
activité unique, à laquelle ils se montrent très soumis. Et
chacun d'eux isolément veut, pour le bien général de la communauté, ce que veulent ses voisins.

« L'appareil natatoire qui sert de barque pour soutenir et
transporter tout l'ensemble est une assez grosse vessie, renflée
au milieu, amincie et arrondie aux deux extrémités. Cette vessie a comme volume à peu près deux ou trois fois la grosseur
de ta carapace. Elle est transparente, et à peine visible dans
l'eau; sous le soleil elle présente des reflets pourprés, qui
passent au violet sur les côtés, au bleu en dessus. Au sommet
elle porte une crête, limpide comme une eau très pure, et
marquée de veines violettes; au-dessous flottent des polypes
charnus, onduleux, spiralés, d'où descendent des fils pêcheurs,
d'un bleu clair comme l'azur du ciel par un beau jour.

« La crête est, selon les marins, la voile dont se sert la
physalie pour naviguer à la façon d'un navire. Je ne sais pas
si cet animal a étudié les lois de la science marine; mais il est
certain qu'il offre au vent son flotteur sous un angle favorable
à la direction qu'il veut suivre.

« Croirais-tu que les filaments de la physalie, chargés d'aller
sous les flots surprendre et capturer les petites proies, par un
procédé analogue à celui que tu as vu sans doute employer

par quelque pêcheur, manœuvrant du haut d'un bateau sa
ligne munie d'un hameçon sournois, croirais-tu, dis-je, que
ces filaments peuvent se déployer sur une longueur presque
égale à celle d'une petite barque de pêche?

« Chacun d'eux porte en grand nombre de ces perfides
ampoules, pleines de flèches imbibées d'un terrible venin.
Quelque petit poisson, entraîné par sa rêverie, s'engage-t-il
imprudemment dans l'inextricable lacis de ces filaments caus-
tiques : aussitôt les ampoules lancent leurs dards aigus. La
victime, criblée de blessures infiniment petites, mais par lesquelles pénètrent dans son corps des gouttelettes du redoutable
poison, est instantanément paralysée. Quoique vivante encore,
la voilà à la merci du siphonophore, incapable d'opposer à son
adversaire affamé la moindre résistance. Les filaments pêcheurs,
se reployant, l'entraînent vers les bouches avides des polypes
nourriciers, qui commencent leur œuvre aussitôt. Une bave
brûlante en coule sur le malheureux poisson, dont les chairs
s'altèrent, se ramollissent.

« Tout à l'heure encore créature légère, gracieuse, qui
glissait dans les eaux comme un blanc rayon de lumière,
c'est maintenant une masse informe et presque fluide, dont
les horribles polypes de la physalie meurtrière pompent les
sucs...

— Ce que tu me racontes, interrompis-je, est horrible, et
cependant ne m'étonne pas ; car j'ai vu souvent des méduses
faire subir le même sort à des poissons infortunés qui s'étaient
aventurés dans leur voisinage.

« Comment d'ailleurs les poissons et les autres hôtes de la
mer concevraient-ils quelque méfiance à l'égard des méduses,
et de ces siphonophores dont tu me révèles les perfides instincts? Ces sont des animaux en apparence bien inoffensifs et
bien faibles : sans les avoir vus à l'œuvre, on ne saurait soupçonner qu'ils sont doués d'appétits si cruels. Pour moi je les
fuis, et j'évite de fréquenter les parages où ils flottent. Mais

comme leur hypocrisie justifie l'exactitude de cette maxime
que j'ai parfois surprise sur des bouches humaines, dans ma
région natale, à savoir qu'il ne faut pas juger des gens sur la
mine !...

« Tu m'as dit que les marins craignent aussi la physalie ;
pourtant ses filaments pêcheurs n'ont pas, j'imagine, le pouvoir de les capturer ?

— De les capturer, non ; mais ils peuvent leur causer de
vives souffrances. Écoute encore à ce propos un fait dont j'ai
été le témoin.

« C'était aux Antilles. Mon navire relâchait, pour je ne sais
quelle raison, dans une grande anse sablonneuse, à quelque
distance de la côte. Tandis qu'il se balançait doucement sur
ses ancres, quelques matelots étaient descendus dans un canot
pour pêcher des poissons, en vue sans doute du repas de
l'équipage, et un de leurs chefs s'amusait à plonger dans la lame
prête à se déployer. Il passait ainsi sous la petite colline d'eau,
gagnait au large, et se laissait ramener au rivage par la vague
suivante. Cette prouesse faillit lui coûter la vie ; c'est du moins
ce que me raconta un de tes cousins qui vit de près l'accident,
et qui voulut bien m'en faire le récit.

« Tout à coup le nageur, en abordant, se mit à pousser de
véritables hurlements : « Miséricorde, je brûle, je brûle ! »

« Il brûlait en effet. Quelques physalies étaient échouées sur
le sable ; l'une d'elles s'attacha à son épaule, et bien qu'il s'em-
pressât de l'arracher, il ne put empêcher que plusieurs de ses
filaments ne demeurassent collés sur sa peau.

« La douleur dut être intolérable, car il resta longtemps
privé de connaissance, et il ne dut de recouvrer ses sens qu'aux
soins des matelots, qui à ses cris se portèrent à son secours et
le frictionnèrent énergiquement.

« Un assez long délai s'écoula avant qu'il fût en état de
regagner le navire.

— J'ai quelquefois vu, dis-je, des méduses venir en contact

avec les membres des baigneurs, qui manifestaient quelque
frayeur et aussi quelque souffrance. Mais aucune d'elles assurément n'eût été capable, comme la physalie, de paralyser un
homme. »

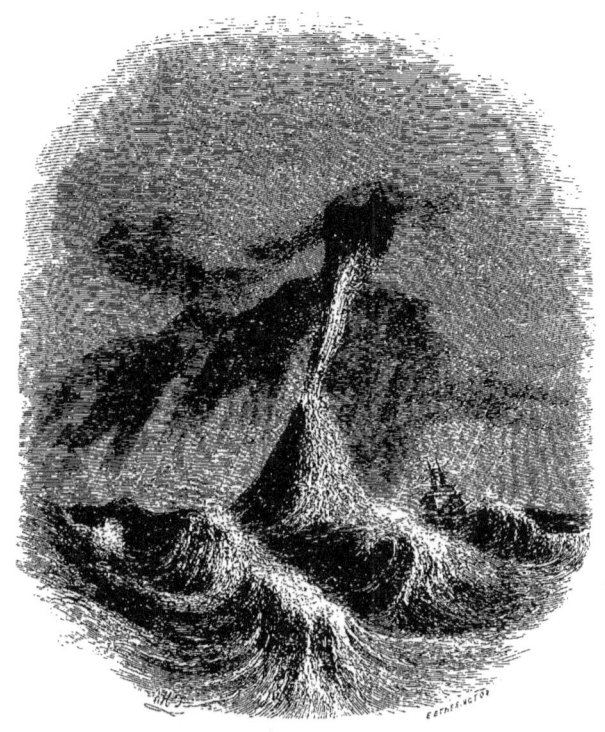

Trombe marine.

Je venais ainsi chaque jour m'instruire auprès de l'anatife,
qui répondait à mes questions avec une inépuisable complaisance, et j'appris de lui une foule de choses dont il avait eu
la révélation au cours de ses voyages, et que je n'aurais même
pas soupçonnées.

Il augmenta considérablement, par exemple, mes connaissances sur les algues, ces plantes marines que je n'avais pu

observer que sur le littoral de la France, où la diversité de
leurs formes est très limitée et où elles n'atteignent qu'une
faible taille.

Comme les espèces de mon pays sont modestes et humbles
à côté de l'immense *macrocyste* des mers australes, qui accroche
ses crampons au fond de l'abîme, tandis que sa tige cylindrique s'élance vers la surface, où, dans la région qu'illuminent
abondamment les rayons solaires, s'étale son vaste panache de
grandes feuilles !

L'anatife me dit que dans certaines régions de l'Océan, par
exemple au voisinage des îles Açores, la marche des navires
est parfois entravée par des amas considérables d'algues qui,
grâce à leurs grosses vessies remplies de gaz, flottent au gré
des vagues, pêle-mêle, enchevêtrées.

Ce sont les sargasses. Les matelots prétendent qu'elles sont
arrachées au littoral d'un grand pays nommé l'Amérique, et
que les courants les transportent aux points de la mer où elles
s'agglomèrent.

Hélas ! je ne sais pas où est l'Amérique ; mais j'imagine que,
depuis leur rocher natal jusqu'à la prairie flottante qui arrête
les navires, les sargasses doivent accomplir un long voyage.

L'anatife me racontait encore comment, dans les régions
chaudes, le phénomène de la mer phosphorescente revêt une
intensité particulière et magnifique, et comment, sous ces climats brûlants, s'élèvent subitement de furieux tourbillons de
vent, ou se déplacent rapidement à la surface des eaux des
trombes dévastatrices.

Ces trombes, phénomène effrayant, consistent en amas de
vapeurs épaisses, opaques comme un nuage, qui se tordent
sur eux-mêmes et circulent à grande vitesse ; une de leurs
extrémités touche la surface des eaux, l'autre se perd dans le
ciel. De leurs flancs jaillissent des éclairs, et la foudre y fait
entendre de terribles grondements. Malheur aux navires qui
se trouvent sur le passage de ces violents météores !

Une autre fois, c'était le récit d'une chasse à la baleine dont l'anatife détaillait les péripéties à mon esprit curieux ; une autre fois encore mon cousin, qui dans ses conversations avec moi semblait trouver à la fois un plaisir et l'oubli de sa périlleuse position, m'exposait les mœurs des poissons volants, qu'il avait rencontrés dans des mers diverses.

Dauphins et exocets ou poissons volants.

Ces poissons singuliers sont les dactyloptères et les exocets ; ils doivent leur curieuse faculté au très grand développement de leurs nageoires pectorales, qui deviennent des ailes. N'allez pas croire cependant que ces ailes soient assez robustes pour permettre au poisson d'évoluer longuement dans les airs, et de disputer ce domaine aux oiseaux. Non : l'exocet est, comme tous les poissons, attaché à l'élément liquide par les besoins de sa respiration ; c'est là qu'il doit vivre, et il ne peut s'en éloigner. S'il a reçu des ailes et la faculté de s'en servir dans une étroite mesure, c'est tout simplement pour lui permettre d'échapper plus facilement à ses ennemis.

Est-il poursuivi par quelque brigand? il file avec rapidité
vers la surface, et, entraîné par son élan, porté par ses grandes
nageoires, il quitte la vague, décrit dans les airs une courbe,
et va retomber plus loin, tantôt à l'abri du danger, tantôt au
voisinage d'un monstre plus terrible que celui qu'il fuyait,
tantôt encore, pour son malheur, sur le pont d'un navire, d'où
il ne peut plus s'échapper, et où il doit abandonner toute espérance. Car il y devient la victime des matelots, qui trouvent
à sa chair quelque saveur.

Et l'*échénéis!* Voilà encore un bizarre poisson, dont je dois
la révélation à l'anatife. Son histoire est à peine vraisemblable;

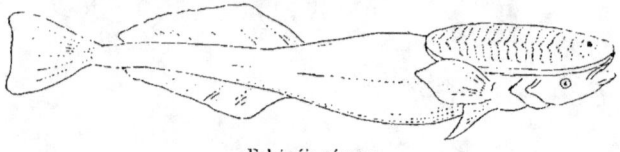

Echénéis rémora.

mais j'espère que, m'ayant dit vrai sur d'autres points, mon
cousin n'aura pas davantage voulu me tromper à son sujet.

Donc, si je suis exactement informé, l'échénéis porte sur sa
tête une grande ventouse, à l'aide de laquelle il s'attache à
volonté à d'autres poissons, résolvant ainsi le problème de se
faire transporter sans fatigue aux endroits où il veut aller.
Entre le transporteur et le transporté, les rapports ne sont
d'ailleurs que temporaires; l'échénéis se fixe et se détache
lorsqu'il le veut, et il sait parfaitement, le cas échéant, se servir pour ses déplacements de ses propres nageoires. Mais alors,
particularité curieuse, il nage le ventre en l'air; aussi, à l'inverse des autres poissons, le dessous de son corps est-il plus
coloré que le dessus. C'est sans doute le fardeau gênant de sa
ventouse qui l'oblige à prendre cette position.

L'échénéis se fixe quelquefois, pour se reposer, aux rochers
ou à la coque des navires. Parmi les poissons, il en est un qui

lui sert assez fréquemment de véhicule: c'est le requin, l'épouvantable requin.

Par quelle ruse le frêle échénéis, qui n'est pas plus volumineux par rapport au requin qu'un misérable individu de mon espèce par rapport à un homme, arrive-t-il à tromper la vigilance du vorace brigand et à s'en approcher sans danger?

Requin.

Voilà ce que j'eusse voulu savoir, et ce que l'anatife ne put m'apprendre; il m'en dédommagea en me donnant quelques détails sur la férocité du requin, terreur des matelots, et sur la manière dont ceux-ci se vengent, à l'occasion, de leur redoutable ennemi.

Mais ici je cède la parole à mon cousin :

« Tu connais, me dit-il, ces poissons avides que l'on nomme la raie, la torpille, la roussette...?

— Oui, répondis-je, et je sais qu'il ne fait pas bon pour un
crabe de rôder imprudemment dans leur voisinage

— Eh bien ! le requin est de la famille de ces poissons meurtriers; seulement, tandis qu'une roussette se contentera d'un
crabe pour son repas, il faut au requin des proies énormes.
Un homme n'est pas trop gros pour ses mâchoires, et les représentants de l'espèce humaine qu'il peut atteindre, il les dévore
impitoyablement.

« Ce poisson, dont les os sont pourtant bien mous, est doué
d'une force effrayante. Son corps est de forme allongée; il atteint
facilement la longueur d'une barque de pêche, soit le tiers
d'une baleine de taille ordinaire. Sa tête, large et aplatie, se
termine par un museau au-dessous duquel est une vaste
gueule, munie de plusieurs rangs de dents tranchantes, dont
l'arête porte une série de fines épines.

« Les mâchoires du monstre s'ouvrent en une fente capable
d'engloutir d'un seul coup un canot. Je ne sais pas ce que sont
les bêtes de la terre; mais je puis affirmer qu'il n'y a pas dans
la mer d'animal plus glouton et mieux armé. Aussi inspire-t-il
la terreur autour de lui.

« Ah! tu n'aurais que peu à craindre de lui, car je t'assure
qu'il ne perd pas son temps à chasser de pauvre crabes ! Ce
qu'il lui faut, ce sont des victimes de forte taille. Il fait sa nourriture ordinaire de thons et de morues, et il ne craint pas de
se mesurer avec les phoques.

« Tous les débris sont bons d'ailleurs à son insatiable appétit. Dans les parages qu'il infeste, les cadavres jetés des navires
à la mer n'ont pas d'autre tombeau que son estomac.

« Très vigoureux, il se tient de préférence au large. Il nage
près de la surface, de telle manière que son dos et ses nageoires
dorsales émergent souvent hors des eaux. S'il n'est pas poursuivi ou s'il ne chasse pas quelque gibier, son allure est plutôt
lente, et il aime à flâner; mais en cas de besoin il se révèle
excellent nageur, et il n'est pas obligé à de grands efforts pour

suivre longtemps un navire à vapeur marchant à toute vitesse.
« C'est là d'ailleurs une occupation à laquelle il se livre
volontiers. Ce qui l'attire ainsi dans le sillage des vaisseaux,
c'est l'espoir des aubaines qui peuvent lui en échoir.

« Sa voracité le porte à avaler avec un entrain égal et une

Il fut bientôt amené contre le flanc du navire.

égale satisfaction tous les objets qui se trouvent sur son passage. J'en ai vu se précipiter sur les vieilles chaussures et les
vêtements hors d'usage que les matelots de ce navire jetaient
à la mer.

« Ses dents sont mobiles, et peuvent se replier en arrière, de
manière à saisir plus énergiquement les proies vigoureuses et
à les pousser vers l'estomac du monstre.

« Tu peux croire que dans les mers infestées par ces brigands il n'est pas possible de se baigner. Ah! si ces redoutables bandits s'approchaient des côtes de la France, ton pays natal, les plages en seraient moins fréquentées.

« Quelquefois, dans la mer des Antilles, des canots montés par des nègres et transportant un voyageur passaient près de moi; tout à coup les nègres cessaient de ramer, et d'un air effrayé montraient à leur compagnon un horrible requin nageant à l'arrière, comme dans l'attente d'un faux coup de gouvernail ou d'une manœuvre imprudente qui eût fait chavirer l'embarcation.

« Dans les nuits de tempête, quand les éléments furieux font gémir le navire jusque dans ses profondeurs, le requin apparaît dans les vagues autour du bâtiment en danger. Il brille dans l'obscurité d'une lueur phosphorescente; et les matelots contemplent avec effroi ce signal lumineux qui décèle la présence de leur ennemi.

« En retour, quand ils le peuvent, ils ne se font pas faute de le détruire : et c'est une vengeance que je dois reconnaître légitime, car les requins anéantissent certainement chaque année un grand nombre d'existences humaines.

« T'imagines-tu, par exemple, quel carnage doit produire une bande de ces monstres par leur irruption sur le théâtre d'un naufrage, alors que les malheureux s'efforcent de s'accrocher aux épaves flottantes, qui leur procureraient un asile provisoire en attendant le salut ? Ils pourraient se maintenir quelque temps sur ces épaves, construire un radeau, se sauver sur les canots : mais les requins sont là, pour achever l'œuvre d'extermination commencée par la tempête.

— Cela doit être, en effet, dis-je, un spectacle terrifiant, et bien que l'homme n'ait que peu de titres à ma sympathie et à ma pitié, je ne puis m'empêcher de plaindre les infortunés naufragés qui luttent contre la mort, et qui sont soudain happés par une gueule vorace.

— Ainsi s'explique, reprit l'anatife, la haine des matelots à l'égard du terrible poisson.

« Un jour, dans l'océan Indien, mon navire étant immobilisé par le calme, les hommes qui le montaient, sans doute pour tromper l'ennui du désœuvrement, voulurent se donner le plaisir d'une pêche au requin.

« Un de ces animaux, d'une taille formidable et dans l'estomac duquel plusieurs hommes eussent facilement tenu ensemble, était venu, — pour sa perte, — jouer dans notre sillage. Pour l'occuper et l'empêcher de perdre patience, on commença par lui jeter une paire de vieilles bottes, qu'il avala consciencieusement.

« Cela n'était d'ailleurs peut-être pas très utile, car le navire n'avançait qu'à une allure imperceptible, et le requin ne paraissait pas songer à nous abandonner.

« Tout à coup tombe à la mer un gros appât, fixé à un énorme hameçon retenu par une chaîne et un câble solide; l'appât est un volumineux morceau de lard.

« Le requin cesse alors de plonger et de tourner autour du navire; il a aperçu l'appât, il vient le flairer, nageant paresseusement et sans se hâter, car depuis longtemps il sait qu'une si petite proie ne saurait lui échapper.

« Dès qu'il est à portée, il se tourne sur le côté, ouvre la gueule, et engloutit le morceau de lard. Mais aussitôt la chaîne et le câble se tendent, se raidissent énergiquement; l'hameçon pénètre dans une mâchoire, et le monstre se débat en éclaboussant de l'écume de tous les côtés...

« Vains efforts! Il fut bientôt amené contre le flanc du navire; là un harpon lui fut lancé, pénétra dans sa chair, et les hommes eurent ainsi deux points d'attache pour le tirer vers eux. Une fois hors de l'eau, il était perdu, car sa force, n'ayant plus d'appui, ne pouvait se déployer.

— Ce que tu me racontes du requin, dis-je à l'anatife, et ce que j'ai pu moi-même apprendre sur les mœurs des poissons de ma côte natale, me font croire que ces animaux, qui sont pourtant les rois de la mer, ne savent manifester leur industrie que pour satisfaire leur appétit.

« N'ont-ils donc tous d'autre aspiration que de manger, et n'as-tu point remarqué quelqu'un d'entre eux qui fût doué d'instincts un peu moins bas, d'habitudes un peu plus nobles?

— Je puis répondre à ta question, dit l'anatife, en te racontant un trait bien curieux du lompe, assez grosse espèce au corps trapu, dont la peau épaisse est couverte de tubercules et de granulations, et qui est remarquable par la large ventouse placée sous son ventre.

— Ce portrait suffit, car je connais le lompe; mais je n'ai pas remarqué que ses mœurs eussent un intérêt particulier.

— Eh bien, le lompe rachète sa propre voracité et les instincts avides des autres membres de sa famille par la tendre sollicitude qu'il témoigne à ses œufs.

« C'est un tableau charmant et gracieux au milieu de la férocité familière à tant d'êtres de l'Océan.

« Tant que de ces frêles œufs, déposés à l'abri de quelque rocher, les jeunes larves ne sont pas sorties, le lompe s'installe au-devant, pour les protéger et en écarter tout danger.

« Il accomplit sa fonction de gardien si fidèlement que rien ne peut l'en distraire; si quelque circonstance accidentelle l'éloigne de la chère ponte, il y revient. Et lorsqu'une tempête violente a disséminé les œufs, il erre fort en peine à leur recherche.

« Fixé par sa ventouse au rocher, il s'en détache de temps à autre, et il vient agiter fortement ses nageoires au-dessus de la ponte, objet de ses soins; il se remplit la bouche d'eau, et il la projette sur les œufs qui évidemment ont besoin pour éclore de ces mouvements du liquide.

« Mais ce qui est plus merveilleux, c'est que, pendant la longue durée de sa faction, le lompe, cessant d'obéir à la voracité de tous ses pareils, se résigne à ne prendre aucune nourri-

ture. Aussi, quand son œuvre de protection est achevée, quand
enfin il peut reprendre sa liberté, est-il très amaigri et a-t-il
perdu ses brillantes couleurs... »

Hélas ! l'histoire du lompe fut la dernière qui sortit à mon
intention de la bouche de l'anatife.

Bien qu'on fût dans la belle saison et que la mer n'eût pas
renouvelé sa colère, le navire, subissant deux fois· par jour
l'assaut de la vague, donnait des signes de fatigue. La blessure

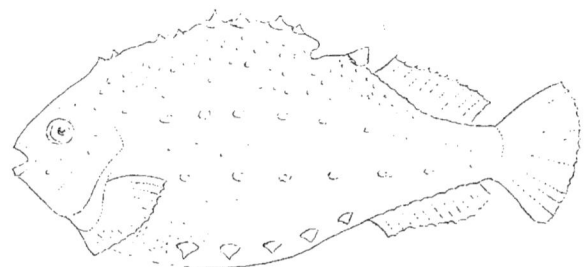

Lompe (*Cyclopterus lumpus*).

de son avant s'était ouverte davantage, et dans la cale le sable
s'accumulait.

Les hommes, après de vaines tentatives pour le réparer et
le remettre à flot, étaient venus retirer peu à peu la cargaison
de ses flancs.

Ils en avaient ainsi sauvé la plus grande partie, à l'exception
de quelques barriques qui, éventrées sur le rocher, avaient
rougi le flot du liquide qu'elles contenaient.

Un jour ils revinrent, avec l'intention évidente de reprendre
la coque par morceaux. Armés de haches, ils se mirent à attaquer le pauvre navire; les mâts, que la tempête avait respec-
tés, tombèrent, et sous les coups du fer qui les dépeçait, les
planches épaisses firent entendre de lugubres gémissements.

Le travail de démembrement fut activement poussé. Je compris que le dernier moment de l'anatife était venu; je n'osai cependant l'en avertir. Il le comprit lui-même lorsque la planche sur laquelle il était fixé fut détachée, emportée sur les épaules d'un matelot. A demi suffoqué par l'air, il me jeta un suprême *adieu*.

Je me haussai sur mes pattes, suivant des yeux la planche qui s'en allait... Quand mon ami eut disparu, je me replongeai dans la mer, ne pouvant me soustraire à un pénible sentiment de tristesse et d'isolement.

XVII

Les récits de l'anatife avaient fait naître et peu à peu déve-loppé en moi le désir impérieux de m'arracher au littoral auquel j'étais assujetti, et d'entreprendre un voyage aux loin-taines régions océaniques, où se voyaient tant de merveilles.

Mais quel moyen employer pour réaliser ce désir? Je n'avais à ma disposition pour me déplacer que mes pattes, agiles à la vérité, mais malheureusement accessibles à la fatigue.

Mes pareils ne savent ni voler dans les airs, ni nager dans les eaux, et je n'avais même point la ressource, comme l'ana-tife, de me fixer à quelque carène de navire qui m'eût commo-dément transporté.

La mer, en effet, ne m'apporte pas ma nourriture, et je suis condamné à la chasser sous les flots. Or, cramponné à une coque, je n'aurais pu me livrer à cette chasse, et je serais iné-vitablement mort de faim.

Cependant le projet avait pris tant de force dans mon esprit que je me résolus à le mettre immédiatement à exécution, quoi qu'il pût m'en coûter, avec l'unique ressource de mes pattes.

Quelques noms géographiques, surgissant pêle-mêle des récits de l'anatife, flottaient dans mon esprit. J'en choisis un au hasard, puisqu'aucun d'entre eux n'avait pour moi plus que les autres une signification précise, et je me décidai pour l'Amérique.

C'est l'Amérique, pensai-je, que je visiterai d'abord. Il me tarde d'aller voir pêcher les huîtres perlières dans le golfe du Mexique.

Où est l'Amérique? Je n'en savais assurément rien, et je l'ignore encore aujourd'hui.

Des harengs prenaient leurs ébats autour de moi, prudemment à l'abri des voraces squales qui ne leur font jamais quartier. J'imaginai que ces harengs, race voyageuse et instruite des secrets de l'abîme, pourraient me fournir quelques indications sur le sujet qui me préoccupait.

Je m'approchai, doucement, pour ne pas troubler leurs jeux, et je dis aux harengs :

« Amis, ne pourriez-vous pas m'indiquer le chemin de l'Amérique? »

Je n'eusse pas obtenu un plus vif succès de curiosité en les priant de me procurer la lune.

Ils s'arrêtèrent dans leurs évolutions, et, les nageoires immobiles, ils vinrent me contempler de leurs grands yeux stupides que l'ahurissement dilatait encore.

Il me sembla bien que, dans leur cervelle obtuse, ils se moquaient de moi et me prenaient pour un simple d'esprit. Cependant l'un d'eux, après une longue hésitation, daigna rompre le silence et me dit :

« L'Amérique! cela doit être bien loin, et nous sommes trop jeunes pour nous être encore aventurés jusque-là.

« Il faut que ton courage soit bien grand pour que tu songes à te lancer dans une semblable expédition. Que le succès cou-

ronne ton énergie! Éloigne-toi de la côte, en marchant toujours vers les profondeurs, descends dans les abîmes, et là tu
demanderas ton chemin aux coraux. Ces sédentaires entendent
et recueillent tous les propos des êtres marins, et leur science
pourra t'être de quelque utilité. »

Je suivis ce conseil, qui n'était peut-être pas très compétent,
et je m'enfonçai dans les prairies d'algues, en m'efforçant de
garder rigoureusemènt une direction perpendiculaire au profil
de la côte.

A mesure que je m'éloignais du littoral, sur le fond qui descendait en pente douce, les rayons du soleil ne me parvenaient
plus que très affaiblis, et la lumière se faisait moins intense.

Je dépassai la région des fucus et des laminaires, et j'atteignis la zone des corallines, aux tapis délicats et si harmonieusement variés des plus belles nuances du rouge.

Puis les algues devinrent rares, et au sein de l'eau très calme,
où l'ombre s'amassait, je ne vis plus que les rameaux pierreux
des polypiers.

Un peu d'effroi m'étreignit sur cette limite d'un monde familier que j'allais quitter pour me lancer, seul, sans guide, sans
connaissances, dans des régions nouvelles où peut-être aucun
de mes pareils ne s'était encore hasardé. Cependant je résistai
à ce sentiment de terreur et de découragement, et bravement
je continuai ma route.

Bientôt la lumière fut de plus en plus diffuse; elle devint un
curieux mélange de reflets verts et violets, qui donnaient aux
choses et aux êtres des apparences fantastiques.

La moindre rocaille projetait une ombre allongée.

Je levai les yeux, et à travers la couche épaisse d'eau dans
laquelle je m'enfonçais de plus en plus je ne distinguai le soleil
que comme un globe rougeoyant, dont les contours avaient
perdu leur netteté.

En revanche, quand les rochers qui surplombaient les dédales
tortueux où je m'engageais me cachaient la vue de l'astre

enflammé, une nappe d'ombre s'étendait au-dessus de moi, et
j'y voyais les étoiles scintiller comme des pointes de feu.

C'était en même temps le jour et la nuit.

Soudain, je débouchai, au sortir d'une galerie percée dans
les roches, sur une vaste plaine de sable très blanc et d'une
finesse extrême; c'était le moment où le soleil atteignait dans
le ciel le plus haut point de sa course, et sa lumière réfléchie
sur le fond faisait briller le sable d'un éclat éblouissant difficile
à supporter.

Au-dessus de moi je voyais nager, très lentement, sous l'action de leurs alternatives pulsations, des troupes innombrables
de méduses. Vues ainsi d'en bas à travers une grande épaisseur d'eau, elles semblaient énormes.

Çà et là scintillaient des bandes pressées de minuscules poissons aux écailles argentées, dont la nacre recueillait et renvoyait
en étincelles les moindres rayons lumineux égarés dans les
eaux. Et à travers ces groupes d'animaux paisibles et inoffensifs, y jetant l'effroi et le désordre, plongeaient tout à coup
d'informes dauphins, qui fouettaient brutalement l'eau de leurs
nageoires et de leur queue.

C'est au milieu de ces spectacles, auxquels je ne m'arrêtais
que pour les noter rapidement dans ma mémoire, que je
m'avançais en hâte et sans hésitation.

Je n'étais plus très sûr de mon orientation; mais il me semblait que tant que je m'enfoncerais je serais dans la bonne voie.
Et je suivais fidèlement le sens de la pente, qui d'ailleurs à cet
endroit était très peu apparente.

J'avais déjà parcouru, sur la vaste plaine de sable, une assez
longue route, quand tout à coup je me trouvai en présence
d'un tableau singulier, de la plus étrange vision peut-être qu'il
m'ait été donné de contempler dans mon existence mouvementée.

Je m'arrêtai instinctivement, ballotté entre un sentiment

d'inquiétude et cette invincible curiosité qui me poussait aux aventures. Comme toujours, la curiosité l'emporta.

Un grand navire était là au fond des eaux, couché par le côté sur le sable; sans doute reposait-il ainsi depuis longtemps, car le bois paraissait avoir subi les atteintes de la mer, et la

Plusieurs sortirent des flancs du navire emportant des corps
plus ou moins volumineux.

coque était presque entièrement recouverte par le fin gravier, dont les masses mobiles avaient aussi envahi l'intérieur.

L'avant était disloqué, et l'on y voyait une vaste blessure, celle probablement qui, en donnant brusquement accès à l'eau, avait causé la catastrophe.

De quel drame marin l'immense épave était-elle la victime et le témoin? Avait-elle péri sous les efforts de la tempête, ou bien dans quelque collision, au sein de la brume, avec un autre navire surgi tout à coup de l'obscurité?

Ne constituait-elle point un terrible souvenir de quelque guerre entre les hommes ?

Voilà les réflexions qui m'agitaient tandis que je m'approchais de la coque ensevelie; mais, à mesure que je distinguais mieux les objets, l'étrangeté du spectacle que j'avais sous les yeux absorba toute mon attention, dissipant dans mon esprit les pensées étrangères.

Tout autour du vaste navire, et montant à l'assaut de la coque ouverte, évoluait une troupe nombreuse de formes bizarres, dessinant à peu près des silhouettes humaines, mais accoutrées de vêtements amples et disgracieux, et portant en guise de tête une sorte de sphère munie en avant de deux fenêtres brillantes. De divers points de ces vêtements et de cette sphère partaient des câbles et des tuyaux qui se dirigeaient vers la surface.

Évidemment des hommes s'y abritaient, et se protégeaient ainsi contre l'asphyxie dans leur travail sous-marin.

Quel était le but de ce travail ? Mon imagination ne dut pas faire de bien grands efforts pour supposer que ces hommes venaient au fond des eaux chercher les objets précieux qui avaient été ensevelis avec le navire au moment du naufrage.

Ma pensée se reporta involontairement vers les récits que m'avait faits l'anatife de la pêche aux éponges et de la récolte des huîtres perlières.

« Voilà, me dis-je, les scaphandriers dont m'a parlé mon cousin. J'ai d'heureux débuts dans mon voyage, et cela me fait bien augurer de l'avenir. Je suis assurément bien loin encore de l'Amérique, et déjà je vais pouvoir observer l'industrie de l'homme s'exerçant au fond des eaux. »

Sous leur gênant accoutrement les plongeurs n'avaient que des mouvements lents et embarrassés; peut-être aussi à travers les fenêtres de leur casque ne distinguaient-ils pas bien les objets. Je me glissai auprès d'eux, à une faible distance de la coque, et j'eus le plaisir d'assister à leurs opérations.

Plusieurs sortirent des flancs du navire emportant des corps plus ou moins volumineux, qui sans doute avaient une grande valeur, car les scaphandriers les remontaient immédiatement vers la surface, où un câble les tirait eux-mêmes.

J'en vis un entre autres qui portait avec précaution une barre métallique grosse à elle seule comme vingt individus de mon espèce réunis. Cette barre brillait dans la demi-obscurité du fond, et projetait des étincelles; elle était faite probablement d'un métal très précieux.

L'homme fit un signal, et gagna aussitôt la surface.

Quand j'eus contemplé pendant quelque temps ces allées et venues, l'idée me vint de pénétrer à mon tour dans le navire, et de visiter, puisque l'occasion s'en présentait, un de ces ouvrages de l'homme que je n'avais jamais vus que de l'extérieur.

Vaincu et couché au fond de la mer, l'engin ne pouvait plus m'inspirer aucune défiance.

La réalisation de mon dessein était facile, car un monticule de sable, en pente douce, s'adossait à la coque, et formait également de l'autre côté de la paroi, en dedans, un talus très accessible.

Je gravis le monticule, et, profitant d'un moment d'inattention des scaphandriers, je me glissai dans le bâtiment.

Dans un grand compartiment, je vis plusieurs corps d'hommes qui semblaient dormir. Évidemment au moment du naufrage ces hommes, qui formaient sans doute une partie de l'équipage, étaient plongés dans un profond sommeil, d'où ils n'étaient sortis que pour entrer brusquement dans la mort, qui est un sommeil aussi, mais sans réveil.

Chose étrange! on n'aurait pu croire que c'étaient des cadavres qui reposaient là. Les débris du navire formaient au-dessus d'eux une voûte protectrice, et ils avaient été ainsi à l'abri des attaques des poissons; un calme absolu et mystérieux se lisait sur leurs visages.

Je fis quelques pas dans le compartiment, et touchai du bout de mes pinces l'un des corps; immédiatement sa chair s'effondra, comme réduite en poussière, et je n'eus plus sous les yeux qu'un squelette, semblable aux ossements que j'avais vus parfois rouler sur le fond, parmi les longues chevelures des algues.

Je quittai ce lieu, et me dirigeai vers un autre point du navire; j'arrivai ainsi dans une cabine où je vis une femme à genoux, serrant entre ses bras deux petits enfants.

Au plafond de cette case des corps se suspendaient par les ongles; sans doute les naufragés, dans les angoisses de l'asphyxie, avaient-ils cherché à s'échapper par cette voûte, au delà de laquelle ils espéraient peut-être trouver la liberté et l'air.

A côté était une autre cabine, plus petite; sur la couchette, dont le sable envahisseur atteignait le niveau, gisait encore une femme, qui paraissait jeune, et dont les longs cheveux dénoués flottaient dans l'eau comme un faisceau d'algues délicates.

Je respectai son sommeil, et la laissai dans l'immobile paix de sa tombe liquide.

Si le ciel ne m'avait refusé la sensibilité, quelle occasion de m'apitoyer, et de me livrer à des considérations morales et philosophiques! Mais que l'homme qui me lira les dégage des faits dont je lui livre le détail : ce n'est point là l'attribution d'un crabe.

Le crabe vit aux dépens des naufragés quand son appétit l'y pousse : il ne sait pas composer sur leur sort des chants plaintifs.

Quittant les cabines aux cadavres, je me rendis dans la partie du navire où travaillaient les scaphandriers. Là j'étais bien près de leurs semelles de plomb, et à ce souvenir je frémis encore rétrospectivement.

Heureusement un misérable crabe n'était pas l'objet de leurs préoccupations.

Fait curieux : tandis que dans les autres recoins de la coque
régnait une obscurité presque complète, ici rayonnait une lumière aussi vive que celle du soleil, et c'est à sa clarté que les
hommes accomplissaient leur besogne assez rude.

Cette lumière venait de quelques globes d'une substance
transparente, analogue évidemment à celle des lames qui gar-
nissaient les fenêtres des casques des scaphandres. A l'intérieur des globes brillait un sillon de feu.

Là encore le navire était partagé en divers compartiments,
où les plongeurs cherchaient attentivement les objets précieux
dont ils avaient charge d'opérer le sauvetage.

Leur travail se trouvait facilité par le fait que les cabines
qu'ils fouillaient n'étaient point comme les autres encombrées
par le sable. L'invasion de ce sable s'était-elle précisément
arrêtée là ? Ou bien les hommes avaient-ils trouvé le moyen
de s'en débarrasser ? Il me fut tout d'abord impossible de
résoudre ce problème.

Je remarquai dans les objets que les travailleurs arrachaient
aux flots un curieux mélange, un amalgame bizarre qui n'était
sans doute pas le fruit de l'industrie humaine, mais le résultat
de l'influence de la mer.

Des vases d'une sorte de terre blanche et luisante étaient
irrégulièrement couverts de plaques métalliques de diverses
couleurs ; des armes semblables à celles que j'avais vues près
de la côte entre les mains des chasseurs d'oiseaux étaient également soudées à de pareilles plaques métalliques.

Et dans d'énormes masses qui me paraissaient d'une dureté
et d'une solidité à toute épreuve, les câbles qu'y passaient les
plongeurs pour les soulever pénétraient, comme ils eussent
pénétré dans la substance molle d'une méduse.

Quand j'eus assez longuement contemplé ce travail, je sortis
du navire en gravissant et en descendant en sens inverse le
monticule de sable qui m'avait permis d'y accéder.

Pour contourner la coque ensevelie, je dus me frayer un

passage à travers une foule d'ossements qui jonchaient le sol
sous-marin. Il y avait là pêle-mêle, bien certainement, des
restes d'animaux et aussi des débris ayant appartenu à l'espèce
humaine.

Les plongeurs qui descendaient à leur silencieuse besogne
avaient à se défendre contre d'énormes brigands, hôtes de ces
régions, furieux de ce que l'homme osât troubler leur domaine.

Les uns étaient des crabes d'une si formidable envergure
que je ne pouvais sans frayeur en affronter la vue; je ne pensais
pas qu'aucun de mes cousins pût atteindre une pareille taille,
et sans doute ceux-là étaient-ils très vieux. Peut-être quelques-
uns d'entre eux avaient-ils vu sombrer le navire; mais je ne
poussai pas la témérité jusqu'à m'approcher d'eux pour les
interroger sur ce point.

Cependant mon inquiète curiosité eût été satisfaite à connaître la cause exacte de la catastrophe.

L'âge n'avait point éteint, chez ces crabes géants, la vigueur
et la férocité. A chaque fois qu'un plongeur apparaissait, quelqu'une des volumineuses carapaces surgissait soudainement
du sable, et saisissait dans l'étau d'une effroyable pince une des
jambes de l'homme. Heureusement pour lui, l'homme ingénieux avait prévu ces attaques, et la partie de son vêtement qui
couvrait ses jambes était fortifiée par des bandes métalliques,
sur lesquelles la pince menaçante épuisait en vain ses efforts.

D'ailleurs, à l'aide d'une longue lame aiguë dont il était utilement armé, le plongeur se défendait facilement contre ces
crabes lorsqu'ils le pressaient trop vivement. Plusieurs de leurs
carapaces, agitées encore par les spasmes convulsifs de l'ago-
nie, étaient étendues sur le sable, traversées de part en part
par de larges blessures.

Les autres assaillants étaient des poulpes, plus gros que
ceux que j'avais vus jusque-là au voisinage de la côte; leur
taille, de l'extrémité du sac à celle des bras, dépassait celle
des plongeurs.

Ils s'avançaient contre les hommes, en déployant alternativement et en repliant leurs bras, et en refoulant l'eau par leurs
entonnoirs, et ils enlaçaient ces objets inconnus où ils devi-
naient des proies.

Mais il était à peine besoin de s'en défendre : dès que leur
bec corné se heurtait contre l'armature métallique du scaphandre, ils reconnaissaient vite l'inanité de leurs attaques, et
sans s'obstiner se retiraient d'eux-mêmes.

L'homme, ô merveille! triomphait ici par la seule force de
son génie.

Le navire était, je l'ai dit, couché presque en travers sur le
côté; c'était par sa partie la plus inclinée que les hommes y
pénétraient.

J'en fis le tour, et je me trouvai en présence d'un autre
aspect de la scène de sauvetage.

Là, la carène et la coque du bâtiment disparaissaient sous
une véritable montagne de sable, apporté par les courants du
large.

Quel intérêt les hommes avaient-ils à atteindre l'épave de
ce côté? Je l'ignore, mais autant que j'en pus conjecturer, il
me parut qu'on faisait de grands efforts pour déplacer cette
montagne de sable.

Peut-être des objets précieux, échappés des flancs du navire,
s'y trouvaient-ils enfouis.

Quoi qu'il en soit, je vis que ce nouveau champ du travail
sous-marin était éclairé par des globes lumineux semblables
à ceux qui étaient suspendus à l'intérieur de la coque. La clarté
qui en tombait était diffuse, analogue à celle que les rayons
solaires laissent pénétrer à de moindres profondeurs.

Une autre lumière plus intense et qui rayonnait sur une
plus large surface venait d'un engin bizarre, assez vaste, qui
au premier abord me causa quelque frayeur. Son immobilité
m'ayant rassuré, je m'en approchai, et je vis qu'il était consti-
tué par une sorte de compartiment métallique, robuste pour

résister à la poussée des eaux, et auquel était fixé un large
cylindre qui se dirigeait vers la surface.

L'autre extrémité de ce cylindre, je ne la voyais pas, perdue
qu'elle était dans la zone obscure. Mais je n'eus pas de grands
efforts d'intelligence à faire pour soupçonner qu'elle était reliée
à quelque bâtiment stationnant en ce point.

De grosses ancres fichées dans les rocailles, à une faible distance, et dont j'apercevais les vagues silhouettes, donnaient la
vraisemblance à cette hypothèse; et dès lors le fonctionnement
de l'engin était facile à deviner.

« Ce compartiment, pensai-je, est évidemment destiné à
contenir les hommes qui viennent inspecter le lieu du travail.

« Ils peuvent ainsi, tout à fait à l'aise et bien à l'abri de tout
danger, se rendre compte des difficultés et des possibilités de
la tâche, et diriger en pleine connaissance de cause leurs compagnons chargés de l'accomplissement matériel de la besogne.

« L'illumination puissante qu'ils projettent autour d'eux leur
rend faciles leurs observations. Évidemment ce cylindre est
destiné à leur permettre de descendre à leur poste et d'en
remonter; c'est par là aussi sans doute qu'ils reçoivent l'air
nécessaire à leur respiration.

« Tout cela est bien ingénieux, et voilà une nouvelle preuve
de l'habileté de l'homme à vaincre les obstacles que lui suscitent
les forces naturelles, et à en faire tourner l'énergie à son profit.

« Mais qu'est-ce que ce tournoiement de la masse du sable,
qui semble déplacée par des souffles violents? L'eau est calme
partout, et les vents ne font point sentir d'ordinaire leur
influence au fond de l'océan... »

Des remous se faisaient en effet dans la montagne de sable;
m'étant approché autant que me le permettait la crainte d'y
être moi-même englobé, et d'y disparaître comme une plume
que soulève la tempête, je distinguai d'autres tubes qui se dirigeaient également vers la surface, et où le sable, comme aspiré
par une bouche avide, s'engouffrait avec force.

Je ne pouvais deviner par quel moyen ce sable était ainsi contraint à pénétrer docilement dans les tubes; mais j'admirai l'effrayante rapidité avec laquelle baissait, sous ces rafales d'un nouveau genre, le niveau de la mouvante montagne.

« Il faudra bien peu de jours à ces hommes, me dis-je, pour venir à bout de ces masses énormes, et découvrir entièrement le navire. »

J'eusse bien souhaité pouvoir m'attarder à contempler cette besogne, et assister à sa fin. Mais la perspective d'un long voyage me défendait de m'arrêter plus longtemps, et, obligé au départ, je songeai, pour me consoler, que cette scène curieuse ne faisait que commencer une série de nombreuses merveilles.

Je repris donc ma marche, et m'engageai plus avant vers les sombres profondeurs. Bientôt le navire échoué, les engins qui aspiraient le sable, les scaphandriers qui s'agitaient autour de la coque, s'effacèrent derrière moi dans l'éloignement, et, m'étant retourné pour leur jeter un dernier coup d'œil, je ne découvris plus que des profils indécis et tremblants, au milieu d'une tache de pâle lumière.

Je parcourus ainsi encore un long espace. La profondeur croissait; cependant la pression de l'eau, quoique très considérable déjà, ne gênait pas encore ma carapace, solide et résistante. Ce qui m'inquiétait davantage, c'était l'obscurité qui se faisait autour de moi de plus en plus opaque.

Je ne distinguais plus les objets que dans un rayon extrêmement restreint. Tout était noir, et les plus monstrueux rochers ne me devenaient perceptibles que lorsque je les touchais.

Je ne pouvais plus, en quelque sorte, aller qu'à tâtons; et cela ralentissait considérablement ma marche.

Il n'y avait plus d'algues, plus aucune végétation dans ces ténèbres; la limite des corallines aux délicates dentelles était loin maintenant derrière moi.

Alternativement je franchissais des plages de sable et des bancs de rocailles. Ceux-ci, inhospitaliers aux plantes, se chargeaient encore de coraux, dont les polypes heureusement scintillaient de pâles lueurs. Sans cette faible lumière mon voyage fût devenu tout à fait impossible. Elle me permit de m'obstiner dans mon dessein.

Je répétai aux coraux la question que j'avais inutilement posée aux jeunes harengs :

« Pourriez-vous m'indiquer le chemin de l'Amérique ? »

Pour toute réponse les polypes éteignirent leurs lumières et se rétractèrent dans leurs demeures de pierre.

Et il me sembla que de l'un à l'autre courait ce murmure peu flatteur :

« Un fou! voilà un crabe fou! »

Comme je me hâtais de fuir cette engeance moqueuse, dont je n'avais même pas la ressource de me venger, une lueur intense, qui projetait au loin dans les eaux un large cône éblouissant, me força à lever les yeux.

Je me demandai, non sans anxiété, quel était ce nouveau monstre de l'abîme, et si son puissant fanal était destiné à scruter les ténèbres pour y découvrir sa proie.

La lumière se rapprocha rapidement, et je vis passer au-dessus de moi, avec la vélocité d'un éclair, une longue masse sombre, semblable à un énorme poisson, mais rigide et dépourvue de nageoires.

« Ce n'est pas là, pensai-je, une bête de chair; c'est bien plutôt une œuvre des hommes, et sans doute ai-je vu quelque bateau construit pour se diriger sous les flots.

« Je ne devine pas bien quel motif peut conduire ces marins à quitter la surface des eaux, où ils courent moins de dangers, pour se risquer aux périlleuses aventures des profondeurs.

« Je ne comprends pas davantage par quel moyen ils peuvent recevoir, courant à une pareille allure, l'air indispensable à leur respiration. Mais je sais que l'homme est habitué à vaincre les obstacles, et si quelqu'un m'affirmait que les navigateurs enfermés dans les flancs de ce bateau sous-marin fabriquent eux-mêmes leur air, je le croirais sans difficulté. »

L'esprit encore occupé de la fulgurante vision, je continuai mon chemin. Les ténèbres s'étaient reformées après le passage du lumineux engin; mais les clartés phosphorescentes brillaient de plus en plus nombreuses, et mes yeux, qui commençaient à s'habituer à en recueillir dans l'obscurité les moindres rayons, y voyaient assez pour me guider avec sûreté.

Je ne craignais plus autant de me heurter aux aspérités des rocailles, et ma marche redevenait rapide.

Tout à coup je tombai au milieu d'un essaim grouillant de minuscules poissons très singuliers de forme, et que je ne pus identifier avec rien de ce que je connaissais.

Ils étaient semblables à de petits vers cylindriques, transparents, et constitués par une substance molle et presque fluide, comme la gélatine des méduses. Cependant leur bouche aiguë et leurs yeux attestaient bien leur parenté avec les poissons, et il me sembla que ces êtres frêles pourraient bien représenter au moins les cousins des anguilles de mer, que je connaissais parfaitement, et dont les gros individus sont les ennemis de ma race.

Des renseignements plus complets et plus précis m'eussent toutefois satisfait. Je m'approchai donc de la troupe, mais ce mouvement n'eut d'autre résultat que de l'épouvanter et de la mettre en fuite. J'allais passer outre, quand une voix sifflante dit auprès de moi :

« Quel dessein te porte à poursuivre ces petits poissons ? »

Je me tournai vers le point d'où partait la voix, et dans l'ombre je distinguai un animal cylindrique et allongé, dont les petits yeux me fixaient.

Celui-là, assez semblable pour la forme aux jeunes êtres que mon arrivée avait dispersés, n'était pas comme eux translucide, mais opaque, visqueux, revêtu d'une peau épaisse.

Il présentait d'étroites analogies avec l'anguille de mer, mais je vis bien à sa physionomie que ce n'était pas la même espèce.

Je répondis à sa question :

« Oh! je ne nourris aucune mauvaise intention à l'égard de ces fuyards. J'ai abondamment dîné il y a peu d'instants, et je ne désirais rien autre chose que d'apprendre d'eux-mêmes leur nom et leurs mœurs.

« Je suis un crabe étudiant, et je parcours l'océan en vue de meubler mon esprit d'utiles connaissances.

— En ce cas, me dit le poisson cylindrique, je puis te donner les renseignements que tu souhaites, et même mieux que ces frêles larves, qui ne sont nées que depuis peu de temps et ignorent leur propre destinée.

« J'appartiens à leur race, et j'ai passé mon enfance sous la livrée dont tu les vois revêtues.

« Notre espèce se nomme l'anguille d'eau douce; notre existence se déroule en une merveilleuse alternance de séjours au plus profond des eaux marines et dans les fleuves ou les étangs du continent.

« Ces larves que tu as mises en fuite s'acheminent précisément vers le littoral, où elles doivent quitter l'eau salée; et moi je suis en voyage pour gagner les profondeurs.

« Si tu veux marcher quelques instants auprès de moi, je pourrai, chemin faisant, t'instruire de notre histoire.

« Ensuite, je te quitterai, car j'ai hâte d'arriver au terme de ma longue course, et je ne pense pas que, même en usant de toute la vélocité de tes pattes, tu puisses rivaliser de vitesse avec moi. »

Comme vous pouvez le penser, j'acceptai avec enthousiasme la proposition de la complaisante anguille, et nous nous déplaçâmes ensemble, elle déroulant et enroulant alternativement ses tortueuses boucles, moi escaladant et dévalant les rocailles au grand trot.

Et tandis que s'accomplissait cette gymnastique, sous les fanaux tremblotants des coraux, l'anguille d'eau douce me fit cette confidence :

Montée d'anguillettes.

« La plus grande partie de notre existence s'accomplit dans les eaux douces. Nous peuplons les marécages, les rivières, les fleuves, y cherchant notre nourriture dans la vase, parmi les herbes aquatiques.

« Nous parcourons ainsi dans les cours d'eau de grandes distances, et notre sort de voyageuses n'est pas à mépriser. Sans cesse se déploient devant nos yeux des scènes nouvelles, car la nature terrestre, peut-être moins riche, est plus variée que la nature marine. La lumière y diversifie les formes et y multiplie les couleurs.

« Quel tableau de calme poésie que celui d'une claire anse de rivière, où sur un sable fin viennent s'éteindre les remous du courant, tandis que des saules et des peupliers mirent dans l'eau leur feuillage argenté, que sur l'azur du ciel glissent de blanches vapeurs, et que de rapides libellules précipitent leur course à la poursuite de leurs proies!

« Ailleurs c'est un fleuve impétueux dont il faut traverser les eaux boueuses; ailleurs encore un étang immobile couvre son onde dormante des larges feuilles des nénuphars.

« Parfois la rivière traverse des villes, et son cours se déroule entre de hautes murailles; les ponts font sur l'eau un abri ombreux, où le gibier abonde, pour la satisfaction de notre appétit.

« Tu ne connais pas ces spectacles, et je crains que mes descriptions ne puissent suffire à t'en donner une idée.

« Après que nous en avons joui pendant quelque temps, malgré le plaisir que nous y trouvons, malgré l'attrait qui nous pousse à remonter les rivières toujours plus près de leur source, un instinct s'éveille en nous qui nous oblige à rebrousser chemin, à descendre vers la mer.

« Nous nous abandonnons alors au courant, et le fleuve pêle-mêle nous roule vers son embouchure. C'est assez tard dans la saison que se produit cet exode, alors que le soleil échauffe moins les eaux et que les feuilles des grands arbres rangés le long des rives commencent à revêtir une nuance de rouille.

« Nous gagnons ainsi l'océan, et brusquement s'opère le passage de l'eau douce à l'eau salée. Là ne s'arrête pas d'ailleurs le voyage, et l'instinct qui nous oblige à cette migration nous pousse vers des profondeurs de plus en plus grandes.

« Qu'allons-nous donc faire dans les abîmes obscurs, et pourquoi ce changement de patrie?

« C'est que notre race ne sait pas se reproduire dans les eaux douces. Les œufs d'où sortent nos petits ne s'élaborent ni dans les fleuves ni dans les marécages; et jamais l'œil scrutateur de l'homme, acharné sans doute à ce problème comme à tant d'autres, n'a pu surprendre dans nos retraites du continent le mystère de notre multiplication.

« Cette multiplication, — c'est un secret que je te révèle, — ne s'opère qu'au fond des eaux marines, à des profondeurs presque inaccessibles aux engins de l'homme.

« C'est là que les anguilles déposent leurs œufs ; c'est là que nous naissons, très frêles et très délicates, sous une forme bien différente de celle de nos parents.

« Connais-tu la géographie ? Il y a, au large de grands pays que l'on nomme l'Angleterre, la France, l'Espagne, une zone profonde où règne dans les eaux une température douce et constante qui convient merveilleusement à notre reproduction. Cette zone est encore très éloignée du point où tu me vois parvenue; je m'y rends, et je compte l'atteindre avant l'automne.

« Tandis que, sous notre livrée définitive, nous nous plaisons dans les vases du fond, nous passons notre premier âge à une faible distance de la surface de l'océan.

« Les larves qui sortent de nos œufs ne nous ressemblent guère; et je ne serais pas étonnée si l'homme, malgré tout son génie, n'avait pu deviner quels liens d'étroite filiation nous y rattachent.

« Nous sommes cylindriques, semblables à ces serpents terrestres qui parfois déroulaient leurs anneaux sur les berges où je m'abritais; nos larves sont comprimées, bien plus hautes que larges.

« Ce sont d'ailleurs des êtres bien fragiles, qui nagent constamment au sein des flots; leur corps est transparent, et semble fluide comme l'eau qui les entoure.

« Elles vivent en troupes, pêle-mêle avec d'autres animaux marins qui se plaisent dans les mêmes lieux : salpes aux reflets phosphorescents, crustacés translucides, essaims de petits mollusques munis d'ailes, voltigeant dans les eaux comme des papillons dans les airs. Parmi elles s'agitent aussi les larves d'autres poissons de ma famille, en particulier celles des anguilles de mer, que tu connais sans doute.

« Lorsqu'elles ont quitté les fonds où s'est opérée leur éclosion, elles vivent ainsi quelque temps à une petite distance de la surface, se nourrissant de proies flottantes ou nageantes appropriées à leur taille.

« Puis vient le moment de la métamorphose. Phénomène curieux, cette métamorphose s'accomplit par une sorte de retour en arrière; la future anguille est plus petite que sa larve : non seulement elle a perdu de sa hauteur, mais sa longueur elle-même se trouve diminuée.

« En même temps son corps, sans rien perdre de sa fluidité, prend une forme cylindrique. Il n'a plus qu'à devenir opaque et à s'accroître pour être tout à fait semblable à la figure que je dessine à tes yeux.

« Mais dès lors le séjour dans l'océan touche à sa fin. La jeune anguille commence, avec ses compagnes, un long et lent voyage vers les côtes où elles trouveront des eaux douces.

« Ces côtes sont à une grande distance; et les frêles poissons que nous sommes en cet état ne sont doués que de faibles moyens de locomotion. Aussi le trajet réclame-t-il quelque délai.

« Il s'accomplit d'abord dans les eaux superficielles; mais peu à peu, à mesure que la métamorphose se complète et que s'accentue la forme d'anguille, les jeunes voyageuses gagnent de plus en plus les profondeurs.

« C'est en rampant sur le fond qu'elles atteignent les eaux littorales. Elles les envahissent par troupes, agglomérées, enchevêtrées les unes aux autres comme des paquets de filaments.

« Le printemps règne quand elles gagnent ainsi leurs demeures continentales; au-dessus d'elles, penchées sur les eaux, les cardamines et les boutons d'or s'épanouissent, et les saules déploient leurs chatons d'où s'échappent au vent des nuages de poussière jaune. »

Malgré les obstacles de la route, je n'avais perdu aucune des paroles de l'anguille; je les rapporte textuellement, encore que quelques-uns des êtres terrestres auxquels elle faisait allusion ne me soient pas connus.

L'histoire de ses métamorphoses me semblait bien singulière, et je tâchais de deviner dans l'ombre si elle n'abusait pas de ma crédulité. Mais son ton était sérieux, et sur la question des métamorphoses j'étais habitué à tant de faits extraordinaires! Ma race n'y est-elle pas elle-même soumise?

L'anguille conclut :

« Je n'ai plus rien à t'apprendre. Il faut maintenant que je me hâte vers le but de mon voyage. Adieu ! »

22

XVIII

L'anguille me quitta, et rapidement prit les devants. Je discernais vaguement dans l'ombre d'autres individus de son espèce qui se hâtaient vers la même destination. Je continuai seul mon voyage, et je franchis encore ainsi une énorme distance.

Je ne pouvais plus me rendre compte exactement de ma direction, et je ne savais pas si je continuais à m'éloigner de la côte. Je réglais ma marche de mon mieux sur la pente qui s'abaissait vers les profondeurs et sur le chemin suivi par les grosses anguilles.

De temps à autre je croisais de nouveaux essaims de petites anguilles transparentes, où, malgré mes bonnes intentions, je semais toujours la terreur.

Je parvins ainsi à un banc de roches tourmentées, qui contrastaient par leur nudité avec les rocailles des environs, chargées de coraux. Il semblait que là la vie n'eût point réussi à s'implanter. J'étais, sans m'en douter, arrivé à la marge d'un abîme. Un effroyable danger m'y guettait.

J'avais à peine fait quelques pas sur le banc de roches, dans l'obscurité où ne rayonnait plus aucune lueur, lorsque soudain d'épouvantables grondements se firent entendre au-dessous de moi dans le sol.

Pris de terreur, j'essayai de rebrousser chemin; mais je n'en eus pas le temps.

Brusquement, le fond de la mer s'entr'ouvrit, une explosion formidable refoula les eaux, et par le trou béant, d'où sortait une intolérable chaleur, jaillirent des pierres qui se frayèrent avec violence un chemin à travers les flots. D'énormes fragments de rocailles, arrachés au sol sous-marin, furent projetés en même temps.

Je m'étais par hasard cramponné, en sentant la terre trembler, à un volumineux fragment de bois qui gisait là, pénétré de sel marin et alourdi par son long séjour au sein de la mer.

Sur ce fragment, débris sans doute de quelque navire naufragé, des coquillages s'étaient implantés; sa surface offrait des crevasses, et c'est dans l'une de ces anfractuosités que je m'étais blotti. J'échappai ainsi à une destruction immédiate, mais pour me trouver bientôt dans le péril le plus grave que j'aie jamais couru.

Le fragment de bois fut projeté avec force vers la surface, et j'accompagnai dans sa course, plus mort que vif, ce navire sous-marin d'un nouveau genre.

Son ascension se fit d'abord avec une effrayante vitesse, mais peu à peu il ralentit sa marche, sans doute sous l'action de la pesanteur, et il commença à redescendre.

Je m'y attachai désespérément des pinces et des pattes.

Après avoir un instant aperçu la lumière solaire, je m'enfonçais de nouveau vers les profondeurs.

Bientôt j'atteignis la région des ténèbres, et j'espérais que le fragment de bois qui portait ma fortune allait enfin rencon-

trer le sol. Mais, sans arrêt, sans même se ralentir sensiblement malgré la résistance de l'eau, il continuait de descendre.

Ma carapace supportait maintenant une pression formidable,
qui me gênait et me causait de terribles souffrances. Je songeai
que ma dernière heure était arrivée, et que la mort seule pourrait me délivrer de cet épouvantable supplice. C'est à peine si
j'avais encore la force de m'intéresser à ce qui se passait
autour de moi; et cependant cette région de l'abîme que j'attei-
gnais pour la première fois était féconde en merveilles.

De toutes parts brillaient maintenant des flambeaux scintil-
lants, non plus pâles et immobiles comme ceux des coraux,
mais vifs, diversement colorés, se déplaçant rapidement, et
évoluant en tous sens.

Ces flambeaux n'étaient point isolés. Ils se groupaient en
faisceaux, en dessins variés, et je devinais bien à leurs lignes
géométriques les silhouettes animales qui les portaient. De
temps à autre un groupe s'éteignait; et il était facile de soupçonner le drame sous-marin qui venait de s'accomplir, la mort
brusque du porte-flambeau englouti par la gueule vorace de
quelque monstre.

Cependant je ne prêtais plus qu'un regard distrait à ce spectacle, tant la pression de plus en plus grande rendait mes souffrances intolérables. Le sentiment m'abandonna, et il me sembla que je perdais la vie.

...Quand je sortis de ma torpeur, j'étais à la lumière du jour,
sur le pont d'un navire, dans un filet aux mailles d'une finesse
extrême et presque invisibles, pêle-mêle avec une foule d'animaux inconnus, dont la plupart étaient mourants ou morts.

Je compris qu'au moment où je lâchais mon morceau de bois
ce filet s'était trouvé sur mon passage pour me recueillir, en
même temps qu'il capturait ces êtres marins, ces hôtes ordinaires des grandes profondeurs et dont je me trouvais le très
accidentel compagnon.

Devais-je me réjouir ou m'attrister de cette circonstance ?
Sous la direction d'un jeune chef, qu'assistait une femme
également jeune et d'une grande douceur de visage, des hommes

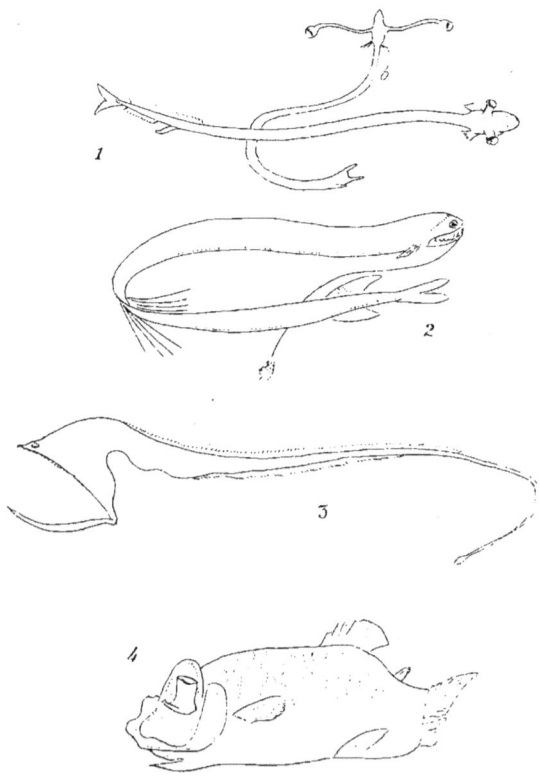

Poissons des grandes profondeurs.
1. Stylophthalmus (b, sa larve). — 2. Macrostomias. — 3. Macropharynx. —
4. Opisthoprocte.

retiraient avec précaution du filet les captures, et les déposaient
dans des vases appropriés.

Ah ! ce n'était pas là un butin ordinaire de pêche : les poissons que l'homme prend pour s'en nourrir sont traités avec
moins d'égards !

J'étais tout au fond du filet; un des matelots me prit, et ma faiblesse ne me permit guère de songer à tenter la moindre résistance. A quoi bon, d'ailleurs?

Le jeune chef, en me voyant, se mit à rire :

« Un crabe! s'exclama-t-il. Un crabe, à cette profondeur! Que fait-il si loin de sa côte natale? Mais cette trouvaille n'a d'intérêt que par le lieu où elle a été faite, et je ne puis lui faire place dans ma collection. Qu'on le rejette à la mer!

— Mon ami, interrompit la femme, voulez-vous me permettre de vous demander la grâce de cet animal?

« Évidemment, c'est par accident qu'il s'est trouvé entraîné dans les profondeurs si loin du littoral. Si vous le rendez à la mer, il périra infailliblement, écrasé par la pression, puisque le fond est ici à une distance énorme.

« Il y a longtemps que je n'ai vu aucune espèce côtière. Mettez, pour me faire plaisir, ce crabe dans un aquarium, nous le nourrirons, et nous lui rendrons la liberté à notre retour en France.

« Peut-être est-il français : nous le traiterons en compatriote.

— Je n'ai rien à vous refuser, dit le jeune chef sans quitter son sourire. Qu'il soit fait suivant vos désirs. »

Les désirs de la dame étaient que l'on me plaçât dans un bac transparent, où il y avait de l'eau de mer, des fragments de rocailles.

N'eût été la perte de ma liberté, j'eusse trouvé fort à mon gré ce logement, où l'on me fournissait chaque jour une copieuse nourriture. Et encore le sentiment de ma captivité s'adoucit-il par la pensée rétrospective des angoisses que j'avais endurées dans l'abîme, et aussi par l'espoir d'une évasion lorsqu'on serait en vue de quelque côte.

D'ailleurs, n'allais-je pas réaliser en partie mon rêve d'une excursion lointaine? Quoi de plus agréable que de la faire commodément installé sur un navire?

Le bac où j'étais placé avait des parois transparentes, soigneusement nettoyées chaque jour; il se trouvait rangé avec beaucoup d'autres dans un compartiment qui recevait la lumière à flots, et par les fenêtres duquel j'apercevais au dehors, de tous les côtés, la surface de la mer jusqu'à l'horizon.

Mais, contrairement à ce que j'attendais, ce n'est point du dehors que me vinrent, au cours de ce voyage imprévu, les plus intéressants enseignements.

Je les reçus, sans quitter mon bac, de la bouche même du jeune chef, dans ses entretiens avec les hommes qu'il dirigeait.

Ce chef était un très habile naturaliste; et je compris dès le premier jour qu'il naviguait dans les parages où il m'avait recueilli pour capturer et étudier les animaux curieux qui peuplent les abîmes de l'océan.

Ces êtres bizarres, que j'avais eu le téméraire dessein d'aller observer chez eux, dans leurs ténèbres permanentes pour lesquelles nos yeux ne sont pas faits, j'en voyais là tous les jours passer sous mon regard de nombreuses légions.

Émerveillé, j'ai vu leurs formes infiniment variées, si admirablement équilibrées avec leur milieu. Le jeune naturaliste en faisait l'objet de son incessant travail, de ses longues causeries avec sa femme et ses auxiliaires. Un résumé de ses leçons sur ce sujet méritera peut-être de retenir votre attention.

J'ai encore présente à la mémoire l'expression d'ironie que revêtait son visage, tandis qu'il expliquait à ses compagnons amusés que pendant très longtemps les représentants de l'espèce humaine qui se consacrent plus spécialement à la science refusèrent d'admettre que la vie fût possible dans l'océan au delà d'une certaine profondeur. C'était là, à les en croire, un désert d'où toute existence, aussi bien animale que végétale, était proscrite; et les profondeurs des abîmes sous-marins n'étaient pleines que d'immuables ténèbres.

Il fallut un accident pour les tirer de leur erreur.

Les hommes placent, paraît-il, sur le fond de la mer de gros câbles destinés à relier entre eux les différents pays séparés

par les flots, et à leur permettre de communiquer en s'envoyant
réciproquement des signaux.

Comment se fait cette communication, et de quelle nature
sont ces signaux? Voilà ce que je n'ai pu apprendre d'une
manière précise; mais vous êtes sans doute sur ce point plus
instruits que moi, et pour l'intelligence de mon récit il suffit
que j'aie signalé l'existence de ces câbles.

Donc, un jour, l'un d'eux, qui était immergé profondément
entre deux pays nommés respectivement l'Algérie et la Sardaigne, se rompit. La rupture eut lieu au fond d'un abîme, en
un point éloigné de la surface des eaux de deux kilomètres.
Ce que représente cette distance, je l'ignore, — les mesures
des hommes étant inconnues aux crabes, — mais j'imagine
qu'elle doit être énorme, bien supérieure à la limite qu'assi-
gnaient les hommes de science à la possibilité de la vie sous-
marine.

La communication entre l'Algérie et la Sardaigne étant ainsi
interrompue, on songea à la rétablir; et pour cela les deux
bouts du câble furent repêchés.

Or, quel ne fut pas l'étonnement des hommes de science qui
assistaient à l'opération lorsqu'ils constatèrent sur les tronçons
de câble ramenés de l'abîme la présence d'animaux marins,
tels que des mollusques, des vers et des polypiers, qui avaient
trouvé commode d'y établir leur logement!

C'était la fin d'une légende. La science dut s'incliner, et
accepter la possibilité de la vie dans les plus sombres profondeurs océaniques.

Et, faisant, suivant le proverbe humain, contre mauvaise
fortune bon cœur, il ne lui resta plus qu'à s'efforcer de recueillir, par tous les moyens en son pouvoir, le plus grand nombre
possible de représentants de la vie abyssale, et de les étudier
avec soin.

Étude pleine d'un palpitant intérêt, et à laquelle, humble
crabe, j'ai eu le bonheur d'être initié. Cette satisfaction payait

largement les dangers et les souffrances qui me l'avaient pro-
curée.

Les différentes nations qui se partagent la terre, — ou du
moins, à mon sens, la partie de la terre qui s'occupe de
science, — se firent un honneur d'armer des navires pour la
recherche des animaux sous-marins, et rivalisèrent de zèle
dans cette tâche.

Le bâtiment où j'avais été recueilli et si généreusement admis
au moment où j'étais en péril de mort faisait partie de cette
flotte scientifique. Seulement, — autant qu'il m'a été possible
de m'en assurer, — il n'était pas armé par une nation; le jeune
savant qui y commandait en était le propriétaire, et consacrait
ses ressources aux frais de cette expédition.

Ce désintéressement attirait vers lui ma sympathie, et je la
lui aurais donnée pleinement si, en dernière analyse, ses études
n'eussent eu pour base le massacre de mes frères de l'abîme.
Envisagé de mon point de vue de crabe, ce procédé comportait
quelque blâme.

Je ne laissai d'ailleurs rien paraître de mes sentiments; et,
l'avouerai-je? la faim me força quelquefois à profiter de ces
meurtres que je n'approuvais pas.

Mais ces réflexions m'éloignent de mon but; j'y reviens.

Les expéditions scientifiques dont je viens de parler ont
révélé, — je cite de mon mieux les indications du jeune savant
sans pouvoir toujours me rendre compte de leur réelle signification, — que les profondeurs océaniques peuvent atteindre
jusqu'à neuf kilomètres.

Les masses d'eau qui remplissent de semblables abîmes font
sans doute un volume que l'imagination humaine, infiniment
plus ample que la mienne, a peine à estimer.

Depuis la surface jusqu'à l'extrême fond de ces gouffres vivent
des animaux divers, représentant les groupes marins, et en
équilibre par leur forme, leur structure, leur physiologie, avec

les conditions très spéciales qu'ils trouvent sous le triple rapport de la température des eaux, de la pression et de la lumière.

La température diminue progressivement depuis la surface
jusqu'à un point où elle devient uniforme et très basse.

La pression augmente avec régularité jusqu'au fond. Quant
à la lumière, elle décroît avec une extrême rapidité, et les
rayons solaires ne peuvent plus percer une couche d'eau ayant
un demi-kilomètre d'épaisseur.

Au delà de cette limite, c'est la nuit absolue, et l'exclusion
complète de la flore : car les algues, qui représentent dans la
mer la presque totalité de la population végétale, ne peuvent
exister sans lumière.

Pour vivre dans ces ténèbres permanentes, on conçoit que
les animaux qui fréquentent un tel milieu doivent posséder des
yeux bien différents de ceux des espèces qui vivent à la lumière.
Mais, particularité curieuse et digne d'être mise en relief,
l'appropriation de leur appareil visuel à l'obscurité ambiante
est réalisée suivant des modes multiples, et donne des résultats différents.

Les uns n'ont que des yeux extrêmement réduits, presque
rudimentaires, à peu près incapables de fonctionner, ou même
sont totalement aveugles : ainsi certains poissons, quelques
crustacés. Les autres, au contraire, et c'est la majorité, ont des
yeux énormes, comme si le sens de la vue l'emportait chez eux
sur tout le reste.

La cécité s'explique au milieu d'une obscurité permanente,
mais pourquoi des yeux dans les ténèbres ?

A cette difficulté, les naturalistes répondent, — et je puis
donner à l'appui mes propres observations, — que l'utilité de
volumineux globes oculaires s'explique par le fait que, si la
lumière du soleil ne pénètre pas dans les profondeurs des
abimes, ces sombres régions sont cependant éclairées par la
lumière que produisent eux-mêmes les animaux qui les

habitent, et dont la plupart sont munis de fanaux lumines-
cents.

Ces fanaux sont constitués, — si j'ai bien compris l'explication du jeune savant, — comme les lampes puissantes dont
sont munis les grands navires pour signaler leur présence et
éclairer autour d'eux, d'un large faisceau de lumière, la surface marine qu'ils sillonnent. En arrière, une source de lumière réfléchie par un miroir; en avant, une lentille conden-
satrice.

Ainsi, pour réaliser ses plus merveilleuses inventions, l'homme
toujours n'a qu'à imiter la nature.

De semblables fanaux se rencontrent chez la plupart des animaux des grands fonds, surtout chez ceux qui ne se traînent
pas sur le sol et qui passent leur vie à nager entre deux eaux.

Les circonstances que j'ai notées plus haut m'ont permis de
contempler l'admirable spectacle que réalisent sous les flots
tous ces flambeaux mobiles, dont les évolutions se tracent dans
les ténèbres en sillons de lumière.

Mais l'homme n'a guère la possibilité d'en être le témoin, et
son génie seul a pu le soupçonner. Car ces foyers de phosphorescence ne fonctionnent qu'autant que la bête qui les porte
est en bonne santé dans son milieu normal; et les filets des
naturalistes ne ramènent des profondeurs que des êtres meurtris, blessés, mourants ou morts. Quelque précaution que prenne
l'opérateur, il ne peut éviter à ses captures les terribles effets
du changement de pression. Le nombre et la répartition des
fanaux à la surface du corps de l'animal varient à l'infini.

Un jour un mollusque céphalopode fut pris à une grande
profondeur et retiré bien vivant du filet; le jeune maître du
bateau le nommait « la lampe merveilleuse ».

Il brillait de magnifiques feux rouges et bleus, disposés
autour des yeux, sur ses deux tentacules longs, et jusque sur
le sac du manteau.

Ayant pu l'observer à loisir à travers les parois de mon bac, je comptai sur son corps plus de vingt de ces feux.

C'est surtout chez les poissons que la disposition des fanaux apparaît remarquablement variée. Tantôt ils forment une ou deux lignes sur les flancs, tantôt ils sont groupés près des yeux en plaques brillantes, tantôt encore ils dessinent une figure compliquée dont la trace scintillante tranche sur le fond sombre de l'animal.

A quoi servent ces lampes ? Assurément, je n'aurais pas pensé qu'une question en apparence aussi simple pût être discutée, et si on me l'avait posée j'eusse répondu de bonne foi :

« Mais uniquement à éclairer l'espace obscur autour de l'animal porte-flambeaux, de manière à lui permettre de distinguer les objets voisins, d'éviter ses ennemis et de poursuivre son gibier. »

Les savants sont, paraît-il, gens difficiles à satisfaire ; et ils eussent trouvé mon explication, pour vraie qu'elle est dans plusieurs cas, insuffisante à rendre compte de tous les faits.

Beaucoup d'espèces, en effet, ont des organes lumineux dont les rayons se projettent en dehors du champ de leur vue ; pour celles-là l'espace ambiant ne s'éclaire donc pas, et leurs fanaux ont peut-être pour destination d'attirer dans leur voisinage les animaux qui doivent leur servir de pâture.

Ainsi j'ai vu parfois au pied des phares des cadavres d'oiseaux de mer, qui étaient venus aveuglément se briser la tête pendant la nuit contre les parois translucides de la lampe éblouissante, signal de vie pour les navigateurs, signal de mort pour les malheureux volatiles de l'océan.

Ainsi encore, — je suis redevable de cette comparaison au jeune naturaliste, qui l'exposait à ses compagnons, — les papillons sont attirés dans une chambre par la clarté d'un flambeau, et viennent s'y brûler les ailes.

Comme la disposition des fanaux est toujours la même pour une même espèce, il est encore permis de penser qu'elle trace au sein des eaux obscures une silhouette brillante qui caractérise cette espèce. Ne voyons-nous pas dans les régions éclairées les animaux qui les habitent s'orner sur leur peau de taches et de dessins de nuances variées? Ces taches et ces dessins seraient inutiles dans les ténèbres des abîmes : pourquoi n'y seraient-ils pas remplacés pas des figures lumineuses? La diversité des couleurs dont brillent les fanaux vient à l'appui

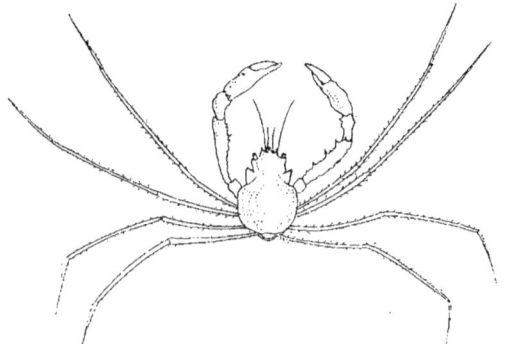

Crustacé des grands fonds (Lispognathus).

de cette manière de voir, à laquelle, je dois l'avouer en toute simplicité, je n'aurais certes pas songé.

Mais le maître du bateau se jouait avec aisance au milieu de ces difficultés scientifiques, et il mettait dans ses entretiens une clarté et une élévation qui suspendaient ses compagnons à ses lèvres. Pour moi, je l'écoutais avec avidité.

Il exposait encore, par exemple, à son auditoire attentif que plus les animaux des abîmes vivent rapprochés du fond, soit inertes sur la roche, soit enfoncés dans la vase, plus leurs yeux deviennent rudimentaires et inaptes à fonctionner.

C'est là qu'il faut chercher les espèces tout à fait aveugles. Ce sont des êtres indolents, sédentaires, naissant directement de l'œuf sous leur forme définitive sans passer par l'étape d'une métamorphose. Leur vie tout entière se déroule au fond, où ils n'ont que des mouvements d'une extrême lenteur : tapis au milieu des rocailles, qu'auraient-ils besoin d'yeux ?

Mais admirez par quel moyen ils remplacent leur vue absente! Ce sens, qui leur eût été inutile, leur a été justement refusé; en retour, ils ont reçu un toucher d'une sensibilité, d'une perfection merveilleuses.

Leurs pattes, leurs antennes ont une longueur extraordinaire, inusitée : ce sont de frêles filaments qui, se projetant en tous sens, sondent tout autour l'espace avec prudence, et transmettent instantanément à l'animal les indications qu'ils perçoivent. Dans sa nuit absolue, le pauvre crustacé aveugle et rampant à d'effrayantes profondeurs est aussi bien guidé par ce délicat appareil tactile que nous par nos yeux dans la rayonnante clarté du jour.

L'antenne qui palpe les environs lui dénonce en toute sûreté le rocher abrupt qu'il faut contourner, l'adversaire terrible dont les menaces obligent à une sage retraite, la proie facile sur laquelle il faut se précipiter, pinces hautes et mandibules ouvertes.

Il en est qui passent leur enfance sous forme de larves nageant au sein des eaux, près de la surface, et qui ne descendent qu'après une métamorphose au fond de l'abîme, où ils continuent leur vie agile. Ceux-là pourchassent un gibier rapide, qui se révèle à eux par des signaux lumineux : aussi gardent-ils leurs yeux.

Fait particulièrement admirable au milieu de tant de merveilles : les yeux des êtres des grandes profondeurs sont organisés de manière à percevoir avec la plus extrême facilité des points lumineux en mouvements, et par conséquent les animaux phosphorescents passant dans leur voisinage, et qui sont, les uns des adversaires, les autres des proies.

Ainsi, depuis la crête des vagues bondissantes jusqu'à l'eau perpétuellement calme des gouffres sous-marins, s'accomplit sans répit et par des moyens appropriés la lutte des êtres acharnés à se manger les uns les autres.

A la surface s'agitent, ballottés par les flots, des animalcules et des plantes d'une inconcevable exiguïté, qui s'entredévorent, et dont les déchets ou les cadavres, entraînés par la pesanteur, vont sous les flots servir de pâture à d'autres affamés, qui seront à leur tour engloutis un peu plus bas. Et ainsi de suite.

Cependant, à mesure que la profondeur croît, dans l'obscurité qui s'épaissit, la nourriture se fait plus rare, plus difficile à distinguer, et n'est plus accessible qu'à des êtres doués de mouvements rapides et de solides moyens de capture.

Aussi les poissons qui sont les hôtes des abîmes ont-ils presque tous des dents aiguës, implantées sur des mâchoires puissantes, et une bouche vorace, démesurée, qui semble l'unique raison d'être de la bête, et pour le service de laquelle tout le reste du corps paraît organisé.

Tels étaient les enseignements que donnait à ses compagnons, parmi lesquels sa jeune femme n'était pas la moins empressée à les recueillir, le maître du bateau scientifique, tandis que sur sa table de travail passaient les types multiformes ramenés des profondeurs par les souples filets.

Se doutait-il, pendant qu'il parlait, que le crabe auquel il avait sauvé la vie gravait dans sa mémoire jusqu'à la moindre leçon?

Quant à moi, je prenais tant de plaisir à l'écouter que la privation de la liberté me semblait à peine un mal.

XIX

NAVIGATION VERS LE SUD. — LES CANARIES. — LE VOLCAN SOUS-MARIN. —
ENCORE LES SARGASSES. — LE GRAND SERPENT DE MER. — LE VAISSEAU
MYSTÉRIEUX. — RETOUR VERS LE NORD. — LES EAUX ANGLAISES ET LA
COTE FRANÇAISE. — LE PORT DE BOULOGNE. — LIBERTÉ. — LE SOL NATAL.

A peine recueilli sur le bateau scientifique et installé dans
mon bac, je fis la remarque qu'au lieu de nous diriger vers le
nord, ce qui m'eût donné l'espoir de revoir plus vite ma patrie,
nous filions rapidement vers le sud.

Le navire était muni d'une machine dont les trépidations se
transmettaient jusqu'à ma prison, à la fois puissantes et douces,
et qui le faisait glisser avec aisance sur les flots.

Nous arrivâmes promptement en vue d'un groupe de terres
qui paraissaient vivement intéresser mon maître et ses compagnons, car ils ralentirent la marche du bâtiment afin de les
mieux observer, dans de longs tubes auxquels ils appliquaient
leurs yeux.

Ils causaient entre eux de ces terres, qu'ils désignaient par
leurs noms.

« Voici, disaient-ils, l'île de Ténérife, et sa montagne, le pic
d'Echeyde, qui se dresse à près de quatre kilomètres au-dessus du niveau de la mer.

« Cette autre est Palma. C'est là qu'est le gouffre effrayant
de la Caldera, profond d'un kilomètre et demi, et entouré par

un cercle de montagnes surgies du fond de la mer dans les
cataclysmes d'une éruption volcanique.

« Et voici Canarie, d'où se sont envolés ces oiseaux d'agrément qui peuplent les cages, sous le nom de canaris ou de

D'autres colonnes semblables jaillirent.

serins. Chose curieuse : ces oiseaux sont gris dans leur patrie;
leur plumage est devenu jaune par l'effet de la captivité sous
le climat européen. »

Je vous livre ces propos tels qu'ils se sont enregistrés dans
ma mémoire, mais je n'en démêlais qu'assez confusément le
sens. Le renseignement relatif aux canaris était en particulier
inintelligible pour moi, qui ne connais nullement ces oiseaux;
mais peut-être pourra-t-il vous intéresser.

23

Aucun des hommes ne songea à m'offrir une lunette pour contempler les merveilles qu'ils détaillaient, et que j'eusse été avide d'apercevoir. Je dus donc me résigner à n'avoir recours qu'à mes faibles yeux, qui me permirent à peine de distinguer dans le lointain, vaguement saillante à l'horizon, la montagne de Ténérife.

Je fus cependant bientôt dédommagé par un spectacle extraordinaire, dont la grandiose horreur m'épouvanta d'abord en me rappelant brusquement le souvenir encore trop récent de mes mésaventures sous-marines.

Il me parut en effet évident que la formidable explosion dont j'avais été la victime, et qui m'avait précipité dans les profondeurs où, sans un secours inespéré, j'étais perdu, se rattachait étroitement aux phénomènes qui se déployaient sous mes yeux.

A quelque distance du navire, vers le large, une énorme colonne de fumée sortait de la mer.

L'homme qui le premier l'aperçut poussa un cri d'étonnement, et aussitôt le jeune chef, — que je trouvai bien brave en cette circonstance, — fit diriger de ce côté la marche du navire.

On s'approcha aussi près que le permettait la prudence. Je supposai du moins, dans ma confiance au génie de l'homme, que le danger n'existait pas à la limite où nous nous arrêtâmes : car pour moi, quoique assez courageux, j'eusse plutôt été porté à fuir.

La colonne sombre qui s'élevait au-dessus des flots, à une hauteur prodigieuse, était composée à la fois de fumée, de vapeur d'eau, et de pierres plus ou moins volumineuses qui, après un certain trajet vertical dans l'espace, retombaient en pluie de tous côtés, tandis que les gaz, plus légers, continuaient leur ascension, et s'élargissaient en nuage couronnant la colonne.

Particularité curieuse: aux points où les pierres retombaient l'eau fusait en un jet de vapeur, où l'on devinait un sifflement. Ce phénomène faisait dire aux hommes que sans doute les pierres étaient brûlantes.

L'éruption se faisait seulement par intervalles; elle ébranlait l'air avec la même violence que les grondements de la foudre pendant un orage. La mer alors se creusait d'un énorme trou, que comblaient bientôt les eaux qui revenaient furieusement dans un conflit de courants écumeux, au milieu d'un vacarme assourdissant.

Le soir se fit sur ces entrefaites, et dans l'obscurité nocturne le spectacle prit un nouveau caractère : les pierres brûlantes devinrent autant de globes lumineux, semblables à des boules de feu, qui incendiaient la colonne de fumée visible maintenant comme une grande traînée blanche, et retombaient dans la mer qui bouillonnait à leur contact.

Puis d'autres colonnes semblables, également illuminées d'étoiles mobiles, jaillirent successivement des eaux autour de nous. Je pus en compter sept. L'une d'elles était très voisine du navire, et faisait pleuvoir des blocs enflammés dont la proximité me paraissait bien périlleuse.

Aussi j'éprouvai un soulagement quand j'entendis mon maître dire à ses compagnons :

« C'est grand dommage de quitter la scène quand le spectacle devient intéressant.

« Évidemment l'activité volcanique se réveille dans ces régions, et peut-être dans quelques jours une nouvelle île aura-t-elle surgi du fond de l'abîme. Mais je ne puis m'attarder, et mon programme ne comporte point l'observation des phénomènes de ce genre. Reprenons notre route, et que ceux qui ne sont point de service pour la nuit aillent se coucher ! »

Bientôt la machine ronfla de nouveau. Je sentis que le navire tournait sur lui-même. Son allure redevint rapide, et il s'éloigna dans la nuit, laissant derrière lui les colonnes de vapeur aux globes de feu, qui rapidement disparurent à mes yeux.

Notre marche continua ainsi sans incident le lendemain et
les jours suivants; il n'y avait plus de terre en vue, et les hôtes
du bateau scientifique se remirent avec ardeur à la recherche
et à l'étude des êtres des grands fonds.

C'est surtout pendant cette période que je recueillis sur ces
êtres les détails que j'ai relatés plus haut. J'eus encore la satisfaction d'y être le témoin de certains faits dont je devais la
première révélation à mon cousin l'anatife, mort si tragiquement sur les côtes d'Espagne.

J'y vis de près, par exemple, les fameuses sargasses, ces
algues flottantes arrachées par les courants au littoral améri-
cain, et qui se réunissent au milieu de l'océan en prairies où
les navires ont quelque peine à se frayer un passage.

Les hommes, malgré leur précaution pour éviter ces intruses,
commençaient à en ramener parfois dans leurs filets.

C'est ainsi que je pus observer, sur les tables de travail que
surplombait mon bac, des fragments de ces algues. Je remarquai qu'à la base de chacune de leurs feuilles était une vésicule
gonflée, un flotteur analogue à ceux dont sont munis les fucus
sur les côtes de mon pays.

Il ne me fallut pas un grand effort d'imagination pour deviner comment, grâce à leurs flotteurs, les sargasses se maintiennent, malgré les tempêtes, nageantes à la surface des eaux,
et triomphent de la pesanteur. Il me fut donné encore de voir
la terrible physalie, et je constatai que l'anatife n'avait point
exagéré le tableau des effets de son redoutable poison.

Mon maître faisait recueillir de ces vénéneux siphonophores,
en vue, si j'ai bien compris, d'étudier les gaz dont ils remplissent leur grande vésicule natatoire, et la manière dont ils
extraient ces gaz de l'eau de la mer.

Ces recherches sur des animaux si perfides n'étaient pas
sans danger, et les hommes s'en assurèrent à leurs dépens.
Quelques précautions qu'ils prissent, les opérateurs ne pouvaient
éviter complètement d'être frappés par les petites flèches brû-

lantes, et de ce contact résultaient pour eux de très vives souffrances qui persistaient longtemps, et qui leur arrachaient des
plaintes.

Ils obtenaient quelque soulagement en se frottant les

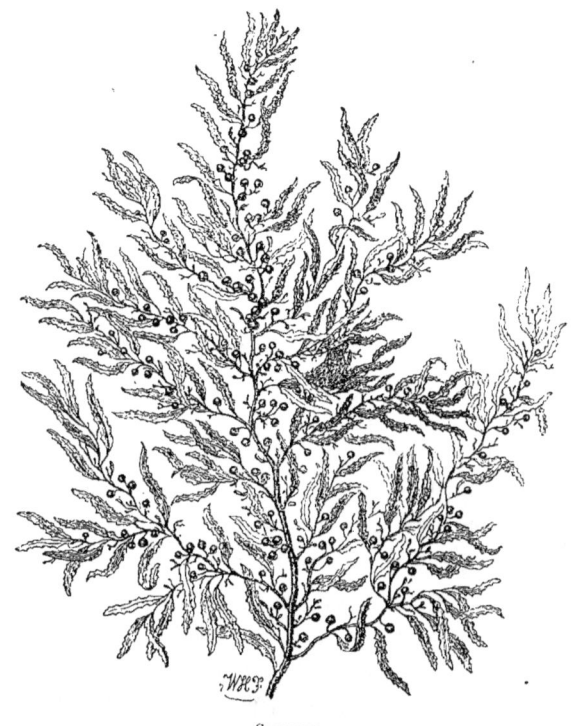

Sargasse.

membres endoloris avec de l'eau de mer, remède facile et tout
à fait à portée en pareil cas. Quant à éviter les blessures, il n'y
fallait pas songer. La substance de la physalie, en effet, est
molle, se déchire aisément, et se fixe par morceaux sur tous
les objets qu'elle touche. Les morceaux ainsi détachés conservent leur pouvoir vénéneux très longtemps, pendant plusieurs jours.

Je ne sais si ce fut parce que les sargasses entravaient sa navigation, ou si le plan de l'expédition ne comportait pas un plus long voyage vers le sud; mais dès que nous eûmes atteint ces parages, le navire changea sa direction et reprit une route exactement opposée à celle que nous avions suivie jusque-là.

Bien que mon sort fût tolérable, je n'étais pas fâché de me rapprocher de ma patrie, et aussi de fuir ce climat très chaud contre les ardeurs duquel je ne pouvais me défendre qu'en me plongeant dans l'eau à peine fraîche de mon bac.

Nous naviguions depuis quelque temps vers le nord, à petite vitesse, quand un soir un des matelots fit brusquement irruption dans la salle de travail, et signala qu'un objet étrange se voyait à la surface de la mer, à une faible distance vers l'ouest.

La transparence des fenêtres de la salle me permit d'observer cet objet, qui donna lieu à une scène bizarre, dont le singulier dénouement est resté une énigme pour mon esprit.

L'extraordinaire apparition qui se balançait sur les vagues semblait être un animal d'une longueur démesurée. On distinguait parfaitement une tête énorme, portée par un cou d'une grosseur monstrueuse, et chargée d'une crinière qui se montrait et disparaissait tour à tour, suivant les ondulations des flots.

Le corps était moins visible, et figurait un ruban très large et très souple, formant une série de courbes. Sa couleur générale était sombre, mais dans l'obscurité qui commençait à descendre on voyait les anneaux du ruban briller çà et là de fugitives lueurs phosphorescentes.

Mon maître avait braqué sa lunette, et ses compagnons, très intrigués, regardaient avidement. Il observa silencieusement pendant quelques instants la bête monstrueuse, puis s'écria en riant :

« Ou je me trompe fort, ou voilà le grand serpent de mer, terreur des marins... Nous allons faire connaissance avec lui, et savoir enfin s'il appartient au domaine de la légende ou au domaine de la réalité! »

Pourquoi cette gaieté? Et en quoi la perspective d'entrer en collision avec un monstre de l'océan pouvait-elle suggérer des pensées capables d'exciter le rire ?

L'attitude du jeune naturaliste en cette occasion me paraissait surprenante.

Il sortit de la salle de travail, et monta sans doute sur le pont pour donner des ordres, car je compris immédiatement que le navire tournait, et se dirigeait maintenant vers l'énorme ani-

L'extraordinaire apparition qui se balançait sur les vagues
semblait être un animal d'une longueur démesurée.

mal, qui du reste ne modifiait pas son attitude et attendait fort placidement l'adversaire.

Mais à ce moment la scène changea subitement, et revêtit un caractère fantastique.

Des profondeurs de l'horizon, où s'amassait l'ombre du soir, et sa route éclairée par de gigantesques rayons de lumière, surgit un autre navire qui marchait à une allure effrayante, et se dirigeait, lui aussi, vers le serpent marin.

Il arriva bien avant nous auprès du grand corps flottant, qui continuait à ne manifester aucune surprise et se laissait toujours paresseusement bercer par les vagues.

Une embarcation montée par quelques hommes, dont j'apercevais vaguement les silhouettes, en descendit, et s'approcha sans encombre de la tête du monstre.

Les hommes hésitèrent un instant, puis je devinai à leurs gestes qu'ils déroulaient une corde et entouraient le corps de l'animal.

Le canot alors s'éloigna, remorquant sa capture, et regagna son bâtiment. En moins de temps qu'il ne m'en faut pour l'écrire, le vaste corps, saisi par de multiples crochets, fut hissé à bord. Et le navire, ayant viré, rebroussa chemin.

Mon maître était revenu dans la salle de travail, d'où il observait la mer aussi commodément que sur le pont. En voyant le succès du bâtiment rival, il s'écria :

« Ah ! non : part à deux ! »

Et il ordonna de tenter la poursuite en forçant de vitesse. Mais, au même instant, le navire qui fuyait se couvrait de petits nuages blancs, et tout autour de nous des corps durs, lancés avec violence, s'abattirent dans l'eau en faisant jaillir des gerbes d'écume.

« Les pirates ! s'écria mon maître avec dépit, ils nous bombardent ! Ah ! si j'avais des canons pour leur répondre ! »

Peu soucieux sans doute d'exposer les vies dont il avait la charge, et dont l'une, — je le savais bien, — lui était particulièrement précieuse, il fit cesser la poursuite. Et nous reprîmes, sans honte, le chemin du nord.

Je pourrais borner là le récit de ma navigation, si imprévue et si involontaire : car à partir de ce moment je n'ai plus à signaler aucun incident important.

Nous essuyâmes bien quelques tempêtes; mais les solides qualités de notre navire et l'habileté ferme et avisée de mon jeune maître nous sauvèrent aisément de ces colères de l'océan.

Les hommes s'entretenaient quotidiennement de la route que l'on suivait. Attentif à leurs paroles, j'entendais sortir de leurs lèvres des noms géographiques que je connaissais bien, parce qu'ils représentaient les étapes de ce long voyage entre-pris le long des côtes sous l'impulsion de mon caractère aven-tureux.

Ces noms évoquaient en moi mille souvenirs, les uns très doux, les autres dont le côté désagréable s'atténuait par cet effet constant du recul dans le passé, qui transforme en plai-sirs présents nos peines d'autrefois, celles du moins qui peuvent subir cette transformation.

Bientôt on fut au large d'Arcachon, puis on doubla l'extrême pointe de la Bretagne. Je revis en esprit les huîtres domesti-quées par l'homme, et la maïa qui cultive des algues sur sa carapace.

Nous nous rapprochâmes des côtes d'un grand pays qui se nomme l'Angleterre...

Je touchais au terme de mon voyage et de mes aventures marines.

Le navire avait obliqué vers le nord-est; il se disposait à entrer dans la rade abritée d'un grand port que l'on nomme Boulogne.

Un matin, comme on était en vue de ce port et que je me demandais anxieusement si mes maîtres allaient se souvenir de leur promesse de liberté, la jeune dame vint me prendre dans mon bac.

Comme vous pouvez le croire, je ne pensais pas à opposer la moindre résistance, et mes pinces restèrent closes. C'était à cette femme que je devais, non seulement d'avoir échappé à une mort trop certaine, mais encore d'avoir revu mon pays natal.

Elle me porta sur le pont, et après une caresse de ses doigts sur ma carapace, elle me laissa tomber à la mer en disant de sa voix douce :

« Adieu, va, pauvre petit! »

C'est sur cette parole de généreuse sympathie que je pris congé de l'espèce humaine.

Car maintenant, vous le savez, chargé d'âge et dégoûté des travaux, je vis solitaire sous les eaux, ne cultivant plus que les souvenirs et la philosophie.

Je tombai sur le fond, un peu étourdi, ayant heureusement échappé à la gueule vorace des poissons. Immédiatement je m'acheminai vers mon canton natal, dont ne me séparait qu'une faible distance.

Falaises abruptes de la Crèche, douce plage de Wimereux, aux villas riantes dont les façades blanches s'illuminent au soleil d'été, vieux fort de Croy bâti en mer, et dont le pied robuste se recouvre d'eau quand le flot monte, ruines où s'abritent des familles de rats qui disputent à ceux de ma race les épaves des marées, qui pourra dire la joie que je ressentis en vous revoyant après une si longue absence !

Je me plongeai avec une volupté reconnaissante dans le sable de ce rivage aimé, comme l'homme embrasse sans doute le sol de sa patrie au retour de l'exil.

CONCLUSION

Là se terminait le manuscrit du crabe, tracé sur des feuilles de laminaire.

Qu'est devenu l'auteur de ces pages? A-t-il vécu encore assez longtemps pour consigner dans de nouveaux mémoires le fruit des réflexions philosophiques de sa vieillesse?

Les méditations d'un crabe assagi et retiré dans un asile sous-marin offriraient peut-être pour nous quelque intérêt et même quelque enseignement.

Mais j'ai en vain inspecté la plage avec un soin patient et méticuleux; je n'ai, jusqu'à présent, rien découvert qui ressemblât à l'ouvrage dont on vient de lire la traduction.

TABLE DES MATIÈRES

34767. — Tours, impr. Mame.

BIBLIOTHÈQUE

DES FAMILLES ET DES MAISONS D'ÉDUCATION

FORMAT GRAND IN-8° — 1re SÉRIE

VOLUMES ORNÉS DE NOMBREUSES GRAVURES

A TRAVERS L'ESPAGNE ET L'ITALIE, par Victor Fournel.

AU TEMPS DE LA REINE BERTHE, légende merveilleuse, par Alfred de Villeneuve.

AVENTURES DE ROBIN JOUET (LES), par Émile Carrey.

BLANCHE DE CASTILLE (HISTOIRE DE), par Jules-Stanislas Doinel.

CARDINAL LAVIGERIE (LE) et ses œuvres d'Afrique, par l'abbé Félix Klein.

FABIOLA, ou l'Église des Catacombes, par Son Éminence le cardinal Wiseman; traduit de l'anglais par M. Richard Viot.

FEMMES D'AUTREFOIS, par A. Chevalier.

FLEURS DE LORRAINE, par Jean Teincey.

FRANCE COLONIALE (LA), par Alexis-M. G.

FRANCE PITTORESQUE (LA), Région du Nord, par Alexis-M. G.

FRANCE PITTORESQUE (LA), Région de l'Est, par Alexis-M. G.

FRANCE PITTORESQUE (LA), Région de l'Ouest, par Alexis-M. G.

FRANCE PITTORESQUE (LA), Région du Sud, par Alexis-M. G.

FRANCE SAUVÉE (LA), récit historique (1711-1712), par Gabriel Ferry.

GUERRIÈRES DE FRANCE (LES), par Mᵐᵉ Marie de Grandmaison.

JEANNE D'ARC, par Marius Sepet.

JEHAN DE FOUGEREUSE, NOUVELLE DU XVᵉ SIÈCLE, par Louis Morvan.

LES PLUS BELLES CATHÉDRALES DE FRANCE, par M. l'abbé J.-J. Bourassé.

ORPHELINE DES FAUCHETTES (L'), suivi de : L'ONCLE JACQUES, et de : LES ÉTAPES DE FRANÇONNETTE, par Marguerite Levray.

ROCHE-YVOIRE (LA), suivi de : SANS BERCAIL, par Marguerite Levray.

SAINT LOUIS, SON GOUVERNEMENT ET SA POLITIQUE, par Lecoy de la Marche.

SOUS LES FLOTS, par A. Acloque.

TESTAMENT DU CORSAIRE (LE), par Edmond Neukomm et Gaston Dujarric.

VIES DES SAINTS POUR TOUS LES JOURS DE L'ANNÉE, avec une pratique de piété pour chaque jour.

Tours. — Imprimerie MAME.